DOUGLAS LINDSAY

Für eine Hand voll Lockenwickler

Buch

Nicht einmal im Tod hat Barney Thomson, der gefürchtetste Mörder Schottlands, seine Ruhe. Nein, nach einem zweijährigen Todesschlaf wacht Barney verwundert auf. Aber das Rätsel um seinen erneuten Aufenthalt unter den Lebenden scheint schnell gelöst: Eine adrett gekleidete junge Dame erklärt Barney, dass er sich in den persönlichen Räumen des schottischen Premierministers befindet und zu dessen persönlichem Frisör ernannt worden ist. Jeden Tag soll Barney dem Premier die Haare schneiden, denn der Premier befindet sich im Wahlkampf und muss tagtäglich bei Auftritten in der Öffentlichkeit glänzen. Kaum hat Barney jedoch seine Schere gezückt, geschehen schon wieder seltsame Morde. Da alle Opfer ausnahmslos Kabinettsmitglieder des Premiers sind, fällt der Verdacht sofort auf Barney. Und prompt heftet sich eine ganze Schar von Geheimagenten und Polizisten an seine Fersen. Doch Barney lässt sich nicht aus der Ruhe bringen. Sein einziger Wunsch ist es, sich wieder an sein Leben und vor allem an die letzten zwei Jahre erinnern zu können. Also verbringt er die Tage mit der Suche nach seiner Vergangenheit und nach immer neuen Ideen für eine noch kürzere Frisur des Premiers – bis dieser nur noch Glatze trägt und der geheimnisvolle Mörder Barney um ein nächtliches Treffen bittet…

Autor

Douglas Lindsay wurde 1964 in Schottland geboren. Seine Romane über das Leben von Barney Thomson, dem Frisör und Killer wider Willen, haben mittlerweile eine feste Fangemeinde gefunden. Weitere Romane von Douglas Lindsay sind bei Manhattan in Vorbereitung.

Von Douglas Lindsay außerdem als Manhattan Taschenbuch lieferbar:

Furcht und Schrecken im Frisörsalon. Roman (54138)
Waschen, schneiden, umlegen. Roman (54153)
Interview mit einem Barbier. Roman (54180)

Douglas Lindsay

Für eine Hand voll Lockenwickler

Roman

Aus dem Englischen
von Kristian Lutze

GOLDMANN
MANHATTAN

Umwelthinweis:
Alle bedruckten Materialien dieses Taschenbuches
sind chlorfrei und umweltschonend.

Manhattan Bücher erscheinen im Wilhelm Goldmann Verlag, München,
einem Unternehmen der Verlagsgruppe Random House GmbH.

Deutsche Erstveröffentlichung September 2003

Dieses Werk wurde vermittelt durch die
Literarische Agentur Thomas Schlück GmbH, 30827 Garbsen
Die Nutzung des Labels Manhattan
erfolgt mit freundlicher Genehmigung
des Hans-im-Glück-Verlags, München
Umschlaggestaltung: Design Team München
Satz: Uhl + Massopust, Aalen
Druck: Elsnerdruck, Berlin
Verlagsnummer: 54181
KvD · Herstellung: Sebastian Strohmaier
Made in Germany
ISBN 3-442-54181-6
www.goldmann-verlag.de

1 3 5 7 9 10 8 6 4 2

Prolog

Und die Doughnut-Esser werden den Wanst erben

Melanie Honeyfoot lebte ihr Leben zu den Melodien von Kinderreimen und TV-Titelmelodien. *Pussycat, pussycat, where have you been*; *Der Bär im großen blauen Haus*; *Tom & Jerry*; *Hier ist ein Taler, geh auf den Markt, kauf dir eine Kuh und ein Kälbchen dazu*. Was jeweils am besten passte. Sie hatte schon zur Untermalung von *Pu der Bär* mit ihrem aufreizenden Gegenspieler von der Opposition Parlamentsdebatten über die Feinheiten eines Finanzgesetzes geführt. Und jedes Mal, wenn sie dem First Minister zuhören musste, kam ihr ein alter Reim über Könige in den Sinn.

Nicht, dass sie eigene Kinder gehabt hätte. Sie wollte noch viel zu viel erreichen, bevor sie ihren politischen Ehrgeiz auf dem Altar von neun Monaten Hämorrhoiden, Rückenschmerzen, Alkohol-, Pasteten- und Weichkäseentzug, chronischer Müdigkeit, Sodbrennen, Karpaltunnelsyndrom, der Unfähigkeit, sich ohne Hilfe eines Krans im Bett umzudrehen, 24 Stunden Übelkeit, Erbrechen und grausamen Angstzuständen opferte, die mit Gott weiß wie vielen Stunden qualvoller Agonie endeten, gefolgt von monatelanger Schlaflosigkeit, malträtierten Brustwarzen und endlosen Jahren diverser Varianten von Stress und Herzeleid.

Das Problem war nur, dass sie drei Brüder und vier Schwestern hatte, die alle mit Kindern unterschiedlichen Alters gesegnet waren. Mannigfaltige kleine Blagen, deren Gesellschaft sie ständig ertragen musste und die sich für sie interessierten, weil sie so oft im Fernsehen zu sehen war, was sie beinahe auf eine Stufe mit Bob dem Baumeister und Pingu erhob.

An einem ungewöhnlich warmen und sonnigen Donnerstagmorgen Mitte September erwachte sie aus einem Traum von Rolie Polie Ollie's Uncle Gizmo, was für sich genommen nichts Ungewöhnliches war, wenngleich die sexuellen Untertöne ein wenig irritierend gewesen waren. Sie lag mit geschlossenen Augen da, hörte Rolies Titelmelodie in ihrem Kopf und dachte an den vor ihr liegenden Tag, die profane Plackerei der abzuarbeitenden Ablagefächer in ihrem Büro, der Auftritt bei *Scotland Today*, vor dem sie jedes Mal einen lächerlich trockenen Mund und weiche Knie bekam; ein frühes Treffen mit dem First Minister Jesse Longfellow-Moses, ein Zwei-Minuten-Auftritt im Parlament, und alles nur, weil das kleine Weichei von der Scotish National Party seine eigene hässliche Fratze in der Glotze sehen wollte.

Das Treffen mit dem First Minister war der einzige Termin, der ihr zumindest einen Hauch von Aufregung bescherte. In den drei Monaten seit seiner Wiederwahl – vor allem jedoch in den zweieinhalb Wochen seit der konstituierenden Sitzung des neuen Parlaments – hatte sich seine Überheblichkeit ins schier Unerträgliche gesteigert. Nachdem der Umzug in das neue Parlamentsgebäude am Fuße der Royal Mile vonstatten gegangen war und JLM endlich ein Büro hatte, das er wirklich sein Eigen nennen konnte, hatte sein Dünkel selbst seine kriminelle Energie in den Schatten gestellt. Hinterbänkler knurrten vernehmlich, und die Presse wühlte mehr denn je in den alten Schmutzgeschichten über JML, die seit seiner ersten Wahl kursierten – Untreue, krumme Geschäfte und Vetternwirtschaft. Wirklich interessant war allerdings, dass sie sich mittlerweile bis ins Kabinett verbreitet hatten.

In ihrem Kopf hub soeben die fünfzehnte Wiederholung von Rolies Titelmelodie an, als irgendetwas sie veranlasste, die

Augen aufzuschlagen und nach links zu blicken. Eine winzige Bewegung oder ein Atemzug.

Sie war nicht allein.

Der plötzliche Anblick eines dunklen Schopfes traf ihre innere Ruhe wie ein Tritt in den Hintern, da ihr nicht bewusst gewesen war, dass sie die Nacht in Gesellschaft verbracht hatte. Gewiss, der gestrige Abend war sehr entspannt und angemessen feuchtfröhlich gewesen, doch sie neigte an sich nicht dazu, komplette Nächte ihres Lebens zu vergessen.

»Hallo«, sagte sie, nachdem ein wenig Luft durch ihre wie zugeschnürte Kehle entwichen war.

»Morgen«, sagte ihr Bettgenosse.

»Hatten wir, ähm …?«

»Intime Beziehungen?«

Sehr altmodisch. Honeyfoot nickte. Das war absurd. Am Vorabend hatte sie mit der üblichen Meute – Minister, stellvertretende Minister und Schleimer unterschiedlicher Ordnung – im Beanscene zu viele Longdrinks mit Wodka getrunken und endlos über die Rolle der Exekutive und JMLs präsidiale Anwandlungen diskutiert und dazu einer Mark und Hoden erschütternden Akustik-Combo gelauscht, wie sie das Beanscene haufenweise auftat. Wie üblich hatte sie die Kneipe gegen elf allein verlassen. (Honeyfoot bildete sich ein, dass ihre romantischen Ambitionen an den Felsen a) des Misstrauens des Durchschnittsmannes gegenüber Politikerinnen und b) der weltweiten zwanghaften Fixierung auf magere Frauen zerschellt waren. Denn Doughnuts waren ihr, wie man so sagt, nicht unbekannt.)

»Ja«, sagte Honeyfoot, »intime Beziehungen.«

»Nein, keine Beziehungen, obwohl ich ehrlich gesagt nicht abgeneigt wäre, wenn Sie mir das Angebot machen würden.«

Honeyfoot wandte sich ab und warf einen Blick auf ihren Radiowecker. Laut Digitalanzeige war es 06.39 und ein strahlender Morgen, sodass die blassen Sommervorhänge – *August beige suprême* hatte die Frau in dem Laden die Farbe beschrieben, als spräche sie von etwas, das man möglicherweise zu Brokkoli und Röstkartoffeln servieren würde – das Licht kaum abwehrten.

»Aber Sie haben die Nacht hier verbracht?«, fragte Honeyfoot.

Ihr Gast lachte leise.

»Nein, nein, Sie missverstehen die Situation. Ich bin gerade erst gekommen. Aber Sie haben offensichtlich eine lange Nacht hinter sich.«

Honeyfoot sah ihn ein bisschen konsterniert an und zog das leichte Sommersteppbett – mit einem Bezug im *Pyznidium-Blau-Design* – bis an ihren Hals, bevor ihr auffiel, dass ihr Besucher vollständig bekleidet war.

»Warum?«, fragte sie zunächst nur.

»JLM schickt mich«, lautete die Antwort.

»Um zwanzig vor sieben?«

»Nun, das genaue Timing hat er eigentlich mir überlassen.«

Honeyfoot war unbeeindruckt. Aus irgendeinem Grund, den ihr Verstand vermutlich auch mit Zeit zum Nachdenken nicht ergründet hätte, wurde die Rolie-Polie-Ollie-Melodie in ihrem Kopf von Hey Diddle-Diddle abgelöst.

»Sie hätten nicht zum Beispiel anklopfen können?«, fragte sie. »Oder wenigstens eine Stunde später kommen?«

Ihr frühmorgendlicher Besucher lächelte.

»Nun, bestimmte Dinge erledigt man besser zu ungewöhnlichen Tageszeiten, wissen Sie.«

»Was für Dinge?«, fragte Honeyfoot rasch. Sie fragte sich, was kommen würde. Er würde sie doch nicht etwa feuern, oder? Das wäre so typisch für den Mann. Sie hatte ihn auf seinem ganzen Weg bis an die Spitze unterstützt, und er wollte die alte Thatcher-Nummer abziehen, permanente Ministerrotation, damit niemand seine Füße zu lange unter den Kabinettstisch streckte, es sei denn, er war so komplett inkompetent, dass er keine Bedrohung für den Stuhl der Macht war. Wie viele andere Kabinettsmitglieder bekamen solche frühmorgendlichen Besuche? Und dann von einem Witzbold wie diesem? Für wen zum Teufel hielt sich JLM?

»Ich will doch hoffen, dass der Drecksack nicht vorhat, mich zu feuern«, sagte Honeyfoot und kam sich ein wenig albern dabei vor, diese Unterhaltung nackt im Bett liegend zu führen, die Decke bis ans Kinn gezogen und dank ihres erotischen Traums von Uncle Gizmo noch immer ein wenig feucht zwischen den Beinen.

»Feuern? Nein, nein, nicht feuern. Viel zu vulgär. Viel zu vulgär.«

»Was sagen Sie da?«, fragte Honeyfoot hektisch, und ihr Herz schlug schneller. Sie war mit einem Mal sehr besorgt, dass das Ganze am Ende vielleicht doch nicht so lächerlich war.

»Nun ja, also gut, vielleicht ist feuern doch kein so schlechtes Wort.«

Ein Arm glitt geschwind über das *pyznidiumblaue* Steppbett, und Honeyfoot blickte in den Lauf einer Handfeuerwaffe Kaliber 7.62 mm mit Schalldämpfer. Sie versuchte das Wort »Was?« auszusprechen, stieß jedoch nur ein wenig Luft aus.

Das Letzte, was sie sah, war das Lächeln ihres Mörders. Es geschah alles so schnell, dass sie sich nicht mehr rühren oder in irgendeiner Weise reagieren konnte. Sie konnte nur noch sterben.

Puff.

Ein dumpfer, unpersönlicher Knall, und das war's für Melanie Honeyfoot.

Blut sickerte in das Laken und das Steppbett, das nunmehr weniger *pyznidiumblau* als vielmehr *haziendarotbraun* aussah. Als Honeyfoots Mörder sinnloserweise über seinen Schalldämpfer pustete und sich flink vom Bett erhob, sprang der Radiowecker auf 06.40, und *Good Morning, Scotland* verhieß unvermittelt eine Warmfront, Sonne, blauen Himmel und einen Altweibersommer.

Kapitel 1

Denn der Staub muss wieder zu der Erde kommen, wie er gewesen ist, und der Geist wieder zu Gott, der ihn gegeben hat

Manchmal wenn die Sonne ihre Strahlen schon frühmorgens durch offene Vorhänge schickt und langsam über den Boden kriechen lässt, bis sie einem voll ins Gesicht scheinen, ist ihre Wärme auf der Haut einfach herrlich. Ein köstliches Gefühl, das zahllose Erinnerungen heraufbeschwört: an warme Sommertage auf den Feldern, summende Insekten und weiße Wolken, die träge über Bäume hinwegziehen; an Eiscreme im Garten, während die Erwachsenen Tee trinken; an sandige Strände, lachende Kinder und kalte Wellen, die heiter ans Ufer branden; an lange Fahrradtouren über alte Landstraßen, knirschenden Kies unter den Rädern und den Lenker, der in den Händen zittert; an saftige Wiesen und das Plätschern eines nahen Baches, das sich mit dem leisen Brummen eines Flugzeugs vermischt, das über den strahlend blauen Himmel kriecht.

Und manchmal brennt sie einem bloß auf den Arsch.

Barney Thomson richtete sich rasch auf. Grelles Sonnenlicht blendete ihn. Er sah sich in dem Zimmer um und erkannte es nicht. Er erkannte gar nichts. Weder den rotbraunen Teppich noch die cremefarbenen Wände, die das Blumenmuster des Teppichs betonten, das üppige Mobiliar, noch die Kleidung, die ordentlich gefaltet über der Lehne eines Stuhls hing.

Er ließ sich auf das Kissen zurücksinken und zog sich die

dünne Sommerdecke über den Kopf. Derart vollständig verhüllt dazuliegen erschien ihm irgendwie natürlicher, und das unangenehme Gefühl, mit dem er aufgewacht war, klang langsam ab. In seiner Hülle versuchte er sich zu erinnern, wo er war, doch sein Kopf war leer, und seine Gedanken schossen in hundert Richtungen gleichzeitig.

Als es erneut klopfte, wurde ihm klar, dass ihn nicht die Sonne, sondern eben jenes Klopfen so jäh aus seinem traumlosen Schlaf gerissen hatte. Er zog die Decke von seinem Gesicht und starrte zur Tür. Dunkles Mahagoni, massiv und streng.

»Herein«, sagte er und erkannte seine eigene Stimme kaum wieder.

Die Tür ging auf, und eine junge Frau mit einem Tablett voller Frühstückszutaten betrat lächelnd den Raum. Ihre Zähne waren außergewöhnlich weiß, und sie trug eine adrett geschnittene dunkelblaue Hose und ein hochgeschlossenes, kragenloses Oberteil in derselben Farbe mit einer schmalen rot-goldenen Borte. Die Aufmachung strahlte eine eigene Präsenz und Schönheit aus, eine Aura von Uniformität und luxuriöser Verschwendung.

»Schön, dass Sie wach sind, Mr. Thomson«, sagte sie, nachdem sie das Tablett auf einem runden Tisch abgestellt hatte und nun in voller Größe vor ihm stand. »Wir wussten nicht, was Sie essen möchten, also haben wir eine kleine Auswahl zusammengestellt.«

Er antwortete nicht. Sie stand halb in der Sonne, die eine Art Heiligenschein um ihren blonden Pagenkopf zauberte, und war wunderschön. Blass. Beinahe engelsgleich, sodass Barney Thomson sich unvermittelt fragte, ob er tot war.

»Es gibt Bacon«, setzte sie, ein wenig irritiert durch sein Schweigen, neu an, »drei verschiedene Sorten gebratener Wurst, Rührei nach amerikanischer Art, Toast, Erdbeermarmelade und Orangenkonfitüre, dazu Tee, Kaffee, Milch und zwei Sorten Cornflakes.« Sie machte eine Pause, doch Barney starrte sie weiter staunend an. »Falls Sie etwas anderes wünschen, können wir es natürlich kommen lassen, also zögern Sie bitte nicht zu fragen.«

Er ließ die Bettdecke, die er bisher fest umklammert hatte, sinken und legte die Hand auf die Brust. Er war auf einmal sehr hungrig, und der Geruch von gebratenem Speck kroch ihm unter die Haut, sofern das überhaupt möglich ist.

»Speck ist ganz wunderbar«, sagte er. »Und Toast.«

Sie lächelte und entfernte sich mit ballettartigen Gesten und Schritten, die eher kleinen Hüpfern von einem Fuß auf den anderen glichen. An der Tür blieb sie noch einmal stehen.

»Mr. Strangelove wird in etwa einer Stunde hier sein. Wenn Sie bis dahin fertig sein könnten«, sagte sie.

Barney nickte, doch seine umfassende Ahnungslosigkeit und Verwirrung standen ihm zweifelsohne ins Gesicht geschrieben.

»Wo bin ich?«, fragte er.

Die Frau lächelte erneut.

»Mr. Strangelove wird Ihnen alles erklären«, sagte sie.

Und dann war sie verschwunden.

Barney starrte eine Weile zur Tür, bevor seine Konfusion von einer akuten Hungerattacke überlagert wurde. Er schwang die Beine aus dem Bett und tastete sich vorsichtig an den Frühstückstisch heran.

Als es das nächste Mal klopfte, war Barney wie neugeboren. Er hatte alles verputzt, was ihm aufgetischt worden war, lange und herrlich heiß geduscht und schließlich die einzige Kleidung angelegt, die er in dem Zimmer vorgefunden hatte, eine Tracht, die der der ambrosischen Gestalt, die ihm sein Frühstück serviert hatte, nicht unähnlich war.

Er hatte in den Spiegel geblickt, ohne genau zu wissen, wer zurückschaute. Er war Barney Thomson, der Frisör, so viel war klar. Doch der Rest dessen, was sein Leben gewesen sein musste, kam ihm seltsam weit weg und unvertraut vor, als wären es die Erinnerungen eines anderen. Deshalb hatte er sich mit Mordsappetit auf das Frühstück gestürzt und vorübergehend alle Gedanken an die Vergangenheit ausgeblendet.

Durch das Fenster konnte man nicht viel erkennen, einen gepflasterten Hof und gegenüber renovierte viktorianische Gebäude mit blau getünchten Mauern und roten Dächern. Er hatte die Tür betrachtet und sich gefragt, was dahinter liegen mochte, doch irgendetwas hatte seine Hand zurückgehalten, und er hatte nicht einmal versucht, sie zu öffnen. Der Raum kam ihm fremd vor, aber auch bequem und beruhigend, sodass er keineswegs den Drang verspürte, ihn zu verlassen.

Er hatte den Fernseher eingeschaltet und eine Weile das Frühstücksfernsehen der BBC angeschaut. Unruhen in Nordirland, Mord in Jerusalem, UNO-Truppen, die hektisch einen weiteren afrikanischen Brennpunkt räumten, während Einheimische die Macheten schwangen, wirtschaftliche Rezession, Spannungen an der Grenze von Kaschmir sowie ein Finanzskandal und diverse sexuelle Abenteuer, in die der amtierende amerikanische Präsident verwickelt sein sollte. So weit alles beim Alten.

»Herein«, beantwortete er das beharrliche Klopfen, und die Tür ging auf. Diesmal war es ein Mann Mitte dreißig mit einer kleinen Aktenmappe unter dem Arm. Blonde Haare – ein bisschen wie Will Paton in *No Way Out* –, sehr schlank, dunkler Anzug, schlichte Krawatte. Parker Strangelove.

»Gut, dass Sie fertig sind«, sagte er eilig und blieb an der Tür stehen. »Kommen Sie.«

Barney erhob sich vom Frühstückstisch, wo er die letzten kalten Reste auf dem Tablett verzehrt hatte.

»Erzählen Sie mir, was hier eigentlich los ist?«, fragte er, ob des Tonfalls seines Besuchers unwillkürlich seine Schritte beschleunigend.

»Wohl kaum«, sagte Strangelove. »Ich versuche, mich aus den Details herauszuhalten. Ich schicke Ihnen jemanden, der Sie auf den Stand bringt.«

»Das ist aber eigentlich nicht akzeptabel«, sagte Barney, als sie aus dem Zimmer traten und einen Flur mit dicken Teppichen und prachtvollen Kunstwerken hinuntereilten.

Vor dem Gemälde eines vornehm aussehendes Mannes Ende vierzig blieb Strangelove stehen.

»Haben Sie auch nur die leiseste Ahnung, wo Sie sind?«, fragte er schroff.

»Nein«, sagte Barney. »Hab ich nicht.«

»Eben«, erwiderte Strangelove. »Und was wollen Sie deswegen unternehmen?« Damit drehte er sich um und ging weiter.

Barney zog eine Augenbraue hoch. Nun, von einer hinreißend attraktiven jungen Frau mit einem hinreißend attraktiven Frühstück, bestehend aus den Hauptnahrungsmittelgruppen Speck, Eiern, Kaffee und Toast, geweckt zu werden war schon etwas anderes, als die Zehennägel ausgerissen und die Hoden geröstet zu bekommen. Deshalb entschied er sich für die einzige Option, die ihm bei Licht betrachtet offen stand, und hastete seinem Begleiter nach.

»Wohin gehen wir?«, fragte er.

»Wir treffen den First Minister«, sagte Strangelove.

»Versteh ich nicht«, erwiderte Barney.

»Jesse Longfellow-Moses«, sagte Strangelove.

Sie erreichten eine kurze Treppe, die Parker Strangelove förmlich im Sturmschritt nahm, und standen plötzlich in der Wärme eines strahlenden Septembermorgens. Über einen kleinen Hof kamen sie auf die Canongate, das untere Ende der Royal Mile von Edinburgh, und stürmten den Hang hinunter.

»First Minister von was?«

»First Minister des schottischen Parlaments«, antwortete Strangelove.

»Stimmt«, sagte Barney, als ihm das Konzept des First Minister wieder dämmerte, obwohl er von einem Jesse Longfellow-Moses noch nie gehört hatte. »Sollte ich ihn kennen?«, fragte er.

Vor einem kleinen Treppenabsatz blieb Strangelove abrupt stehen, fischte etwas aus seiner Anzugtasche und gab es Barney. Es war ein bereits mit Barneys Foto und Unterschrift versehener Pass für die Gebäude des schottischen Parlaments.

»Nicht verlieren«, ermahnte ihn Strangelove, bevor er die Stufen hinaufrannte und, gefolgt vom träge hinterhertrottenden Barney, in die Eingangshalle fegte. Mit einer knappen Handbewegung präsentierte Strangelove seinen Ausweis, Barney tat es ihm nach, und schon hatten sie die Sicherheitskontrolle passiert. Strangelove stürmte die Treppe zum Versammlungsgebäude hinauf, wobei er hin und wieder einem entgegenkommenden Beamten im dunklen Anzug zunickte.

»Sie haben ein paar Runden ausgesetzt«, sagte er, »deshalb sind Sie entschuldigt. Aber es gibt ein paar Dinge, die Sie unbedingt beziehungsweise auf gar keinen Fall tun sollten, also passen Sie gut auf. Hören Sie mir zu?«

»Ja«, sagte Barney, der sich fragte, womit er ein paar Runden ausgesetzt hatte.

»Sie nennen ihn First Minister«, sagte Strangelove so schneidig und akkurat wie ein kahl geschorener Schädel. »Schauen Sie ihm nicht in die Augen. Stimmen Sie allem zu, was er sagt. Tun Sie alles, was er verlangt. Sprechen Sie nur, wenn Sie dazu aufgefordert werden. Bohren Sie nicht in der Nase, kratzen Sie sich nicht am Hintern, spielen Sie nicht an Ihren Eiern, pulen Sie nicht zwischen Ihren Zähnen oder in Ihren Ohren und knabbern Sie nicht an Ihren Fingernägeln. Hauchen Sie ihn nicht an. Erwähnen Sie seine Frau nicht. Sprechen Sie nie über Politik. Wenn er Sie nach Ihrer Ansicht zu irgendwas fragt, sagen Sie ihm seine Meinung, nicht Ihre. Sprechen Sie nicht übers

Wetter. Und benutzen Sie nie«, sagte Strangelove und blieb so plötzlich unter einem weiteren Porträt von Jesse Longfellow-Moses stehen, dass Barney ihn beinahe angerempelt hätte, »niemals das ›W‹-Wort.«

Er starrte Barney mit irritierender Intensität an, als wollte er ihn provozieren zu fragen, was das »W«-Wort war. Barney nickte.

»Klar«, sagte er.

Strangelove warf ihm einen weiteren flammenden Blick zu, bevor er sich abrupt abwandte, eine prunkvolle Doppeltür aufstieß und dabei um ein Haar die Ministerin für Parlamentarische Angelegenheiten umgehauen hätte.

»Morgen, Nelly«, bellte er sie an, und sie zog mit einem finsteren Blick ihrer Wege.

»Nelly Stratton«, sagte Strangelove und stieg eine mit Teppich ausgelegte Treppe unter einem weiteren strahlenden und überaus schmeichelhaften Porträt von Longfellow-Moses hinauf. »Ministerin für Parlamentarische Angelegenheiten. Zickige blöde Kuh.«

Barney sagte nichts. Er versuchte zu verdauen, dass er im Zentrum der Macht gelandet war. Und er fragte sich, was es mit dem Mann auf all den Porträts auf sich hatte.

»Haben Sie das so weit alles mitbekommen, Mr. Thomson?«, fragte Strangelove.

»Ja«, sagte Barney. »Nelly Stratton.«

»Nicht das, Sie Idiot«, sagte Strangelove. »Die Anweisungen?«

»Ja«, antwortete Barney, »ja, ich glaub schon.«

»Gut.«

Auf dem oberen Treppenabsatz blieb Strangelove erneut stehen, diesmal vor einer Tür am Ende eines langen, mit weiteren Porträts des geschätzten Führers dekorierten Korridors. Davor saß ein Sicherheitsbeamter an einem Tisch, der jedoch, nachdem er Strangelove erkannt hatte, schon wieder in seine Zeitung vertieft war.

»Wir sind da«, sagte Strangelove. »Sind Sie so weit?«

»Ja«, sagte Barney. »Fit wie ein Turnschuh.«

»Achten Sie auf Ihren Ton!«, knurrte Strangelove. »Also, das benötigte Werkzeug liegt drinnen bereit. Der First Minister wünscht einen 62er Sinatra. An die Arbeit.«

»Sinatra«, wiederholte Barney.

»Den können Sie doch?«

»Absolut.«

»Das hoffe ich für Sie.«

Und mit diesen Worten eilte Parker Strangelove wieder die Treppe hinunter, weil er noch andere Fische am Haken und Minister am Spieß zu braten hatte.

Barney Thomson sah ihm nach, drehte sich dann um und musterte die Tür, Normgröße, Holz, vergoldete Klinke. Und wer wusste, was dahinter lag? Er kam sich vor wie eine Antilope, die sich anschickt, als Raubtier verkleidet auf eine Löwen-Party zu gehen, als er tief einatmete und gründlich verwirrt und wie durch zähen Matsch watend die Tür öffnete.

Kapitel 2

Am Rande der Eifersucht

»Hast du gehört, was er jetzt getan hat?«

Sie waren zu zweit im Raum. Winona Wanderlip und Wally McLaven. Sie war Ministerin für Wirtschaft, Transport & Lebenslanges Lernen und hatte überdies noch die Amtspflichten der Minister für Wissenschaft und Schottische Suppe oder so ähnlich übernommen. Er war Minister für Tourismus, Kultur & Sport.

Wanderlip saß zurückgelehnt am Schreibtisch, stützte sich mit den Händen an der Tischplatte ab und trommelte mit den Fingern auf die Platte. Ihre langen Fingernägel klickten in lautem Staccato, abgesehen vom dumpfen Offbeat des Ringfingers der linken Hand, dessen Nagel sie bis aufs Bett abgekaut hatte. McLaven hatte ihr den Rücken zugewandt und starrte leeren Blickes durchs Fenster auf die Holyrood Road.

»Sag schon«, erwiderte er. Er kannte sie. Longfellow-Moses konnte nicht mal scheißen gehen, ohne dass sie sich über das Klopapier beschwerte, das er benutzte. Wobei die Tatsache, dass er sich das Toilettenpapier mit seinen goldenen Initialen auf jedem Blatt direkt von Harrods' WC-Accessoire-Abteilung liefern ließ und jemanden angestellt hatte, der das eigentliche Abputzen für ihn erledigte, ihrer Kritik eine gewisse Berechtigung gab. Aber manchmal hatte er einfach keine Lust, ihr zuzuhören. Es war, als hätte er eine zweite Ehefrau.

»Er hat Graham wieder versetzt«, sagte sie spitz. »Er kommt nächste Woche in den Norden, um eine Rede vor dem CBI zu halten, und JLM geht nicht hin. Der Mann ist ein komplettes Arschloch.«

»Also nichts für ungut«, sagte McLaven, »dein Graham hält doch garantiert wieder genau dieselbe Rede wie letztes Jahr, Winnie.«

»Darum geht es nicht«, fauchte sie. Sie hasste es, Winnie genannt zu werden. Sie hatte das Getrommel durch ein permanentes Klopfen mit dem rechten Zeigefinger abgelöst. Ihre Lippen waren verbittert zusammengepresst, und sie atmete schwer durch die Nase. McLaven drehte sich um, weil er sie unglaublich attraktiv fand, wenn sie wütend war.

»Grins nicht so«, kommentierte sie seine schelmische Miene.

»Tippst du irgendwas im Morsealphabet, Winnie?«, fragte er. »Tod für Longfellow, Tod für Longfellow.«

Sie hörte auf zu klopfen.

»Das ist nicht witzig, Wally«, sagte sie. »Irgendwas muss seinetwegen geschehen. Er ist bloß ein ganz normaler Typ und nicht irgendein verdammter Gottkönig.«

»Du hättest eben gegen ihn antreten sollen«, erwiderte er kopfschüttelnd.

JLM war nach dem Rücktritt seines Vorgängers, den man bei sexuellen Handlungen mit einer Melone erwischt hatte, mitten in der Legislaturperiode zum Parteivorsitzenden gewählt worden. Wanderlip hatte eine Kampagne gegen JLM inszeniert, sich dann jedoch aus Gründen akuter politischer Ratsamkeit aus dem Rennen um den Parteivorsitz verabschiedet.

»Das sind doch alte Kamellen«, sagte sie, stand abrupt auf und schwenkte ihren Finger, als wäre ihr in diesem Moment etwas klar geworden. »So ist es doch, oder? Oder nicht?«

McLaven zuckte mit den Schultern.

»Ich weiß ehrlich gesagt nicht, wovon du redest, Winnie.«

Sie ging um ihren Tisch, die Arme gebeugt, die Hände um ein Paar unsichtbarer Wassermelonen gelegt. Sie trug eine enge Bluse, die bei jeder Bewegung spannte, und McLaven starrte auf ihre Brüste.

»Es sind keine alten Kamellen, oder?«, sagte sie. »Das war vor einundzwanzig Monaten. Das sind irgendwie nicht mal zwei Jahre.«

»Gott, Winnie, und damit hast du's auf die Uni geschafft?«

»Das ist gar nichts«, fuhr sie fort, ohne seinen Spott zu beachten, »aber sieh dir an, was er getan hat. Nach nur einundzwanzig Monaten hat er sich in dieses Monstrum, diesen Diktator verwandelt. Das wäre schon schlimm genug, wenn er seit Jahren an der Macht wäre, aber so? Wir vergessen so schnell, Wally. Es kommt einem so vor, als wäre er schon immer da gewesen, wir glauben, er hätte die Unterstützung des Volkes, aber das stimmt nicht.«

Er sah sie an und sagte nicht, *er hat vor drei Monaten eine Wahl gewonnen*, weil das gar nicht nötig war.

»Bei einer Wahlbeteiligung von unter vierzig Prozent«, erwiderte sie auf seinen Gedanken. »Was ist das schon? Wusstest du, dass heute ein Privatfrisör seine Arbeit für ihn aufnimmt? *Wie bitte?* Wie viele Leute hat er mittlerweile dort oben in seinem inneren Kreis um sich geschart? Wie viele? Lauter Gehaltsempfänger der Regierung, bezahlt vom schottischen Volk. Was zum Teufel ist das? Er hat ein schickes, funkelnagelneues Gebäude zum Spielen, und jetzt legt er sich das passende Personal zu. Es ist empörend.«

McLaven nickte.

»Weißt du, Winnie«, sagte er, »deine Titten sind einfach extraklasse. Hast du sie liften lassen oder so?«

Sie hob den Finger, biss jedoch nicht auf den Köder seines Lausbubenlächelns an – das einst zahllose Schiedsrichter getäuscht hatte.

»Ich meine es ernst, Wally«, sagte sie. »Der Typ ist außer Kontrolle. Es wird Zeit, dass wir irgendwas unternehmen.«

»Nur zu«, sagte er und schaffte es beinahe, ihr in die Augen zu blicken. »Was hält dich davon ab?«

»Herrgott, du weißt doch, dass ich nicht kann«, erwiderte sie. »Zu viel Vergangenheit. Jeder würde denken, dass ich es bloß mache, weil ich scharf auf seinen Job bin.«

»Du bist scharf auf seinen Job«, sagte er.

»Es geht um Wichtigeres«, beeilte sie sich zu versichern. »Wir müssen es für das Wohl des Landes tun.«

»Ja«, sagte Wally. »Klar.«

»Aber ich kann es nicht machen«, erklärte sie und kehrte auf ihren Platz hinter dem Schreibtisch zurück. Wally sah sie noch eine Weile an, wandte sich, nachdem ihre Brüste sich beruhigt hatten, jedoch wieder ab und betrachtete die frühmorgendliche Hitzeglocke, die sich über den blattförmigen Dachfenstern des flachen Zentralgebäudes des Parlaments gebildet hatte.

»Es muss von innen kommen, von jemandem aus seinem Team, einem Insider.«

»Du meinst doch hoffentlich nicht mich«, entgegnete McLaven, ohne sich umzudrehen.

»Sei nicht albern«, sagte sie, »es muss jemand Ernstzunehmender sein. Nein, Melanie ist die Richtige. Melanie.«

»Dann rede mit ihr«, murmelte McLaven desinteressiert.

»Das werde ich«, sagte Wanderlip. »Sie ist nur noch nicht in ihrem Büro. Keine Ahnung, wo sie sich rumtreibt.«

»Unterwegs, vögeln vermutlich«, sagte McLaven, obwohl er das selbst nicht glaubte. Er hatte bloß den eingebauten männlichen Drang, immer mal wieder das Wort *vögeln* auszusprechen.

»Mein Gott«, sagte Wanderlip, »es ist neun Uhr morgens.«

McLaven grunzte.

»Nein, ich werde wohl warten müssen, bis sie kommt«, sagte Wanderlip und strich sich übers Kinn. »Vielleicht wäre es noch besser, wenn ich eine kleine Meinungsverschiedenheit zwischen ihr und Jesse inszeniere, bevor ich sie anspreche. Das wird sie empfänglicher für meine Überredungskünste machen.«

McLaven blickte sich um, doch sie redete nicht mehr mit ihm. Sie dachte laut, aber ausschließlich für sich selbst nach. Er betrachtete sie eine Weile und konnte die Rädchen in ihrem Kopf förmlich rotieren sehen, bevor er sich wieder sehnsüchtigen Blickes dem warmen, strahlenden Spätsommermorgen widmete. Es war die Art Morgen, die ihn an Italien 1990 erinnerte, als er und die Jungs so dicht vor dem fußballerischen Ruhm gestanden hatten. Aber natürlich hatten sie gegen Costa Rica verloren und gegen Brasilien wie ein kompletter Haufen Memmen gespielt.

Kapitel 3

Der letzte König von Holyrood

Barney betrat den Raum, blieb stehen, ohne die Tür hinter sich zu schließen, und starrte auf die Szene, die sich ihm bot. In dem Zimmer befanden sich bereits sieben Leute, doch nur einer wandte den Kopf, um ihn anzusehen.

Er wusste nicht, was er vom Büro eines First Minister erwartet hatte. Sterilität? Oder vielleicht unmäßig luxuriöse Tapeten und unnötig feudale Teppiche. Den einen oder anderen Van Gogh an der Wand, Gelegenheitsgemälde, die der Bursche irgendwann abends zwischen der Sache mit dem Ohr und zahllosen heruntergekippten Flaschen gepanschtem Bergerac hingehauen hatte. Wahrscheinlich ein Bild von der Begegnung des First Minister mit Ihrer Majestät, sein Kopf gerade weit genug gesenkt, um einer Enthauptung vorzubeugen. Ein Foto der obligaten Gattin nebst zweier Kinder. Vielleicht ein Zulu-Schild, den er von einer Reise nach Südafrika mitgebracht hatte, wo er versucht hatte, den Staatsmann von Welt zu geben.

Indes... eine Wand wurde vollständig von einem Wandgemälde eingenommen, einem wahrhaft großartigen, ausladenden, visionären Kunstwerk, das eine Art moderne Bergpredigt abbildete: eine Menschenmenge am Fuße eines Hügels, auf dessen Kuppe Jesse Longfellow-Moses stand und sie mit ausgestreckten Armen beschwor, seinem Beispiel zu folgen und nach seinem Willen zu leben. Ein Gemälde von atemberaubender Hybris, sowohl auf Seiten des Künstlers als auch des dargestellten Sujets. JLMs Gesicht strahlte Wärme und Größe aus wie das Licht Gottes selbst. Und die in liebevoller Bewunderung zu ihm aufblickenden Gesichter der Menge spiegelten diesen Glanz.

Das Wandgemälde beherrschte den ganzen Raum, der sich dieser Intention tatsächlich fast zu fügen schien. Barney starrte das Werk jedenfalls immer noch ehrfürchtig an, als die einzige Person, die sein Kommen bemerkt hatte, neben ihn trat.

»Machen Sie die Tür zu«, sagte der beinahe lächerlich cool gekleidete Mann. Er trug einen schnieken dunklen Anzug, eine schwarze Krawatte und eine vom Steuerzahler finanzierte 5000-Pfund-Sonnenbrille.

Barney riss seinen Blick von dem Gemälde los, sah den Mann an, schüttelte den Kopf, um seine Gedanken wieder auf die Realität zu konzentrieren – sofern es sich hier um die Realität handelte –, nahm endlich die Aufforderung seines Gegenübers zur Kenntnis, sagte »Oh, ja klar« und schloss die Tür.

»Sie sind Barney Thomson, der Frisör«, sagte der Mann.

Barney nickte. Wenn er sich recht erinnerte.

»Der First Minister wartet.«

Der Mann im dunklen Anzug entfernte sich, und Barneys Blick folgte ihm zu den riesigen, absurd geformten Fenstern mit Aussicht auf die weiße Meringe des Dynamic-Earth-Gebäudes und den sich im Hintergrund über der Stadt erhebenden Hügel von Arthur's Seat. Vor dem Fenster stand mit dem Rücken zum Raum, die Hände hinter dem Körper verschränkt, der First Minister persönlich. Barney starrte sekundenlang auf das angegraute Haar an seinem Hinterkopf, bevor er das übrige Zimmer und den Rest des Gefolges musterte.

Dem Wandgemälde gegenüber saßen zwei Frauen an einem Schreibtisch, beide kerzengerade, elegant und ganz ähnlich gekleidet wie Barney. Sie trugen unglaublich schicke Brillen und tippten so emsig in ihre Laptops, dass sie Barneys Eintreten kaum bemerkt haben dürften. Über dem Tisch, an dem sie saßen, hing das obligate Bild von JLM und Ihrer Majestät, und nur die smartesten Fotoexperten hätten sagen können, dass das Bild digital bearbeitet worden war, sodass es aussah, als würde Ihre Majestät beinahe ehrfürchtig zu ihrem neuen Leutnant aufblicken.

Neben dem Schreibtisch in der Ecke saß eine weitere Frau mit einem Priesterkragen auf einem gemütlichen Sessel und las in der Bibel. Sie war jung und äußerst attraktiv, sodass Barney Mühe hatte, seinen Blick loszureißen. Als ihm dies schließlich gelang, fiel ihm ein Mann ins Auge, der vor dem Wandgemälde stand und es eindringlich betrachtete. Seine Miene wirkte derart konzentriert, dass er schon etliche Stunden so hätte dastehen können. Auch er war ein Mann Gottes.

Am Fenster stand eine weitere Person und nestelte, mit durchgedrücktem Kreuz, zusammengeklemmten Knien, die Lippen geschürzt, die Nase gereckt und fortwährend missbilligend schnalzend, an einer Schneiderpuppe herum. Die Puppe war in kostbare blaue Seide gewandet und trug statt der üblichen Crash-Test-Dummy-Visage eine Maske von JLMs Gesicht.

Barney ging zitternd weiter. Er hatte keine Ahnung, woraus er aufgewacht war, doch er kam sich so vor, als wäre er in die Kulisse eines abgefahrenen Films geraten, eine Regierung wie von Terry Gilliam inszeniert.

JMLs Schreibtisch war angemessen pompös und ein einziges Schlachtfeld aus Papier, auf dem sich alles von streng geheimen Akten des Ministeriums für Äußeres & Commonwealth-Angelegenheiten bis zu Prospekten für Alaska-Kreuzfahrten und Skiferien in Tirol stapelte. Es war das blanke Chaos, als würde JLM jeden Morgen seine Post aufreißen, überfliegen, auf einen Haufen werfen und auf eine nie erscheinende Sekretärin warten, die alles wegräumen sollte; dabei residierte er erst seit wenigen Wochen in seinem neuen Büro. Unter den Stapeln standen drei Telefone, von denen eines sehr altmodisch und von einem geradezu giftigen Rot war, sodass Barney sich fragte, mit wem es wohl direkt verbunden war. Mit dem Kreml? Der UNO? Dem Pizza-Service? Einem schwedischen Massagesalon? Westminster?

Ah, dachte Barney. Das »W«-Wort. Vielleicht funktionierte sein Verstand doch besser als befürchtet.

Der Mann in dem dunklen Anzug trat auf den First Minister zu und flüsterte ihm etwas ins Ohr. JLM drehte sich sofort um, betrachtete Barney für einen Moment interessiert, der noch kürzer war als die Zeit, die er brauchte, um einen politischen Gegner abzuschätzen, setzte dann ein breites Lächeln auf und kam mit einer freundschaftlich ausgestreckten Hand auf Barney zu.

»Mr. Thomson, Mr. Thomson«, sagte er und schüttelte Barney energisch die Hand. »Darf ich Sie Barney nennen?«

In Anbetracht der Kulisse, dachte Barney, könnten Sie mich wahrscheinlich nennen, wie Sie verdammt noch mal wollen.

»Ja«, sagte er und fügte mit einiger Verzögerung hinzu: »First Minister.«

»Wundervoll, wundervoll«, sagte JLM. »Großartig. Wirklich fantastisch.«

Er ließ Barneys Hand los und blickte ihm immer noch lächelnd tief in die Augen.

»Entzückend«, sagte er nach einer Weile. »Wie fühlen Sie sich? Sie haben eine Menge durchgemacht«, führte er weiter aus, als ob Barney wissen müsste, was das im Einzelnen bedeutete.

»Mir geht es gut«, erklärte Barney. »Ich weiß allerdings nicht genau, was ich eigentlich durchgemacht habe.«

JLM lachte das feiste, dröhnende Lachen, das er sich ursprünglich angewöhnt hatte, um die Aufmerksamkeit auf sich zu lenken, das seiner Brust mittlerweile jedoch bei praktisch jeder Gelegenheit entwich. Als er sich wieder einigermaßen beruhigt hatte, trat er einen Schritt vor und legte eine Hand auf Barneys Schulter.

»Mr. Strangelove hat Sie also nicht über die Einzelheiten informiert?«, fragte er lächelnd und redete weiter, ohne Barneys Versuch einer Antwort zu beachten. »Ich schicke Ihnen jemanden, der alles mit Ihnen bespricht. Ich hoffe, Sie wissen noch, wie man Haare schneidet, hä?«, fragte er. Er lächelte unverändert, doch Barney hörte einen gereizten Unterton.

»Kein Problem«, sagte Barney, der sich nicht halb so selbstsicher fühlte, wie er vorzugeben versuchte.

»Gut, gut, dann muss ich den Jungs ja auch nicht sagen, dass sie Ihre Füße einbetonieren und Sie von der Forth Bridge werfen sollen«, erklärte JLM immer noch lachend.

»Ja«, sagte Barney, weil er nicht wusste, was er sonst sagen sollte.

JLM drückte seine Schulter und sah sich um. Der Mann in dem dunklen Anzug war nach wie vor der Einzige, der sie beachtete.

»Okay«, sagte JLM, »ich möchte Ihnen ein paar Leute vorstellen. The Amazing Mr. X haben Sie ja schon kennen gelernt«, meinte er und wandte sich zu dem Mann in dem dunklen Anzug um.

»Ja«, sagte Barney. »Und die Kurzform ist einfach *The?*«

»X«, grunzte The Amazing Mr. X, und JLM lächelte.

»Security«, sagte er, »braucht man heutzutage. The Amazing Mr. X ist ein ehemaliger SAS-Mann. Prachtvoller Bursche, wirklich reizend, sehr sensibel, aber er könnte Sie im Handumdrehen erledigen. Ein echter Goldjunge. Wirklich reizend, ein bisschen unbeholfen manchmal, aber so was braucht man als Weltführer heutzutage.«

Barney nickte. Vielleicht, mutmaßte er, war er ja auf einem anderen Planeten gelandet.

»Kommen Sie«, sagte JLM, »ich stelle Sie dem Rest der Mannschaft vor. Im Moment sind wir, fürchte ich, etwas unterbesetzt. Veronica Walters, meine persönliche Assistentin, hat bei einem Autounfall im vergangenen Monat leider den Löffel abgegeben, und ich konnte noch immer keinen Ersatz für sie finden. Seit dem Umzug ist alles ein bisschen durcheinander. Ein schrecklicher Schock, wie Sie sich vorstellen können. Wirklich eine Schande, sie war ein reizendes Mädchen. Wirklich reizend. Sehr lieb und süß.«

Das erklärt den Zustand des Schreibtischs, dachte Barney, aber wieso konnte der First Minister keinen Ersatz bekommen? JLM führte ihn zu der Schneiderpuppe. Der Kostümier, der unablässig um seine jüngste Kreation getänzelt war, blieb in Erwartung seines nahenden Herrn abrupt stehen.

»Barney«, sagte JLM, »ich möchte Ihnen Veron Veron vorstellen, meinen Schneider. Ein wirklich super Typ, absolut super. Umwerfender Bursche.«

Veron hielt ihm träge eine Hand hin. Barney war sich nicht sicher, ob er sie schütteln, küssen oder streicheln sollte, also packte er sie grob, rüttelte kurz daran und machte dann drei Schritte zurück.

»Sehr erfreut«, sagte er.

»Bestimmt«, sagte Veron Veron und wartete lächelnd, ob sein Boss weitere Ausführungen machen wollte, bevor er sich wieder emsig der Schneiderpuppe widmete.

»Entzückend«, sagte JLM. »Hören Sie, die anderen handeln wir besser kurz ab. Um zwanzig vor elf soll ich im Fernsehstudio sein, und vorher müssen Sie noch ein bisschen Fasson reinbringen. Seit Phillipe uns verlassen hat, ist meine Frisur eine einzige Katastrophe.«

»Prima«, sagte Barney, den Beat aufnehmend.

»Also«, fuhr JLM fort, »da wären Dr. Farrow, meine Ärztin, und Dr. Blackadder, eine Art Psychologin. Ganz unter uns«, sagte er mit gesenkter Stimme, »ich lege mich auch schon mal auf die Couch, aber eigentlich ist sie hier, um Profile über all die anderen Wichser im Kabinett und im Parlament zu erstellen.«

»Gut«, sagte Barney. Das ergab zumindest einen Sinn.

»Dann hätten wir da noch meine beiden Seelsorger. Reverend Blake auf dem Sessel und Pater Michael. Der ist offen gestanden ein bisschen seltsam«, sagte JLM, die Stimme erneut senkend, »er verbringt fast den ganzen Tag damit, das Wandgemälde zu betrachten. Sehr merkwürdig.«

»Sind Sie ein religiöser Mensch?«, fragte Barney.

»Gott bewahre«, stieß JLM hervor, »alles Mumpitz, wenn Sie mich fragen. Ich meine, es ist lächerlich. Die meisten Wähler haben noch nie einen Fuß in eine Kirche gesetzt, Religion ist ihnen schnurzpiepegal, aber von ihren Politikern erwarten sie, dass sie gläubig sind, sonst beschmeißt einen die Presse vom höchsten Berg mit einem Haufen Fäkalien. Ein verdammtes Tohuwabohu. Und Sie wissen ja, wie das ist, man darf natürlich nicht einen ohne den anderen haben, also habe ich sie alle beide. Eine Expertenkommission schlägt vor, dass ich auch noch einen Moslem engagiere, und mir bleibt wohl nichts anderes übrig. Wer weiß, wo das noch alles enden soll?«

»Ja«, sagte Barney.

»Okay,«, sagte JLM, » prima, das ist die Truppe, zu der Sie von jetzt an gehören. Ich hoffe, Sie mögen sie.«

»Sehr nett«, sagte Barney.

»Formidabel«, erwiderte JLM.

»Toll«, sagte Barney.

»Super«, erwiderte JLM. »Absolut spitze. Also, auf geht's. Ich habe einen Stuhl im Badezimmer aufstellen lassen, damit wir hier nicht alles dreckig machen. Liegt Ihnen ein 62er Sinatra?«

»Denke schon«, sagte Barney.

»Meinen Sie, er steht mir?«, fragte JLM und ging weg, bevor Barney antworten konnte.

Barney folgte JLM zu einer Tür mitten in dem Wandgemälde, die ihm zuvor gar nicht aufgefallen war. Er betrachtete seine gespreizten Hände und dehnte die Finger. Wie lange war es her, dass er zum letzten Mal jemandem die Haare geschnitten hatte? Er hatte keine Ahnung. Er hatte keine Ahnung, wie lange es her war, seit er irgendwas gemacht hatte.

Als er JLM ins Bad folgte, tauchte zwischen ihm und dem First Minister plötzlich The Amazing Mr. X auf, und eine der beiden Frauen an dem Schreibtisch blickte schließlich doch auf und musterte Barney ein paar Sekunden lang über den Rand ihrer unglaublich schicken Brille hinweg, bevor die Badezimmertür geschlossen wurde und sie sich wieder dem psychologischen Profil von Winona Wanderlip zuwandte.

Kapitel 4

Das Parlament ist renitent

Melanie Honeyfoots Privatsekretärin war so besorgt über das Fehlen ihrer Chefin, dass sie bereits ab halb neun versuchte, sie zu erreichen. Die Ministerin kam nie später als acht, und an Tagen, an denen sie um halb zehn eine Privataudienz mit dem First Minister hatte, kam sie in der Regel sogar noch früher, um sich vorzubereiten. Deshalb hatte Charlotte Williams um 8.21 Uhr keine Lust mehr, Fragen nach Honeyfoots Verbleib zu beantworten, und beschloss, sie in ihrer Wohnung in Leith aufzusuchen.

Unter neugierigen Blicken verließ sie forschen Schrittes das Büro, nahm ein Taxi, das gerade in die Canongate gebogen war, und steckte in demselben zwanzig Minuten im Stau fest. Genug Zeit, um sich auszumalen, wie dumm sie dastehen würde, wenn Honeyfoot zwei Sekunden, nachdem sie selbst das Büro verlassen hatte, an ihrem Arbeitsplatz erschienen war.

Sie bat den Taxifahrer vor dem Haus zu warten und drückte, die strahlende Sonne im Rücken, auf die Klingel, weil es ihr widerstrebte, den Schlüssel zu benutzen, den Honeyfoot ihr vor zwei Jahren gegeben hatte. Es war eine moderne Wohnanlage bei den Docks, zwischen einem Abrissviertel und einem exklusiven Immobilienprojekt. Schließlich schluckte sie die bittere Pille und ihre Bedenken herunter und schloss die Haustür selbst auf. Sie stieg in den zweiten Stock, klingelte erneut und klopfte ein paarmal, bevor sie den Schlüssel nervös ins Schloss steckte, während ihr alle möglichen Vermutungen über die Gründe für Honeyfoots Schweigen durch den Kopf rasten.

Sie könnte die Nacht außer Haus verbracht haben oder, was noch schlimmer wäre, einen Gast haben, mit dem sie es gerade trieb. Derartig entrückt in der Ekstase der Kopulation, dass sie weder das Telefon noch die Klingel hörte.

Sie stieß die Tür auf, betrat die Wohnung und bemerkte sofort die Stille und das laute Klacken ihrer Schuhe auf dem Parkett. Sie blieb stehen und lauschte, bis ihr siebter Sinn endlich erwachte und ihre Nackenhaare sich gegen den Kragen ihrer schlichten weißen Bluse sträubten.

Und dann wusste sie es. Mit aufsteigender Übelkeit ging sie langsam, aber zielstrebig ins Schlafzimmer. Sie wollte das, was sie vorfinden würde, nicht sehen. Vom Zweifel war sie über die Besorgnis, sich zum Narren zu machen, zur absoluten Gewissheit gelangt, dass Honeyfoot tot in ihrem Bett lag.

Die Schlafzimmertür war geschlossen. Sie zögerte, starrte auf die Klinke und sorgte sich plötzlich über mögliche Fingerabdrücke. Vielleicht würde man außer Honeyfoots ausschließlich ihre Abdrücke finden, dachte sie, und zog sich den Ärmel ihrer Bluse über die Finger, bevor sie behutsam die Klinke herunterdrückte und die Tür öffnete.

Obwohl ihr eine außergewöhnliche Wärme entgegenschlug, weil die Sonne dieses milden Spätsommertages auf die großen Südostfenster schien, erschauderte sie beim Betreten des Zimmers. Ihr fröstelte, und sie spürte den Tod. Sie blickte zum Bett und konnte die darauf liegende Leiche der eines unnatürlichen Todes gestorbenen Melanie Honeyfoot förmlich vor sich sehen.

Doch das Bett war leer, die Bettdecke ordentlich bis zum Kissen hochgezogen und zurückgeschlagen, scheinbar unberührt. Sie blieb an der Tür stehen, blickte sich um und versuchte die

Diskrepanz zwischen dem, was sie sah, und dem, was sie spürte, zu begreifen.

Dann übernahm ihre vernünftige Natur das Kommando, die Person, die für alles eine rationale Erklärung hatte, und sie verwarf die seltsame Intuition, die sie ein paar Sekunden lang heimgesucht hatte. Der analytische Verstand triumphierte über die täuschende Einbildungskraft, und sie ging weiter ins Zimmer, um es auf mögliche Hinweise über Honeyfoots Verbleib zu durchsuchen. Schon dachte sie, dass es die plausibelste Erklärung war, dass Honeyfoot die Nacht außer Haus verbracht hatte und auf dem Weg zur Arbeit aufgehalten worden war. Höchstwahrscheinlich war sie mittlerweile im Büro und ziemlich ärgerlich über das Fehlen ihrer Sekretärin.

Nach einer flüchtigen Überprüfung aller Zimmer der Wohnung – die ihr nichts Neues über ihre Arbeitgeberin enthüllte – und kurzem Nachdenken mit Blick auf die dunklen Gewässer bei den Docks von Leith schloss Charlotte Williams die Tür hinter sich und eilte die Treppe hinunter zu dem wartenden Taxi.

»Wissen Sie«, sagte JLM bereits in voller Fahrt, »die Leute verstehen einfach nicht, wie es ist, ich zu sein. Dieser Druck und die Anspannung.«

Barney nickte. Das Bad war geräumig und hell, mit großen Fenstern mit Blick auf das Queensberry House und die Gebäude entlang der Royal Mile sowie mehr Spiegeln als in der gesamten Villa eines durchschnittlichen Hollywood-Narziss. Er hatte das Haar des First Minister gut fünf Minuten eingehend betrachtet und bisher noch keine konkrete Maßnahme ergriffen. Er fühlte sich ein bisschen wie ein Mann, der nach dreißigjährigem Führerscheinentzug zum ersten Mal wieder hinter dem Steuer eines Wagens sitzt. Er wusste, dass er es früher gekonnt hatte, war jedoch unsicher, wie er anfangen sollte.

»Alles klar da hinten?«, fragte JLM. »Sie scheinen ja nicht viel zu machen.«

»Ja«, sagte Barney. »Alles bestens. Ein 62er Sinatra haben Sie gesagt?«

»Ja«, antwortete JLM. »Ich habe Sinatra geliebt. Ein Typ nach meinem Herzen. Und tiefgründig. Sehr tiefgründig. Ein prima Bursche. Ich erkenne viel von mir selbst in dem Mann wieder. Und tolle Haare hatte er auch, unbestritten. Selbst wenn es nicht seine eigenen waren, wenn Sie wissen, was ich meine«, sagte er und lachte.

Ein Teil von Barneys Problem bestand darin, dass JLM schon weitgehend einen 62er Sinatra hatte. Der Spruch über die fehlende Fasson seiner Frisur seit Phillipes Abschied war ein Witz; höchstwahrscheinlich war Phillipe erst vor drei Tagen gegangen. Barneys Verstand kämpfte sich mühsam durch den Schlamm, in dem er seit dem Aufwachen festzustecken schien, bis ihm schließlich das Offensichtliche dämmerte: Er schnitt das Haar eines Mannes, der unnatürlich besessen von seinem eigenen Bild war. Er war der First Minister, trat vermutlich ständig im Fernsehen, im Parlament und in der Öffentlichkeit auf, besuchte Schulen und Krankenhäuser. Natürlich fiel ihm da jedes Haar ins Auge, das nur zwei Millimeter zu lang war, vor allem wenn er der Verbreitung seines eigenen Bildes so hingebungsvoll zugetan war, wie es JLM, nach all den Porträts von sich an jeder Wand zu urteilen, offensichtlich war.

Und mit einem Mal begriff Barney die Psyche des Mannes vor ihm – etwas, was alle Frisöre instinktiv tun –, und er wusste, wie er den Schnitt angehen musste und was von ihm erwartet wurde. Er nahm den elektrischen Rasierer, setzte einen Scherkopf Nr. 3 auf, schaltete den Apparat an, spürte das beruhigende Vibrieren in seiner Hand und fuhr elegant über JLMs Nacken.

»Es heißt, Sinatra hätte außergewöhnliches Nasenhaar gehabt«, sagte er beiläufig, in seine alte Frisör-Routine verfallend, ohne dabei etwas auch nur ansatzweise Erhellendes zustande zu bringen. JLM zog es vor, ihn zu ignorieren, und betrachtete sein Spiegelbild.

Die Tür ging auf, und Barney bemerkte den aufflackernden Ärger in JLMs Gesicht, weil es nicht geklopft hatte, der jedoch sofort wieder erstarb, als Parker Strangelove das Badezimmer betrat und die Tür schloss. Auch The Amazing Mr. X, der blitzschnell in seine Tasche gegriffen hatte, entspannte sich wieder.

»Guten Morgen, Sir«, sagte Strangelove.

»Parker«, sagte JLM.

Strangelove trat hinter sie, blickte kurz auf die Aktenmappe in seiner Hand und suchte dann JLMs Blick im Spiegel.

»Als Erstes haben Sie einen 9.30-Termin mit Melanie Honeyfoot«, sagte Strangelove, und JLM kräuselte ganz leicht die Lippen. »Sie wird Sie zu weiteren Schritten in puncto Steuerreform drängen. Sie will immer noch in dieser Legislaturperiode ein Gesetz einbringen. Meine Quellen berichten, dass sie ein paar zwingende Beweise für die Notwendigkeit zusammengetragen hat, dem schottischen Steuerzahler weitere Belastungen aufzuerlegen.«

Er blickte auf und lächelte JLM spöttisch an, der seinerseits den Kopf schüttelte. Glücklicherweise hatte Barney seine Kunst schon wieder so weit im Griff, dass ihm ein elegantes Ausweichmanöver gelang.

»Sie sind für eine halbe Stunde eingetragen, aber ich hol Sie nach fünf Minuten raus. Bis jetzt ist sie noch gar nicht aufgetaucht, ich weiß also nicht, was da los ist.«

»Nicht aufgetaucht?«, fragte JLM und kräuselte erneut die Lippen.

»10.20 Uhr Fernsehstudio für die Live-Schaltung mit *This Morning*, die von 10.40 bis etwa 10.45 stattfinden wird.«

»Herrgott, fünf Minuten?«, sagte JLM. »Frechheit. Was glauben die, wen sie vor sich haben?«

»Die waren knallhart. Das oder gar nichts. Sie kommen zwischen Mel C, die über ihr neues Tattoo spricht, und einer Frau, die berichtet, was mit ihrer Vaginoplastie schief gelaufen ist.«

Strangelove blickte auf. JLM schloss die Augen, dachte jedoch diesmal daran, nicht den Kopf zu schütteln.

»Sagen Sie mir, dass sie mich fragt, was wir für die Künste und Wissenschaften tun wollen und was unsere Pläne für das Verkehrs- und Gesundheitswesen sind.«

»Sie können ja versuchen, das Gespräch dahin zu drehen, aber das wird wohl eher nicht klappen«, sagte Strangelove. »Man will Sie nach Ihrer Affäre befragen und ob Sie noch weitere verschweigen. Sie haben zwar nichts gesagt, aber ich halte es für nicht unwahrscheinlich, dass sie Hookergate ansprechen.«

»Oh, du liebe Zeit«, sagte JLM. »Warum mache ich diese Sendung überhaupt?«

Strangelove ignorierte ihn. Weil du so verdammt erpicht darauf bist, deine Fratze ins Fernsehen zu kriegen, egal unter welchen Umständen, hätte er antworten können, unterließ es jedoch.

JLM suchte Barneys Blick und sah ihn wissend an.

»Sie wissen vermutlich schon alles über Hookergate?«, fragte er.

»Nie gehört«, antwortete Barney und wollte noch hinzufügen: »Bis heute Morgen hatte ich noch nicht mal von Ihnen gehört«, besann sich jedoch eines Besseren.

»Totaler Unsinn«, sagte JLM. »Mein Sekretärin, die gerade abgekratzt ist, Veronica, Mrs. Walters, war ein hinreißendes Mädchen, wirklich super. Sie hatte die Wohnung über meinem Büro in meinem Wahlkreis in Perth gemietet. Alles ganz regulär, großartiges Arrangement für alle Beteiligten. Nun, sie war ein reizendes Mädchen, volle rosige Lippen, sehr attraktiv, wirklich, spitzenmäßige, umwerfende Lippen. Rot und prall. Hat sich ein bisschen durch die Betten geschlafen, und warum auch nicht?

Jedenfalls kursieren jetzt lächerliche Beschuldigungen, dass sie eine Art Nutte gewesen wäre und die Wohnung für geschäftliche Zwecke benutzt hätte. Völliger Blödsinn. Und natürlich werde ich in den ganzen Schlamassel hineingezogen. Wirklich ein elender Schlamassel, das Ganze.«

»Um 11.25 Uhr müssen Sie zurück in Holyrood sein«, unterbrach ihn Strangelove, »für ein Treffen mit dem Vorsitzenden des Unterausschusses, der mögliche Einschränkungen der gesetzlich garantierten Meinungsfreiheit untersucht.«

»Noch so'n Quatsch«, sagte JLM zu Barney.

»Mittagessen im Parlamentsrestaurant mit dem Leiter des Schottischen Küstenforums und dem stellvertretenden Minister für die Entwicklung des ländlichen Raums.«

»Ein Bursche namens Applecross«, sagte JLM zu Barney, »ein kompletter Wichser. Schottisches Küstenforum, Herrgott noch mal. Haben wir überhaupt noch eine Küste?«, fügte er undurchsichtig hinzu.

»Um 14.30 Uhr Fragestunde im Parlament.«

»Der übliche Mist?«

»Auf jeden Fall«, erwiderte Strangelove, »obwohl der Oppositionsführer ein völlig neues Fass anstechen will. Angeblich will er wissen, ob es stimmt, dass Ihre Kinder keine Disney-Videos sehen dürfen.«

»Himmel noch mal«, seufzte JLM. »Muss ich da hin? Kann das nicht Benderhook erledigen?«

»Sie sind fest eingetragen, fürchte ich«, sagte Strangelove. »Und wenn Sie diese Woche nicht antworten, müssen Sie es nächste Woche tun.«

»Könnten wir Benderhook nicht dazu bestimmen, jede Woche die Fragestunde des First Minister abzuhalten? Ich weiß gar nicht, warum ich mich mit dem verdammten Parlament abgeben muss. Jeder weiß, dass es mir nur Steine in den Weg legt. Ich hab Besseres zu tun.«

»Um 16 Uhr haben Sie einen Termin mit dem Vorsitzenden der Kommission für genmanipulierte Lebensmittel.«

»Mein Gott, das wird ja immer schlimmer«, sagte JLM.

»Er wird Sie drängen, das Testgelände auf der Black Isle zu besuchen.«

Barney hatte die Nackenrasur beendet und arbeitete sich jetzt mit neuem Selbstvertrauen um die Ohren herum. Es würde vielleicht noch ein oder zwei Tage dauern, bis er wieder mit Verve, Schmiss, Stil und Elan frisierte, aber das hier würde fürs Erste reichen.

»Sie meinen Jamaika oder so?«

»Die Black Isle liegt direkt nördlich von Inverness und ist eigentlich gar keine Insel.«

»Gott im Himmel«, sagte JLM. »Da fahr ich nicht hoch. Der Pöbel dort wählt doch sowieso entweder die Nationalisten oder die Liberaldemokraten, sodass man nicht mal behaupten kann, es würde sich lohnen.«

»Und um 16.45 Uhr haben Sie einen Termin mit Nancy Hackenbush.«

»Herrgott, da müssen Sie mir wirklich raushelfen«, sagte JLM.

»Sie wollen, dass sie den Vorsitz im Ausschuss gegen Rassendiskriminierung übernimmt.«

»Mein Gott«, murmelte JLM.

Sein Blick traf im Spiegel auf Barneys, und er wollte gerade etwas über das grausame Los eines First Minister äußern, als Strangelove seinen Vortrag abschloss.

»Außerdem haben Sie Papierkram von zwei Tagen abzuarbeiten, plus das, was heute noch kommt. Sie wollten vor Ihrem Abflug nach Brüssel morgen auf dem neuesten Stand sein.«

»Sehen Sie«, sagte JLM und sah Barney an. »Sehen Sie, was für ein Leben ich führe. Alle denken, es ist wundervoll. All diese Macht. Aber es ist eine Plage, eine verdammte Plage. Genau wie dieses wundervolle Parlamentsgebäude, das wir gerade bezogen haben. Ein Werk der Schönheit. Wie eine in durchsichtigen mexikanischen Honig getauchte, nackte Frau. Entzückend. Es wächst aus dem Boden, hat Miralles gesagt. Dewar hat den Bau sanktioniert, aber ich hätte es nicht besser entscheiden können. Und ist jetzt irgendwer glücklich? Natürlich nicht. Jetzt zetern bloß alle über die Kosten und geben mir die Schuld. Totaler Blödsinn. Ich weiß auch nicht, warum ich mir das antue.«

»Und warum machen Sie es dann?«, fragte Barney, und Strangelove bedachte ihn mit einem vernichtenden Blick.

JLM suchte in Barneys Gesicht nach Spuren von Spott oder Sarkasmus und entschied, dass weder das eine noch das andere darin zu entdecken war.

»Ich bin berufen«, erklärte JLM pompös. »Ich glaube wirklich, dass ich berufen wurde.«

Barney nickte. Strangelove streifte JLM mit einem weiteren Seitenblick. The Amazing Mr. X behielt wie schon die ganze Zeit die Tür im Auge und sagte nichts.

Kapitel 5

Gesegnet sind die Geschichtenerzähler

Charlotte Williams war gerade fünf Minuten zurück im Büro, als Parker Strangelove, Jesse Longfellow-Moses – Letzterer mit einem recht schnittigen 62er Frank Sinatra – und The Amazing Mr. X angespannt wie Sprungfedern zu dem Treffen mit Melanie Honeyfoot hereinmarschierten.

In diesen fünf Minuten hatte Williams drei Anrufe getätigt, mittels derer sie in Erfahrung gebracht hatte, dass Honeyfoot am Ende des vergangenen Abends definitiv in ihre Wohnung zurückgekehrt war, leidlich nüchtern und allein. Es gab keine Erklärung dafür, dass sie nicht in ihrem Bett geschlafen hatte. In der klaustrophobischen Welt der schottischen Politik würde es nicht lange dauern, bis irgendjemand von der Presse Wind von der Tatsache bekam, dass Honeyfoot verschwunden war, und die Geschichte würde ihnen um die Ohren fliegen.

Strangelove trat vor Williams' Schreibtisch, während JLM sich umsah und das Personal im Vorzimmer mit einem Blick warmer Großzügigkeit bedachte. The Amazing Mr. X stand mit gefalteten Händen reglos da, ein Panther im Käfig, der nur darauf wartete, mit der Grausamkeit und Schande des hohen Amtes zuzuschlagen, falls irgendjemand seinen Herrn bedrohen sollte.

»Ich nehme an, Miss Honeyfoot ist mittlerweile wohlbehalten eingetroffen«, sagte Strangelove.

»Sie ist nicht hier«, erwiderte Williams knapp in dem Bemühen, sich im Gegensatz zu jedem anderen im Parlament nicht von Strangelove einschüchtern zu lassen.

»Was soll das heißen?«, fauchte der.

»Sie ist«, sagte Williams unwillkürlich doch unterwürfig, »heute Morgen nicht gekommen.«

»Wo ist sie?«

»Ich weiß es nicht.«

»Meinen Sie, der First Minister hätte nichts Besseres zu tun, Mrs. Williams?«

»Nein«, sagte sie. »Ich meine, ja. Ich, ähm, habe versucht, Melanie zu erreichen.«

»Wie überaus umsichtig von Ihnen«, sagte Strangelove. »Der First Minister geht jetzt. Sollte Miss Honeyfoot sich dazu herablassen, sich doch noch blicken zu lassen, richten Sie ihr aus, dass das Treffen mit dem First Minister abgesagt ist und dass sie für den Fall, dass sie einen neuen Termin wünscht, nicht davon ausgehen soll, dass es noch in dieser Legislaturperiode dazu kommt. Auf Wiedersehen.«

Strangelove drehte sich um und verließ das Büro. JML nickte Williams zu, sagte, »Reizend, wirklich reizend, danke«, und folgte Strangelove. The Amazing Mr. X ließ seinen Blick kurz schweifen, um festzustellen, ob möglicherweise irgendwer seinen Arbeitgeber nicht mit der angemessenen Ehrerbietung ansah, und folgte ihm dann mit ein paar Schritten Abstand.

Unmittelbar danach rief Williams bei dem für das Gebäude zuständigen Sicherheitsdienst an und informierte ihn über die eigenartigen Umstände von Honeyfoots Abwesenheit. Dort stellte man ein paar eigene Nachforschungen an, entschied, dass Honeyfoots Abwesenheit in der Tat sehr seltsam war, und alarmierte um zehn Uhr die Polizei. Um halb elf war ein Trupp von fünfzehn Beamten vor Ort, um elf Uhr wurde die Presse informiert, und eine Viertelstunde später überschlugen sich die Medien mit Spekulationen über Honeyfoots Fernbleiben von Büro und Regierungsbank.

Als Williams im Büro ihrer Chefin BBC 24 guckte, wo ein politischer »Experte«, von dem sie noch nie gehört hatte, seine Theorie erläuterte, dass Honeyfoot von Glasgower Drogenbaronen entführt worden war, fragte sie sich, ob Honeyfoot in diesem Moment auf dem Weg zur Arbeit war und fuchsteufelswild über die Lawine sein würde, die ihre Sekretärin losgetreten hatte.

»Was machen Sie den ganzen Tag?«, fragte Barney.

Es war kurz vor halb zwölf. Barney saß seit zwei Stunden tatenlos herum und war sich, nachdem er das Haar des First Minister für diesen Monat geschnitten hatte, nicht ganz im Klaren darüber, was er in den kommenden Wochen tun würde.

Reverend Alison Blake, mit der er das Gespräch angeknüpft hatte, legte ihre Bibel auf den Tisch und starrte auf den Teppich.

»Er erwartet mehr oder weniger, dass wir für ihn da sind, wenn er uns braucht«, sagte sie. »Das ist in etwa alles. Sie können sich die Zeit nach Belieben vertreiben.«

»Das heißt, wir sitzen in seinem Büro fest?«, fragte Barney.

»So ziemlich«, erwiderte Blake. »Das ist unser Arbeitsplatz. Wir sind erst seit ein paar Tagen hier, deshalb ist alles noch ziemlich neu, aber ich werd mich schon früh genug wieder langweilen.«

»Aber, ich habe ihm gerade die Haare geschnitten«, wandte Barney ein. »Er wird mich wochenlang nicht brauchen.«

Blake lachte und lächelte Barney an.

»Sie kennen ihn nicht besonders gut, oder? Schauen Sie sich doch mal die Wand an.«

Barney folgte ihrem Blick und betrachtete erneut die Szene der modernen Bergpredigt, wobei Pater Michael, der sich nicht bewegt hatte, seit Barney den Raum erstmals betreten hatte, ihm die Sicht auf die Hauptfigur halb verdeckte.

»Meinen Sie, ein Mensch, der sich so ein Bild an die Wand seines Büros malen lässt, wäre nicht von seinem eigenen Bild besessen und würde nicht erwarten, dass man sich mehrmals täglich um seine Haare kümmert?«

Barney machte einen Schritt zur Seite, um JLMs Abbild besser betrachten zu können. Tatsächlich hatte ihn der First Minister vor seinem Aufbruch ins Fernsehstudio aufgefordert, noch mal kurz seine Frisur zu kontrollieren.

»Das ist doch Wahnsinn«, sagte Barney. »Was machen Sie und die anderen denn so?«

»Wahnsinn ist noch untertrieben«, erwiderte Blake. »Also, Veron fummelt den ganzen Tag an irgendwelchen Kostümen herum.« Barney drehte sich um und sah den Schneider, die Hände in die Hüften gestemmt, mit sorgenvoller Miene eine Troddel betrachten. »Von zwanzig gefertigten Entwürfen trägt JLM, wenn's hoch kommt, einen. Ehrlich gesagt gehen die meisten davon in Mrs. Longefellow-Moses' Garderobe über. Die beiden Ärztinnen sitzen den ganzen Tag vor ihren Laptops«, fuhr sie mit erhobener Stimme fort, um sicherzugehen, dass die beiden sie hörten, »und suchen im Internet nach perversen Porno-Sites.« Blackadder lächelte, Farrow zeigte ihr einen Vogel. »Dr. Farrow muss den Patienten jedes Mal untersuchen, wenn er Halsschmerzen bekommt und glaubt, eine bösartige Zyste auf der Zunge zu haben. Dr. Blackadder erstellt psychologische Profile von jeder verlangten Person. Sie denkt sich den Kram bloß aus und streut ein paar medizinische Fachbegriffe ein, damit es sich besser anhört. Er kauft einem jeden Scheiß ab.«

Blackadder lächelte immer noch. Barney fühlte sich fehl am Platz, so wie es jedem Neuankömmling gehen würde, der die Insider-Witze noch nicht verstand.

»Die Brille bräuchten sie übrigens auch nicht«, erklärte

Blake, »er meint bloß, Ärztinnen müssten intelligent aussehen.«

»Das ist, ähm …«, sagte Barney.

»Der Horizont des Mannes«, sagte Blake. »Der Pater und ich sind zur spirituellen Begleitung hier, was ein Riesenquatsch ist. Eigentlich sollen wir für ihn bloß bei jedem auch nur ansatzweise kontroversen Thema die mögliche Reaktion der beiden Kirchen abschätzen.«

Sie starrte Pater Michael an, und Barney folgte ihrem Blick. Sein Kopf war nach wie vor im selben Winkel geneigt, seine Hände in derselben Art gefaltet.

»Michael ist offen gestanden eine leicht gestörte Seele«, sagte Blake. »Er hat im Grunde ein völlig ungeklärtes Verhältnis zu dem ganzen Priester-Ding.«

»Ach ja?«, fragte Barney.

»Ja«, sagte Blake. »Aber wer will es ihm verdenken? Ich sage ihm immer, er soll von der finsteren Seite zu uns rüberkommen, aber andererseits würde er dann vermutlich seinen Job verlieren.«

»Von der finsteren Seite?«

Blake lachte.

»Sie wissen schon, was ich meine, auch wenn ich es vermutlich nicht so nennen sollte.«

»Sie, ähm«, sagte Barney, »reden nicht gerade wie ein gewöhnlicher Pfarrer. Stört das den First Minister nicht?«

Sie zuckte zunächst nur mit den Schultern, rutschte dann tiefer in ihren Sessel und senkte die Stimme.

»Ach, wissen Sie, ich hab ihn vor einer Weile mal gewissermaßen gebumst und seither ziemlich freie Hand, weil er Angst hat, ich könnte es in der Öffentlichkeit ausplaudern.«

Barney nickte. Gebumst. Klar. Das klang logisch. Sofern hier irgendwas logisch war.

»Und mit jemand anderem von der Regierung haben wir nichts zu tun?«, fragte er.

»Gott bewahre«, antwortete Blake. »Wir sind JLMs Leute, und sonst nichts.«

»Verstehe«, sagte Barney.

Und dann starrte er zu Boden und sinnierte über die grotesken Umstände, in die er geworfen worden war.

»Und wie sind Sie hierher gekommen?«, fragte Blake. »Jeder hat eine Geschichte.«

Barney drehte sich um, sah ihr in die Augen – große, dunkle, undurchsichtige und sehr, sehr attraktive Augen – und überlegte, welche das sein könnte.

»Weiß nicht genau«, sagte er, nachdem er seine Augen endlich von ihrem Blick losgerissen hatte, der ihn zu verschlingen drohte. »Ich bin so rumgekommen. Hab ein bisschen frisiert. Ich habe ganz ehrlich nicht den leisesten Schimmer. Ich hoffe, dass mich irgendwer aufklärt. Ein Teil meiner Vergangenheit scheint mir nicht ganz einwandfrei, aber an etwas Konkretes kann ich mich nicht erinnern.«

»Ach ja?«, sagte Blake. »Klingt interessant.«

»Mag sein«, erwiderte Barney. »Es ist alles ein bisschen vage. Aber ich glaube, es hat in meinem Leben viel Mord und Totschlag gegeben.«

»Hmmm«, sagte sie. »Klingt ja ganz nach meinem Geschmack. Erzählen Sie.«

Barney war entschlossen, ihr nicht wieder in die Augen zu sehen, weil ihn das irgendwie von sich selbst abkoppelte.

»Ich kann mich nicht erinnern. Es ist alles verschwommen.«

»Ja«, sagte sie mit schwindender Begeisterung, »das hab ich auch manchmal. Ich werde sehen, was ich für Sie herausfinden kann.«

»Danke«, sagte Barney.

Sie verfielen in Schweigen. Irgendwann nahm Blake wieder ihre Bibel zur Hand und las noch einmal die Geschichte, wie Jesus Wasser in Wein verwandelt hatte; doch egal, wie oft sie sie las und wie eingehend sie sie betrachtete und auf mögliche Symbole hinterfragte, schlussendlich dachte sie jedes Mal, dass es auf nichts anderes hinauslief, als dass der große Meister bei einem Besäufnis ausgeholfen hatte, nachdem der Fusel ausgegangen war. Barney betrachtete das Bild des für die Bekehrten predigenden JLM. Seine Augen strahlten heller als in Wirklichkeit und folgten einem durch den ganzen Raum, egal wohin man sich wandte.

Und jenseits der City, der Altstadt und der Neubauviertel, des Verkehrs und der schwitzenden Fußgänger, vorbei an den Docks und hinein ins Wasser, am Grunde des Firth of Forth, ein paar hundert Meter unter dem Meeresspiegel, stand, die Beine mit Steinen beschwert, die Leiche von Melanie Honeyfoot und wiegte sich in ihrem feuchten Grab mit der Strömung sanft hin und her, ohne sich für die nächsten Monate, Jahre und Jahrzehnte auch nur einen Zentimeter von der Stelle zu bewegen.

Kapitel 6

Wenn mein Vollmond sich als Pilz entpuppt

Die Slammer Bar war voll und verqualmt. Wer hätte das gedacht? Im finstersten Leith an der Ecke Coronation Street und Queen Charlotte Street gelegen, ohne dass irgendein Parlamentarier auch nur von ihrer Existenz wusste. Und noch entscheidender, politische Korrespondenten hätten eher ein neugeborenes Kälbchen sauber geleckt, als sich in dieser Kaschemme blicken zu lassen, weshalb sie auch der perfekte Treffpunkt für zwei Menschen auf der Suche nach einer ruhigen Ecke war, umgeben von Menschen, die in der wirklichen Welt lebten und sich nicht im Geringsten für ihre Existenz interessierten.

Es war laut in der Bar, sodass Winona Wanderlip sich über den Tisch beugen musste und ihr Mund nur Zentimeter von Parker Strangeloves Gesicht entfernt war. Er konnte ihre Haut und die Reinigungslotion riechen, mit der sie sich vor dem Ausgehen erfrischt hatte, konnte die winzigen Poren in ihrer Nase erkennen und den Weißwein in ihrem Atem intensiv genug verkosten, um festzustellen, dass es sich um einen australischen Chardonnay handeln musste, frisch und vollmundig, mit einem delikaten Abgang und einem Hauch von Thymian, Lavendel und einem doppelten Cheeseburger mit einer Portion Pommes und einem großen Erfrischungsgetränk.

Winona Wanderlip roch gar nichts von Parker Strangelove.

Die beiden kannten sich schon seit Ewigkeiten, aus der Zeit

lange vor Strangeloves Verbindung mit JLM. Es war eine ferne Vergangenheit, in der Bünde geschmiedet und Geheimnisse geschaffen worden waren, die beide mit ins Grab nehmen würden. Mehr oder weniger.

»Er vermasselt alles, Parker, das musst du doch sehen«, sagte sie, nachdem er mit ihrem zweiten Glas Weißwein und seinem dritten Mineralwasser vom Tresen zurückgekehrt war.

»Ich weiß«, sagte er abwehrend.

»Und niemand kann ihn herausfordern. Als ob die ganze Partei impotent wäre. Beängstigend.«

»Er ist ein charismatischer Mann, Winona«, sagte Strangelove. »Im Parlament hören alle auf ihn …«

»Wenn er sich denn mal blicken lässt.«

»Wenn sie ihn im Fernsehen sehen, hassen sie ihn, das garantiere ich dir. Er kommt als ein gönnerhafter, herablassender, ignoranter Clown rüber.«

»Erzähl mir was, was ich noch nicht weiß«, murmelte sie verbittert.

»Aber sobald er ihnen in Fleisch und Blut gegenübertritt, knicken sie ein. Du warst doch bei den Kabinettssitzungen dabei. Ich weiß nicht, wie oft einer von ihnen mit der festen Absicht gekommen ist, den Typ in die Mangel zu nehmen, aber er sülzt sich einfach raus. Eine halbe Stunde später verlässt sein designierter Attentäter die Sitzung und fragt sich, warum er JLM je verachtet hat. Der Mann ist aalglatt.«

»Aber das ist doch alles nur Schwachsinn«, entgegnete sie entschieden.

»Na und?«, sagte Strangelove. »Darum geht es nicht. Politik ist keine Frage der Substanz, der Programme und des progressiven Denkens. Es geht nur um schicke Anzüge, Rhetorik, markerschütterndes Selbstbewusstsein und das Wissen, wann man jemandem das Messer in den Rücken rammen muss. Und das beherrscht JLM bis zur Perfektion.«

Wanderlip lehnte sich an das umlagerte Rückenpolster, stieß einen langen Seufzer aus und trommelte mit den Fingernägeln an ihr Glas. Wie stets mit dem dumpfen Offbeat ihres linken Ringfingers.

»Und die Wirtschaft geht in die Binsen, die Nation geht in die Binsen, und London und ganz Europa lachen über uns. Er wirkt echt bescheuert, und wir alle mit ihm.«

Strangelove lächelte wehmütig und trommelte seinerseits mit den Fingern auf den Tisch, während er die Kratzer und Furchen betrachtete, die die Jahre auf dem Holz hinterlassen hatten. Er versuchte sein Einverständnis zu signalisieren, ohne die Worte laut auszusprechen, denn trotz aller Vorsichtsmaßnahmen konnte man nie wissen, wer lauschte.

»Du hast ja gehört, was er bezüglich der Bewerbung für die Fußball-WM 2014 vorhat?«, fragte er und blickte auf, obwohl er ganz genau wusste, dass sie es noch nicht gehört hatte, weil Strangelove die einzige Person war, der gegenüber JLM es erwähnt hatte.

»Lass mich überlegen«, sagte sie und strich mit dem Finger über den Glasrand, »er wird sich verpflichten, zehn neue Stadien in Schottland zu errichten, die alle Jesse Longfellow-Moses-Gedächtnis-Stadion heißen?«

Strangelove lachte. Winona Wanderlip war so ungefähr die Einzige, die ihn noch zum Lachen bringen konnte.

»Nein«, erwiderte er lächelnd, »aber nur, weil ich es ihm noch nicht vorgeschlagen habe.«

»Untersteh dich«, warnte sie lächelnd.

»Er arbeitet an einer gemeinsamen Bewerbung mit den Färöer-Inseln«, sagte Strangelove.

»Die Färöer?«, fragte Wanderlip. »Er erwartet, dass die ungefähr sechzehn Bewohner dieser Inselgruppe zwei oder drei Stadien mit einem Fassungsvermögen von 30 000 Plätzen bauen? Auf welchem Planeten lebt er denn?«

»Er erwartet gar nichts«, sagte Strangelove. »Er weiß, dass die gemeinsame Bewerbung dazu führen wird, dass wir nicht ausgewählt werden. Und selbst wenn, können die ihren Teil des Deals nicht einhalten, und wir müssen kein Geld dafür ausgeben. Bingo. Jeder weiß, dass ihm Fußball scheißegal ist, aber er erweckt trotzdem den Eindruck, er würde versuchen, etwas Edles für das Volk zu tun, und wenn das Projekt auf dem Arsch landet, ist es nicht seine Schuld.«

Sie schüttelte den Kopf und trank einen weiteren großen Schluck.

»Warum überrascht mich das nicht?«, sagte sie mit einem perfekt imitierten New Yorker Akzent.

»Hab ich mir ausgedacht«, erklärte Strangelove selbstgefällig. »Ganz schön schlau, was?«

»Warum überrascht mich das nicht?«, wiederholte sie mit demselben Akzent.

»Um ganz nach oben zu kommen, muss man halt genial sein«, sagte er immer noch lächelnd und trank sein Wasser aus.

»Nicht in Schottland«, gab sie zurück, schob ihr Glas zur Seite und beugte sich vor. »Pass auf, wir haben einen gewissen Schwung. Wir müssen etwas auf den Weg bringen, und du weißt, dass es nicht von mir kommen kann. Weißt du, was für ein Spiel Melanie verdammt noch mal spielt?«

Strangelove starrte erneut auf den Tisch, in den jemand grob die Initialen »KT« geritzt hatte, stellte sein Glas auf die Gravur und hob den Blick.

»Keine Ahnung«, sagte er. »Pass auf, ich sollte jetzt besser gehen. Hör du dich im Kabinett um, ob genug Unruhe herrscht, irgendwas anzuzetteln …«

»Willst du mich verarschen?«, fragte sie. »Ich soll mich umhören, ob *genug* Unruhe herrscht?«

»Ich sondiere die Stimmungslage in der Fraktion, um zu sehen, ob der Zeitpunkt gekommen ist. Abgemacht?«, fragte er.

»Ja«, sagte Wanderlip. »Abgemacht.«

Strangelove stand auf und schob seinen Stuhl zurück. Dabei rempelte er einen Mann mit einem Pint McEwan's an, der ein paar Tropfen vergoss, sich umdrehte und Strangelove herausfordernd ansah. Doch als sich ihre Blicke trafen, grunzte er bloß und wandte sich ab, wie üblich, wenn jemand feststellte, dass er gerade dabei war, den persönlichen Adjutanten des First Minister anzumachen.

»Bis dann, Winnie«, sagte Strangelove schon fast im Gehen. »Ach, und Winnie«, fügte er hinzu und drehte sich noch einmal um. »Ich glaube, er wird deinen Geschäftsbereich noch ein wenig erweitern.«

Wanderlip klappte in ungespieltem Erstaunen den Mund auf. Ihr Ministerium war bereits doppelt so groß wie das aller anderen Kabinettskollegen.

»Das lasse ich nicht zu«, erklärte sie empört.

Strangelove zuckte mit den Schultern, wandte sich lächelnd ab, eilte aus dem Lokal und ließ Winona Wanderlip mit dem Rest ihres australischen Chardonnay allein am Tisch zurück.

Kapitel 7

Die Zahnbürste eines anderen

Am späten Abend saß Barney Thomson in einem großen, bequemen Sessel. Er war zurück in seinem Apartment oder seiner Gefängniszelle, wie er mittlerweile manchmal dachte, obwohl die Tür nicht verschlossen war. Er hatte eine Weile ferngesehen, doch nichts erschien ihm wichtig, niemand, der im Fernsehen auftrat, schien in der Welt zu existieren, in der er jetzt lebte. Er legte die Hände auf die Knie, hörte Hoagy Carmichael und wartete darauf, dass er müde wurde, damit er ins Bett gehen konnte.

Nach seinem kurzen Flirt mit Reverend Blake hatte er eigentlich mit keinem mehr gesprochen. Pater Michael hatte praktisch den ganzen Tag in ehrfürchtiger Versenkung vor dem Wandgemälde verbracht; die Ärztinnen hatten in ihre Laptops getippt; Veron hatte an seiner Schneiderpuppe herumgefummelt. JLM, Strangelove und The Amazing Mr. X waren in unregelmäßigen Abständen wieder gekommen, und jedes Mal musste Barney JLMs Haar kontrollieren. Bevor er ihn für den Abend entlassen hatte, hatte JLM gefragt, ob Barney auch eine anständige Rasur vornehmen könne, was jener bejaht hatte, obwohl er sich in Wahrheit nicht genau erinnerte. JLM hatte ihn für den kommenden Morgen um 7.30 Uhr einbestellt und ihm beiläufig erklärt, dass er mit ihm nach Brüssel reisen würde. Bei seinen Treffen mit einflussreichen Diplomaten brauchte der First Minister eine korrekte Frisur.

Hoagy Carmichael sang gerade ein Lied über zwei schläfrige Menschen, und Barney wünschte sich, einer davon zu sein, als es klopfte. Er sah auf die Uhr, viertel nach zwölf, doch sein Herz machte keinen Satz, wie man es bei einem unerwarteten Besucher zu so später Stunde vielleicht hätte vermuten können. Barney kam sich vor wie Mr. Spock in *Star Trek III*, als ob er ein Ding und kein menschliches Wesen wäre. Wobei sich Spock natürlich sowieso höchstens als halb menschliches Wesen fühlen könnte, aber was soll die Haarspalterei?

Er stand auf, trottete über den sauberen Teppich und öffnete die Tür. Davor stand eine der beiden Ärztinnen, allerdings ohne Brille und für den Abend mit einer kühlen blassblauen Bluse und einer kühlen blassblauen Jeans bekleidet.

»Hi«, sagte sie, und Barney nickte. Er konnte sich nicht mehr erinnern, welche von beiden sie war, die Psychologin oder die Medizinerin.

»Sie haben heute eine Menge Leute getroffen«, sagte sie lächelnd, als sie seinen Gesichtsausdruck sah. »Ich bin die Psychologin, Blackadder.«

»Ah ja«, erwiderte Barney und versuchte cool auszusehen. »Ich weiß. Es ist spät«, fügte er noch hinzu, weil er fand, dass er etwas sagen sollte und ihm auf die Schnelle nichts anderes einfiel.

»Ja«, sagte sie. »Tut mir Leid. Ich habe gerade erst Feierabend, wissen Sie. Ich dachte, Sie wären vielleicht noch auf. Parker wollte, dass ich mich mit Ihnen unterhalte.«

»Richtig«, sagte Barney, bevor ihm klar wurde, dass er sie hereinbitten sollte, was jeder klar denkende Mann bei einer Frau vom Aussehen Dr. Ashley Blackadders längst getan hätte. Jesse Longfellow-Moses dachte gar nicht daran, sich mit unattraktiven Menschen oder Dingen zu umgeben. »Wollen Sie reinkommen?«, fragte er in dem Bemühen, die Tatsache zu überspielen, dass ihm der Gedanke gerade erst gekommen war.

»Das wäre nett«, sagte sie, schob sich an ihm vorbei ins Zimmer und schloss die Tür.

»Die meisten Leute nennen mich Edmund«, erklärte sie, »aber das wird langsam langweilig. Sie können mich Ash nennen.«

»Ash«, wiederholte er, mit abgespreizten Armen verlegen in der Mitte des Zimmers stehend. »Ich weiß nicht, ob ich Ihnen etwas anbieten kann«, sagte er und meinte einen Drink. Sein Abendessen war von einer anderen Frau gebracht worden als das Frühstück. Die gleiche Uniform, die gleiche Frisur, ein anderer Genpool. Eine kleine Speisekarte auf dem Tablett hatte ihn darüber informiert, was man ihm serviert hatte: *Ein Zauber vom Huhn mit sonnengerösteten Kartoffeln, Mango en papillote und kandiertes Zuckerwerk aus Vollkorn-Pittabrot.* Lecker war es auch gewesen. Dazu eine kleine Flasche eines ausgezeichneten, fruchtigen südafrikanischen Weißweins, die er komplett geleert hatte, ohne einen einzigen Tropfen zu würdigen.

»Es gibt eine Bar«, sagte sie und wies in die Ecke, »aber mir fehlt nichts.«

»Oh, ja«, sagte Barney. »Setzen Sie sich doch«, fügte er hinzu, als ihm ein paar seiner Manieren wieder einfielen.

Ashley Blackadder nahm lächelnd auf dem Sessel gegenüber von Barney Platz, als wüsste sie, wo er gesessen hatte. Barney zögerte und ließ sich dann mit der ganzen Last gedämpfter Resignation in den Sessel plumpsen.

»Hoagy Carmichael«, bemerkte sie.

»Ja«, erwiderte Barney. »Ich glaube, ich mag ihn, aber ich weiß nicht genau.«

»Was ist das Letzte, woran Sie sich erinnern können?«, fragte sie und sah ihn an. Normalerweise hätte sie einen Notizblock gezückt, aber manchmal arbeitete man besser ohne.

Barney hielt ihrem Blick kurz stand und schlug dann die Augen nieder. Darüber hatte er den ganzen Tag nachgedacht, und es war ein langer, langer Tag gewesen. Er versuchte erneut nachzudenken, doch die Anstrengung erschien ihm so groß, dass er einfach nicht den Willen aufbrachte. Morgen vielleicht, nach einer ordentlichen Mütze Schlaf.

Draußen hörte man die ersten Regentropfen, als sich die Hitze des Tages, die lange in den Abend hinein gehalten hatte, endlich in dem Gewitter entlud, das sich seit dem späten Nachmittag zusammengebraut hatte.

»Es ist alles schemenhaft«, sagte Barney schließlich, ohne sie anzusehen. »Ich denke immer daran, dass ich über ein Moor gerannt bin und jemanden verfolgt habe, aber ich habe keine Ahnung, wen, wo oder wann. Fast so, als wäre es einem anderen passiert.«

»Das ist es gewissermaßen auch«, erwiderte Blackadder, und Barney blickte auf. »Sie sind vor knapp zweieinhalb Jahren gestorben.«

Das zeitigte schließlich doch eine Wirkung, und ein kalter Schauer lief ihm über den Rücken, während der Regen zunahm und nun laut gegen das Fenster prasselte. Er sah sie weiterhin nicht an. Er war also doch tot. Das würde zumindest die bizarre Welt erklären, in die er geraten war.

»Sie waren in The Borders an der Jagd nach einem Mörder über ein offenes Moor beteiligt. Niemand weiß, ob Sie gefallen sind oder gestoßen wurden, aber Ihre Leiche wurde am Fuß einer steilen Klippe gefunden.«

Barney atmete aus und nickte, doch die Information half ihm kein bisschen, sich an die Vergangenheit zu erinnern. Es war nach wie vor eine Anstrengung, mehr, als er wissen und denken wollte. Blass und ängstlich blickte er auf.

»Und was ist das hier? Der Himmel? Die Hölle? Sieht es so in der Hölle aus?«

»Dies ist die wirkliche Welt, Barney«, erklärte Blackadder. »Sie wurden sozusagen zurückgeholt.«

Barney starrte sie an. Er hatte nur eine vage Vorstellung von seiner Vergangenheit, er war tot gewesen, und jetzt war er es nicht mehr.

Er wollte nur noch ins Bett.

»Ich bin müde«, sagte er, und das war er plötzlich auch.

Blackadder nickte und stand auf. Ein erster Donnerschlag krachte über ihren Köpfen, obwohl ihnen der vorausgehende Blitz gar nicht aufgefallen war.

»Wir können morgen weiterreden, wenn Ihnen das lieber ist«, sagte sie. »Es war bestimmt ein langer Tag.«

»Ja«, erwiderte Barney und stand auf, um sie zur Tür zu bringen. »Kommen Sie auch mit nach Brüssel?«, fragte er.

»Wir begleiten ihn alle überallhin«, erklärte sie schlicht und ging zur Tür. Sie war nicht einverstanden mit dem, was man Barney Thomson angetan hatte, und er tat ihr Leid. Doch später würde sich noch genug Zeit finden, mit ihm zu reden, sofern nicht alles fürchterlich schief lief.

»Was für ein Mann ist er?«, fragte Barney, als Blackadder schon an der Tür war.

Sie blieb stehen, suchte seinen müden Blick und zögerte. Die Wände hatten Ohren, aber sie wusste auch, dass JLM sich ihrer nie entledigen würde.

»Er ist nur ein gewöhnlicher Mann, ein paar Stufen höher auf der Leiter, als er sein sollte. Als Dewar gestorben ist, sind die guten Männer fürs Parlament ausgegangen, und nun müssen wir uns mit Typen wie Jesse Longfellow-Moses abfinden. Das Ganze ist ihm zu Kopf gestiegen, und er kann nicht genug davon bekommen. Er will der Welt seinen Stempel aufdrücken.«

»Er sollte bestenfalls irgendwo Abschnittsleiter in einer Behörde sein«, sagte Barney, was den Nagel mehr oder weniger auf den Kopf traf.

Sie nickte lächelnd.

»Auf jeden Fall. Das ist in etwa die Ebene, die die meisten Politiker verdient hätten.«

Sie tauschten einen jener Blicke, die Barney nie ganz zu ergründen vermocht hatte, bevor sie die Augen niederschlug, sich umdrehte und verschwand. Sein Blick fiel auf ihren Hintern in der engen Jeans und die eleganten Bewegungen ihrer Hüften. Er schloss eilig die Tür und lehnte seine Stirn an das kühle Holz.

Er war also tot gewesen und war es jetzt nicht mehr. Das klang logisch. Es erklärte jedenfalls das Gefühl, total durcheinander zu sein, was jeden anderen Gedanken überlagerte.

Barney drehte sich langsam um und lief durch das Zimmer, um die kleinen Tischlampen auszumachen. Auf einem kurzen Umweg übers Bad putzte er sich die Zähne mit einer Zahnbürste, die sich anfühlte, als würde sie einem anderen gehören, und kroch in das kalte luxuriöse Bett.

Und während er in einen traumlosen Schlaf hinüberdämmerte, lauschte er Hoagy Carmichael und seinen langsamen, melancholischen Weisen.

Kapitel 8

Die Weisheit der Clowns

Gewandet seien Könige
In Harnischen aus Silber und Gold
Verschüchtert und die Knie gebeugt
So tritt das Volk vor sie
In Ehrfurcht erstarrt vor ihrer Huld
Von ihrer Weisheit überzeugt.
Vom Himmel schau'n herab Könige alter Zeiten
Gesegnet ist der Morgen, der da dämmert
Über dem neu gekrönten König dieser Erde

»Ich stecke fest«, sagte JLM mit einem Bleistift im Mund.

Minnie Longfellow-Moses blickte, eine Augenbraue hochgezogen, über den Rand von Blanche Wiesen-Cooks Eleanor Roosevelt-Biografie hinweg.

Sie saßen um ein Uhr nachts im Bett, JLM mit einer Tasse heißem Diät-Kakao auf seinem Nachttisch, Minnie mit einem Irish Coffee von der Sorte, der einem die Schuhe auszieht. JLM trug einen rosa-weiß gestreiften Schlafanzug, während sie in einem tief ausgeschnittenen Seidenfummel von Bravissimo ziemlich scharf aussah.

»Die Rede vor dem europäischen Parlament?«, fragte sie, was JLM mit einem Schnauben quittierte, einem Geräusch, das Minnie schon lange nicht mehr attraktiv fand.

»Willst du mich verarschen? Ist mir doch scheißegal, was ich vor diesem Haufen Versager sage. Ich hab es Parker überlassen. Und der wird vermutlich einen unserer Presseheinis beauftragen, sie für uns zusammenzuschustern. Dieser Typ von der BBC schreibt gute Reden.«

Zwei Sekunden, nachdem er den Mund aufgemacht hatte, hatte sie sich wieder ihrem Buch zugewandt, führte das Gespräch jedoch mit einem Zehntel ihres Gehirns weiter, was in etwa der Anteil war, den sie für JLM auch sonst reservierte.

»Hast du keine Angst, dass er dich eines Tages komplett bescheuert aussehen lässt?«, fragte sie. »Indem er dich dazu bringt, etwas zu sagen, von dem du nicht ahnst, wie blöd oder beleidigend es ist?«

»Was? Meinst du so etwas wie Italiener Spaghettifresser nennen oder so?«

»Ich denke, dass er es wahrscheinlich ein wenig subtiler hinkriegen würde«, erwiderte sie trocken.

»Du weißt doch, dass ich Subtilität erkenne«, sagte er, und sie lächelte. »Nein, der Bursche weiß schon, wer der Boss ist, wenn wir auftauchen.«

Sie nickte. Jeder Tag mit Jesse Longfellow-Moses war ein Tag, der darauf wartete, ihm um die Ohren zu fliegen, und sie war erstaunt, dass er zwei Jahre durchgehalten hatte, ohne dass bisher etwas Gravierenderes geschehen war.

»Und womit steckst du dann fest?«, fragte sie.

»Mit meinem Beitrag zur Kunstausstellung des Parlaments«, antwortete er.

Sie hörte auf zu lesen, sah ihn wieder über das Buch hinweg an, griff nach ihrem Irish Coffee, trank einen Schluck und schmeckte die perfekte Mischung aus Whiskey, Kaffee und Sahne, bevor sie ihre Oberlippe auf eine Art ableckte, die jeden anderen Mann – einen, dessen Ehe nicht schon vor Jahren fade geworden war – zu einem athletischen Sprung quer übers Bett veranlasst hätte.

»Was?«, fragte sie.

»Die Kunstausstellung des Parlaments«, wiederholte er. Sie bemerkte seine gezwungene Nonchalance und konnte kaum erwarten, was als Nächstes kam. »Im Queensberry House stehen nach wie vor ein paar Räume leer, und wir können uns die Kunst, die wir ursprünglich im Auge hatten, nicht leisten. Also machen wir so ein kleines Ausstellungs-Event, zu dem die Abgeordneten etwas beitragen sollen. Du weißt schon, Lyrik, Gemälde, Skulpturen, was auch immer. Und hinterher verkaufen wir einen Teil von dem Zeug und behalten den Rest als Dauerausstellung. Entzückende Idee«, fügte er hinzu, »wirklich super.«

»Und wessen Idee war das?«, fragte sie.

Er blickte mit intensiver Konzentration auf seinen Notizblock und tippte mit dem Bleistift an seine Zähne, als hätte er ihre Frage gar nicht gehört. Schließlich wandte er sich ihr wieder zu, brummte etwas und betrachtete erneut sein Kunstwerk.

»Oh, meine«, sagte er. »Ich bin wirklich ganz zufrieden.«

»Und wie wird dein Beitrag aussehen?«

»Oh«, erwiderte er beiläufig, »ich habe schon ein paar Ideen. Sieht nicht so aus, als ob allzu viele von den Prolls aus dem Parlament irgendwas auf die Beine stellen, sodass ich vielleicht sogar eine eigene Abteilung kriege. So als First Minister, da werden sich die Leute sowieso hauptsächlich dafür interessieren, was ich gemacht habe. Meinst du nicht auch?«

Er wandte sich ihr mit absolut aufrichtiger Miene zu. Sie nickte lächelnd.

»Ja, Schatz«, sagte sie. »Und woran arbeitest du zurzeit?« Sie trank einen weiteren Schluck von ihrem Irish Coffee, sodass das Glas ihr amüsiertes Lächeln verdeckte. Minnie Longfellow-Moses hatte nicht oft Gelegenheit, sich ihrem Mann überlegen zu fühlen – nur ungefähr jedes Mal, wenn sie mehr als zwei Minuten am Stück mit ihm verbrachte, was glücklicherweise nicht besonders häufig vorkam.

»Nur ein kleines poetisches Stückchen«, sagte er. »›Die Weisheit der Könige‹ heißt es. Wirklich entzückend«, fügte er hinzu. »Mir fehlt nur noch die letzte Zeile.«

»Lass hören«, sagte sie.

JLM blickte in sein Notizbuch. Wäre vielleicht gar nicht schlecht, falls Minnie eine Idee hätte. Sie würde jedenfalls bestimmt keine besondere namentliche Erwähnung verlangen.

»Vom Himmel schau'n herab Könige alter Zeiten, Gesegnet ist der Morgen, der da dämmert, Über dem neu gekrönten König dieser Erde …«

»Die Hosen voll, so steht er da belämmert«, sagte Minnie nonchalant und widmete sich wieder Eleanor Roosevelt.

Ich lasse mich nicht provozieren, dachte JLM. Um Himmels willen, dachte Minnie. Wenn die Öffentlichkeit diesen Scheiß las, würde sie denken, das Gedicht handelte von Jesus. Aber sie wusste, um wen es ging, der blöde Arsch.

»Vielleicht schlafe ich noch eine Nacht drüber«, sagte er. »Von wegen klarer Kopf und so.«

Sie griff nach dem, was von ihrem Irish Coffee noch übrig war, ohne ihn zu beachten. Er schwang sich aus dem Bett und begab sich für die letzten Waschungen des Tages ins angrenzende Bad.

Melanie Honeyfoots Mörder war ein wenig überrascht, als er hörte, dass die Finanzministerin vermisst wurde. Die erwarteten Schlagzeilen in den Abendnachrichten – *Finanzministerin: Hirnmasse auf Kopfkissen*, *Die Kuh ist tot*, *Honeyfoot beißt ins Gras* oder *Honeyfoot: Die Nation feiert* – waren ausgeblieben. Stattdessen hatte jemand offensichtlich ihre Leiche entsorgt und ihre Wohnung aufgeräumt. Bizarr. Der Mord war beinahe so etwas wie ein Dienst an der Öffentlichkeit gewesen. Zumindest in der Betrachtungsweise eines ganz speziellen Verstandes. Warum ließ man die Allgemeinheit dann nicht an der guten Nachricht teilhaben? Warum quälte man sie mit der wundervollen Möglichkeit ihres Ablebens, ohne sie in die ganze Wahrheit einzuweihen?

Aber so bizarr es auch sein mochte, es hatte etwas zu bedeuten, nämlich dass es in Edinburgh nicht wie vermutet nur eine, sondern mindestens zwei Personen gab, die wussten, wer Melanie Honeyfoot ermordet hatte. Deshalb wusste Honeyfoots Mörder auch, dass er ungleich mehr Umsicht walten lassen musste, wenn er das nächste unglückliche Opfer ins Visier nahm.

Denn zweifellos würde es weitere Opfer geben.

Kapitel 9

Brüssel

»Winnie, Winnie, Winnie, Winnie, Winnie, Winnie, Winnie«, sagte JLM.

Das hysterische Kreischen, mit dem sie auf seinen herablassenden Tonfall reagierte, war zu viel für ein Mobiltelefon der zweiten Generation. Die Worte kamen derart verzerrt herüber, dass er tatsächlich nicht verstand, was sie sagte.

JLM hielt das Handy von seinem Kopf weg, sodass der schrille Schrei der Gewitterziege die Limousine erfüllte, sah seine Mitfahrer an, Parker Strangelove, Barney Thomson und seinen Super-Bodyguard, The Amazing Mr. X, und grinste in jenem stummen Einverständnis mit den anderen Jungs im Fond des Wagens, zu dem das Klirren von Bierflaschen sehr gut gepasst hätte. Er fühlte sich Frauen im Allgemeinen und Winona Wanderlip im Besonderen überlegen.

Als JLM Wanderlips ohnehin bereits absurd unübersichtlichen Geschäftsbereich zum letzten Mal erweitert hatte, hatte er den Fehler gemacht, es von Angesicht zu Angesicht zu tun. In den ersten Sekunden nach Bekanntgabe hatte er ernsthaft befürchtet, dass sie ihm mit den Fingernägeln die Augen auskratzen würde. (Bis auf den ihres linken Ringfingers.) »Nächstes Mal«, hatte er Strangelove später erklärt, »mache ich es telefonisch. »Sehr klug«, hatte Strangelove erwidert.

Nun hatte JLM Wanderlip noch übler mitgespielt und ihr –

für die Dauer der vermutlich nur vorübergehenden Abwesenheit von Melanie Honeyfoot – auch noch das Finanzressort aufgebürdet. Und er hatte es telefonisch getan, was zwar extrem feige war, aber manchmal war, wie er gegenüber Strangelove bemerkt hatte, »Verzagtheit die bessere Seite des Heldenmuts«, was eigentlich keinen Sinn ergab, aber er hatte gewusst, was er meinte.

»Winnie, wahrscheinlich ist es doch nur für kurze Zeit«, sagte er, nachdem der Schwall von Beleidigungen zu moderater Verunglimpfung abgeebbt war. »Ich würde es Eaglehawk geben, aber ich traue ihm nicht. Ich weiß, wie du dich fühlst.«

»Nein, das weißt du verdammt noch mal nicht, du Wichser!«, schrie sie zurück.

Er sah sich mit Testosteron-gespeister Erhabenheit im Wagen um, verzog das Gesicht Richtung Telefon, schüttelte den Kopf und straffte die Schultern, bevor er in seinem besten »Wer ist hier König?«-Tonfall erwiderte: »Winnie, ich hoffe, ich muss dich nicht daran erinnern, mit wem du sprichst.«

»Das brauchst du verdammt noch mal wirklich nicht!«, fauchte sie. »Ich rede mit einem beschissenen Schwachkopf!«

»Hör mal«, sagte JLM sehr, sehr streng. »Für so etwas bin ich zurzeit zu beschäftigt. Ich habe ehrlich gesagt noch ein paar wichtigere Arschtritte zu verteilen. Wenn du irgendwas besprechen möchtest, kannst du mir das vortragen, wenn ich morgen zurück bin. Ich versuche, dich um fünf einzuschieben. Falls das ein Problem für dich ist, solltest du vielleicht lieber mal über deinen Posten nachdenken.«

Damit klappte er sein Handy zu, bevor der Schrei der Walküre sich erneut erheben konnte, und sah sich selbstgefällig im Wagen um.

»Weiber«, sagte er.

The Amazing Mr. X sagte nichts. The Amazing Mr. X hatte sein eigenes Ding mit Frauen, das in der Hauptsache mit Respekt, Mitgefühl und unerschöpflicher Hingabe zu tun hatte. Vor allem gegenüber nackten Frauen und noch mehr, wenn mehr als eine nackte Frau gleichzeitig im Zimmer war, insbesondere in seinem Schlafzimmer. So viel zum Thema The Amazing Mr. X und die Frauen.

»Sie wird schon drüber wegkommen«, sagte Strangelove.

»Und wenn nicht...«, sagte JLM, strich mit dem Finger über seine Kehle und machte das passende Geräusch dazu.

Am Place de Schuman kam der Wagen mit kreischenden Bremsen zum Stehen, bei der er nur knapp eine Limousine mit türkischen Diplomaten verfehlte. Die Passagiere wurden nach vorn geschleudert. Barney Thomson spürte ein überaus seltsames Zittern am ganzen Körper, seit JLM die Geste mit dem Finger an seiner Kehle gemacht hatte. Das Zeichen des Todes schien so viel in ihm aufzuwühlen, ohne dass er irgendetwas davon festhalten konnte. Kein Bild, keine Situation aus seinem früheren Leben trat ihm spontan vor Augen.

»Barney«, bellte JLM, »was halten Sie von Frauen?«

»Weiß nicht so richtig«, sagte Barney. »Sie scheinen ganz nett zu sein. Ashley ist ein nettes Mädchen.«

JLM lächelte wissend und nickte Strangelove zu. Wieder ein kleiner Insider-Witz, in den ich nicht eingeweiht bin, dachte Barney, ohne dass ihn das groß bekümmerte.

»Das ist sie ganz bestimmt«, sagte JLM. »Reizendes Mädchen, wirklich reizend. Sind Sie interessiert?«

Darüber hatte Barney noch nicht einmal nachgedacht, sodass er bloß stumm und achselzuckend zu Boden starrte.

»Was halten Sie vom Euro?«, fragte JLM unvermittelt und fügte noch hinzu: »Barney?«, als jener den Kopf nicht hob, weil er annahm, dass die Frage an Strangelove gerichtet war.

Barney blickte auf und wirkte ein wenig wie der Hirsch angesichts des herandonnernden LKWs. »Ich weiß eigentlich nichts darüber«, sagte er. »Aber scheint eine ganz vernünftige Idee zu sein«, fügte er rasch hinzu, weil er annahm, dass er irgendeine Meinung äußern sollte. »Bei der immer enger zusammenwachsenden Welt und so.«

»Genau!«, sagte JLM. »Genau mein Gedanke.«

Strangelove sah ihn mit hochgezogener Braue an. The Amazing Mr. X dachte noch immer an Frauen.

»Und«, redete JLM weiter, »genau das werde ich auch dem europäischen Parlament erklären. Es wäre verdammt gut für Schottland.«

»Aber für uns allein haben wir diese Wahl doch gar nicht, oder?«, fragte Barney.

»Ah«, raunte JLM andeutungsvoll. »Im Augenblick nicht.«

Und er tauschte einen weiteren wissenden Blick mit Strangelove, bevor er aus dem Fenster sah, während die Limousine die Rue de Loi hinunterrauschte.

»Ich frag mich, was mit Honeyfoot passiert ist«, sinnierte JLM wie aus heiterem Himmel. »Sehr seltsam.«

Zwei Minuten später stand Winona Wanderlip in James Eaglehawks Büro, das breite Gesicht knallrot angelaufen wie ein Hummer, der eine halbe Stunde zu lang gekocht worden ist, ihr üppiges Haar wild in alle Richtungen abstehend, mit vor Wut bebender Brust und einem Hauch von Schaum vor dem Mund. Im Gegensatz dazu sah Eaglehawk aus wie ein FBI-Agent, elegant, gepflegt, mit schwarzer Krawatte und spitzem Kinn, oder so, wie FBI-Agenten im Kino immer aussehen.

»Hast du gehört, was er macht?«, schrie sie ihn an.

Eaglehawk hob die Hände, um ihren überlauten Ausbruch zu dämpfen. Er saß am Fenster, in seinem Rücken die riesigen Glasscheiben des Plenarsaals unter einem blauen Septemberhimmel. Natürlich hatte er gehört, was JLM machte. Wanderlip war immer die Letzte, die irgendwas erfuhr. Als JLM das Verkehrsressort ihrem Geschäftsbereich zugeschlagen hatte, hatte er es vorher einer Gruppe Grundschulkinder erzählt, die ihn besucht hatte.

»Ich weiß«, sagte er. »Cool.«

»Du weißt es schon?«, kreischte sie erneut mit leicht erhobener Stimme. »Und cool? Was soll das heißen, Scheiße noch mal? Cool. Wann hat er es dir erzählt?«

Eine leichte Frage.

»Gestern Abend«, antwortete Eaglehawk.

»Und warum hast du mir dann heute Morgen nichts gesagt? Wir haben uns zehn Minuten unterhalten.«

Eaglehawk wies mit dem Finger auf Wanderlip.

»Guck dich doch an, Winnie«, sagte er. »Du siehst aus, als hättest du fünfzehn Pfund Plutonium unterm Arsch. Natürlich hab ich es dir nicht erzählt.«

Sie stieß ein leises Winseln aus.

»Herrgott noch mal, Winnie«, sagte Eaglehawk, »wir kennen dich doch alle. Du bist ein ausbrechender Vulkan, du hast so ein permanentes PMS-Syndrom oder was weiß ich. Da werde ich dir doch nicht freiwillig eine derartige Nachricht überbringen.«

Während seiner Ausführungen hatte sie den Punkt überschritten, an dem sie, wenn sie gekonnt hätte, buchstäblich explodiert wäre, und kam jetzt langsam wieder runter. Die Hände in die Hüften gestemmt – sie stemmte die Hände häufig in die Hüften, selbst wenn sie gut gelaunt war –, bekam sie ihren wogenden Busen nach und nach wieder unter Kontrolle, sie vollführte allerlei bizarre Verrenkungen mit ihren bebenden Lippen und Nüstern und atmete stoßweise. Eaglehawk erkannte, dass er das Schlimmste überstanden hatte, und nahm sich vor, sich gelegentlich bei McLaven für den guten Rat zu bedanken: Sag ihr ganz offen ins Gesicht, wie schrecklich sie ist, dann respektiert sie dich. Solange diese Wahrheit von einem Mann kommt. Und übertreib es nicht, sonst reißt sie dir das Herz raus.

»Findest du das nicht seltsam«, sagte Wanderlip, »dass der First Minister nicht den stellvertretenden Finanzminister mit den Amtsgeschäften betraut, wenn die Finanzministerin vermisst wird? Das findest du nicht seltsam? Nicht mal ein kleines bisschen?«

Eaglehawk lehnte sich zurück und atmete tief aus. Mit einer beiläufigen Geste wies er auf den Stuhl auf der anderen Seite seines Schreibtischs. Für gewöhnlich baute Wanderlip sich gerne stehend vor ihrem Gesprächspartner auf, vor allem, wenn sie die Ranghöhere war, doch nun kam sie langsam von dem gewaltigen Adrenalinschub eines ausgewachsenen Tobsuchtsanfalls herunter und musste sich setzen. Sie ließ sich auf den Stuhl sinken, faltete die Hände im Schoß und schlug die Beine übereinander, als ob sie von diesem aggressiven Idioten interviewt wurde, den sie in *Newsnight Scotland* immer zur Schnecke machte.

»Also, Winona«, begann er, »wir sind hier nicht im Fernsehen, wir müssen niemandem irgendwas vormachen. Okay?«

Wanderlip nickte langsam. War dies die Einleitung dazu, dass er sein Visier öffnete und von ihr erwartete, dass sie das Gleiche tat? Altschatzkanzler Graham J. Black hatte ihr zu Beginn ihrer Karriere einen guten Rat gegeben. »Lass sie nie hinter den Schleier schauen. Sag nie freiwillig die Wahrheit, egal mit wem du redest. Und sei niemals ehrlich.«

»Okay«, sagte sie.

»Von allen Ministern unter JLM bist du die Einzige, die kein hoffnungsloser Fall ist. Die anderen sind alle wegen der Publicity, der Gratis-Besäufnisse und der Frauen dabei. Mag sein, dass noch ein oder zwei von ihnen ein redliches Anliegen haben, aber du bist die Einzige mit echtem politischem Talent und damit die Einzige, die eine nennenswerte Bedrohung für JLM darstellt. Er kann Mist bauen, so viel er will, solange niemand ihn ersetzen kann, ist er für die Dauer seiner Amtszeit sicher.«

Sie antwortete nicht. Er sagte ihr nichts Neues, nichts, was sie nicht schon selbst gedacht hätte, nichts, was der verdammte *Scotsman* nicht täglich druckte. Es war lediglich neu, es in ihren eigenen Kreisen zu hören.

»Er darf auf keinen Fall den Eindruck erwecken, dass er dich feuert, aber er will dich loswerden. Wie also stellt er es an? Indem er dich so lange triezt, bis du selber hinschmeißt. Ganz einfach.«

»Aber bist du nicht sauer?«, fragte sie. »Findest du nicht, dass du das Finanzministerium hättest kriegen sollen? Was, wenn Melanie nicht wieder auftaucht?«

»Weißt du irgendwas, was wir anderen nicht wissen?«, fragte er zurück und beugte sich vor.

»Nein«, erwiderte sie rasch, »warum sollte ich? Du weichst meiner Frage aus.«

Er stützte seine Ellbogen auf den Tisch. Schade eigentlich, dass Winnie sich wieder beruhigt hatte, dachte er, weil sie, wie Wally nicht müde wurde, ihm zu erklären, verdammt heiß war, wenn ihr Kamm geschwollen war.

»Ich habe meine eigenen Ambitionen, Winnie«, sagte er, »aber die sind eher langfristig. Im Augenblick habe ich jede Menge anderer Dinge zu tun. Fürs Erste will ich einfach meinen Job behalten und mir die Hände nicht schmutzig machen, dann wird meine Chance schon irgendwann kommen. Das ist alles.«

Winnie. Er hatte sie wieder Winnie genannt. Sie stand auf und spürte erneut Wut in sich aufsteigen. Wie immer er es schönreden wollte, er war nur ein weiterer Waschlappen, der zu viel Schiss hatte, sich dem verdammten Jesse Longfellow-Moses entgegenzustellen.

Sie warf ihm einen letzten vernichtenden Blick zu, bevor sie sich umdrehte und wortlos aus dem Zimmer rauschte.

Er konnte noch das wütende Klacken ihrer Schuhe auf dem billigen Fußboden hören, als er den Telefonhörer abnahm und wartete.

Kapitel 10

Vertrauen ist gut, Kalauer sind besser

»Sie fragen sich wahrscheinlich, warum Sie hier sind«, sagte JLM.

Nach nur sehr kurzer Zeit hatte Barney genug. Immer wieder warf ihm JLM irgendeine Frage hin, deren Beantwortung Barney sorgsam mied, weil Parker Strangelove ihm das nahe gelegt hatte. Aber mit wem redete er letztendlich? Wir stammen alle aus demselben Ei, erinnerte er sich irgendwann mal gehört zu haben. Nur sehr vage, und er wusste auch nicht, warum er sich ausgerechnet daran erinnerte. Vielleicht war es ein besonders fundamentales Prinzip. Wie auch immer, nach nur knapp eineinhalb Tagen in JLMs Diensten hatte er entschieden, ein wenig mehr Ehrlichkeit zu wagen.

»Überhaupt nicht«, antwortete er, »ich bin hier, weil Sie von Ihrem Selbstbild besessen sind und den Gedanken nicht ertragen können, dass jemand ein Foto von Ihnen macht, auf dem auch nur ein Härchen schief sitzt.«

Parker Strangelove stieß einen seltsamen kleinen Laut aus, während JLM Barney scharf ansah. Sie saßen in einem kleinen Konferenzraum in den Gedärmen des Europäischen Parlaments. JLM lachte, so wie Blofeld wegwerfend zu lachen pflegte, bevor er auf den roten Knopf drückte, mittels dessen irgendwer in ein Becken mit Piranhas befördert wurde. Ein leises Lachen, nonchalant, aber wahnsinnig.

»Das habe ich nicht gemeint«, sagte er mit einer trotz des Schmunzelns kalten Stimme.

»Oh«, sagte Barney. Er war an der komplett falschen Stelle aufrichtig gewesen. Das erinnerte ihn an alte Zeiten.

»Ich bekleide hier eine sehr wichtige Position, Mr. Thomson«, erklärte JLM. »Und ich zweifle keine Sekunde daran, dass der First Minister eines Landes im Herzen der europäischen Machtstruktur zu jeder Minute des Tages tadellos auftreten muss. Ich bin schließlich ein Staatsmann. Das Land blickt zu mir auf und erwartet von mir, dass ich eine entscheidende Rolle auf der Weltbühne spiele.«

Barney nickte. Das schien nach weiterer Ehrlichkeit zu verlangen, aber vielleicht nicht sofort.

»Ich meinte, ob Sie sich nicht fragen, warum Sie hier in diesem Raum sind, während der Rest des Gefolges oben im Restaurant zu Mittag isst?«

Schon gut, dachte Barney, ich habe das falsche Ende des Stocks angepackt. Dr. Blackadder, Veron, Reverend Blake, Pater Michael und Dr. Farrow saßen im Restaurant und machten sich über ihr Pfeffersteak mit Pommes und Mayo her, während Barney hier unten mit The Amazing Mr. X festsaß, der menschlichen Entsprechung eines Fluges mit Easyjet.

»Das hatte ich ehrlich gesagt noch nicht«, erwiderte Barney gemäß seiner neuen Politik der Aufrichtigkeit, »aber jetzt, wo Sie es erwähnen…«

Er hatte ein leises Bedauern darüber empfunden, weder in Gesellschaft von Blackadder reisen noch speisen zu dürfen. Überaus seltsam – Gefühle, die er an sich gar nicht kannte.

»Ich mag Sie«, sagte JLM, als würde er ihm einen päpstlichen Segen erteilen. »Es gefällt mir, was Sie über die Dinge zu sagen haben. Ich mag Ihre Ansichten. Sie sind ein guter Resonanzboden.« JLM zögerte. Barney war sich nicht bewusst gewesen, irgendetwas anderes gesagt zu haben als das, was von ihm erwartet wurde. Vielleicht war es das. »Sie sind weise«, fügte JLM hinzu, »sehr weise.«

»Danke«, sagte Barney. Bedeutet es irgendetwas, wenn einem ein Idiot erklärt, man sei weise?

»Wissen Sie, wer Sie sind?«, fragte JLM.

Barney antwortete nicht, weil er sich nicht sicher war, wie die Frage gemeint war.

»Sie sind Peter Sellers.«

»Inspektor Clouseau?«, fragte Barney. Das Seltsame war, dass er sich kaum an die Fakten seines eigenen Lebens erinnern konnte, aber die Einzelheiten anderer Leben, Belanglosigkeiten, Profanitäten, gesehene Fernsehsendungen und müßiger, in Frisörsalons aufgeschnappter Klatsch waren noch da, als ob dieser Teil seines Gehirns nicht betroffen wäre.

»Chance, der Gärtner aus *Willkommen, Mr. Chance*«, sagte JLM.

»Ach so«, erwiderte Barney, obwohl der Titel ihm nichts sagte. Strangelove bedachte JLM mit einem Seitenblick. Er wusste, dass sein Boss den Film nie gesehen, sondern nur davon gehört hatte. Ihm gefiel lediglich der Gedanke, dass einer aus seiner Belegschaft ein Ratgeber war, wobei ihm nicht klar war, dass er bei dieser Analogie derjenige war, der wie ein Idiot aussah.

»Ja«, sagte JLM, »ein Staatsmann kann gar nicht genug Berater um sich scharen. Er muss nur selbst in der Lage sei, das Triftige vom Profanen zu unterscheiden.«

»Ah ja«, murmelte Barney wenig begeistert.

»Wie dem auch sei«, sagte JLM, »Parker wird Ihnen erklären, warum wir in diesem stickigen Kabuff im Arsch dieses elenden Parlaments hocken.«

Barney sah Strangelove an, zog eine Braue hoch und wappnete sich für mehr. Das Ganze rief ohne Frage Erinnerungen an sein Leben in einem Frisörsalon in ihm wach. Männer, die Blödsinn redeten.

»Hören Sie zu und passen Sie gut auf«, sagte Strangelove.

»Ich liebe es, wenn er so redet«, unterbrach ihn JLM. »Einfach spitze.«

»Der First Minister hat einen Plan, von dem nur wenige in der Partei wissen«, fuhr Strangelove, seinen Redefluss wie üblich in einer halben Sekunde von null auf 180 beschleunigend, fort, ohne JLM zu beachten. »Ich korrigiere mich, niemand in der Partei weiß davon. Sie hören es sich an und dann schweigen Sie wie ein Grab. Der First Minister vertraut Ihnen diese Sache gegen meinen ausdrücklichen Rat an. Haben Sie das kapiert?«

»Typisch Regierung«, sagte Barney. »Erzählen einem etwas, was man eigentlich gar nicht wissen will, und drohen einem dann, damit man die Klappe hält.«

JLM lachte. Strangelove warf ihm einen wütenden Blick zu. The Amazing Mr. X zuckte nicht mal mit der Wimper.

»Wir erwarten einen Besucher von der deutschen Delegation. Sein Name ist Conrad Vogts. Nur unsere Gruppe und ungefähr zwei Leute auf der deutschen Seite wissen von diesem Treffen. Begreifen Sie, was ich sage?«, fragte Strangelove und beugte sich vor.

»Glaub schon«, erwiderte Barney mit einem für ihn völlig ungewohnten Sarkasmus.

»Achten Sie auf Ihren Ton!«, bellte Strangelove.

»Beruhigen Sie sich«, sagte JLM, der, obgleich ein paar Jahre jünger, nach wie vor auf eine väterliche Art von Barney amüsiert war.

»Gut«, sagte Strangelove, »dies ist einer ihrer Topleute. Er kommt, um mit mir und dem First Minister zu sprechen. Sie sagen kein Wort. Sie hören zu, sonst nichts. Kein Wort. Klappe. Schweigen. Haben Sie das verstanden?«

»Ehrlich gesagt«, erwiderte Barney, »fangen Sie an, mich ein wenig zu verwirren.«

Ein weiterer vernichtender Blick huschte über Strangeloves

Gesicht, bevor sich seine Schultern und die Muskeln um seinen Mund wieder entspannten, als es klopfte. JLM straffte die Schultern und wirkte noch staatsmännischer, als die Tür ohne Aufforderung geöffnet wurde. The Amazing Mr. X sprang auf und griff in seine Jacke.

»Setzen Sie sich, X«, sagte JLM und stand auf, um den Neuankömmling zu begrüßen. The Amazing Mr. X zog sich ein paar Schritte zurück. JLM sympathelte mit all seinem Charme los, während der Besucher die Tür schloss und die vier bereits in dem kleinen Raum versammelten Männer interessiert betrachtete, einem Raum mit Blick auf eine gemütliche Brüsseler Straße mit Autos und Bussen, aber ohne Fußgänger.

»Herr Vogts«, sagte JLM und streckte die Hand aus. »Hocherfreut, dass Sie kommen konnten.«

»Auch ich bin gerührt wie ein Teig«, sagte Vogts, ein großer Mann mit angegrautem Haar und einem freundlich und entspannt wirkenden, schmalen Gesicht. Sein Englisch war praktisch akzentfrei und hatte bestenfalls einen leicht amerikanischen Einschlag. Dabei redete er noch schneller als Parker Strangelove. »Ich treffe mich mit jedem, der mich will«, fuhr er fort. »Aber die Leute wollen mich nicht. Vor allem die Frauen nicht. Damit meine ich nicht, dass ich mich für Männer interessiere, jedenfalls nicht so. Andererseits habe ich nichts gegen Homosexuelle. Einige meiner besten Freunde sind mit Menschen befreundet, die Homosexuelle kennen, und das beweist schließlich etwas, auch wenn ich nicht weiß, was.«

»Reizend«, sagte JLM leicht perplex. »Das ist Parker Strangelove, mit dem Sie gesprochen haben. Und das ist Barney Thomson, der wichtigste Berater der Regierung in fiskalischen Angelegenheiten.«

Es gab eine Zeit, da wäre Barney zusammengezuckt. Jetzt nickte er nur, erhob sich von seinem Stuhl und gab Vogts die Hand.

»Hallo«, brummte er.

»Ich hätte auf Frisör getippt«, sagte Vogts, »aber ich liege meistens ein bisschen daneben. Auch durchaus wörtlich im Übrigen. Deswegen hat meine Frau sich auch von mir scheiden lassen. Deshalb und wegen all der anderen Frauen. Sie konnte einfach nicht genug davon kriegen.«

»Nehmen Sie Platz, nehmen Sie Platz«, sagte JLM, vor allem, um Herrn Vogts' Redeschwall zu unterbrechen. Parker Strangelove, der das Treffen arrangiert hatte, das sowohl er als auch JLM als eine Art Angelpunkt ihrer Regierungszeit betrachteten, setzte sich ebenfalls und musterte Vogts voller Argwohn. Auch Barney wusste nicht so recht, was er von dem Mann halten sollte, was jedoch auf so ziemlich jeden zutraf, den er in den letzten zwei Tagen getroffen hatte. The Amazing Mr. X starrte zur Tür, blickte gelegentlich aus dem Fenster und dachte an Frauen.

»Wie können wir Ihnen behilflich sein?«, fragte Vogts, nachdem er es sich auf seinem Stuhl gemütlich gemacht hatte.

»Sie sind sich der delikaten, um nicht zu sagen heiklen Natur dieses Treffens bewusst?«, fragte Strangelove, bevor JLM irgendetwas sagen konnte.

»O ja, sehr delikat«, sagte Vogts. »Wie die feinen Härchen am Schamhügel einer Frau.«

»Genau«, flüsterte The Amazing Mr. X.

Strangelove zog seine Braue auf eine Art hoch, die nicht wenige in der schottischen Exekutive in hellen Aufruhr versetzt hätte, jemandem wie Conrad Vogts jedoch nichts anhaben konnte.

»Ja«, sagte JLM. »Das gefällt mir. Entzückende Metapher. Wirklich überaus reizend.«

»Kein Mitglied unseres Parlaments weiß, dass wir uns hier mit Ihnen treffen, und niemand weiß, worüber wir reden«, sagte Strangelove um zusätzliche Gravität bemüht, um die Tatsache zu kompensieren, dass Vogts offenbar überhaupt keine hatte.

»Nicht mal ich weiß, worüber wir reden«, sagte Vogts. »Aber das ist im Grunde nichts Neues.«

»Unseres Wissens sind Sie eine Art Fachmann für den Euro«, sagte JLM.

»Ich bin ein Fachmann für viele Dinge«, erwiderte Vogts. »Hamburg, das Europapokalfinale 1983, Monty Python's Flying Circus, die Komödien der Marx Brothers. Und Frauen.«

»Yeah«, sagte The Amazing Mr. X.

»Außerdem gelte ich als Experte für den Euro«, fuhr Vogts fort, »was jedoch vermutlich nur daran liegt, dass ich sehr schnell über ein Thema spreche, von dem die meisten Menschen nicht genug wissen.«

»Einen Toast auf solche Ehrlichkeit in der Politik«, sagte JLM.

»Apropos«, sagte Vogts. »Ich bin auch ein Fachmann für Indian Tonic Water und seine Verwendung in alkoholischen Mixgetränken.«

»Reizend. Einsame Spitze«, erwiderte JLM. »Hören Sie, Strangelove wird Ihnen erklären, woher wir kommen.«

»Fürwahr«, sagte Vogts und wandte sich an ihn. »Ich bin ganz Ohr, obwohl das ein Missverständnis mit meinem Schönheitschirurgen war.«

»Die Sache ist die«, sagte Strangelove noch hastiger als gewöhnlich, um das Gefühl auszugleichen, sich mit einem politischen Gegenüber zu unterhalten, das ihm permanent in den Hintern trat, »dass es unserer Ansicht nach vollkommen klar ist, dass die britische Politik, der Eurozone nicht beizutreten, eine komplette Katastrophe ist, die immens negative Auswirkungen auf Schottland hat. Und die Regierung in Westminster bewegt sich viel zu langsam. Wir müssen kühn und entschlossen handeln.«

»Was wollen Sie damit sagen?«, fragte Vogts. »Wollen Sie Schottland separat in die Eurozone bringen? Das ist verfassungsmäßig nicht abgesichert.«

Strangelove warf JLM einen raschen Seitenblick zu.

»Momentan noch nicht«, sagte er dann zu Vogts.

»Wollen Sie ein Referendum abhalten?«, fragte dieser. »Ich bin sehr für Referenden. Ich finde, man sollte ein Referendum über alles Mögliche abhalten. Die Regierungen sollten das Volk befragen, wo sie ihre Würstchen kaufen sollen.«

»Das heißt, Sie sind ein großer Befürworter von Volksbefragungen?«, fragte Strangelove misstrauisch.

»Sie sind die Essenz der Demokratie«, antwortete Vogts. »Der Fels, auf den sich die politische Freiheit gründet.«

»Wir werden trotzdem darauf verzichten«, sagte JLM locker. »Wir werden es durchdrücken, ohne irgendwem davon zu erzählen.«

»Allerliebst«, sagte Vogts, »und eine noch fundamentalere politische Notwendigkeit. Man darf den Leuten nichts erzählen, wenn sie einem in die Quere kommen können.«

»Genau mein Gedanke«, stimmte JLM zu.

»Ich denke, wir können miteinander ins Geschäft kommen«, sagte Vogts.

»Spitze«, sagte JLM.

Eine halbe Stunde später verabschiedete sich Vogts, nachdem man sich in groben Zügen darauf geeinigt hatte, dass Berlin einen Abgesandten – höchstwahrscheinlich Vogts selbst – schicken würde, der JLM und Strangelove dabei helfen sollte, Pläne für die Einführung des Euro in Schottland unter vollständiger Umgehung der Regierung in London zu entwerfen. Der Plan sah vor, eine gleichzeitig mit mehreren bedeutenden europäischen Verbündeten abzugebende Abschlusserklärung von solcher Größe und Eloquenz zu entwerfen, dass die Öffentlichkeit in einem Rausch von Unabhängigkeitsstreben hinweggerissen würde. Derweil würde JLM ein paar antienglische Brandherde schüren – was ungefähr so schwierig werden würde wie das Schälen einer Banane – und jedes juristische Schlupfloch in der Verfassung begutachten lassen, das ihnen helfen könnte, Westminsters Kontrolle über Holyrood zu unterminieren.

Die Finanzpläne sollten mit Hilfe des stellvertretenden Finanzministers James Eaglehawk entwickelt werden, während die kommissarisch amtierende Finanzministerin Winona Wanderlip völlig im Dunkeln tappte. Wenn der fiskalische Staatsstreich dann geführt und sie auf die übliche Art – nämlich aus der Zeitung – davon erfahren würde, würde ihre Position sowohl in den Augen der Öffentlichkeit als auch in ihren eigenen unhaltbar werden, und sie würde ehrenhaft zurücktreten.

Infolge der Euroeinführung und weiterer Zerwürfnisse mit Westminster würde die Unabhängigkeit – getragen von einer ansteigenden Welle öffentlicher Begeisterung – geradezu unvermeidlich werden. JLM wäre ein Held und der Vater des neuen souveränen Schottlands.

Ein Plan von äußerster Gerissenheit.

»Was denken Sie?«, fragte JLM, sah Barney direkt an und wartete auf wegweisende Worte seines neuesten Weisen.

Barney sah seinerseits Strangelove an, der ihm einen seiner »Denken Sie dran, was ich Ihnen gesagt habe«-Blicke zuwarf. Barney wandte sich wieder JLM zu, nachdem er ohnehin schon beschlossen hatte, mehr oder weniger alles zu vergessen, was Strangelove ihm gesagt hatte. Er war schließlich schon mal tot gewesen. Was konnten sie ihm sonst noch antun?

»Ich finde es schändlich und unredlich«, sagte Barney. »Sie kommen auf dem Rücken einer parlamentarischen Demokratie an die Macht, und ich habe in nicht einmal zwei Tagen wiederholt Beweise für Ihre Absicht mit angesehen, die Volksvertretung mit Füßen zu treten. Das nenne ich vollkommen außer Kontrolle geratene Selbstherrlichkeit. Ihnen sind das Land und die Leute scheißegal, Sie interessieren sich nur für die Förderung Ihrer eigenen politischen Ambitionen. Sie verachten jede Institution und jedes Verfahren, die Sie dorthin gebracht haben, wo Sie heute sind, aus tiefstem Herzen, und wenn Sie glauben, dass ich Sie mit einem Zwei-Sekunden-O-Ton freisprechen werde, damit Sie sich gut fühlen, als hätten Sie Beifall für eine wie auch immer geartete ästhetische oder gedankliche Spontaneität verdient, sind Sie schief gewickelt.«

JLM nickte leicht amüsiert und meisterte die Situation mit der Fähigkeit des Megalomanen, über schmerzhafte Wahrheiten zu lachen und sie dann abzutun.

»Eigentlich meinte ich, was Sie von Herrn Vogts halten«, sagte er.

Strangelove köchelte unter seinem Anzug leise vor sich hin.

»Oh«, sagte Barney. »Schien mir ein ganz anständiger Bursche zu sein. Der Haarschnitt war ein bisschen Mel Gibson in *Lethal Weapon II*.«

»Reizend«, sagte JLM. »Können wir ihm vertrauen?«

»Natürlich nicht«, antwortete Barney. »Aber Ihnen kann er schließlich auch nicht trauen, oder?«

JLM lachte und erhob sich von seinem Stuhl. The Amazing Mr. X war ebenso blitzartig aufgestanden und kontrollierte mit zuckendem Abzugfinger Fenster und Tür.

»Sehr gut, Barney, sehr gut«, sagte JLM. »Kommen Sie, gehen wir.«

The Amazing Mr. X drängte sich an Strangelove vorbei, öffnete die Tür, warf einen Blick in den Korridor und machte der Gruppe ein Zeichen, dass die Luft rein war. Dann verließ er den Raum und wartete draußen auf die anderen. Strangelove verdrehte die Augen, drängte sich an ihm vorbei und eilte entschlossen den Flur hinunter. JLM und Barney gingen nebeneinander, und The Amazing Mr. X bildete die Nachhut.

»Barney«, sagte JLM und ergriff dessen Arm. »Auf ein Wort. Sprechen Sie nie wieder so mit mir. Sonst schicken wir Sie vielleicht dorthin zurück, wo Sie hergekommen sind.«

»Ich weiß nicht mal, wo das ist«, erwiderte Barney, ohne sich einschüchtern zu lassen.

JLM warf ihm einen bösen Blick zu und hastete Strangelove hinterher.

»Oh, und Barney«, sagte er, als er unter einem großen Foto des Brandenburger Tors stehen blieb und sich noch einmal umdrehte. »Könnten Sie mir für das Treffen mit der portugiesischen Delegation einen 57er Dean Martin schneiden? Dem Vernehmen nach ist unter ihnen eine Frau, die ganz attraktiv sein soll und total auf Männer steht, die *That's Amore* schnulzen können.«

»Klar«, sagte Barney, »Kein Problem.«

»Spitze«, sagte JLM, hastete weiter, bis er zu Parker Strangelove aufgeschlossen hatte, und vertiefte sich sofort in ein ernstes Gespräch mit ihm.

Kapitel 11

Schwestern, zur Sonne, zur Freiheit

Das Kabinett der schottischen Exekutive war vollständig versammelt. Beinahe vollständig. JLM nahm nicht an der Sitzung teil, was allerdings in letzter Zeit nichts Neues war. In den drei Wochen seit Konstituierung des neu gewählten Parlaments hatte sich JLM noch nicht blicken lassen, weil er mehr und mehr zu der Ansicht kam, dass seine Anwesenheit überflüssig war. Wenn einer der Minister etwas sagte, was ihm nicht gefiel, ignorierte er ihn sowieso. Weshalb also sollte er, wie er jedem erklären würde, der es hören wollte, überhaupt teilnehmen? Als First Minister und Mann, der die Geschicke des Landes lenkte, hatte er Besseres zu tun, als seiner Regierung zuzuhören.

Die Abweichung von der Norm bestand im Fehlen von JLMs Stellvertreter Fforbes Benderhook, einem widerwärtig rückgratlosen Liberaldemokraten, dessen politischer Ehrgeiz sich darin erschöpfte, dem First Minister in seinen nicht unbeträchtlichen Arsch zu kriechen und für ihn an den Kabinettssitzungen teilzunehmen, um gewissenhaft alle Labour-Minister zu denunzieren, die auch nur die leiseste Besorgnis oder Kritik an JLMs politischen Manövern äußerten.

Insofern war es nahe liegend gewesen, ihn nicht zu der Sitzung einzuladen. Die anderen indes hatten, wie Winona Wanderlip vermutete, die Nase genauso gestrichen voll von JLMs Affentheater wie sie selbst. Das übrige Kabinett war also versammelt, mit der nahe liegenden Ausnahme Melanie Honeyfoots, die tot, tot, tot war.

Sie saßen um den kleinen Tisch in Wanderlips Büro. Winona am Kopf und dann im Uhrzeigersinn Peggy Filiben, Erziehung & Jugend, eine absolut umwerfend attraktive Frau; der bereits eingeführte Wally McLaven, Tourismus, Kultur & Sport, ein Ex-Rangers-Spieler, der glaubte, es wäre Kultur, wenn man ganze, schlüssig aufeinander folgende Sätze formulieren konnte, in denen die Phrase »Ich sag mal« nicht vorkam, und der an Filibens Schenkel herumgrabschte; Brendan McLatchey, Gesundheit & Soziales, einst ein enger politischer Verbündeter JLMs, der bei dem Drang des First Minister nach weltweiter Anerkennung auf der Strecke geblieben war; Jack McCarthy, Minister für soziale Gerechtigkeit, der der Ansicht war, Gerechtigkeit ließe sich am besten mit einem sehr harten Stock oder einer Schlinge schaffen; Trudger McIntyre, Umwelt und Entwicklung des ländlichen Raums, ein anständiger Mensch in der Welt der Politik; und schließlich Nelly Stratton, Ministerin für Parlamentarische Angelegenheiten, eine zickige blöde Kuh.

»Alles, was Recht ist«, sagte McLaven, nachdem Winona Wanderlip eine lange Tirade über JLMs Reise nach Brüssel beendet hatte, die auf einen ähnlichen Ausbruch über die Erweiterung ihres Geschäftsbereichs um das Ressort Finanzen gefolgt war, »bloß weil wir nicht wissen, was er vorhat, heißt das noch nicht, dass es nicht koscher ist.«

»Wenn es koscher ist«, erwiderte Wanderlip, »warum erzählt er uns dann nicht, was er macht? Habt ihr *News 24* gesehen? Ungefähr fünf Leute sind gekommen, um sich seine Rede vor dem europäischen Parlament anzuhören. Wozu das Ganze?«

»Die Säcke haben ihn gar nicht verdient«, knurrte Jack McCarthy in einem Tonfall, der andeutete, dass seiner Ansicht nach jeder in Brüssel mit einem Stacheldraht ausgepeitscht werden sollte.

»Das schottische Volk«, sagte Wanderlip mit Bezug auf eine Gruppe, die sie regelmäßig zur Unterstützung ihrer Ansichten als Geisel nahm, ungeachtet der Frage, ob das im Einzelnen zutraf, »hat es nicht verdient, dass JLM auf der Suche nach Ruhm durch die Welt gondelt, während er sich um die Themen kümmern sollte, die sein eigenes Land betreffen.«

»Mein Gott«, sagte Nelly Stratton. »Leg doch mal 'ne andere Platte auf.«

»Weshalb sind wir hier?«, ergriff Trudger McIntyre leise zum ersten Mal das Wort, sodass ihn alle gleichzeitig ansahen.

»Wie meinst du das?«, fragte Wanderlip.

»Was treibst du den lieben langen Tag, Winona?«, fragte er. »Intrigieren? Wir sind doch hier, um uns um die Probleme zu kümmern, die das schottische Volk betreffen. Was ist daran verkehrt, wenn er derweil Schottland auf der Weltbühne vertritt?«

»Das ist eine andere Liga«, sagte Wally McLaven. »Alles, was recht ist, was McIntyre sagt, ist schon irgendwie richtig.«

Wanderlip sah die beiden und die übrige Runde mit verblüfft offen stehendem Mund an. Sie suchte Strattons Blick, um zu sehen, ob sie von ihrer Seite Unterstützung erwarten durfte, doch es kam keine.

»Hallo!«, sagte sie übertrieben. »Was hat der Mann denn in den letzten eineinhalb Jahren gemacht? Er hat unsere individuellen Befugnisse derart beschnitten, dass wir uns ohne sein Okay praktisch nicht mehr rühren können. Herrgott noch mal, Wally, wann warst du zum letzten Mal scheißen, ohne dass du für das Klopapier aus dem Büroschrank unterschreiben musstest?«

»Du liebe Güte«, sagte Nelly Stratton, »jedes Mal kommst du mit dem Büroschrank.«

Wanderlip warf ihr einen verächtlichen Blick zu.

»Alles, was recht ist«, sagte McLaven, dessen Meinung durch jedes auch nur ansatzweise überzeugende Argument zu erschüttern war, »das stimmt. In diesem Gebäude geschieht nichts ohne JLMs Namen auf einem Stück Papier. Ich dachte immer, dass das die gute, kräftige Hand der politischen Führung wäre, aber eigentlich hat das schon irgendwie etwas Zwanghaftes.«

»Danke«, sagte Wanderlip, entsetzt darüber, dass McLaven so lange gebraucht hatte, das Offensichtliche zu erkennen.

»Ja«, sagte Brendan McLatchey, »aber das liegt vielleicht daran, dass er der Kompetenteste von uns allen ist und deshalb alles im Blick behalten muss.«

»Herrgott noch mal, Brendan«, entgegnete Wanderlip, »das kannst du ja gerne glauben, aber ich weigere mich. Der Mann ist außer Kontrolle. Mittlerweile hat er sogar seinen eigenen beschissenen Privatfrisör, habt ihr das gehört?«

»Ja, ja«, sagte McLaven, »alles, was recht ist, er schneidet einen exzellenten 57er Dean Martin.«

»Hör auf!«, kreischte Wanderlip unvermittelt, und McLaven zog den Kopf ein. »Wen interessiert's? Es geht darum, dass er außer Kontrolle ist. Wir müssen etwas unternehmen. Wir müssen uns etwas überlegen.«

»Und weiter«, sagte Peggy Filiben unter McLavens höher wandernder Hand. Auch sie hatte bis jetzt geschwiegen. »Wie ist dein Plan?«

Wanderlip sah nach links und suchte Filibens Blick zu ergründen. Dann sah sie sich im Raum um. Natürlich waren auch Stimmen zugunsten von JLM erhoben worden, aber nur von Menschen, die Angst vor ihm hatten und denen das Selbstvertrauen fehlte, sich aus der Masse zu erheben.

»Wir brauchen jemanden, der vortritt. Wir müssen als Team agieren, aber wir brauchen einen Anführer, der sich dem Mann entgegenstellt. Nicht nur zu unserem eigenen Wohl, sondern zum Wohle des schottischen Volkes.«

Sie sah sich in der Runde um und blickte entschlossen in alle Augen, weil sie glaubte, die Gedanken dahinter lesen zu können. Wer würde mutig genug sein, wer rückgratlos und wer würde möglicherweise schnurstracks per Handy JLM informieren, denn sie wusste, dass sie bei aller Unruhe in der Truppe ein großes Risiko eingegangen war, als sie alle zu dem Treffen eingeladen hatte. Und auf irgendeiner Ebene wollte sie sogar, dass JLM wusste, was sie vorhatte, um die Dinge zu beschleunigen und ihr Zerwürfnis zu einem raschen Ende zu bringen, weil sie das Gefühl hatte, dass sie letztendlich triumphieren würde.

»Warum machst *du* es nicht?«, fragte Nelly Stratton. »Große Klappe, nichts dahinter, wie meine Mutter immer gesagt hat.«

»Man wird mich schon aus meilenweiter Entfernung kommen sehen«, erwiderte Wanderlip, ohne Stratton eines Blickes zu würdigen, weil sie sich im Grunde mehr vor sich selbst als vor ihrer Anklägerin rechtfertigte. »Wir müssen jemanden haben, der aus dem toten Winkel kommt, jemanden, den sie nicht erwarten.«

»Ich mache es«, sagte eine leise, verführerische Stimme. »Du hast Recht. Wir müssen ihn aufhalten, bevor er das ganze Land ruiniert.«

Wanderlip blickte nach links. Sie musterte Peggy Filiben und erkannte den Stahl hinter dem unwerfenden Äußeren. Es sind immer die Frauen, dachte sie. Männer können ganz gut quatschen und hart tun, aber es sind immer die Frauen, die wirklich den Mumm haben zu handeln.

Sobald Filiben ihre Stimme erhoben hatte, hatte McLaven seine Hand zurückgezogen. Irgendetwas an starken Frauen ließ einen davor zurückzucken, sie zu weit oben am Schenkel zu kraulen.

»Gut«, sagte Wanderlip. »Eines Tages wird das schottische Volk dir dankbar sein.«

»Wir werden sehen«, erwiderte Filiben, und die Runde verfiel in anhaltendes Schweigen.

Wie Wanderlip es bereits vermutet hatte, klingelte fünf Minuten nach Beendigung der geheimen Notsitzung des Kabinetts JLMs Handy, und er erfuhr, dass das Kabinett als Ganzes und Peggy Filiben im Besonderen seine Autorität als First Minister herausfordern wollten. JLM bedankte sich bei dem Anrufer, schob das Handy wieder in die Tasche, schlenderte den Mittelgang des Privatjets hinunter, der ihn und sein Gefolge am Ende eines arbeitsreichen Tages von Brüssel nach Edinburgh zurückbrachte, und vertiefte sich in ein Gespräch mit zwei oder drei Mitgliedern seines engsten Kreises.

Kapitel 12

Platsch!

Peggy Filiben winkte dem Fahrer lächelnd zu, stieg aus dem Bus und ging eilig die Grenville Road hinunter, die an dieser Stelle von der Dunbar Road abzweigte. Es war spät am Abend, und die Sonne war einer feuchten Nacht gewichen. Die Straße war menschenleer, die geschlossenen Türen und Vorhänge der Häuser hüllten die Bewohner in ihre private Vorstadtmelancholie. Der Busfahrer sah Filiben ein paar Sekunden nach, warf einen Blick in den Rückspiegel und bemerkte, dass der blaue Hyundai, der ihm fast den ganzen Weg aus der Innenstadt gefolgt war, ein paar Fahrzeuge hinter ihm gehalten, dann jedoch wieder auf die Straße geschert war und mit knirschender Schaltung beschleunigt hatte. Als der Bus in die Blythswood Road einbog, blickte der Fahrer ein weiteres Mal in den Rückspiegel, bemerkte, dass der Hyundai weitergefahren und mittlerweile außer Sichtweite war, und hatte ihn kurz darauf vergessen.

Filiben glaubte an die Benutzung öffentlicher Verkehrsmittel. Das Konzept privater Gesundheitsvorsorge oder überhaupt jeder privaten Finanzierung öffentlicher Aufgaben war ihr zuwider. Sie war eine gute Frau und eine gute Sozialistin, ehrlich, tapfer und aufrecht. Und die Medien liebten sie, weil sie hinreißend aussah, was ihnen die Gelegenheit bot, sich grandios gönnerhaft zu geben, was eines der vielen Dinge ist, die die Medien mögen. Eine schottische Boulevardzeitung hatte ihr sogar zweihunderttausend Pfund dafür geboten, sich für ihre Wochenendbeilage in Unterwäsche ablichten zu lassen. »Natürlich absolut geschmackvoll«, hatte der Redakteur erklärt. Filiben hatte abgelehnt und das Blatt für eine angemessene Rache vorgemerkt, wenn sich die Chance ergab. Dabei war sie an sich gar nicht rachsüchtig, sie konnte es bloß nicht leiden, wenn Menschen die Politik zu leicht nahmen. Außerdem hatte sie ihre ganze Karriere hindurch gegen ihr gutes Aussehen ankämpfen müssen.

Und nun hatte sie sich auf das größte Spiel jener Karriere eingelassen. Es drängte sie keineswegs in höhere Ämter; sie hatte lange an der Überzeugung festgehalten, dass sie als Ministerin sehr viel mehr bewirken konnte als auf dem zeremoniellen Posten des Kabinettschefs. Und wenn JLM nur ein wenig mehr Respekt vor der Exekutive und dem Parlament gezeigt hätte, hätte sie wahrscheinlich auch kein Problem damit gehabt, dass er durch die Weltgeschichte jettete und den Staatsmann mimte.

Filiben war sich bewusst, dass Wanderlip eigene Interessen hatte und sie als Strohmann benutzte, um für den Fall, dass das Ganze irgendwohin führte und JLM tatsächlich stürzte, selbst die Führung an sich zu reißen. Allerdings glaubte Filiben von ganzem Herzen, dass Wanderlip eine ungleich bessere Führerin abgeben würde als JLM. Eine Führerin, die auf ihre Truppen hören und ihren Mitarbeitern vertrauen würden, die ihnen zugeteilten Aufgaben zu erledigen. Eine Führerin, der das Volk mehr am Herzen lag als ihre eigene Karriere. Sie würde all das sein, was JLM nicht war.

Peggy Filiben blieb an der Bordsteinkante stehen und blickte nach links. Der blaue Hyundai kam hinter ihr die Straße hinunter, und sie blieb stehen, um ihn vorbeizulassen. Als er näher kam, beschleunigte er rasch, der Motor surrte leise vom zweiten in den dritten Gang, und beim Umsehen fiel ihr auf, dass der Fahrer eine dunkle Brille und eine Wollmütze trug, was ihr an einem dunklen, schwülen Abend wie diesem ein wenig seltsam vorkam.

Sie wandte den Blick wieder ab und widmete sich den zusammenhanglosen Gedanken an Winona Wanderlip und Jesse Longfellow-Moses, an Haartönungen, Analimplantate und die Dinge, die man an kalten, feuchten Januarsonntagen machen konnte.

Dann nahm sie aus dem Augenwinkel die Bewegung wahr und hatte nicht einmal mehr Zeit, sich umzudrehen. Wie ein blauer Blitz schoss der Hyundai von der Straße auf den Bürgersteig und traf sie mit voller Wucht am Oberschenkel, in etwa an derselben Stelle, an der sie Wally McLavens warme Hand gespürt hatte.

Beim Aufprall riss der Fahrer des Hyundai das Steuer herum, und Filiben wurde wie ein Luftballon beiseite gewirbelt. Ihr Kopf schlug mit knapp 30 Stundenkilometern auf das Pflaster, was sie nicht überleben sollte.

Abgesehen von diesem dumpfen Aufprall blieb alles still. Der Hyundai fuhr mit leise schnurrendem Motor die Straße hinunter, bog in die entgegensetzte Richtung des Busses ab und war verschwunden, ohne dass sich in der kurzen Zeit auch nur eine Gardine in der Straße bewegt hätte.

Peggy Filibens Leiche hätte eine Weile unentdeckt dort liegen bleiben können. Doch trotz der Absicht des Mörders, seine Tat unbeobachtet auszuführen, trotz aller Vorsichtsmaßnahmen und angemessener Umsicht hatte es einen Zeugen gegeben. Und während Filibens Körper steif und seelenlos auf dem Pflaster lag, nahte ein weiterer Wagen und hielt neben der Leiche.

Kapitel 13

Siehst du diese Boote? Die hab alle ich gebaut. Nennt man mich deshalb Harry, den Bootsbauer? Nö. Aber fick nur ein Schaf…

Barney Thomson und der Rest der Mannschaft waren seit gut drei Stunden wieder im Land. Er war gehorsam auf sein Zimmer gegangen, doch nachdem er eine weitere Stunde die Wände angestarrt, profane konstruktivistische Kunstwerke, dünne, saubere Teppiche und Dokudramen im Fernsehen angeschaut hatte, hatte es ihn hinaus auf die Straßen von Edinburgh gezogen, das er zum letzten Mal im Alter von sieben Jahren mit seiner Mutter besucht hatte. Soweit er sich erinnern konnte, hatte die Stadt sich in den vergangenen 43 Jahren verändert. Nicht, dass Barney wusste, dass er fünfzig war oder sich wie fünfzig fühlte oder auch nur so aussah.

Wenig später war er zusammen mit Touristen und Neugierigen im World's End an der Ecke High Street und St. Mary's Street gelandet, wo er sich eine Flasche amerikanisches Bier und eine Packung Erdnüsse bestellte, sich an einem kleinen Tisch in der Ecke niederließ und das Kommen und Gehen der Gäste verfolgte, Ebbe und Flut, Gedränge, Leere und wieder Gedränge.

Nach einer guten Stunde und bei seinem dritten Bier stellte er überrascht fest, dass er ziemlich glücklich war. Er genoss die Einsamkeit und Ruhe einer lauten Kneipe, betrachtete das schottische Volk, wie Winona Wanderlip es gern nannte, und die Besucher aus aller Welt, genoss das kalte Bier in der Kehle und den

Haggis und die Pommes, die gerade serviert worden waren. Er war der Enträtselung seiner Vergangenheit und der Umstände, die ihn in die Dienste von Jesse Longfellow-Moses geführt hatten, keinen Schritt näher gekommen, aber sein neues Leben war nun keineswegs grausam zu nennen, und er begann sich darein zu fügen, mit der Strömung zu schwimmen, ohne nach Wahrheiten zu suchen, weil er überzeugt war, dass die Wahrheiten ihn früher oder später schon finden würden.

Er fühlte sich reichlich träge, als der Stuhl ihm gegenüber vom Tisch gezogen wurde und er den teuren Duft erkannte, ohne aufzublicken.

»Edmund«, sagte er.

»Barney«, sagte Ashley Blackadder mit einem schiefen Lächeln. Sie konnte die Menschen bitten, sie nicht Edmund zu nennen, solange sie wollte, es half nichts. Das war die Strafe, die sie für ihren coolen Namen zahlte.

»Ich hab Sie gesucht«, sagte sie.

»Ich war die ganze Zeit hier«, erwiderte er.

Sie nippte an ihrem Gin Tonic und lächelte erneut. Schließlich blickte er sie an und registrierte die anmutige Bewegung, mit der ihre Lippen ein entspanntes Lächeln formten, und die Wärme in ihren schönen Augen.

»In wie vielen Kneipen waren Sie schon?«, fragte er.

»Siebzehn«, sagte sie. »und in jeder hab ich was getrunken.«

Er nickte wortlos, ohne sie anzusehen, und lächelte schüchtern.

»Außerdem hab ich noch in drei Pizza-Läden und vier Bordellen vorbeigeschaut.«

Er warf ihr einen raschen Blick zu.

»Und haben Sie Pizza gegessen und ein paar Frauen gevögelt?«, fragte er.

»Ja und nein«, antwortete sie.

»Warum sind Sie hier?«, fragte er plötzlich ernst und sah sie direkt an.

»Anweisung des Arztes«, antwortete sie.

»Ach so. Und wird der Doktor mir heute erzählen, wer ich bin?«, fragte er und schaufelte sich eine Ladung Haggis in den Mund. Es war köstlich, würzig und knusprig.

»Sie müssen es schon selbst herausfinden«, sagte sie. »Ich könnte Ihnen jeden Mist erzählen, und Ihr Verstand würde sich alle Mühe geben, zum Beleg ein paar Erinnerungen zu fabrizieren.«

»Wenn ich vor zweieinhalb Jahren gestorben bin«, erwiderte er scharf, »wie zum Teufel soll ich dann rauskriegen, warum ich jetzt nicht mehr tot bin?«

Sie nickte, und ihr schwarzes Haar fiel ihr in die Stirn. Manchmal konnte ein ungebildeter Mensch das ganze professionelle Getue mit einem einzigen Satz entlarven. Tatsächlich hatte sie in letzter Zeit Grund zu der Annahme, dass dies durchaus regelmäßig geschah.

Sie lehnte sich zurück und blickte auf seinen Teller. Der Essensduft nagte an ihrem Magen, doch sie hatte schon gegessen. Und Barney hatte auch nicht darauf gewartet, dass sie ihm half, seinen Teller leer zu kriegen. Aber dies war nicht der Barney Thomson, den die Welt bisher gekannt hatte. Sie fand es falsch, dass er hier war, sie missbilligte seine bloße Existenz auf diesem Planeten; doch das war nicht seine Schuld.

»Gentechnik«, sagte sie.

»Ah«, sagte Barney. »Und weiter?«

»Erinnern Sie sich an die Geschichte mit Dolly, dem Schaf?«, fragte sie.

»Ehrlich gesagt, nein. Hat man einen Menschen mit einem Schaf gekreuzt?«, fragte er. »Muss schwierig gewesen sein, einen Typ zu finden, der bereit war, an dem Experiment teilzunehmen. Wahrscheinlich haben sie eine Anzeige in die Zeitung gesetzt.

Mann *zum Schafeficken gesucht. Kandidaten mit Erfahrung werden bevorzugt. Anfänger werden eingearbeitet.* Nach ein paar Tagen waren erst 33 000 Bewerbungen eingegangen.«

Sie lachte. Barney Thomson hatte sie zum Lachen gebracht. Dabei war sie eine Frau. Das hatte die Welt noch nicht gesehen.

»Nicht ganz«, sagte sie. »Das Schaf Dolly wurde aus Zellen eines Mutterschafs geklont. Hoch komplizierte Sache bis heute, aber vereinfacht gesagt lief es darauf hinaus.«

Sie zögerte, während Barney sich weiter seinem Mahl widmete.

»Ich höre zu«, sagte er.

»Das Ganze ist ziemlich kontrovers. Aber Sie wissen ja, wie so was läuft. Was berichtet wurde, war lediglich die halbe Wahrheit. Außerhalb der Stadt gibt es ein weiteres Labor, in dem allerlei Experimente durchgeführt werden, von denen die Öffentlichkeit nichts weiß. Noch fortgeschrittener, noch beängstigender.«

Sie hielt erneut inne. Ihre Stimme war von Satz zu Satz leiser geworden, und Barney dachte, dass sie ihm das vermutlich gar nicht erzählen sollte. Doch aus welchem Grund auch immer, sie war auf seiner Seite. Andererseits hatte sie am Abend zuvor zugegeben, dass sie auf Geheiß von Strangelove gekommen war, und Barney war bereits zu der Einsicht gelangt, dass man Strangelove so wenig trauen konnte, wie man einen Ferrari mit flüssiger, essbarer Unterwäsche im Tank fahren konnte.

»Und wie passe ich ins Bild?«, fragte er. »Bin ich das Ergebnis der Kreuzung zwischen einer Kuh und einem Toilettensitz oder was?«

»Nein«, sagte sie, »obwohl es in der Regierung ein paar davon gibt.«

Sie verfiel wieder in Schweigen, und Barney schob ein unbekanntes grünes Gemüse auf seinem Teller hin und her, spießte es mit dem Rest Haggis auf, schob sich eine übrig gebliebene Fritte in den Mund, leerte mit einem großen Schluck seine dritte und letzte Flasche Bier des Abends und blickte zu ihr auf.

»Ich gehe jetzt nach Hause«, erklärte er, »oder das, was zurzeit als mein Zuhause firmiert. Wollen Sie mir noch irgendetwas sagen, bevor ich aufbreche?«

Eigentlich wollte er gar nicht nach Hause gehen. Er wollte die ganze Nacht hier bleiben und mit ihr reden. Doch irgendetwas in ihm trieb ihn von ihr fort.

»Ihr Gehirn wurde in den vergangenen zweieinhalb Jahren in einem Einmachglas aufbewahrt«, sagte sie nüchtern.

In diesem Moment kam zufällig der neunzehnjährige William Matthews an ihrem Tisch vorbei und hätte beinahe einen der fünf Drinks fallen lassen, die er trug. Er hatte allerdings verstanden »Ihr Gehirn wurde in einem Weinbrandglas aufbewahrt«, was für die angegebene Dauer wie ein ziemlich cooler Aufbewahrungsort für ein Gehirn klang.

»Das erklärt eine Menge«, sagte Barney. »Ist es immer noch in dem Glas?«, fragte er, was sogar noch mehr erklären würde.

»Nein«, erwiderte sie lächelnd, »ich fürchte, es ist definitiv in Ihrem Kopf.«

»Aber vorher wurde es mit einem Schafshirn gekreuzt? Das würde zumindest mein versponnenes Denken erklären.«

»Lassen Sie mich ausreden«, sagte sie und berührte unvermittelt seine Hand. Das alles musste sehr schwer für ihn sein, und er wäre nicht der erste Mann, der sich hinter schlechten Witzen versteckte. Man musste sich bloß Jim Davidson ansehen. »Es gibt ein Labor unweit der Küste. Sie wissen schon, wirkt von außen ganz harmlos, ein bisschen wie ein heruntergekommener Bauernhof. Es gibt nicht mal sichtbare Sicherheitseinrichtungen, weil man keine Aufmerksamkeit erregen will. Dort werden seit kurz nach Kriegsende Experimente mit GVOs durchgeführt.«

»GVOs?«, fragte Barney. »Und das wäre was? Ganz Verrückte Oberärzte? Gefühlsechte Kunst-Ärzte, die Antwort der Regierung auf den Mangel an Allgemeinmedizinern. Sie werden rausgelassen, ruinieren die eine oder andere Gesundheit und werden dann für die Nacht wieder weggeschlossen. Als Nächstes kommen dann künstliche Krankenschwestern, Zugfahrer, Minister und Werbeberater. Es gibt in diesem Land pro normalem menschlichem Wesen schon fünf von der Sorte, aber sie haben die Regierung davon überzeugt, dass sie noch mehr brauchen.«

»Barney«, sagte sie leise und legte dieses Mal sanft einen Finger auf seine Lippen. Er zitterte und verstummte. Sie hielt den Finger länger dort, als notwendig gewesen wäre, und sah ihm dabei in die Augen, bis sie die Hand schließlich sinken ließ und seine umfasste.

»Das ist verdammt abgefahrener Kram, Barney, es ist schon okay, wenn Ihnen das Ganze vorkommt wie ein Horrortrip.«

»Gut«, sagte er, »denn es kommt mir vor wie ein Horrortrip.«

»Ein GVO ist ein gentechnisch veränderter oder transgener Organismus. Sie klonen nicht nur Schafe, Mäuse, Tsetsefliegen oder was auch immer, sondern beschleunigen das Wachstum der Zellen auch in einem geradezu absurden Tempo.«

»Warum?«, unterbrach Barney sie an einer Stelle, an der sie ihren Redefluss nicht hatte unterbrechen wollen.

»Weiß der Himmel«, sagte sie kopfschüttelnd. »Weil sie es können? Weil es noch nie zuvor jemand gemacht hat? Wer weiß, was für Gründe sie haben? Aber es wird immer Leute geben, die für diese Art Technologie bezahlen, also treiben sie das Ganze im großen Stil voran, und zwar schon seit Jahren.«

»Sie haben also mein Gehirn genommen …?«, fragte Barney, während just dieses Gehirn unfähig war, irgendetwas von all dem zu verarbeiten. Ihm kam es vor, als würde sie über jemand anderen sprechen.

»Man hat Zellen daraus entnommen und sie gezüchtet. Der Körper, in dem sie stecken, ist in nicht einmal zwei Jahren gewachsen.«

Er starrte sie mit offenem Mund an, staunend, zweifelnd, misstrauisch. Er griff nach der Flasche und setzte sie an, weil er vergessen hatte, dass sie leer war.

»Ich hol Ihnen noch eins«, bot sie an.

»Nein, erzählen Sie zu Ende«, sagte er drängend.

»Was sie bis jetzt noch nicht geschafft haben, ist, ein Gehirn im gleichen Tempo wachsen zu lassen wie einen Körper. Als Ihr Körper also den erwünschten erwachsenen Zustand erreicht hatte, hat man sein Gehirn entfernt und Ihr Original-Hirn implantiert.«

»Das bis dahin in einem Glas aufbewahrt worden war«, sagte er.

»Genau«, erwiderte sie.

»Ich bin ein wenig skeptisch«, erklärte er. »Mir ist schon klar, dass ich ein bisschen durcheinander bin und alles, aber was Sie da erzählen, muss kompletter Unsinn sein.«

»Das würde man gerne glauben«, erwiderte sie. »Aber dann wären Sie jetzt nicht hier.«

Er beugte sich vor und lehnte sich wieder zurück. Er betrachtete die anderen Gäste, tippte mit der Gabel auf den leeren Teller und kratzte die letzten Krümel zusammen.

»Alles Quatsch«, sagte er schließlich. »Ich meine, warum ich? Warum nicht George Harrison oder Jimmy Stewart oder irgendein Wissenschaftler. Warum ich? Warum Barney Thomson? Was habe ich je geleistet?«

»Sie waren verfügbar«, antwortete sie. »Das erste Gesetz jeder Konstruktion, egal ob Bauwerk oder Mensch. Man kann nur mit den zur Verfügung stehenden Materialien arbeiten. Sie haben einen Mann in der Universität von St. Andrews sitzen, wo Ihr Gehirn gelagert wurde.«

»In einem Einmachglas«, sagte Barney melancholisch.

»Ja«, sagte sie, »aber Sie müssen nicht immer wieder von dem Glas anfangen. So groß ist der Unterschied zwischen einem

Einmachglas und einem Kopf gar nicht. Sie waren nicht viel mehr als ein Testlauf. Dann hat Jesse von Ihnen erfahren, kannte Sie als diesen berühmten Frisör und fand Gefallen an der Idee, Sie als Privatcoiffeur zu halten. Den Rest hat Parker erledigt. Vor ein paar Tagen hat man Sie dann irgendwie eingeschaltet.«

Barney ließ die Bierflasche kreiseln, bis sie umkippte und über den Tisch rollte. Kurz bevor sie zu Boden fiel, packte er sie und wiederholte das Spiel. Ihn *eingeschaltet.*

»Also irgendwie kann ich das alles gar nicht glauben«, sagte er. »Ich weiß nicht genau, aber ich habe vage Erinnerungen daran, eine Art Mörder oder so was zu sein.«

»Das haben auch alle gedacht«, sagte Blackadder. »Aber nach Ihrem Tod gab es eine offizielle Ermittlung über Ihr ganzes Leben, die Sie mehr oder weniger von allem frei gesprochen hat, was Ihnen in der Vergangenheit vorgeworfen worden war. Zwei Minuten später waren Sie nicht mehr interessant. Die Presse hatte Sie binnen Sekunden vergessen, und die Öffentlichkeit trudelte hinterher. Sie sind jetzt also sozusagen ein völlig neuer Mensch. Sie haben ein neues Leben, einen neuen Körper, alles neu.«

»Und fühle mich trotzdem saubeschissen«, sagte er nachdenklich, las das Etikett der Bierflasche und versuchte sich an die Normalität zu klammen.

Sie drückte seine Hand, die sie die ganze Zeit nicht losgelassen hatte.

»Mal sehen, was wir dagegen tun können«, sagte sie.

Ihre Blicke trafen sich, und er führte automatisch die leere Flasche zum Mund, um sein Unbehagen ob derart ungeteilter Aufmerksamkeit einer Frau zu kaschieren.

Klang das Ganze plausibel? Natürlich nicht. Aber dass man etwas nicht begriff, musste nicht bedeuten, dass es nicht passieren konnte. Genauso wenig verstand er die Atomphysik, den Wind, die Entstehung der Planeten und den Grund, warum

Frauen mehr Orgasmen haben, was nicht bedeutete, dass all das nicht wahr war.

Er nahm die Flasche aus dem Gesicht, weil ihm bewusst wurde, dass er wie ein Idiot aussah, riss seinen Blick von ihrem los, starrte zu Boden und dachte, dass es zumindest erklären würde, warum ihm seine ganze Existenz so anachronistisch vorkam.

Kapitel 14

Nich' viel

Als Peggy Filiben am folgenden Tag nicht zur Arbeit erschien, wiederholte sich in der schottischen Regierung eine ähnliche Szene wie die nach dem seltsamen Verschwinden von Melanie Honeyfoot. Für 6.30 Uhr hatte Filiben einen Termin mit einem Journalisten der *Mail on Sunday* vereinbart – sie hatte immer gerne ein offenes Verhältnis mit der Presse gepflegt, jedoch ausschließlich in aller Herrgottsfrühe und vorzugsweise samstags. Als Mike Holgrum also in ihrem Büro erschien, sie hingegen nicht, wurde Alarm geschlagen. Peggy Filiben verpasste nie eine Gelegenheit, mit der Presse zu reden.

So kam es, dass die Medien die Story noch vor dem Sicherheitsdienst des Parlaments und der Polizei erfuhren, und Holgrum sprang mit beiden Füßen auf den seltsamen Zufall an, dass in einer Woche gleich zwei Minister verschwunden waren. Bevor er irgendjemandem seinen Verdacht mitteilte, ermittelte er zunächst, wer Filiben zuletzt lebend gesehen hatte und wie sie nach Hause gekommen war. Er sprach mit dem Busfahrer, suchte den Tatort auf und entdeckte unweit der Haltestelle das Blut auf dem Bürgersteig. Das Eindringen in ihre Wohnung verkniff er sich dann doch, informierte stattdessen endlich die Polizei über seine Recherche, genau zwei Minuten, bevor er auch den Rest des Landes ins Bild setzte.

Der Tag flog in einer Flut von journalistischen Spekulationen und hektischen Polizeiermittlungen dahin, ohne dass die Behörden an seinem Ende mehr wussten, als dass Peggy Filiben aus einem Bus gestiegen und danach nicht mehr gesehen worden war. Das Blut auf dem Bürgersteig wurde definitiv als ihres identifiziert, und das war in etwa alles. Die Kabinettsmitglieder hatten offenbaren müssen, dass sie am Vorabend zu einer Sitzung zusammengetreten waren, weil dies das letzte Mal war, dass sie alle Filiben lebend gesehen hatten, wobei keiner von ihnen die Möglichkeit andeutete, dass es einen Zusammenhang zwischen der Sitzung und Filibens Verschwinden geben könnte. Dieser Gedanke wäre einfach zu weit hergeholt und erschreckend gewesen.

Der Busfahrer hatte sich vage an einen blauen Wagen erinnert, aber das war auch schon alles gewesen. »Die sehen doch alle gleich aus, oder nicht?«, hatte er gesagt.

Und so kam es, dass der Fahrer des Hyundai ebenso überrascht war wie alle anderen, dass Peggy Filiben verschwunden war. Nach seinem Plan hätte man ihre Leiche zermatscht auf dem Pflaster finden sollen. Irgendetwas Verdächtiges ging hier vor. Mal abgesehen von der Tatsache, dass Mitglieder des Kabinetts ermordet wurden.

Die Polizeikräfte, die mit der Ermittlung im Fall Melanie Honeyfoot beauftragt waren, wurden verfünffacht, die Presse zeterte mordio, in den Fluren des Parlaments hörte man von einem Serienmörder raunen, und in Holyrood sahen sich mehr als nur ein paar Leute nervös um und fragten sich, wer der Nächste sein würde.

Kapitel 15

Genital!

Montagmorgen nach einem ruhigen Wochenende. Die Sonntagszeitungen hatten in der Tat Fragen nach dem unbekannten Verbleib zweier Kabinettsmitglieder gestellt, doch das Thema hatte nicht ganz so viele Spalten abbekommen wie der Start der jüngsten Staffel von *Pop Idol*. Es wurden bereits Beschwerden laut, dass Schotten in der vom Fernsehen übertragenen Phase des Wettbewerbs komplett fehlten, und die nachfolgende Empörung hatte das rätselhafte Ministerinnen-Verschwinden klar auf die hinteren Seiten verdrängt.

Politiker mussten in dieser Personality-getriebenen Zeit erst noch lernen, wo ihr Platz war; das Problem war, dass die meisten von ihnen noch immer glaubten, am Ehrentisch des öffentlichen Interesses zu speisen. Und wenn die Presse sich nicht einmal um die spektakulär attraktive Filiben allzu große Sorgen machte, würde es sie wohl kaum übermäßig bekümmern, wenn die anderen auch noch verschwanden. (Abgesehen von Kabinettsmitgliedern, die für die Rangers und Schottland gekickt hatten und ein bisschen keck waren.)

Wally McLaven hatte sich seine Stellvertreterin im Ministerium für Tourismus, Kultur & Sport höchstselbst aussuchen dürfen, und Patsy Morningirl war ein reizendes Mädchen mit einem leichten Toll-aber-blöd-wie-Brot-Touch. Wenn es also in Sachen

Tourismus, Kultur oder Sport einen Kommentar gegenüber der Presse abzugeben galt, war Wally persönlich zur Stelle, keck und fröhlich wie und eh und je, mit bereitwilligem Lächeln, lockeren Sprüchen und einer vorwitzigen Hand unter dem Rock der am nächsten sitzenden Journalistin. Die männlichen Medienleute mochten ihn, weil er früher Fußball gespielt hatte, die weiblichen, weil immer die Chance bestand, den Mann zu vögeln, der bei einer WM drei Tore für Schottland geschossen hatte. Deshalb war es praktisch ohne Belang, dass seine Stellvertreterin eine komplette Idiotin war, da ihre Existenz in der schottischen Regierung vollkommen überflüssig war. Und nicht mal die Presse interessierte sich besonders für ihren Amsterdamer Nutten-Look, weil es zum Angaffen ja immer noch Peggy Filiben gab.

Kurz gesagt war Patsy Morningirl nur da, weil Wally McLaven sich genötigt sah, ihr einen Job zu verschaffen, nachdem sie gedroht hatte, seiner Frau zu erzählen, wie oft er sie gebumst hatte. Er hatte allerdings auf der Vereinbarung bestanden, dass er sie, wenn er sie schon permanent um sich haben musste, auch weiterhin bumsen durfte. Patsy war einverstanden.

Als Winona Wanderlip also an McLavens Sekretärin vorbeirauschte – die zunächst versuchte, sie aufzuhalten, dann jedoch dachte, was soll's, und aufgab – und in Wallys Büro marschierte, lag Morningirl flach auf dem Schreibtisch, Teile ihres Slips in alle vier Winde zerstreut, den Rock bis zur Hüfte hochgeschoben. Wally stand mit heruntergelassener Hose hinter ihr und pumpte wie ein Frettchen.

»Oh, mein Gott noch mal«, sagte Wanderlip, »könnt ihr zwei vielleicht mal versuchen, ungefähr zwei Minuten ohne auszukommen?«

Sie sahen sie an und machten weiter. Wally war in prächtiger Form, und Patsy hatte beinahe Spaß.

»Hi, Winnie«, sagte sie, »in ein paar Sekunden gehört er ganz dir.«

»Bin gleich so weit«, sagte Wally.

»Soll ich lieber draußen warten?«, fragte Wanderlip.

»Nein, nein, nein, nein, nein, nein, nein, nein, nein, neeeeeiiiiin!«, sagte McLaven und sackte über Morningirl zusammen, wo er vorübergehend keuchend liegen blieb. Sie wirkte einigermaßen zufrieden mit ihrem Los und warf Wanderlip ein angedeutetes Wir-Frauen-stehen-doch-alle-zusammen-Lächeln zu.

»Schrecklich das mit Peggy«, sagte Morningirl.

»Ja«, sagte Wanderlip.

»Und so ein nettes Mädchen.«

»Ja«, sagte Wanderlip und fragte sich, wie lange Wally brauchen würde, um sich zu erholen. Als sie die beiden das erste Mal beim Sex gestört hatte, war es ihr noch peinlich gewesen. Doch beim mittlerweile circa zwanzigsten Mal zeigten ihre Gefühle keinerlei Ausschläge auf der Peinlichkeitsskala mehr.

Morningirl seufzte schwer.

»Aber wenn Peggy tot ist«, sagte sie sichtlich fröhlicher, »bin ich die bestaussehende Frau in der Regierung. Dann wird vielleicht öfter über mich berichtet.«

»Das nenne ich wahrhaft vorausschauend, Patsy«, erwiderte Wanderlip.

»Und eins sage ich euch«, fuhr Morningirl fort, »wenn mir irgendwer Geld dafür bietet, splitternackt zu posieren, lass ich den Rock aber blitzschnell fallen.«

»Wunderbar«, sagte Wanderlip. »Wally, sind deine Dilithium-Kristalle wieder so weit aufgeladen, dass du dich unterhalten kannst?«

Wally atmete tief aus und schenkte ihr ein freches Grinsen.

»Ich weiß, du willst ihn eigentlich unbedingt sehen, Winnie, aber könntest du dich trotzdem einen Moment lang umdrehen?«, fragte er.

Wanderlip schnalzte laut mit der Zunge und betrachtete die

Fotos an der Wand von McLavens Büro. Es gab etwa fünfzehn Bilder von seinen fußballerischen Heldentaten, die meisten von seinen Toren für Schottland. Ein sehr guter Schnappschuss zeigte allerdings auch seine spektakuläre Schwalbe, mit der er in der letzten Minute einen Elfer gegen Celtic herausgeschunden hatte. (Dass er den Elfmeter drei Meilen über die Querlatte gejagt hatte, war allerdings nirgendwo fotografisch dokumentiert.)

Man hörte ein Trippeln, und Morningirl tauchte mit zusammengekniffenen Schenkeln neben Wanderlip auf.

»Bis später, Winnie«, sagte sie.

»Ja klar«, erwiderte Wanderlip trocken, »wir könnten zusammen ins Ballett gehen oder so.«

Morningirl stieß eine Art Lachen aus, ein Geräusch, wie es eine Hyäne von sich geben würde, nachdem sie gerade, nun ja, von Wally McLaven gebumst worden war, und verschwand.

»Könnt ihr beiden nicht in ein Hotel gehen oder so?«, fragte Wanderlip.

»So ist es aufregender und gewagter«, sagte er keck.

»Was heißt hier gewagter?«, widersprach sie und nahm ihm gegenüber Platz. »Dir ist es doch scheißegal, ob du erwischt wirst. Sogar JLM hat dich schon mal überrascht und dir nur gratuliert und sich Patsys Telefonnummer geben lassen.«

McLaven lachte.

»Ich bin halt ein böser Junge«, erwiderte er, ganz Elvis.

»Na, großartig«, sagte sie, ließ ihre missbilligende Pose fallen und beugte sich mit ernster Miene vor. »Hast du dich dasselbe gefragt wie ich?«, wollte sie wissen.

McLaven dachte einen Moment nach und schüttelte dann den Kopf.

»Weißt du, Winnie«, sagte er, »das halte ich für wirklich unwahrscheinlich.«

»Am Freitag hat Peggy sich bereit erklärt anzutreten, und jetzt ist sie weg und Blut auf dem Bürgersteig.«

»Ja, ein echter Albtraum«, sagte McLaven. »Außerdem sah sie toll aus.«

»Darum geht es doch nicht«, erwiderte Wanderlip.

»O doch«, sagte McLaven. »Es bedeutet, dass wir jetzt nur noch dich und Nelly haben, Gott bewahre. Du wirst bestimmt selber zugeben, dass du kein Ölgemälde bist, und Nelly, heilige Scheiße, dieses Gesicht ist in mehr als einer Hinsicht problematisch. Weißt du, als ob man einem Hund einen Knochen hinwirft und nach zwei Minuten wieder wegnimmt. Sie sieht aus wie der Knochen.«

»Herrgott, Wally!«, herrschte sie ihn an, weil sie mit seiner unreifen, kecken Fröhlichkeit doch langsam die Geduld verlor, »das ist hier kein Schönheitswettbewerb.«

»Klar ist es das, Winnie«, erwiderte McLaven. »Es geht nur um die Erscheinung. Nichts unter der Oberfläche ist so wichtig wie die Frage, wie es von wem präsentiert wird. Es kommt nicht darauf an, was man sagt, sondern ob die Öffentlichkeit die Person vögeln will, die es sagt.«

Sie stöhnte, und Wally lächelte selbstzufrieden.

»Hey, das ist ziemlich gut«, fand er. »Wenn ich das an der richtigen Stelle sage, lande ich vielleicht noch in einem dieser Zitatenbücher. Was meinst du?«

»Wally«, sagte Wanderlip. »Peggy könnte tot sein.«

»Ich weiß«, sagte er.

»Es ist nicht unwahrscheinlich, dass sie ermordet wurde.«

»Ich weiß«, sagte er.

»Und zwar«, fuhr Wanderlip unbeirrt fort, »weil sie vorhatte, JLMs Autorität in Frage zu stellen.«

McLaven schüttelte den Kopf und hob beschwichtigend die Hände.

»Beruhige dich, Winne«, sagte er. »Das ist doch alles reine Spekulation. Sie könnte auch bei einem Unfall mit Fahrerflucht ums Leben gekommen sein.«

»Und wo ist die Leiche?«, fragte sie ein wenig schriller als zuvor. »Bei einem Unfall mit Fahrerflucht wird jemand angefahren, und der Fahrer flieht. Deshalb heißt es ja Fahrerflucht!«

»Also, ich weiß nicht«, sagte er, in die Defensive gedrängt, »vielleicht war es eine Fahrer-Spurenbeseitigungs-Flucht. Vielleicht ist das die neueste Masche bei diesen Leuten.«

»Welchen Leuten?«, wollte sie wissen.

Er seufzte tief, lehnte sich zurück, stützte seine Ellbogen auf die Armlehnen und vergrub sein Gesicht in den Händen.

»Ich weiß es nicht, Winnie«, sagte er. »Ich finde bloß, du solltest den Stock nicht am falschen Ende anpacken und dann damit auf den Busch klopfen, sonst nichts.«

Sie seufzte tief und resigniert. Vielleicht sollte sie selbst mehr herausfinden, ein paar eigene Nachforschungen anstellen, bevor sie die Klappe aufriss. Also eins nach dem anderen: Wenn Peggy wegen der Besprechung im Kabinett ermordet worden war, wer war dann das Leck?

Sie stand auf. Vielleicht redete sie in diesem Moment mit dem Maulwurf. Gut, er war keck und fröhlich und lächelte viel. Aber mit genau dieser Masche war er auf dem Fußballfeld mit schmutzigen Fouls und zweifelhaften Schwalben im Strafraum davongekommen und hatte die Fans gnädig gestimmt, wenn er Hundertprozentige aus zwei Metern Entfernung versiebt hatte.

»Wir reden morgen weiter«, sagte sie.

McLaven legte die Hände auf den Tisch und klopfte den Rhythmus von *Hello Goodbye*.

»Ja«, sagte er. »Mach dir keine Sorgen, Winnie.«

Sie schüttelte sich abschätzig ihren dunklen Schopf aus dem Gesicht und war verschwunden. Wally starrte eine Weile auf die geschlossene Tür, bevor er den Hörer abnahm. Dann überlegte er es sich anders, legte auf, streckte die Beine unter dem Schreibtisch aus und zog sich die Hose hoch.

Kapitel 16

Der Frisör, der wissenschaftlich wieder belebt wurde und sich in eine klebrige Masse verwandelte, alle voll schleimte, ganze Gemeinden in explodierenden eitrigen Wunden ertränkte und kein Glück bei den Frauen hatte

»Ganz ehrlich, Barn«, sagte JLM, »der Pöbel versteht den Druck einfach nicht. Schwer zu sagen, was die Leute zurzeit so denken. Hören Sie mir zu!«

Barney hörte nur mit halbem Ohr zu. Er hatte ein faules Wochenende hinter sich, und wenn seine Persönlichkeit schon ein wenig ausgeprägter gewesen wäre, hätte er sich einsam gefühlt. Er war durch die Straßen der Hauptstadt getrottet, hatte Kneipen und Restaurants aufgesucht und das Geld ausgegeben, das mysteriöserweise jeden Morgen zusammen mit seinem Frühstück auf einem Tablett serviert wurde.

Am Montag war er an seinen Arbeitsplatz zurückgekehrt und hatte einen weiteren Tag in Gesellschaft der Truppe verbracht, die in JLMs Gefolge durch Schottland gereist war. Eine Blitztour an die Westküste, Wählerhände schütteln in Ayr und Kilmarnock, Girvan und Largs. JLMs Miene verriet keine Sekunde lang etwas anderes als totale Verachtung für sein Publikum und die erkennbare Sehnsucht, stattdessen auf irgendeiner wichtigen Konferenz in Rio oder Kuala Lumpur zu weilen. Gereist war er im neuen Sonderzug des First Minister, der für dreieinhalb Millionen Pfund ausgestattet worden war und das Schienennetz bei jeder Benutzung vor unermessliche Schwierigkeiten stellte. (Die Öffentlichkeit war noch nicht über die Existenz des Gefährts informiert worden, sondern wurde mit Erklärungen wie Laub auf den Gleisen oder schwachköpfige Zugführer abgespeist. Und wenn JLM an einem Bahnhof eintraf, wurde er stets von seiner Limousine erwartet.)

Während er seine Pflichtbesuche in Schulen, Fabriken, Altersheimen etc. absolvierte, war sein Gefolge im Zug geblieben, hatte in der Bibel gelesen, an teuren Kleidungsstücken herumgenestelt, medizinische Daten kontrolliert oder das getan, was es sonst so zu tun pflegte. Barney hatte in einer Ecke des Zuges gesessen, seine Kollegen mit Argwohn oder Unbehagen gemustert und sich gefragt, was sie von ihm hielten. Wahrscheinlich wussten sie alles über ihn und seine Herkunft, wussten, dass er eine Missgeburt der Wissenschaft war, ein abscheulicher Lapsus der Menschlichkeit, eine unnatürliche Selektion, von der niemand ganz genau wissen konnte, was daraus werden und wie sie sich weiter entwickeln würde. Seltsames Wachstum auf seiner Haut, neue Gliedmaßen, ein zweiter Kopf, eine bizarre Belustigung für das Samstagabendfernsehen. *Der Frisör, der wissenschaftlich wieder belebt wurde und sich in eine klebrige Masse verwandelte, alle voll schleimte, ganze Gemeinden in explodierenden eitrigen Wunden ertränkte und kein Glück bei den Frauen hatte.*

Wahrscheinlich würde man einen griffigeren Titel brauchen.

Um seinen melancholischen verwirrten Geist weiter in Aufruhr, Tohuwabohu, Chaos und Unordnung zu stürzen, hatte er einen weiteren Plausch mit Reverend Blake gehalten. Es war spät gewesen, und JLM hatte gerade den letzten Termin seiner Blitztour absolviert – bei Nardini's in Largs, wo er von irgendeinem Erdbeereis probierte und sich aufführte, als würde er immer in Largs, Millport und Rothsey Urlaub machen, dabei war er schon länger an den Indischen Ozean gejettet, als er die Ambitionen hegte, die sein Urteilsvermögen gegenwärtig so trübten.

»Sie wirken ein wenig bedrückt«, hatte Reverend Blake zu ihm gesagt.

Barney hatte seinen Blick vom Abteilfenster und von der mickrigen Aussicht auf die Isle of Cumbrae abgewandt.

»Ja«, hatte er erwidert. »Es war ein langer Tag voller Nichtstun, Rumsitzen und alle fünf Minuten Nachsehen, ob die Frisur von dem Arschloch noch sitzt. Verdammte Zeitverschwendung.«

»Nun«, hatte sie gesagt, »so haben wir uns alle irgendwann gefühlt, aber Sie werden sich dran gewöhnen.«

»Warum?«, hatte er gefragt. »Warum sollte ich mich daran gewöhnen? Warum sollte ich noch eine Minute länger bleiben?«

Alison Blake hatte ein wenig die Brauen gerunzelt und mit der rechten Hand an ihrem Kragen genestelt. Ihr Blick huschte zu Pater Michael – der den Tag mit der Betrachtung von Kunst des 13. Jahrhunderts zugebracht hatte, Darstellungen von Geburt und Tod Christi – und zurück zu Barney.

»Ich nehme an, Sie sind denen schon ein bisschen was schuldig«, hatte sie gesagt.

»Was soll das heißen? Weil ich eine Missgeburt ausgeflippter Wissenschaftler bin, die mich in die Welt geholt haben, damit die Menschen mich angaffen können?«

»Ausgeflippte Wissenschaftler?«, hatte Blake neugierig gefragt, bevor sich ihre Miene entspannt und sie mit großen Augen weise genickt hatte.

»Was?«

»Sie haben mit Ash gesprochen?«, hatte Blake mit gesenkter Stimme gefragt. »Immer ein Fehler.«

Barney hatte tief eingeatmet, die Augen geschlossen und vergeblich versucht, alle Gedanken aus seinem Kopf zu verbannen, bevor er die Augen wieder geöffnet hatte.

»Weiter«, hatte er gesagt.

»Sie neigt zu gelegentlichen Fantastereien«, hatte Blake gesagt. »Sie ist ein bisschen verrückt. Ich nehme an, sie hat Ihnen irgendeine Geschichte über beschleunigtes Zellwachstum, Hirntransplantationen und dergleichen erzählt.«

Barney hatte Blake angesehen, obwohl seine Augen und sein Verstand ganz woanders gewesen waren.

»Ja«, hatte er erwidert.

Blake hatte geseufzt, Dr. Blackadder einen mitleidigen Seitenblick zugeworfen und sich erneut Barney zugewandt.

»Also wirklich, Barney, jemand hätte Ihnen erzählen müssen, dass Ashley ein wenig, nun ja, ein wenig neben sich ist«, hatte Blake gemeint. »Damit will ich nicht sagen, dass sie ihren Kram nicht auf der Reihe hat, denn das hat sie. Sie erstellt psychologische Profile für JLM und trifft den Nagel jedes Mal auf den Kopf. Sie ist bloß selber ziemlich neben der Spur. Weiß Gott, wie ein psychologisches Profil von ihr aussehen würde.«

»Dürfen Sie den Namen Gottes so im Munde führen?«, hatte Barney gefragt.

»Ja«, hatte sie wegwerfend erwidert. »Hören Sie, ich komme heute Abend auf Ihr Zimmer. Meins ist auf demselben Flur. Dann können wir uns ein bisschen unterhalten. Ich habe mit Parker gesprochen. Er hat mir die Wahrheit über Sie und Ihre Herkunft erzählt und mich gebeten, mit Ihnen darüber zu reden. Was meinen Sie?«

Barney hatte nicht gewusst, was er sagen, denken oder tun sollte, also hatte er eingewilligt. Nun war er zurück in Edinburgh und widmete sich vor JLMs abendlichem Auftritt vor der Handelskammer ein weiteres Mal dessen Frisur. Für den Abend hatte er verlangt, wie George Clooney auszusehen, was die Einbildungskraft nun doch arg strapazierte.

»Wüsste nicht, warum ich das tun sollte«, sagte Barney in Erwiderung auf JLMs Anweisung, seiner Tirade über die Proleten zu lauschen.

»Egal«, sagte JLM. »Ich gehe durch einen Supermarkt oder so was, keine Ahnung. Was war es, X?«

»Eine Fischkonservenfabrik«, antwortete The Amazing Mr. X.

»Was auch immer«, sagte JLM, während Barney zum siebten Mal an diesem Tag seinen Hinterkopf betrachtete. »Taucht doch diese ignorante, prollige Schlampe mit einem weißen Kittel und einer albernen kleinen Mütze auf und fragt mich, was ich gegen die Gewalt an den Schulen unternehmen will. Ich meine, für wen halten die mich? Meinen Sie, Churchill hätte sich um die beschissene Gewalt an den Schulen gekümmert? ›Ist mir doch egal, dass die Deutschen in Kent stehen, Big Wullie hat den Kopf des kleinen Johnny gegen einen Torpfosten gerammt.‹ Das ist doch Schwachsinn,. totaler Schwachsinn. Ich bin der First Minister, Herrgott noch mal. Ich hab keine Zeit, mich mit solchen Kinkerlitzchen abzugeben. Ich muss mich um die wichtigen Themen zu kümmern. Weltpolitik und nicht zehnjährige Muttersöhnchen, die auf dem Spielplatz nicht auf sich selbst aufpassen können. So eine gequirlte Kacke!«

Die Badezimmertür wurde ohne vorheriges Klopfen geöffnet. Im Bruchteil einer Sekunde hatte The Amazing Mr. X einen Granatwerfer geladen und geschultert, den er allerdings wieder absetzen musste, als lediglich Strangelove mit einem Klemmbrett in der Hand hereinspaziert kam.

»Sind Sie so weit?«, fragte er.

JLM suchte Barneys Blick im Spiegel.

»Barn?«, fragte er.

»Kommt drauf an«, sagte Barney. »Wenn Sie wollen, dass Ihr Haar ganz okay aussieht, dann sitzt es, ob Sie's glauben oder nicht, nach fünfzehn Schnitten heute wirklich ganz prima. Wenn Sie aussehen wollen wie George Clooney, wird das ein bisschen länger dauern. Ein paar Jahre für die Umgestaltung der Schädelstruktur, Gesichtschirurgie und dergleichen und dann noch mal zehn, in denen Sie lernen, wie Sie jeden, mit dem Sie reden, einer Gehirnwäsche unterziehen, damit er nicht merkt, dass Sie kein bisschen aussehen wie der verdammte Typ.«

JLM lächelte gönnerhaft.

»Wissen Sie, Barn«, sagte er, »ich habe Ihre Anwesenheit hier gefördert, das ist, glaube ich, nicht übertrieben, oder was meinen Sie, Parker?«

»Keineswegs, Sir«, sagte Strangelove.

»Nein, keineswegs. In der Tat. Reizend. Und ich bin Ihrer unverhohlenen Grobheiten ehrlich gesagt langsam überdrüssig, Barn. Sie können es als Aufrichtigkeit tarnen, solange Sie wollen, aber Sie nutzen meine Gutmütigkeit aus. Also, ich denke, dass wir uns verstanden haben.«

Barney nickte, fuchtelte mit Kamm und Schere an JLMs Hinterkopf herum, ohne auch nur in die Nähe seines Haupthaars zu geraten. (Hätte er bei jeder Beschäftigung mit JLMs Birne auch tatsächlich jedes Mal Haare abgeschnitten, wäre der Mann schon am Vorabend kahl gewesen.) Nun, offenbar musste er seine Position überdenken. Sein vorheriges Leben fiel ihm bröckchenweise wieder ein wie pampiges Porridge, amorphe, sinnlose Klumpen im allgemeinen Morast: der alte Laden in Partick, seine verrückte Mutter, irgendwas mit einem Kloster, Einzelheiten, die in lose verbundenen Brocken auftauchten und deren genauen Sinn er erst noch rekonstruieren musste. Doch egal, an wie viele Einzelheiten er sich wieder erinnerte, nichts davon konnte ihm Auskunft darüber geben, was nach seinem Tod geschehen war, wenn er denn tatsächlich tot gewesen war. Es erklärte nicht, wie er in diese alberne Menagerie geraten war. Die Hand zu beißen, die ihn fütterte, war schön und gut, aber vielleicht sollte er warten, bis er sein Leben sortiert hatte, bevor er Hackfleisch aus dem Mann machte. Es war lächerlich, absurd, Wahnsinn, aber manchmal muss man der Antilope einfach in den Arsch beißen.

»Selbstverständlich, Sir«, sagte er zu JLM. »Wie George

Clooney in *From Dusk Till Dawn* oder George Clooney in *Emergency Room?*«

»Eigentlich«, sagte JLM und lehnte sich entspannt zurück, irgendwie selbstzufrieden, weil er seine Überlegenheit über einen weiteren Vertreter der unteren Klassen etabliert hatte, »hatte ich eher an einen George Clooney aus *Batman & Robin* gedacht. Das würde mir doch stehen, meinen Sie nicht?«

»Auf jeden Fall«, sagte Barney, was ihm fast ohne jeden Unterton gelang.

Er betrachtete JLMs Haar, legte die Schere aus der Hand und fing an, nun ja, mit einem Kamm und Schaumfestiger herumzuhantieren. Er hatte *Batman & Robin* nie gesehen, wer hatte das schon, Herrgott noch mal? Er hatte auch *Emergency Room* und *From Dusk Till Dawn* nie gesehen. In einem früheren Stadium seiner haargestalterischen Karriere hatte er es geschafft, binnen weniger glorreicher Monate Tausende von Informationsfetzen in seinen Kopf zu stopfen, sodass er mit praktisch jedem Kunden über praktisch jedes Thema reden konnte: die Filme von George Clooney, die gesammelten Werke von Kierkegaard, die Geografie weiblicher Geschlechtsorgane, alle 37 französischen Ausdrücke für *Waschen & Föhnen*, 2001 Gründe, warum die Mondlandung nie stattgefunden hatte, die Geschichte des Christentums und dass Jesus in Wahrheit stellvertretender Geschäftsführer bei Burger King in Casablanca war, und vierzehn Arten auf Italienisch zu sagen: *Auf der Promenade belästigt ein Mann eine Frau.* Denn während er sich an sein Leben und seine eigene Geschichte nur in braunstichigen Tonschnipseln erinnerte, war ihm jede einzelne sinnlose Information und alles, was in einem Frisörsalon als Weisheit durchging, natürlich gleich wieder gegenwärtig.

Kurzum, bevor die Abschweifung epische Dimensionen annimmt, er hatte keine Ahnung, wie George Clooney in *Batman & Robin* aussah. Aber darauf kam es auch gar nicht an, weil er mit JLMs Haar ohnehin nicht mehr viel anstellen konnte.

»Und«, sagte JLM und suchte Strangeloves Blick im Spiegel, »ist die Rede fertig?«

»Jawohl, Sir«, erwiderte Strangelove, »und ich glaube, William hat gute Arbeit geleistet. Er hat es kurz gehalten, wie Sie angeordnet hatten, und am Anfang ein paar Witze auf Kosten der Tories eingeflochten. Auch einen wunderbaren über Westminster, bei dem es dem Kollegen Premierminister vielleicht in der Hose zwickt…«

»Spitze.«

»Übrigens werden auch ein paar Pressefritzen da sein, sodass Sie einige Fragen beantworten müssen.«

»Haben Sie eine Mappe vorbereitet?«, fragte JLM.

»Ja, Sir. Ich habe es möglichst knapp gehalten. Sie werden wahrscheinlich nach Honeyfoot und Filiben fragen. Ob Sie glauben, dass sie ermordet worden sind…«

»Woher, verdammte Scheiße, soll ich das denn wissen?«

»Genau, Sir«, sagte Strangelove. »Was haben Sie in Sachen von Filibens Nachfolge geplant, bis wir genau wissen, was mit ihr geschehen ist?«

JLM wirkte, so unvermutet genötigt, über konkrete Regierungsgeschäfte nachzudenken, sichtlich angestrengt.

»Wer ist ihr Stellvertreter?«, fragte er.

»MacPherson«, antwortete Strangelove.

»Kenne ich nicht«, sagte JLM. »Ich finde, wir sollten ihre Zuständigkeiten dem Ministerium für Lebenslanges Lernen übertragen, oder nicht? Ich habe es immer für einen Fehler gehalten, die Amtsbereiche Bildung und Jugend und Lebenslanges Lernen zu trennen. Klingt doch logisch, die beiden zusammenzuführen.«

Strangelove nickte und notierte mit zuckenden Lippen etwas auf seinem Klemmbrett. Barney zupfte an den Rändern von JLMs Frisur herum, was sie geringfügig fülliger erscheinen ließ. The Amazing Mr. X starrte wartend zur Tür.

»Soll ich Ihnen eine Telefonverbindung mit Miss Wanderlip vermitteln, Sir?«, fragte Strangelove.

JLM blickte zunächst besorgt und dann demonstrativ nachdenklich auf seine Uhr, bevor er den Kopf schüttelte. Barney sah es kommen und vollführte mit seiner Haarschaum-Massage im richtigen Moment ein Ausweichmanöver.

»Der Tag hat einfach nicht genug Minuten«, sagte JLM. »Ich ruf sie später an. Sie hat bestimmt Verständnis, wenn wir es der Presse mitteilen müssen, bevor sie es erfährt.«

»Auf jeden Fall, Sir«, sagte Strangelove.

»Entzückend«, sagte JLM. »Sonst noch was?«

Strangelove atmete scharf ein und studierte seine Notizen.

»Nur noch eine Sache, Sir«, sagte er. »Der *Herald* hat eine Story über einen mutmaßlichen Kriegsverbrecher aus Ruanda aufgegriffen, der jetzt in Glasgow lebt. Sieht so aus, als wollten sie irgendwas daraus machen. Könnte heikel werden.«

»Was hat er denn getan?«, fragte JLM.

Strangelove blickte auf seine Notizen und verzog leicht das Gesicht, als er die Details noch einmal las.

»Er hat geholfen, verletzte Tutsis in ein Krankenhaus zu bringen, bis es hoffnungslos überfüllt war. Etwa zehntausend Menschen in einem Krankenhaus für ein paar hundert.«

»Und das ist ein Verbrechen?«

»Dann hat er das Krankenhaus angezündet und alle bei lebendigem Leib verbrannt. Seine Männer haben jeden, der versuchte zu fliehen, mit Macheten getötet.«

Es entstand eine Pause. Barney sah Strangelove an und schluckte. JLM schlug den Blick nieder, während ihm die Bilder der Geschehnisse unwillkürlich vor Augen traten. Sogar The Amazing Mr. X blickte auf.

»Mein Gott«, sagte JLM und schüttelte den Kopf. »Wo liegt Ruanda überhaupt?«, fragte er, wieder auf Normalbetrieb schaltend.

»In Zentralafrika, Sir«, sagte Strangelove. »Östlich des Kongo.«

»Afrika?«, fragte JLM. »Mein Gott, man lernt doch täglich dazu, nicht wahr? Als ich immer von Kriegsverbrechen in Ruanda gehört habe, dachte ich, das wäre einer der baltischen Staaten oder so. Das Ganze ist also nicht während des Zweiten Weltkriegs passiert?«

»Nein«, antwortete Strangelove langsam. »1994.«

»Himmel«, sagte JLM, »dann interessiert sich sowieso kein Mensch dafür. Überlassen Sie das ruhig mir, ich finde schon die richtigen Worte. Sind wir fertig?«

Strangelove blickte erneut auf seine Notizen über die Geschichte des ruandischen Kriegsverbrechers und wollte noch etwas sagen. Doch er kannte JLMs Tonfall und beschloss, dass es auch noch einen Tag warten konnte.

»Ja, Sir«, sagte er.

»Ausgezeichnet«, sagte JLM, »entzückend. Barn? Sind Sie fertig?«

JLM bewunderte seine kaum veränderte neue Frisur im Spiegel, während Barney, der ihm am liebsten seine Schere in den Hinterkopf gerammt hätte, nickte und sein Werkzeug beiseite legte.

»Fertig«, verkündigte er.

»Spitze«, sagte JLM und stand auf. »Absolut reizend. Los, Leute.«

Als er zur Tür marschierte, sprang The Amazing Mr. X auf und schlüpfte vor ihm durch die Tür, um das Vorzimmer auf Spione, Rowdys, Terroristen und Journalisten zu überprüfen.

Kapitel 17

Ah-oh...

Reverend Blake erschien in Zivil: hochhackige Stiefel, Jeans und ein dünnes, zerknittertes, braunes Samtoberteil. Unterwäsche trug sie nicht, doch das war Barney bisher noch nicht aufgefallen. Sie nahm ein Glas Weißwein, Barney eine Flasche Miller. (Zu Hause hatte Barney Thomson nie amerikanisches Bier getrunken. Aber so kann es gehen; als Nächstes würde wahrscheinlich Coors Lite kommen.) Sie setzte sich auf das Sofa, er in den bequemen Sessel gegenüber. Wieder eine Frau auf seinem Zimmer, noch dazu eine Pfarrerin, und es kam ihm nicht surrealer vor als der Rest der vergangenen Tage auch.

»Sie müssen aufpassen, was sie sagt«, erklärte Alison Blake, Barney eine Diskussion über Ashley Blackadder aufnötigend, die dieser gar nicht führen wollte.

»Ach, egal«, erwiderte er. »Ich will eigentlich nicht über sie reden.«

»Verstehe«, sagte Blake. »Mir ist klar, dass das alles sehr schwierig für Sie sein muss. Sie sind sehr lange ohne Bewusstsein gewesen.«

Barney beäugte sie misstrauisch, trank einen Schluck Bier und setzte die Flasche auf dem Tischchen neben dem Sessel ab.

»Ohne Bewusstsein, was?«, sagte er. »Und was für eine Geschichte wollen Sie mir erzählen?«

Blake beugte sich vor, und die Art, wie ihr V-Ausschnitt verrutschte und sich ihr Top über ihren Busen bewegte, vermittelte Barney eine erste Ahnung von der fehlenden Unterwäsche, obwohl er versuchte, nicht daran zu denken.

»Die Wahrheit«, antwortete sie ernst. »Sie können mir vertrauen«, fuhr sie fort und wollte gerade Gott anrufen, überlegte es sich jedoch anders. Er würde ihr entweder glauben oder nicht; Gott hatte nichts damit zu tun.

»Also gut«, sagte Barney. »Erzählen Sie mir, was Sie wissen.«

Sie stützte ihre Unterarme auf die Knie und hielt ihr Glas mit beiden Händen zwischen den Beinen.

»Sie haben einen Mann namens Leyman Blizzard über ein Moor in The Borders verfolgt«, sagte sie knapp. Man musste es offenherzig, schnell und überzeugend rüberbringen, dieselben Regeln, die auch für die Bekehrung von Ungläubigen galten.

Barney nickte. Leyman Blizzard. An diesen Teil seiner Vergangenheit hatte er sich noch nicht erinnert, aber der Name klang mehr als vertraut. Blizzard, der alte Gauner. Er hatte Katie Dillinger in der Kirche ermordet.

»Weiter«, sagte er.

»Sie sind von einem Felsen gestürzt und haben sich den Kopf aufgeschlagen. Nach einer kalten, feuchten Nacht hat man Sie am nächsten Morgen gefunden. Im Koma. Eine halbe Stunde später, und Sie wären tot gewesen.«

»In Ordnung«, sagte Barney, »klingt so weit ganz plausibel.«

»Sie waren mehr als zwei Jahre in einem Krankenhaus. Zunächst war es wegen Ihrer Vergangenheit eine große Sache. Barney Thomson gefasst, Serienkiller im Koma und dergleichen. Eine Zeit lang haben Sie die Schlagzeilen beherrscht. Die Polizei von Strathclyde hat eine Untersuchungskommission eingesetzt, und irgendwann hat Blizzard sich gestellt und seine Version erzählt. Offen gestanden wurde Ihre Lebensgeschichte daraufhin in weiten Teilen umgeschrieben, und Sie wurden von Ihren angeblichen Verbrechen mehr oder weniger freigesprochen.«

»Das hat Ash auch gesagt.«

»Na, wenigstens hat sie irgendwas richtig verstanden«, sagte Blake bissig. »An einem Tag noch das alles beherrschende Thema, am nächsten Tag könnte man genauso gut tot in der Gosse liegen. Nachdem er sich gestellt hat, hat Leyman Blizzard es sich offensichtlich anders überlegt und konnte fliehen. Also war er der Promi-Psychopath des Monats mit Klappfoto in der *Super-Knalli* und allem drum und dran.«

Barney nickte. Längere Bewusstlosigkeit erschien ihm als Erklärung ein wenig glaubwürdiger.

»Aber wie bin ich dann hierher geraten?«, fragte er.

Glaubwürdiger vielleicht schon, aber er bezweifelte, dass jemand es schaffen würde, ihn in seiner Lage von der Wahrhaftigkeit irgendeiner Erklärung zu überzeugen.

»Sie haben einfach in einer Klinik vor sich hin gedämmert. Der Serien-Frisör, den die Zeit vergessen hatte. Das geht jedem so, der mal fünf Minuten berühmt war. Ihre Frau hat sich scheiden lassen…«

»Meine Frau?«, fragte er, und ein weiterer Teil seines vergangenen Lebens schleppte sich auf einem lahmen Gaul wieder in sein Gedächtnis.

»Eines Tages hat irgendein obskurer Parlamentsabgeordneter eine obskure Frage nach Ihnen gestellt. Es gab eine Kontroverse, ob man die Maschinen, die Sie am Leben erhalten haben, ausschalten sollte. Jesse begann, sich der Sache anzunehmen. Er wirkt vielleicht wie ein geradezu absurd egozentrischer Narzisst, aber irgendwo steckt ein anständiger Kern in ihm. Er hat sich für Ihre Geschichte interessiert und Sie in eine Privatklinik verlegen lassen. Der Pater und ich haben, nun ja, wir haben für Sie gebetet. Ich weiß, wie ich mich manchmal anhöre und aussehe, aber ich bin ein gläubiger Mensch. Des Gerechten Gebet vermag viel, wenn es ernsthaft ist.«

Das muss aus der Bibel sein, dachte Barney.

»Es kann etwas bewirken«, unterbrach sie seine Gedanken, »tja, und bei Ihnen hat es geholfen. Ihr Zustand verbesserte sich stetig. Und schließlich hat JLM entschieden, Sie in unsere Apartments zu verlegen. Wir haben darauf gewartet, dass Sie aufwachen. Und hier sind Sie.«

Barney starrte auf den dünnen, kalten und klinisch wirkenden Teppich. Ein weiterer Tag, eine weitere Geschichte, nur dass sie diesmal nicht in den Gefilden wissenschaftlicher Fiktion spielte.

Er lehnte sich zurück und presste die Hände vors Gesicht. Er wollte, dass ihn alle in Ruhe ließen. Als ihm am Abend zuvor Blackadder ihre Geschichte erzählt hatte, war er noch interessiert gewesen, doch jetzt wollte er niemandes Mitgefühl und keine Geschichten mehr hören. Wenn man ihn ein paar Tage lang in einem dunklen Raum allein ließ, würde er wahrscheinlich selbst auf die Antwort kommen.

Ihre Berührung ließ ihn zusammenfahren; ihre weichen Finger strichen über seine Hand. Er spürte den sanften Hauch ihres Atems und dann ihre Lippen auf seiner Stirn. Ein zarter Kuss, der nur sanft verharrte, dann kniete sie vor ihm auf dem Boden.

»Du glaubst mir nicht«, sagte sie.

Barney ließ seine Hände sinken und öffnete die Augen, ohne sie anzusehen. Er starrte zur Decke und schluckte.

»Ich weiß nicht, was ich glauben soll«, sagte er.

Sie strich sanft über sein Gesicht und seine Lippen. Und nach ein paar Sekunden ertappte er sich dabei, ihre Finger zu küssen.

»Du kannst mir vertrauen, Barney«, sagte sie. »Vertraue dem Herrn. Er wird dir den Weg zeigen, das verspreche ich dir. Das Volk, das im Finstern wandelt, sieht ein großes Licht; und über die da wohnen im finstern Lande, scheint es hell.«

Er blickte in dem matten Schimmer des abendlichen Zimmers auf ihr nur wenige Zentimeter entferntes Gesicht herab. Ihm war zum Heulen zumute, und er wäre gern in Billionen einzelne

Moleküle zersplittert oder zu hundert Liter Wasser geschmolzen, um sich fortspülen zu lassen.

Sie berührte nach wie vor sein Gesicht, hob den Blick und ihren Mund, bis er die Duftseife riechen konnte, mit der sie sich vor einer halben Stunde gewaschen hatte. Ihre Lippen trafen weich und sanft auf die seinen, und er gab ihnen nach und zerschmolz zu hundert Litern Wasser, um sich fortspülen zu lassen.

Nun ja, wir wollen um Himmels willen nicht abheben. Sie schmusten, und dann führte sie ihn ins Schlafzimmer, wo Barney, alles, was recht ist, sein Bestes gab.

Kapitel 18

Beim ersten Mal, da tut's noch weh

Um zwei Uhr morgens lag JLM im Bett und las in einem alten Album mit Presseausschnitten. Seit er vor dreißig Jahren als Teenager seine erste Rede auf dem Parteitag der schottischen Labour Party in Perth gehalten hatte, führte er diese Alben, und seine Lieblingsbände waren die aus der Zeit direkt vor seinem Aufstieg zum First Minister, als die Presse sich der Aufgabe gewidmet hatte, ihn hochzuschreiben, was sich nach seinem Amtsantritt unübersehbar rasant ins Gegenteil verkehrt hatte.

Deshalb lag er jetzt allein im Bett, nur die Tasse mit heißem Kakao neben sich, und las einen Artikel mit dem Titel *Gekommen ist die Stunde, gekommen ist der Mann zur Rettung Schottlands*. Es gab diverse ähnlich lautende Artikel, weil alle schottischen Massenblätter sich nach dem schändlichen Abgang seines Vorgängers hinter ihn geschart hatten.

Nach einem anstrengenden Tag war es eine trostreiche Lektüre. Scheiß Ayrshire, dachte er, zumal er sich im Allgemeinen ohnehin ungern westwärts über Livingstone hinausbemühte. Endlose, sinnlose Fragen von lästigen Speichelleckern, eine gute Rede verschwendet an die Anzugträger in der Handelskammer und dann ein Kreuzverhör mit einem absolut penetranten Journalisten vom *Herald* – ein Mann, der nie wieder, dafür würde er persönlich sorgen, an einer Pressekonferenz mit JLM teilnehmen würde – über diese Ruanda-Sache, ein Thema, das er hartnäckig immer wieder angeschnitten hatte. Die Lektüre seiner gesammelten Lobhudeleien war also das seelische Äquivalent zu der Tasse heißem Kakao auf seinem Nachttisch. Trost am Ende eines lausigen Tages.

Für den kommenden Tag indes war er besserer Hoffnung. In Toronto stand eine G 8-Konferenz an, und er war entschlossen teilzunehmen. Seiner Ansicht nach hatte er genauso viel Recht dazu wie der verdammte Premier, und bloß weil der den Vorschlag zurückgewiesen hatte, musste das nicht heißen, dass es nicht noch andere Wege gab, das Thema zu forcieren. Er würde also einen Vertreter der kanadischen Regierung treffen. Außerdem würde Herr Vogts aus Deutschland eintreffen, um die Umgehung Westminsters bei der Einführung des Euros ernsthaft voranzutreiben.

Er hatte sich gerade ein weiteres Mal in einen Abschnitt über seine ungewöhnlich weite Vision vertieft, als er im Erdgeschoss einen kleineren Tumult vernahm, erhobene Stimmen, stampfende Schritte und dergleichen. Er blickte zur Uhr. Minnie war für ein paar Tage in Den Haag, wo sie an einer Konferenz über Frauenfragen teilnahm. Ein Haufen Unsinn, hatte JLM gedacht, aber immerhin war er sie so für eine Weile los, während sie das Gefühl hatte, zur Weltverbesserung beizutragen. Außerdem konnte es nicht schaden, wenn die Leute den Eindruck hatten, dass er eine dynamische Frau hatte.

Er überlegte immer noch, was sie veranlasst haben könnte, so früh heimzukehren, als die Tür aufflog und Winona Wanderlip ins Zimmer stürmte. Sie sah wild und aufregend aus, ihr Haar war himmelwärts aufgetürmt und widersprach damit zu großen Teilen den fundamentalen Gesetzen der Physik. Ihre beigefarbene Sommerjacke war seitlich verrutscht, als ob jemand erfolglos versucht hätte, sie am Arm zu packen, und sie noch nicht dazu gekommen wäre, ihre Kleidung zu ordnen. Ihr Schmollmund stand weit offen, ihr Herz pumpte wie ein Kolben, und Adrenalin strömte mit einer Geschwindigkeit von 173 Pints pro Minute durch ihren Körper. In der Mitte des Zimmers blieb sie stehen.

Hinter ihr kam ein leicht angeschlagener und ein wenig verlegen wirkender The Amazing Mr. X in den Raum und stellte sich neben sie – allerdings in so sicherer Entfernung, dass sie nicht zu einem Tritt in seine Eier ausholen konnte.

»Tut mir Leid, Boss«, sagte er zu JLM. »Sie hat mir Angst gemacht.«

»Das ist schon in Ordnung, X«, erwiderte JLM. »Sie können unten warten. Miss Wanderlip bleibt nicht lange.«

Diese Worte ließen ihre Wut noch ein wenig höher köcheln, und ein seltsamer Laut wie das Geräusch von Regen auf Strommasten drang aus ihrem Körper. The Amazing Mr. X betrachtete sie mit einer Mischung aus Furcht und Verachtung, bevor er sich umdrehte und das Zimmer verließ.

JLM wartete, bis er die Tür geschlossen hatte, klappte sein Album zu und straffte die Schultern.

»Winona«, sagte er, »du hast eine Minute, bevor ich die Polizei rufe.«

»Was für ein Spiel spielst du, verdammt noch mal?«

»Ich versuche lediglich nach besten Kräften das Land zu regieren«, erwiderte er entwaffnend.

»Ich weiß, was du vorhast. Du lädst mir jeden einzelnen Posten in der Regierung auf, und wenn dann irgendwann etwas schief geht, kannst du mir die Schuld geben und mich rausschmeißen. Entweder das oder ich gehe freiwillig von Bord. Ich bin schließlich nicht blöd.«

»Du traust mir zu viel Arglist zu, Winona«, sagte er.

»Von wegen, du blöder Idiot«, fauchte sie. »Außerdem ist es nicht Arglist, sondern Arroganz, Hochmut, Herablassung und narzisstisches Den-Kopf-in-den-eigenen-Arsch-stecken. Wie dem auch sei, ich bin hier, um dir zu sagen, dass du damit nicht durchkommst. Mir reicht's.«

»Oje, tatsächlich?«, sagte JLM verschlagen. »Was willst du denn machen, Winnie? Deinen Teddy in die Ecke schmeißen? Deine wöchentlichen eineinhalb Pfund aus der Kaffeekasse zurückziehen? Einen Brief an *Woman's Weekly* schreiben vielleicht? Süß. Oder vielleicht an die Kummerkastentante vom *Daily Record*? Liebe, wie auch immer die Alte heißt, mein Boss überträgt mir zu viel Verantwortung. Ich bin nur eine Frau. Wie soll ich das schaffen?«

Sie ging nicht sofort auf ihn los wie ein skrupelloser Wolf auf ein verwundetes Wild oder ein wütender, nur aus Muskeln und Zähnen bestehender Löwe, der ein erschöpftes Opfer anspringt; kein teuflischer Ameisenbär, der seine Schnauze in den Boden grub und all die kleinen Arbeiter auffraß, die fröhlich einen Swimmingpool für die Kleinen gebaut hatten. Sie wartete. Sie stand vor dem Bett und versuchte, ihre Wut zu zügeln. Es war kein Geheimnis, dass sie eine Therapie gemacht hatte. Nachdem der Richter es nach dem Zwischenfall mit dem Streit um den letzten Parkplatz in Murrayfield angeordnet hatte, hatte sie auch keine andere Wahl gehabt. All die Übungen, die man ihr beigebracht hatte, bedrängten ihr Gehirn aus verschiedenen Richtungen. Denk erst eins, dann das andere, konzentriere dich, konzentriere dich, verlier nicht die Kontrolle.

»Deine Zeit ist um, Nummer sieben«, sagte JLM so abschätzig, wie er konnte. Er liebte nichts mehr, als Winona Wanderlip auf die Palme zu bringen.

Und sie verlor die Kontrolle. Als sie sich schließlich bewegte, tat sie es erstaunlich flink, agil und geschmeidig, was man ihr bei ihrer eher schwerfälligen Art kaum zugetraut hätte. Es traf JLM, der die üblichen Dampfwolken aus den Ohren, vielleicht eine geschleuderte Handtasche, ein bisschen Gekreische und dann einen Türen knallenden Abgang erwartet hatte, komplett unvorbereitet.

Sie machte einen Schritt nach vorn, riss die Bettdecke zur

Seite und stürzte sich mit einem Kopfsprung à la Johnny Weismüller oder Mark Spitz auf JLM. Ihr Timing war so perfekt, dass sie mit dem Gesicht direkt auf seinem Unterleib landete, wo sie den Mund aufriss, als wollte sie seine Ausstattung mit Stumpf und Stiel umschließen, und fest zubiss. Eine Sekunde lang schloss sie die Zähne, ruckelte den Kopf sanft hin und her und stand dann auf.

Einen klitzekleinen Moment lang hatte JLM nichts zu sagen. Er wurde kalkweiß und klappte den Mund noch weiter auf als kurz zuvor Wanderlip. In seinen Augen standen Tränen.

»Ist das alles, was du zu sagen hast?«, fragte sie, nachdem sie einen Schritt zurück gemacht und ihre Haltung wieder gefunden hatte.

Ein eigenartig zischendes Geräusch entwich JLMs Kehle. Er hielt sich den Hoden. Bis auf den brüllenden Schmerz in der Mitte war sein ganzer Körper taub.

»Du wirst Folgendes tun«, erklärte sie entschlossen. »Du reorganisierst bis zum Ende des Spieltags die Arbeitsverteilung im Kabinett oder ich gehe wegen der Geldmengen, die du für dein beschissenes Gefolge ausgibst, an die Presse. Und für den Zug. Und alles andere. Hast du mich verstanden?«

Anstatt zu antworten, wozu er auf absehbare Zeit nicht in der Lage sein würde, rollte er sich wie ein Fötus zusammen.

Wanderlip drehte sich um und ging langsam aus dem Zimmer. An der Tür blieb sie noch einmal stehen, sah ihn an und versuchte, nicht zu grinsen.

»Ich hätte gedacht, ich hätte mein Maul ein bisschen weiter aufreißen müssen, Jesse«, sagte sie.

Und mit dieser letzten Demütigung war sie verschwunden.

Jesse Longfellow-Moses rollte sich zu einer Kugel zusammen und ging den Rest dieser langen Nacht an, die fürwahr eine schmerzhafte werden sollte.

Kapitel 19

Der mysteriöse Frisör aus dem Ausland

Es war Dienstagmorgen. Barney Thomson starrte auf die Reste seines Frühstücks, das er mit ziemlichem Appetit in knapp zwanzig Minuten verputzt hatte, wie üblich die ganze Palette, obwohl er bereits beschlossen hatte, sich solche Opulenz nur noch ein paar Vormittage lang zu gönnen, bevor er abspecken und sich auf Müsli und Pampelmusen beschränken wollte, damit sein Herz nicht verkalkte und er dorthin zurückgeschickt wurde, wo er hergekommen war.

Im Hintergrund liefen die Nachrichten, in denen hauptsächlich vom Chaos um die Regierung, von den vermissten Ministern und der Tatsache die Rede war, dass sämtliche Arbeit in einem Ministerium konzentriert wurde. Während seine Gedanken sonst in alle Richtungen abzuschweifen pflegten, konzentrierte sich Barney nun zum ersten Mal auf das Gesagte. Er war tatsächlich hier, wieder fest im Sattel mit der Schere in der Hand, während gleichzeitig wahrscheinlich ein mehrfacher Mörder frei in der Stadt herumlief. Nachdem ihm dieser Gedanke gekommen und zahllose Erinnerungen aus seiner vorherigen Existenz wachgerufen hatte, stellte er das Denken wieder ein und widmete sich stattdessen genüsslichen Erinnerungen an die vergangene Nacht.

Grob gesagt hatte er zum ersten Mal seit Urzeiten im biblischen Sinne eine Frau erkannt. Und es war großartig gewesen.

Er war vielleicht zweieinhalb Jahre bewusstlos gewesen, doch in dem alten Kolben schlummerte eindeutig noch jede Menge Leben.

Wer will es dem großen Meister also verdenken, dass er ein breites Lächeln im Gesicht trug. Alison Blake mochte von Christus berufen sein, aber das hatte sie nicht daran gehindert, zu vögeln wie eine Stute. Sie war irgendwann nach drei gegangen, nachdem sie ihm als Versprechen zukünftiger Abenteuer einen letzten Kuss auf seine warmen Lippen gehaucht hatte.

Es klopfte, und Barney blickte zur Uhr. In einer Viertelstunde sollte er JLMs Frisur für einen Auftritt bei Radio Scotland aufpeppen. Wahrscheinlich kam ihn irgendwer abholen. Aber vielleicht war es auch Alison Blake, die mit ruchlosen sexuellen Absichten zurückgekommen war. (Für Barney hatte sich plötzlich eine ganz neue Welt aufgetan.)

Auf dem Weg zur Tür kam ihm der Gedanke, sich auf die Chance hin, dass es tatsächlich Reverend Blake war, nackt und mit aufrecht stehender Männlichkeit zu präsentieren, doch sein gesunder Menschenverstand obsiegte, sodass er die Tür nicht nur vollständig bekleidet, sondern auch eher zögerlich öffnete. Und das war gut so, denn Detective Chief Inspector Solomon war es nicht gewöhnt, um diese Tageszeit nackte Männer zu sehen, und wäre vielleicht irritiert gewesen.

»Ja?«, sagte Barney, während seine Intuition ihm signalisierte, dass er noch einen Marmeladenrest in den Mundwinkeln hatte, den er instinktiv ableckte, als Solomon seine Dienstmarke zückte.

»Detective Chief Inspector Solomon«, sagte er, »und bevor Sie fragen, ja, ich bin verdammt weise. Das ist Sergeant Kent. Sind Sie Thomson?«

»Ja«, sagte Barney, »glaub schon. Und Sie haben Recht, Sie sehen auch verdammt weise aus.«

»Sparen Sie sich Ihren Spott«, knurrte Solomon, allerdings

ziemlich gutmütig. »Haben Sie eine Minute Zeit für uns, weil wir nämlich so oder so reinkommen?«

»Wenn Sie es so formulieren«, sagte Barney und machte einen Schritt zurück, um sie eintreten zu lassen, »In einer Viertelstunde habe ich einen Termin mit dem First Minister.«

Solomon schnaubte.

»Tritt er wieder in einer Teppich-Reklame auf?«

»Radio Scotland«, sagte Barney.

Solomon lächelte wehmütig, als Barney die Tür schloss.

»Und man will ja nicht schlecht frisiert im Radio erscheinen, oder?«, sagte der Chief Inspector.

»Genau«, erwiderte Barney lächelnd.

Nachdem er solcherart mit entspanntem Gefrotzel das Vertrauen des zu Befragenden gewonnen hatte, baute Solomon sich in der Mitte des Zimmers auf und sah sich um. Er hatte sich schon immer gefragt, wie der First Minister seine Angestellten unterbrachte. Er hatte einen guten Blick für die Dolby-Super-Sensoround DVD/TV-Digitalanlage, die beste, die man für Geld kaufen konnte. Allein darin steckten mehrere tausend Pfund an Steuergeldern.

Barney beobachtete die beiden Polizisten und fragte sich, was sie vorhatten. Wollten sie ihn verhaften, weil er mit einer Agentin des Herrn geschlafen hatte? Vielleicht stand es in den Morgenzeitungen. *Top-Frisör vögelt Vikarin: Todesstrafe.* Oder: *Thomsons neuestes Vergehen gegen die Gesellschaft.* Vielleicht hatten sie auch bloß zwei und zwei zusammengezählt und waren hier, um ihn wegen Mordes an den verschwundenen Ministern zu verhaften. *Begnadigter Frisör kann nicht von mörderischen Gewohnheiten lassen. Wieder belebter Barbier rasiert das Kabinett – dankbare Bürger errichten ihm ein Denkmal.* Es konnte alles Mögliche sein.

»Also«, sagte Barney. »Man erwartet mich in Kürze. Wollen Sie mich vorher verhaften?«

Solomon schüttelte grunzend den Kopf.

»Nö«, sagte er. »Warum sollten wir das Ihrer Meinung nach tun?«

Barney zuckte mit den Schultern. Aus keinem besonderen Grund, dachte er und sah Sergeant Kent an, einen stillen Mann, der ernst aus dem Fenster in die Morgensonne starrte. Er wünschte sich, er wäre woanders, dachte Barney.

»Warum sind Sie dann hier?«, fragte er.

»Ich dachte, es wäre an der Zeit, dass wir uns mal melden«, sagte Solomon.

Er musterte Barney einen Moment, bevor er beschloss, es zu riskieren. Als er zu sprechen begann, tat er es im gleichen Tempo wie Parker Strangelove und Herr Vogts. Nach ein paar Sekunden dachte Barney, dass möglicherweise etwas mit der Bandgeschwindigkeit in seinem Kopf nicht stimmte.

»Vermutlich haben Ihnen schon diverse Leute irgendwas darüber erzählt, warum Sie hier sind, woher Sie kommen und so weiter. Ja?«, fragte er und schloss den nächsten Satz an, ohne Barney Gelegenheit zum Antworten zu geben. »Nun, was immer Sie gehört haben, vergessen Sie's. Ich weiß nicht, was für einen Scheiß Ihnen die Spinner hier einreden wollten, aber Sie können keinem von ihnen trauen. Und damit meine ich keinem, nicht mal den religiösen Vögeln. Die sind vielleicht sogar die Schlimmsten.«

»Und warum bin ich hier?«, fragte Barney einigermaßen resigniert.

»Sie sind Teil eines Undercover-Programms der Polizei«, sagte Sergeant Kent plötzlich aus heiterem Himmel. Barney zog eine Braue hoch. Sogar Solomon warf Kent einen raschen Blick zu.

»Das ist mir neu«, sagte Barney. »Erklären Sie, bitte.«

Solomon legte los, bevor Kent noch etwas sagen konnte

»An der Universität von St. Andrew's gibt es einen Burschen, der den kriminellen Verstand erforscht«, sagte er rasch. »Unter uns beiden, der Typ ist ein absoluter Vollspinner. Außerdem stinkt er zehn Meilen gegen den Wind, wäscht sich nie, weil er ja immer nur in seinem beschissenen Labor rumhängt. Jedenfalls hat er Experimente durchgeführt, bei denen er das Gehirn toter Verbrecher reanimiert hat.«

»Ah«, ging Barney dazwischen. »Klingt plausibel.«

»Absolut neuester Forschungsstand«, sagte Sergeant Kent nickend. »Der Mann ist eine Koryphäe auf seinem Gebiet.«

»Genau«, sagte Solomon und warf Kent einen weiteren vernichtenden Blick zu. »Um den ganzen Scheiß abzukürzen, kann er jedenfalls für uns das Gehirn eines toten Verbrechers in eine frische Leiche einpflanzen, alle möglichen Reanimationsgeschichten machen, und peng, fertig ist ein neuer Mensch.«

»Die Sache ist nämlich die«, sagte Kent, »der Doktor hat das Gen isoliert, das kriminell macht, und es einfach entfernt. Wirklich verdammt clever.«

»Was der verdammte Klugscheißer sagen will«, ergriff wieder Solomon das Wort, »ist, dass wir am Ende eine Person bekommen, die über einzigartigen Einblick in das kriminelle Denken verfügt, jedoch selbst keinen Drang mehr hat, Verbrechen zu begehen. Bingo.«

»Brillant«, sagte Barney. »Ich glaub Ihnen kein Wort.«

Solomon lachte erneut. Es war ein nettes Lachen, das er wohlweislich nicht vor echten Verbrechern benutzte, weil es vollkommen unangemessen war.

»Ja«, sagte er, »das verstehe ich. Das Ganze ist unbestreitbar ziemlich verrückt. Aber es ist wahr, mein Guter.«

»Und wessen Körper ist das dann?«, fragte Barney. »Er sieht genauso aus wie ich.«

»Guter Einwand«, fand Kent.

»Ja«, sagte Solomon. »Wenn er das Gedächtnis in den neuen

Körper einpflanzt, sorgt der Doktor dafür, dass Sie sich selbst so an sich erinnern.«

»Das denken Sie sich doch bloß aus«, sagte Barney.

»Es gibt im Leben noch viel verrücktere Sachen, Mr. Thomson«, erklärte Solomon, »und die sind auch wahr.«

Barney lachte.

»Sie haben mich überzeugt«, sagte er lächelnd.

»Das hatte ich gehofft«, erwiderte Solomon.

»Seltsamerweise«, sagte Kent, während Solomon seine Rede pantomimisch nachäffte, »hat der Doktor in Ihrem Gehirn das Verbrecher-Gen nicht gefunden.«

»Ah«, sagte Barney. Das würde zu den bruchstückhaften Erinnerungen an sein vergangenes Leben passen. »Da sind Sie bestimmt enttäuscht.«

»Warum?«, fragten Solomon und Kent im Chor und sahen einander wütend an.

»Na ja, damit ist doch auch Ihre besondere Einsicht futsch«, sagte Barney und machte eine passende Geste.

»Also, das glauben wir nicht«, erwiderte Kent.

»Ja«, sagte Solomon. »*Ich* glaube es nicht. Sie haben in Ihrem Leben jede Menge Scheiß miterlebt, deshalb glauben wir an Sie. Sie sind unser Mann innerhalb der Regierung, und wir sind sicher, dass Sie das bringen.«

»Fantastisch«, sagte Barney, setzte sich nun doch auf das Sofa, lehnte sich zurück und sah die beiden stehenden Polizisten erwartungsvoll an. Irgendwas in der Richtung war unvermeidlich gewesen. Im Laufe des Tages konnte er logischerweise noch Besuche vom SEK, vom FBI, MI5, MI6, von der CIA, NASA, der Royal Society zum Schutz von Vögeln und den 37-jährigen Puertoricanern für einen Sichereren Eurotunnel erwarten. »Was genau soll ich denn für Sie tun?«

»Nun«, sagte Solomon, »Ihr Auftrag hat sich in den letzten paar Tagen verändert.«

»Dramatisch«, sagte Kent.

»Würden Sie verdammt noch mal bitte die Klappe halten?«, blaffte Solomon. »Wessen Show ist das hier?«

»Sie brauchen Ewigkeiten, um zum Punkt zu kommen«, erwiderte Kent mürrisch.

Solomon zögerte und hatte eine »Schnauze, Sergeant«-Bemerkung auf der Zunge, wies jedoch nur mit dem Finger auf Kent und wandte sich wieder Barney zu.

»Es gibt allerlei Getuschel über Longfellow-Moses und den Tod seiner Sekretärin. Ziemlich merkwürdige Geschichte. Also haben wir gedacht, wir versuchen jemanden in seiner Nähe zu platzieren, um tiefere Einblicke zu bekommen, Indizien zusammenzutragen und so.«

»Ich soll ein Spitzel sein?«, fragte Barney.

»Ein Maulwurf«, sagte Solomon. »Als die Position des Frisörs des First Minister frei wurde, haben wir Sie durch den Doktor aktivieren lassen und Sie mitten in den Wald gepflanzt.«

»Und wie kommen Sie darauf, dass jemand, dem man das Verbrecher-Gen herausnimmt, zu einer Maulwurf-Persönlichkeit mutiert?«, fragte Barney.

Solomon zuckte träge mit den Schultern und warf Kent einen »Seien-Sie-bloß-still«-Blick zu.

»Ihnen winken bei der Sache gewisse Belohnungen«, sagte er. »Aber darüber können wir später reden.« Solomon sah auf die Uhr. »Hören Sie, Sie müssen gleich gehen. Um den ganzen Schmus abzukürzen, wir möchten, dass sie Ihre Nase nach Möglichkeit in diese Kabinettssache stecken. Finden Sie heraus, wer hinter dem Verschwinden der beiden Minister steckt. Glauben Sie, dass Sie das schaffen?«

Barney lächelte. Es war, als wäre er gerade zum Hilfssheriff ernannt worden, vollkommen bizarr, aber wahr. Natürlich konnte man nichts von alldem glauben.

»Sie meinen, ob ich diskret, aufmerksam, scharfsinnig, gerissen und clever sein kann?«, fragte er. »Daran hab ich ernsthafte Zweifel.«

Solomon lächelte. Kent mustere Barney argwöhnisch.

»Ich werde mich in ein paar Tagen wieder mit Ihnen in Verbindung setzen«, sagte Solomon.

Und damit marschierte er, gefolgt von Kent, an Barney vorbei, der sie anlächelte und dann kopfschüttelnd auf den Teppich starrte. Wie viele Erklärungen über seine Anwesenheit würde er noch bekommen?

Die Tür ging auf und wieder zu. Barney seufzte schwer und trommelte mit den Fingern auf die Armlehne des Sessels. Vielleicht war es an der Zeit, einfach hier rauszuspazieren, diese Gefängniszelle von einem Hotelzimmer und Edinburgh zu verlassen, die Stadt, die nie seine gewesen war, sich auf die Straße zu begeben und zu sehen, wo er landete. Er könnte zum ersten Mal in seinem Leben nach Übersee gehen und Barney Thomson, der mysteriöse Frisör aus dem Ausland sein. Der Gedanke ließ ihn schmunzeln.

Er hörte ein Hüsteln hinter sich, stand rasch auf und sah zur Tür.

Parker Strangelove stand mit vor der Brust verschränkten Armen auf der Schwelle. Offenbar hatte er sich unbemerkt hereingeschlichen, nachdem die beiden Polizisten gegangen waren.

»Wer zum Teufel war denn das?«, fragte er.

Barney Thomson antwortete nicht sofort.

Kapitel 20

So soll es sein

Longfellow-Moses sah aus, als würde er Barney bei der Arbeit an seinem Haar zusehen – heute hatte er einen Gregory-Peck-*Nachtigall* verlangt –, doch er war mit den Gedanken woanders, während er gleichzeitig versuchte, den pochenden Schmerz in seinen Lenden zu ignorieren. Strangelove stand in der Ecke und studierte seine Notizen. The Amazing Mr. X stand stumm, grimmig und groß neben der Tür.

»Können Sie mir ein paar Zahlen besorgen?«, fragte JLM aus den Tiefen seines Tagtraums.

Strangelove blickte von den Spiegelstrich-Argumenten auf, die er notiert hatte, um JLM durch seinen Radioauftritt zu lotsen; sie bestanden hauptsächlich aus unterschiedlichen Arten, das Gespräch von seinen sexuellen Affären, Hookergate, seinen undurchsichtigen wirtschaftlichen Machenschaften, dem Disney-Verbot für seine Kinder und der Sache mit dem ruandischen Kriegsverbrecher wegzulenken.

»Kein Problem, Sir«, sagte er. »Was für Zahlen hätten Sie denn gern?«

»Das All«, sagte JLM, schürzte in Churchill'scher Manier die Lippen und wirkte sehr ernst, seriös und staatsmännisch.

Barney zog eine Braue hoch. The Amazing Mr. X stand mit seinen Boden-Boden-Raketen in Bereitschaft.

»Wie meinen Sie das?«, fragte Strangelove. Dabei sah er Barney wie schon in der vergangenen halben Stunde misstrauisch an, weil er nicht glaubte, dass die beiden Männer, die dessen Zimmer verlassen hatten, Zeugen Jehovas gewesen waren.

»Es ist so endlos«, sagte JLM. »Ich meine, ganz im Ernst, es ist ein wunderbares, riesiges, gewaltiges Blancmanger.«

»Wissen Sie eigentlich, was ein Blancmanger ist, Sir?«, fragte Strangelove.

»Was auch immer«, sagte JLM. »Es gab mal eine Sendung im Fernsehen, in der sie gesagt haben, der Weltraum wäre die letzte Grenze der Zivilisation. Weiß nicht mehr, wie sie hieß. Wunderbarer Kram. Jedenfalls hatten sie Recht. Der Weltraum ist diese, nun ja, dieses Ding.«

»An was für Zahlen hatten Sie denn gedacht, Sir?«, fragte Strangelove, der hinter der Frage einen der fantastischen Höhenflüge seines Chefs erkannte und möglichst schnell zum Punkt kommen wollte, damit er die Schnapsidee abschießen und sich lohnenderen Aufgaben widmen konnte.

»Haben Sie eine Ahnung, wie hoch das Jahresbudget der NASA ist?«

»Ist das ein Test oder wollen Sie, dass ich es herausfinde?«, fragte Strangelove trocken.

»Mein Gott, Parker«, sagte JLM, »solche Informationen habe ich nicht so parat. Finden Sie es heraus, Mann.«

»13,6 Milliarden Dollar«, sagte Barney. »Das sind ungefähr 10 Milliarden Pfund.«

JML lächelte und warf Strangelove einen »Seien Sie auf dem Quivive«-Blick zu. So weit war er sehr beeindruckt von Barneys allgemeinem Schweigen und bravem Verhalten seit ihrer kleinen Unterhaltung.

»Entzückend«, sagte er. »Danke, Barn. Wie hoch ist unser jährlicher Haushalt?«

»Etwa 20 Milliarden Pfund«, sagte Strangelove rasch und ärgerte sich, dass er sich tatsächlich anstrengte, schneller als Barney zu sein. »Das sind ungefähr 26 Milliarden Dollar«, fügte er hinzu.

»Ja, vielen Dank«, sagte JLM. »Rechnen kann ich selber.«

Strangelove schleuderte einen unsichtbaren Dolch in JLMs Hinterkopf. JLM wirkte staatsmännisch und grübelte angestrengt.

»Und das ganze Geld ist mehr oder weniger verplant?«, fragte er. »Unsere 20 Milliarden, meine ich. Das ist doch eine ganze Menge, oder? Meinen Sie nicht, dass noch ein paar Pennys übrig sind?«

»Ob alles verplant ist?«, fragte Strangelove müde. »Jeder Penny, Sir. Und wir haben immer noch dreihundert Jahre alte Krankenhäuser, das Straßennetz ist rettungslos überlastet, unsere Tourismus-Politik ist ein einziges Chaos, das Schienennetz ist vollkommen hoffnungslos, die Kommunen sind pleite und handlungsunfähig, das Sozialsystem befindet sich im chronischen Niedergang, unsere Fischereipolitik ist in Unordnung, die Zahl unserer Polizisten sinkt, während ein allgemeiner Anstieg der Kriminalität verzeichnet wird; die Gefängnisse sind überfüllt, obwohl die Zahl der verhafteten Straftäter abnimmt; jeder, der in Sport, Wirtschaft, Wissenschaft oder Kunst einen Hauch von Talent hat, muss nach England oder ins Ausland gehen, um etwas daraus zu machen; im Westen regieren Fanatismus und Sektierertum; im Bildungswesen herrscht verzweifelter Geldmangel, das Prüfungswesen ist ein einziges Durcheinander; die Jugend fühlt sich ignoriert und im Stich gelassen; die Alten fühlen sich betrogen, ihr Rentensicherungspaket ist ein zusammengeschustertes Diktat, und wir anderen in der Mitte finden nur deshalb die Kraft, weiterzumachen, weil unsere Anträge auf Auswanderung nach Australien abgelehnt worden sind. Darüber hinaus ist unser Fußball beschissen, und die von BBC-Scotland produzierten Comedys sind erbärmlich. Es gibt«, sagte er, seinen Redefluss endlich bremsend, »keinen einzigen Penny.«

»Wie dem auch sei«, sagte JLM mit einer wegwerfenden

Handbewegung, »wie stehen Sie zum Aufbau eines substanziellen Raumfahrtprogramms?«

Strangelove atmete tief ein. Barney betrachtete weiterhin den königlichen Hinterkopf und fragte sich, ob Gregory Pecks Frisur sich von Film zu Film so veränderte wie seine Mimik.

»Wahrscheinlich könnten wir es ohne große Mühe durchs Parlament bringen«, fuhr JLM unbeirrt fort. »Ich könnte eine meiner visionären Reden halten, Sie wissen schon. Der Weltraum ist etwas Wunderbares, finden Sie nicht auch? Wie viel würde es Ihrer Ansicht nach kosten, ein Raumfahrtprogramm zu haben, Parker?«

Im Geiste trommelte Strangelove mit seinem Hirn auf sein Klemmbrett. Bis zehn zählen. Bis zehn zählen. Nicht die Beherrschung verlieren.

»Kommt drauf an, was Sie sich vorstellen …«

»Wissen Sie«, unterbrach ihn JLM und brachte Strangeloves Temperatur dem Siedepunkt noch ein Stückchen näher, »ich habe einen Artikel im *Herald Tribune* gelesen. Wussten Sie, dass die NASA noch immer dieselbe Raketentechnologie benutzt wie in den 60er Jahren? Wussten Sie, dass sie in der bemannten Raumfahrt nicht nur keine Fortschritte gemacht haben, sondern mittlerweile auf ein Level zurückgefallen sind, auf dem es länger dauern würde, einen Mann zum Mond zu bringen, als vor dreißig Jahren? Es ist Wahnsinn! Kompletter Wahnsinn! Dort draußen liegt ein großes Universum, wunderschön, reizend und köstlich. Und wir sitzen hier unten fest. Es wird Zeit, dass jemand etwas dagegen tut.«

»Nun«, setzte Strangelove erneut an, »es kommt darauf an, was Sie sich vorstellen, Sir. Wenn Sie bei Woolworth eine Kiste Feuerwerkskörper kaufen, abschießen und von irgendwem die Flugbahn berechnen lassen wollen, würde Sie das ungefähr einen Zehner kosten. Wenn Sie die Grenzen der Raketentechnologie ausdehnen und Männer ins All schicken wollen, würde das wahrscheinlich den Großteil unseres Staatshaushaltes verschlingen. Natürlich müssten wir dafür Schulen, Krankenhäuser, Gefängnisse, Polizei und Feuerwehr schließen ...«

»Wir könnten es das Jesse-Longfellow-Moses-Forschungszentrum nennen«, sagte JLM, ohne solch kleinliche Einwände zu beachten. »Ich bin sicher, das könnte ich durchs Parlament drücken. Was meinen Sie, Barn?«

»Es wäre jedenfalls etwas, wohinter sich das Land zusammenscharen kann«, antwortete Barney und klang wie Jeeves. Er warf Strangelove einen entschuldigenden Blick zu, der in etwa ausdrückte: »Ich mach nur, was Sie mir gesagt haben.«

»So ist es«, sagte JLM. »Besorgen Sie mir ein paar Zahlen, Parker, ja?«

»Haben Sie ein bestimmtes Ziel im Sinn?«, fragte Strangelove, seinen Sarkasmus nur mit Mühe kaschierend.

JLM blickte zur Decke, als würde er die Sterne betrachten. Barney war nach getaner Arbeit einen Schritt zurückgetreten. Bei Licht betrachtet sah der Mann mehr oder weniger aus wie immer, egal ob er gerade George Clooney, Frank Sinatra, Gregory Peck oder Ella Fitzgerald ähneln wollte.

»Menschen auf dem Mars bis zum Jahr 2010«, erklärte er pompös.

»Verstehe«, sagte Strangelove und machte sich eine Notiz. »Und wollen Sie sie auch lebend zurückbringen?«

JLM zögerte. Würde die Öffentlichkeit die Mission als gescheitert ansehen, wenn die Männer nicht zurückkamen? Wahrscheinlich schon, die ignoranten Schweine. Sie hatten nie die Erweiterung der Horizonte menschlicher Erkenntnis im Blick, sondern machten sich bloß in die Hose, wenn unterwegs jemand abkratzte.

»Mir persönlich ist es egal«, sagte JLM, »solange sie Bilder senden. Aber versuchen sollten wir es wohl doch besser, bevor die Presse sich wieder aufs hohe Ross schwingt.«

»Sehr gut, Sir«, sagte Strangelove.

JLM bemerkte endlich, dass Barney fertig war. Er begutachtete seine Frisur auf Indizien von Gregory Peckität, fand sie, stand auf und ging um den Stuhl.

»Spitze«, sagte er zu Barney und tätschelte ihm den Arm. »Erstklassige Arbeit. Okay, Männer, und jetzt wollen wir mal der BBC in den Arsch treten.«

The Amazing Mr. X stürzte zur Tür, drängte vor JLM hinaus und suchte die Umgebung auf Spione und Terroristen ab, bevor er dem First Minister signalisierte, dass die Luft rein war.

Kapitel 21

Die finale Schwalbe des Wally McLaven

»Eine Klasse für sich«, sagte Wally McLaven und rieb sich die Hände. »Das meinte ich mit Qualität. Absolut fantastisch. So etwas macht im Leben den entscheidenden Unterschied. Echte Qualität, unbedingt. Eine Klasse für sich. Und können Sie uns jetzt noch die andere Brust zeigen.«

McLaven führte Bewerbungsgespräche mit potenziellen neuen Sekretärinnen. Bloß weil einige Menschen auf der Welt sich weiterentwickelt hatten und es furchtbar sexistisch, widerwärtig und primitiv fanden, einen Teenager aufzufordern, seine Brüste zu entblößen, bevor man daran dachte, ihm einen Job anzubieten, hieß das noch lange nicht, dass Wally nicht noch im finsteren Mittelalter leben konnte. Amanda Cartwright war die vierte Bewerberin, die er interviewte; zwei der vorherigen drei hatten sich schlichtweg geweigert, sich auszuziehen, und waren hinauskomplimentiert worden; die dritte Bewerberin hatte Wally widerwillig einen kurzen Blick gegönnt, sich jedoch geweigert, sich von ihm befingern zu lassen, auch wenn er behauptet hatte, er wolle nur sichergehen, dass sie keine Knoten hatte.

Amanda Cartwright hingegen war ungleich entgegenkommender. Sie präsentierte ihre zweite Brust, und Wally beugte sich zur näheren Begutachtung über den Schreibtisch.

»Reizend«, sagte er, »wirklich wunderbar. Haben Sie sie ein bisschen aufarbeiten lassen oder so?«

»O ja«, erwiderte sie. »Mit sechzehn habe ich Implantate bekommen. Was meinen Sie?«

»Sehr schön, Kleines«, sagte er. »Das sind Titten von Topqualität. Und wie haben die Implantate sich auf die Griffigkeit ausgewirkt? Fühlen sie sich noch genauso angenehm an wie vor der Operation?«

»O ja«, sagte Cartwright, stand auf, beugte sich vor und schob ihm ihre Brüste gleichsam ins Gesicht. »Warum probieren Sie sie nicht mal aus? Außerdem habe ich mir die kleinen Schamlippen stutzen lassen, falls Sie die auch überprüfen wollen.«

Es klopfte laut an der Tür, und Wally wachte auf.

Er richtete sich abrupt in seinem Chefsessel auf, in dem er zu einem kleinen Vormittagsnickerchen eingedöst war. Er hatte irgendwann eine Sitzung, konnte sich jedoch nicht mehr erinnern, wann, irgendeine alberne Diskussion über die schottische Oper, als ob sich irgendwer einen Scheißdreck darum scherte.

»Herein«, sagte er, rückte seine Krawatte zurecht und strich sich eilig durchs Haar. Er leckte sich kurz über die Zähne, um mögliche, weithin sichtbare Reste des übrig gebliebenen Currys zu entfernen, das er zum Frühstück gegessen hatte.

Die Tür ging auf. Es war seine Sekretärin, die bemerkenswert unattraktive Miss Rutledge. Seit seinem Amtsantritt vor knapp einem Jahr hatte er sich angestrengt, so unhöflich wie möglich zu sein, in der Hoffnung, sie würde kündigen, damit er die Position mit einem jüngeren und besser aussehenden Modell besetzen konnte.

»Was?«, fragte er. »Ich habe zu tun.«

»Sie haben eine Nachricht aus JLMs Büro«, sagte Karina Rutledge. »Er möchte, dass Sie ihn im Konferenzraum 6F treffen.«

»6F?«, fragte McLaven. »Und wo soll das sein? Ist das überhaupt in diesem Gebäude? Sind Sie sicher, dass Sie das richtig notiert haben?«

Sie biss sich auf die Zunge, ein weiteres Mal. »Er ist im Erdgeschoss. Dort finden regelmäßig die Sitzungen des Kulturausschusses statt, aber warum sollten Sie irgendwas davon wissen?«

»Ihr Ton passt mir nicht, Miss Rutledge«, bellte McLaven. »Wann soll das Treffen sein?«

»Jetzt«, sagte sie, machte auf dem Absatz kehrt, schloss die Tür hinter sich und war verschwunden.

Und da sie ihm, als er ein paar Minuten später das Büro verließ, den Rücken zugewandt hatte, war dies das letzte Mal, dass sie ihn sah. Zumindest lebend.

Der First Minister wand sich durch sein Radiointerview, was nicht nur daran lag, dass sein Schwanz in bestimmten Sitzpositionen schmerzte. Ausnahmsweise war er froh, dass er nicht im Fernsehen war. Trotz der tollen Frisur. Er hatte noch nicht allzu viel Einfluss auf die BBC, aber er arbeitete daran, und wenn er seine Position bei der Sendeanstalt ein bisschen weiter ausgebaut hatte, würde er als Erstes dafür sorgen, dass Bertie Shaw als Vormittags-Talkshow-Drecksack abgesägt wurde, obwohl er ihn bis dato für einen reizenden Burschen gehalten hatte.

»Sie können dem schottischen Volk nicht das Recht verweigern, zu erfahren, ob Sie noch weitere Leichen im Keller haben, First Minister«, sagte Shaw, der sich prächtig amüsierte, erhielt er doch Gelegenheit, den First Minister fertig zu machen, im vollen Wissen, dass die Öffentlichkeit jede Sekunde genießen würde.

»Also wirklich«, sagte JLM, »das ist unerträglich. Ich habe diese Frage jetzt schon hundert Mal beantwortet. Die Einzelheiten meines früheren Fehlverhaltens sind vollständig und ordnungsgemäß öffentlich dargelegt worden, und Minnie und ich halten die Angelegenheit damit für erledigt.«

»Aber Sie haben trotzdem meine Frage nicht beantwortet«, sagte Shaw aufgebracht.

»Welche Frage?«, erwiderte JLM seinerseits entrüstet.

»Hatten Sie noch andere Affären?«

»Diese Frage habe ich schon auf der Pressekonferenz vor vier Wochen beantwortet«, fauchte JLM.

»Darüber ließe sich streiten«, sagte Shaw, gleichsam eine kleine Nebenbemerkung zum Publikum, »aber warum beantworten Sie sie nicht hier und jetzt noch einmal?«

»Darf ich Sie etwas fragen?«, sagte JLM im Befehlston und in dem Bemühen, die Kontrolle über das Verfahren zurückzugewinnen.

Parker Strangelove stand kopfschüttelnd hinter ihm. Das Ganze war unvermeidlich gewesen, und wenn JLM nicht so scharf darauf gewesen wäre, sein Gesicht auf jede Titelseite, in jede Fernsehsendung und Radioshow zu bringen, als hielte er sich für Victoria Beckham, würde er auch nicht ständig in diese fetten Kuhfladen latschen.

»Also, das können Sie gerne, wenn Sie meine beantwortet haben«, konterte Shaw. »Wird das schottische Volk erfahren, dass Sie mehr als eine Affäre hatten, First Minister?«

»Meine Frage lautet«, verkündete JLM ernst und dynamisch, »warum interessieren Sie sich so für Klatsch und Tratsch? Ich denke, Ihre Zuhörer würden viel lieber etwas über unsere Pläne für das Gesundheitswesen und die Modernisierung des Schienennetzes erfahren.«

»Ach wirklich, First Minister«, sagte Shaw und zog unter seiner Schreibtischplatte eine Auswahl der aktuellen Tageszeitungen hervor. Strangelove stöhnte. JLM kochte innerlich vor Wut. The Amazing Mr. X wollte sich das Mikrofon schnappen und ein Ständchen bringen. »Das ist ja sehr interessant, denn gestern hat Ihr Gesundheitsminister Brendan McLatchey neue Richtlinien für die Finanzierung des National Health Service in Schottland vorgestellt, und keine einzige Zeitung hat das Thema heute aufgegriffen. Stattdessen lesen wir: *First Minister versteckt sich vor Ruanda-Frage; Die wahren Kosten von JLMs Euro-Spritztour; JLM patzt erneut; Trotz JLMs Manipulationsversuchen: Gerüchte um Hookergate wollen nicht verstummen; Frisur Top, als Politiker ein Flop; Wanderlip beißt JLM in den Schwanz* und *Moses teilte mein rotes Meer und kam direkt herein, behauptet Edelnutte.*

JLM räusperte sich.

»Ihre Minister können so viele Richtlinien herausgeben, wie sie wollen, First Minister, wenn das Volk den Geschmack der Eiscreme nicht mag, wird es sich auch nicht für das Waffelhörnchen interessieren. Gibt es weitere Affären in der Vergangenheit oder Gegenwart, von denen die Öffentlichkeit bisher noch keine Kenntnis hat? Ja oder nein?«

JLM atmete tief ein und suchte Strangeloves Blick, der jedoch außer Sichtweite stand. Genug des Zögerns, er durfte nicht den Eindruck erwecken, zu lange zu überlegen.

»Was Ihre Zuhörer bestimmt mehr beunruhigen wird, ist das offensichtliche Misstrauen gegenüber dem First Minister. Ich bin vom Volk gewählt…«

»Von knapp vierzig Prozent«, bellte Shaw.

»Lassen Sie mich ausreden. Im Mai wurde ich von einer Mehrheit der Wähler in diesem Land rechtmäßig in mein Amt gewählt. Ich habe ein Mandat, das direkt vom schottischen Volk ausgeht, und ich denke, dieses Volk hat von der Stoßrichtung Ihrer Fragen die Nase mittlerweile gestrichen voll.«

»Mag sein«, erwiderte Shaw. »Aber Sie müssen doch bloß eine schlichte Frage beantworten, First Minister, dann kommen wir zum nächsten Thema. Haben Sie Ihre Gattin mit mehr als einer Frau betrogen? Ja oder nein?«

»Da geht das schon wieder los«, sagte JLM und lachte pompös, weil er sich moralisch überlegen fühlte.

Und so ging es eine Viertelstunde lang weiter, ohne dass der Interviewer zur zweiten Frage kam, weil JLM die erste nicht beantwortete. JLM glaubte, seine Sache gut gemacht zu haben, und stellte sich vor, dass die Zuhörer mit ihm empört waren; er hatte eine überlegene Position eingenommen und Shaw mit der richtigen Mischung aus Verachtung, Sarkasmus, Schwung, Schärfe und Schmiss behandelt. Er hatte ihn in den Staub getreten, und Shaw hatte am Ende nur noch lächerlich gewirkt. Eine meisterhafte Vorstellung.

Dann gab es da noch die andere Sichtweise. Von den 1341 E-Mails, die die BBC erreichten, äußerte sich nur eine kritisch über Shaw. Der *Scotsman* machte am nächsten Tag mit der Schlagzeile auf: *JLM »gesteht« Affären durch zweifelhaftes Leugnen.* Die *Sun* ging noch weiter: *JLM: Jede Menge Frauen*, während die *Press & Journal* eine komplett andere Richtung einschlug: *Mann aus dem Nordosten findet Kern in Pfirsich.*

Während JLM also erhobenen Hauptes und selbstzufrieden das Studio verließ, wusste Parker Strangelove, dass er soeben Zeuge eines weiteren PR-Desasters geworden war. Andererseits hatte JLM vielleicht auch genau gewusst, was er tat, sinnierte Strangelove, als er dem leicht hinkenden First Minister und The Amazing Mr. X den Flur hinunter folgte. Indem er die Diskussion über außereheliche Affären in die Länge gezogen hatte, obwohl er vielleicht selbst genau wusste, dass es keine zu entdecken gab, hatte er Shaw dazu gebracht, die Möglichkeit verstreichen zu lassen, ihn nach der Ruanda-Frage, den Minister-Morden, dem Chaos im Renten- und Gesundheitswesen, Hookergate, der absurden Bewerbung für die WM 2014 gemeinsam mit den Färöern und den Gerüchten zu fragen, dass Winona Wanderlip Rührei aus seinen Kronjuwelen gemacht hatte.

Vielleicht war er doch nicht so dumm, wie er aussah.

Wally McLaven keuchte die Treppe hinunter. Das Ende seiner aktiven Laufbahn nach der dramatischen Verletzung in Ayr lag erst ein paar Jahre zurück, doch die Fitness war bereits weg, und er hatte um die Hüften ordentlich angesetzt. Und so keuchte er, Verwünschungen gegen JLM und all seine Mannen murmelnd, vor sich hin. Ihn aus einem sensationellen Traum zu wecken, der blöde Idiot.

Er suchte auf Fluren und Korridoren. Konferenzräume waren ihm immer ein Rätsel geblieben. Er war zwar Mitglied in drei parlamentarischen Ausschüssen, hatte jedoch noch nie an einer Sitzung teilgenommen, was er auch nicht zu ändern gedachte, bloß weil sie nun in neuen Räumlichkeiten tagten.

Schließlich fand er den Konferenzraum F6 eher zufällig doch, klopfte, wartete vergeblich auf Antwort, öffnete die Tür und trat ein.

Er zögerte, als er die eigenartige Atmosphäre spürte. Die Jalousien waren zum Schutz gegen die Morgensonne heruntergelassen, einzelne Sonnenstrahlen erfassten die Staubfäden in der Luft und tauchten den Raum in ein dämmriges Halbdunkel. McLaven wusste, dass JLM nicht hier sein würde, und plötzlich fiel ihm auch ein, dass er ihn auf dem Weg durch die Flure des Parlamentsgebäudes live im Radio gehört hatte. Komisch, wie man manche Dinge gar nicht registrierte, wenn man mit den Gedanken woanders war.

»Schließen Sie die Tür«, sagte eine weibliche Stimme.

Sanft, leise und, nun ja, verführerisch. Wally McLaven lächelte und nickte still für sich. Darum ging es also. Solche Dinge fügten sich immer viel schneller, als man es sich vorstellen konnte. Er war für eine kleine Sondervorstellung herbestellt worden; er sollte die alte Oboe auspacken und richtig loslegen.

Er kannte die Stimme, wusste sie jedoch nicht einzuordnen. Er konnte die Sprecherin nicht sehen, schloss jedoch trotzdem die Tür und ging weiter ins Zimmer. Er hörte Schritte und wandte sich nach links. Sie trat aus der dunklen Ecke, in der sie gestanden hatte, auf ihn zu, kein bisschen provokant gekleidet, aber das musste nicht unbedingt etwas bedeuten. Es gab auf diesem Planeten kein Kleidungsstück, das Wally McLaven nicht in weniger als drei Sekunden hätte abstreifen können.

»Oh«, sagte er, was keine besonders herzliche Begrüßung war, doch wenn er eine Wahl gehabt hätte, hätte er seine Stimme nicht für die Frau abgegeben, die auf ihn zukam. Sie war nicht unattraktiv, aber irgendwas war mit ihr. Aber nun war er schon mal hier, hatte heute noch keinen Sex gehabt, und Patsy war in Inverness bei irgendeinem albernen Tourismus-Termin. »Hi, Babe«, sagte er neuen Mut fassend.

»Ich bin froh, dass Sie kommen konnten«, sagte die Frau mit vor Erotik triefender Stimme.

»Gib uns ein paar Minuten Zeit, Kleines«, sagte McLaven lachend. »Eine Klasse für sich.«

»Sind Sie dabei?«, fragte sie.

»Na klar«, sagte McLaven. »Sie haben bestimmt schon alles über mich gehört.«

»Auf jeden Fall«, erwiderte sie und trat neben ihn.

Sie lächelte, ihre Lippen glänzten rot, ihre weißen Zähne blitzten, ein Mund, mit dem man Jahre verbringen konnte. Wally fing in ziemlich lächerlicher Manier an zu sülzen, weil er ein Mann war, der alles glaubte, was über ihn in der Zeitung stand.

»Bei mir bist du genau richtig, Schätzchen«, sagte er, begleitet von seinem gewohnt kecken Grinsen.

Sie legte ihre Hände an seinen Hals und ließ sie mit einer herrlich sanften Berührung tiefer sinken, sodass er an den Armen und am Rücken eine Gänsehaut bekam und zitterte. Er schloss die Augen und spürte gleichzeitig ihre Wärme und ihre kühle Raffinesse. Er wartete und wusste, dass es wundervoll werden würde.

Sie versetzte ihm einen makellos präzisen Kopfstoß, der seine Nase aufplatzen und ihn stöhnend nach hinten taumeln ließ. Er öffnete die Augen und sah gerade noch die blitzschnelle Bewegung des Messers, das sie von irgendwoher gezückt hatte, nun mit beiden Händen über ihren Kopf schwang und mit voller Wucht bis zum Schaft in seine Stirn stieß.

Wally erstarrte in ungläubigem Staunen ob des Bösen, das ihm soeben widerfahren war, bevor er nach vorn kippte. Seine Mörderin machte einen eleganten Satz zur Seite, und er sackte auf dem Teppich in sich zusammen.

Einen Moment lang blieb sie über ihm stehen, dann ging sie zur Tür und öffnete sie einen Spalt, um zu sehen, ob die Luft rein war, bevor sie in den vom Licht der spätsommerlichen Morgensonne durchfluteten Korridor trat.

Den Kitzel des Mordes noch in den Gliedern, hielt sie sich eine Weile in der Nähe auf und wartete, ob irgendwer vorbeikommen und aufräumen würde. Doch nach zehn Minuten gewann ein gewisser Kleinmut die Oberhand; sie verließ diesen Teil des Gebäudes und forderte den Sicherheitsdienst in einem anonymen Anruf auf, den Konferenzraum 6F zu überprüfen. Es dauerte eine Viertelstunde, um sie davon zu überzeugen, dass ein solcher Raum überhaupt existierte, und als die Sicherheitsbeamten weitere dreißig Minuten später dort eintrafen, war die Leiche von Wally McLaven bereits entfernt worden, sodass sie nur noch ein paar Tropfen Blut auf dem Teppich vorfanden.

Alles, was recht ist, wie Wally selbst vielleicht gesagt hätte, die Mörderin war doch ein wenig verwirrt, als sie das hörte.

Kapitel 22

Eine Prädestination von sieben Käsesorten

Rasch breitete sich im Parlament die Kunde aus, dass Wally McLavens Name nach Honeyfoots und Filibens der dritte auf der Verlustliste war, der Mann selbst bis auf ein paar mickrige Blutflecken spurlos verschwunden, womit das Kabinett auf sieben Personen geschrumpft war. Winona Wanderlip hörte die Nachricht, als sie an einer Sitzung des Ausschusses für akademische Bildung teilnahm, in der eine Erhöhung der Studentenförderung diskutiert wurde, obwohl es null öffentliche Mittel gab, die eine derartige Erhöhung gedeckt hätten.

Wanderlip brach in Tränen aus, weil sie nun, wo es zu spät war, endlich erkannte, dass sie Wally geliebt hatte. Oder vielleicht auch nur die Idee von ihm, denn er war so anders gewesen als der Mann, der sie vor dem Altar hatte sitzen lassen.

Sie fand ihre Fassung jedoch rasch wieder, ohne den Sitzungsraum zu verlassen. Sie schnäuzte sich die Nase, wischte sich die Tränen ab und programmierte ihren Verstand, Wally McLaven zu vergessen. Dann begann sie an dem nicht existenten Nagel ihres linken Ringfingers zu kauen und steuerte den Ausschuss zurück zur Tagesordnung.

Doch wie angestrengt sie auch über andere Dinge sprachen, immer wieder kehrten Wanderlips Gedanken zu der Tatsache zurück, dass ein weiterer ihrer Anhänger weg war und JLM einen weiteren Platz mit einem seiner eigenen Leute besetzen konnte.

Seltsamerweise kam ihr ungeachtet früherer Vorkommnisse keine Sekunde lang der Gedanke, dass JLM ihr auch noch das Ressort für Tourismus, Sport & Kultur aufhalsen könnte, so zuversichtlich war sie, dass er ihrer Drohung vom Vorabend nachgeben würde. Und damit hatte sie bei seinem weiterhin schmerzenden Schwanz als dauernde Ermahnung sogar Recht.

JLM hatte die Nachricht auf dem Weg zu einem ärgerlichen Auftritt vor dem Kulturausschuss gehört. Noch so eine verdammte Zeitverschwendung. Seine Gedanken waren vielmehr auf die bevorstehende Ankunft von Herrn Vogts am Nachmittag konzentriert gewesen, der in den kommenden drei Tagen zusammen mit Strangelove eine unerschütterliche Grundposition für Schottlands Eintritt nach Europa entwickeln sollte. Außerdem sollte anschließend noch das Treffen mit einem offiziellen Vertreter der kanadischen Regierung stattfinden, bei dem eine Einladung JLMs zur nächsten G-8-Konferenz erörtert werden sollte.

Man hatte ihn daran erinnern müssen, wer Wally McLaven eigentlich war, weil er den Mann im vergangenen Jahr nur ein paar Mal getroffen hatte. Überrascht hatte er festgestellt, dass McLaven tatsächlich Labour-Mitglied war, während er seine sinnlos gut gelaunte Leutseligkeit immer automatisch mit den Liberaldemokraten assoziiert hatte. »Wenigstens muss ich jetzt nicht vor diesem verdammten Ausschuss auftreten«, hatte er gemurmelt.

Jetzt stand er in seinem Büro am Fenster und sinnierte darüber nach, warum seine Minister einer nach dem anderen verschwanden. Irgendwie hoffte er immer noch, dass McLaven wieder auftauchen würde, nachdem er in irgendeinem obskuren Teil des Gebäudes irgendeine debile Sekretärin gebumst hatte. Von Honeyfoot hielt er wenig, sie war vollkommen unkontrollierbar, und es hätte ihn kein bisschen überrascht, wenn sie sich aus einer Laune heraus mit einem muskelbepackten Schwachkopf, den sie in einer Kneipe aufgegabelt hatte, in die Karibik verpisst hätte. Aber Peggy Filiben. Sie war viel zu ehrlich und engagiert.

»Ich brauche geistlichen Rat«, erklärte er unvermittelt und wandte sich seinem Gefolge zu.

Veron Veron erstarrte, seine Pailletten vergessend, die Ärztinnen blickten von ihren Laptops auf; Barney Thomson verdrehte die Augen und raschelte, ohne seine Lektüre zu unterbrechen, mit der Zeitung; Parker Strangelove zog seine Augenbraue kaum merklich hoch, und The Amazing Mr. X lud seine Kalaschnikow durch. Womit nur noch die beiden fraglichen Personen übrig blieben.

Reverend Blake linste über den Rand ihrer Methodisten-Zeitschrift; Pater Michael war ein weiteres Mal in die Betrachtung der Bergpredigt vertieft.

»Reverend, Pater«, sagte JLM, »das innere Zimmer.«

Auf der anderen Seite seines Büro grenzte ein weiteres kleineres Arbeitszimmer an, das bisher kaum benutzt worden war, weil er so viel Zeit beim Frisieren im Bad verbrachte.

»Sie sollten wirklich eine Presseerklärung herausgeben, Sir«, sagte Strangelove. »Die Meute kläfft schon.«

»Ich dachte, Sie machen das«, erwiderte JLM gereizt.

»Ich habe sie schon geschrieben«, gab Strangelove ebenso gereizt zurück, »aber ich glaube, man erwartet, dass Sie in irgendeiner Form persönlich erscheinen.«

»Blöder Mist«, murmelte JLM und wollte sich wieder seinen Geistlichen zuwenden.

»Außerdem sollten Sie eine Notsitzung des Kabinetts einberufen«, erklärte Strangelove.

»Oh, Himmel Herrgott noch mal«, sagte JLM.

Und mit diesen Worten marschierte er ins innere Büro, gefolgt von seinen beiden religiösen Beratern, während Strangelove den Hörer abnahm, um sowohl die Notsitzung des Kabinetts als auch die Pressekonferenz zu organisieren, an der der First Minister seiner Ansicht nach persönlich teilnehmen sollte.

JLM tauchte noch einmal in der Tür auf.

»Wie kommen Sie mit dem, Sie wissen schon, Raumfahrt-Ding weiter?«, fragte er.

An Strangeloves Schläfe pochte eine kleine Ader.

»Wir sind auf gutem Weg, Sir«, antwortete er.

»Spitze«, sagte JLM und schloss die Tür hinter sich, um die tröstenden Worte der Diener des Herrn zu vernehmen.

»Und«, sagte Ashley Blackadder etwas später, als sie sich im Restaurant auf den Platz Barney gegenüber setzte, »Alison hat dich also gevögelt?«

Barney starrte auf sein *Ragout von Devonshire-Truthahn in einem Lachsbett mit kristallisierten Bananen und Johannisbeer-Coulis in einem Confit von Profiterôles mit Pommes* und fragte sich, warum er nicht überrascht war.

»Ja«, sagte er. »Kam es im Radio, oder was?«

Er blickte auf. Er klang zerknirscht, aber in seinen Augen funkelte etwas, das Blackadder auch dann noch nie gesehen hätte, wenn sie den alten Barney gekannt hätte. Er war nicht mehr der Mann, der sich am wohlsten fühlte, wenn er sich selbst Leid tat.

»Ich hab es daran erkannt, dass sie dich den ganzen Vormittag ignoriert hat«, erklärte sie.

»Ah«, sagte Barney. Natürlich hatte er ebenfalls bemerkt, dass sie ihn nicht beachtet hatte, war aber cool genug, um sich nicht wie ein zurückgewiesener Teenager zu fühlen. »Macht sie das immer so?«

»Ja«, sagte Blackadder. »Sie hatte schon so ziemlich jeden von uns in dem Raum. Abgesehen von Pater Michael natürlich. Sie hat sich nach Kräften bemüht, aber man kann die Hingabe des Mannes an seinen Glauben nur bewundern.«

»Ich hab noch nicht mit ihm gesprochen«, erklärte Barney.

»Das haben bisher die wenigsten von uns«, sagte Blackadder und machte sich über ihr *Blumenkohl-Parfait in einer Prädestination aus sieben Käsesorten mit Thymian-Explosion und Rosmarin-Epidemie* her.

»Trotzdem eine seltsame Frau«, meinte Barney.

»Das kann man wohl sagen«, erwiderte Blackadder. »Fromm, wenn es ihr passt, unsere Alison.«

Barney nickte, spießte ein weiteres Bananenstückchen auf und spülte es mit einem Schlückchen fruchtigem kalifornischem Chardonnay mit robustem Körper und delikatem Abgang mit einem Hauch von Sommerfrüchten, Kate Winslet und dem Oxford Dictionary of Literary Quotations herunter.

Er sah sich in dem nur spärlich besetzten Restaurant des Parlaments um. Es war gediegen eingerichtet mit geschmackvollen Bildern an den Wänden – von den JLM-Porträts einmal abgesehen – und einem dicken Teppich, der die Atmosphäre stiller Vornehmheit betonte, was man von den meisten Politikern, die hier speisten, nicht behaupten konnte. Aber da sie ihr keineswegs preiswertes Essen hier selbst bezahlen mussten, wurde das Lokal nur wenig frequentiert. Allein JLMs Gefolge bekam sämtliche Mahlzeiten bezahlt, also aßen sie täglich hier.

Barneys Gedanken kreisten. Was glaubte die Polizei, was er ernsthaft erreichen konnte? Er war Frisör oder genauer gesagt ein Stylist, zumindest war das aus ihm geworden. Er war niemandes Maulwurf im Kabinett. Er war nicht in der Position, das Verschwinden und die mögliche Ermordung von drei Ministern aufzuklären. Sollte er etwa den Kellner fragen, ob er irgendwelche Ideen hatte?

»Und«, sagte er zu Blackadder und entschied, dass er es ebenso gut hinter sich bringen und sich unbeholfen in die trüben Gewässer der Ermittlung stürzen konnte, »was hältst du von dem mysteriösen Minister-Schwund?«

Ashley Blackadder nestelte an einem Stück schwedischem

Cheddar im Blumenkohlmantel herum und leckte sich einen imaginären Klecks Soße aus dem Mundwinkel.

»Interessiert dich das aus einem bestimmten Grund?«, fragte sie.

Barney zuckte mit den Schultern. Wo er zuvor in dem Bemühen, möglichst unauffällig zu wirken, zumeist ausgesehen hatte wie eine Giraffe im rosafarbenen Pyjama mit einem aufgeblasenen Kondom auf dem Kopf, besaß er nun die Gabe, mit dem Hintergrund seiner Umgebung zu verschmelzen.

»Nö«, erwiderte er weltläufig, was sie ihm auch abkaufte. Sie hielten sich schließlich in einem Regierungsgebäude auf, und die Minister kippten um wie die Fliegen, sodass es merkwürdig gewesen wäre, wenn sie nicht darüber gesprochen hätten.

Und im selben Moment hatte er seinen ersten hellsichtigen Gedanken zu dem Thema. All diese Menschen in JLMs Gefolge hingen den ganzen Tag untätig im selben Raum herum, und es war auch nicht so, als würden sie nie miteinander sprechen. Doch keiner von ihnen hatte das Kabinett bisher je erwähnt. Genauso wenig wie JLM selbst, wenn er nicht von Strangelove dazu gezwungen wurde. Es war nicht Barney, der sich verdächtig benahm, indem er das Thema anschnitt, sondern die anderen, weil sie es mieden.

»Kommt mir nur irgendwie seltsam vor«, sagte er.

»Nun ja«, erwiderte Blackadder, »es gibt drei Möglichkeiten.«

Barney zog eine Braue hoch und stopfte sich weiter voll.

»Erstens«, sagte sie und begann die Alternativen an den Fingern abzuzählen – sie war schließlich ein Kind des visuellen Zeitalters –, »es läuft so eine Art kosmische Vergeltung. Mein Gott, schließlich sind sie alle Politiker. Glaubst du, das Volk würde sich auch nur im Geringsten Sorgen machen? Nein, sie jubeln, verdammt noch mal. Vor dem heutigen Tag sind bereits zwei Minister unentschuldigt vom Dienst ferngeblieben und haben es nicht mal auf die Titelseiten der Zeitungen geschafft. Die Öffentlichkeit interessiert sich mehr für Blöd-TV à la *Pop Idol* und *Big Brother*, den neuesten verrückten Millionär und wie viele Minuten Bobby Downey diese Woche nach seiner Entlassung aus der Entzugsklinik durchgehalten hat. Wenn sie sich überhaupt für Politik interessieren, dann für die Frage, wen JLM gevögelt und abgezockt hat oder noch vögeln und abzocken will. Mit Ausnahme Wallys ist die öffentliche Wahrnehmung des Kabinetts gleich null. Die Minister sind Nullen, die sich einbilden, sie wären ein bisschen mehr als das. Ich weiß, dass die Gründe, derentwegen JLM sie ignoriert, völlig falsch sind, aber im Prinzip hat er Recht. Sie sind individuell und kollektiv eine einzige Platzverschwendung.«

Als sie ihre kleine Rede beendet hatte, war Barney fast mit dem Essen fertig. Aber sie hatte eine nette Stimme, und er wäre durchaus zufrieden gewesen, ihr den ganzen Tag zuzuhören.

»Ja«, sagte er, »aber wer begeht die eigentlichen Taten?«

»Weiß nicht«, erwiderte sie achselzuckend. »Eine unzufriedene Öffentlichkeit.«

»Also gut«, meinte er, »und was ist mit zweitens und drittens?«

»Zweitens«, sagte sie, »JLM lässt sie alle nacheinander abmurksen, bis er allein in der Regierung ist.«

»Glaube ich nicht«, erklärte Barney. »So wie er im Moment handelt, könnte er genauso gut jetzt schon allein regieren. Warum sollte er einen Mord autorisieren? Aus seinen Sex- und Korruptionsskandalen kann er sich vielleicht irgendwie rauswinden, aber mit einem Haufen Leichen an den Hacken hätte selbst er Probleme.«

»Auch wieder richtig«, sagte sie. »Nun, hier kommt meine dritte Idee: Sie sind gar nicht tot, alle drei nicht, ungeachtet des Blutes, das man an zweien der drei Tatorte gefunden hat. Sie halten sich an einem geheimen Ort versteckt und planen einen Staatsstreich. Irgendwann im Laufe der nächsten Wochen werden sie triumphal in Edinburgh einmarschieren und die Kontrolle des Landes wieder an sich reißen.«

»Das wäre witzig«, sagte Barney.

»Auf jeden Fall«, bestätigte sie.

»Steht die Armee auf JLMs Seite?«, fragte er.

»Weißt du«, erwiderte sie, »ich glaube, niemand steht auf JLMs Seite. Bis auf diesen Idioten X.«

»Was ist mit Strangelove?«, fragte Barney.

Blackadder deutete ein Schulterzucken an und zog eine entsprechende Miene.

»Gute Frage, Barn«, sagte sie. »Gute Frage.«

Und das war alles, was Barney von Dr. Ashley Blackadder erfahren sollte, die wenig später demonstrativ das Thema wechselte und auf das mit Pailletten und Quasten besetzte Oberteil zu sprechen kam, das Veron Veron für JLM entworfen hatte und das jener auf dem Rumba-Abend im Rahmen des Parteitags der schottischen Labour Party tragen sollte.

Kapitel 23

Hier ist ein Taler, geh damit zum Markt, kauf dir eine Kuh und einen Minister dazu

JLM sah die um den Tisch versammelten Kabinettsmitglieder an. Vor seinem Eintreten hatten die anderen sich mehr oder weniger angeregt unterhalten, waren jedoch bei seiner Ankunft ehrfürchtig verstummt. Er hatte noch nicht entschieden, wie er mit dem Ressort Tourismus, Kultur und Sport verfahren sollte, obwohl er davon ausging, dass Wally in nächster Zeit nicht zurückkommen würde. Klar war lediglich, dass er es unmöglich der hohlköpfigen Schnalle Patsy Morningirl übertragen konnte.

JLM selbst war immer noch etwas mitgenommen von einer tumultartigen und aggressiven Pressekonferenz, auf der man ihm insgesamt 23 Fragen gestellt hatte, die mehr oder weniger folgende Stoßrichtung hatten: Wer ermordete seiner Ansicht nach seine Kabinettskollegen? (3 Fragen); stimmte es, dass er in einer Nacht Sex mit drei Prostituierten hatte? (4 Fragen); hatte er seine Sekretärin ermordet? (3 Fragen); was wollte er in der Sache der in Schottland lebenden ruandischen Kriegsverbrecher unternehmen? (2 Fragen); war er bereit zuzugeben, dass er den Steuerzahler um mehr als zwei Millionen Pfund geprellt hatte? (3 Fragen); wie fest hatte Winona Wanderlip ihn in den Schwanz gebissen? (6 Fragen); war er bereit zuzugeben, dass seine Rentenpolitik ein einziges Chaos war? (1 Frage), und wie nannte sich die Frisur, die er trug? (1 Frage). Die letzte war die einzige Frage gewesen, die er direkt beantwortet hatte.

Zu allem Überfluss hatten die Schweine von der BBC das Theater auch noch live übertragen. Wenn er herausfand, wer dafür verantwortlich war, würde ein weiteres Paar Eier gründlich abgeschmirgelt werden.

Er tat so, als würde er die Unterlagen durchsehen, die Strangelove ihm für die Sitzung mitgegeben hatte, gab vor, ein paar letzte Gedanken zu notieren, und wandte sich dann seinem arg dezimierten Kabinett zu, das mittlerweile nur noch aus Wanderlip, Brendan McLatchey, Nelly Stratton, Fforbes Benderhook, Trudger McIntyre und Jack McCarthy bestand.

»Nun«, sagte JLM mit einem halbherzigen Lächeln, »sieht so aus, als wären wir nur noch zu siebt. Wahrscheinlich nennt man uns demnächst die Glorreichen Sieben. Das wäre doch nett, oder?«

Er blickte in die Runde gelangweilter Gesichter. Als sein Blick Wanderlip streifte, deutete sie einen Biss an, der ein tiefes seelisches Unbehagen in seinen Lenden auslöste.

»Darf ich ganz offen sein?«, fragte Nelly Stratton.

»O ja, bitte«, erwiderte JLM.

»Wohl eher die Unsichtbaren Sechs und einer, der glaubt, aus seinem Arsch scheint die Sonne«, sagte sie und blickte Bestätigung heischend in die Runde. Nur Winona nickte.

JLM versuchte die Bemerkung mit einem Lachen abzutun, das ihm jedoch im Hals stecken blieb.

»Sehr gut, Nelly«, sagte er.

»Oder«, fuhr sie ungerührt fort, »die Verhängnisvollen Sechs und der Narziss.«

»Ja«, sagte er nickend.

Ein winziges Lächeln schlich sich auf die Lippen des hinter ihm stehenden Parker Strangelove. The Amazing Mr. X blickte auf der Suche nach Heckenschützen aus dem Fenster.

»Oder die Sechs Fassungslosen und der Angeber?«, fragte Stratton, ihren Witz wie jeder Komiker überstrapazierend.

»Schon gut, Nelly«, sagte JLM wie ein strenger Schuldirektor. »Ich denke, jetzt haben es alle kapiert.«

»Die Vernachlässigten Sechs und der unglaublich Eingebildete«, schob sie rasch nach.

»Das reicht!«, bellte JLM. »Können wir jetzt zur Sache kommen?«

Er registrierte vereinzeltes Nicken in der Runde, jedoch ausschließlich von den Männern.

»Das wäre das erste Mal«, sagte Nelly, und Wanderlip nickte erneut. »Normalerweise stürmen Sie herein, erlassen ein paar Dekrete und gehen wieder.«

»Und weshalb glauben Sie, dass ich das heute nicht wieder mache?«, fragte JLM knapp.

Und damit starrte er grimmig in die Runde in dem Versuch, jeden weiteren Widerspruch in den eigenen Reihen zu ersticken.

»Gut«, setzte er neu an, »Wally ist weiß der Kuckuck wohin verschwunden. Wahrscheinlich haben wir zunächst alle gedacht, dass er wieder irgendeinen blöden Minirock vögelt, aber dann wäre er vermutlich in weniger als fünf Minuten wieder da gewesen. Nein, es hat ganz den Anschein, als wäre er auf die gleiche Weise verschwunden wie Melanie und Peggy, wohin auch immer. Ich glaube kaum, dass einer von uns eine Idee hat, obwohl das die Polizei garantiert nicht davon abhalten wird, ihre unnötig brutalen Nachforschungen anzustellen.«

Er blickte in die Runde, in der jeder Einzelne dachte, dass es schon wieder losging, dass er schon wieder schwafelte, ohne etwas zu sagen, weil er den Klang seiner Stimme so liebte, ohne sich im Mindesten dafür zu interessieren, was andere vielleicht zu sagen hatten.

»Wir müssen also überlegen, was wir mit seinem Ressort anfangen«, fuhr er fort.

»Während wir gleichzeitig über eine Neuorganisation der Amtsbereiche von Peggy und Melanie nachdenken«, schaltete

Wanderlip sich ein und biss aus dramaturgischen Gründen die Zähne zusammen.

JLM starrte quer über den Tisch und hatte plötzlich einen Gedanken, einen wundervollen, herrlichen, großartigen Gedanken. Die Schabracke hatte nach Verlassen seines Hauses am vergangenen Abend offensichtlich jede Zeitung auf dem Planeten angerufen, um von ihren schwanzbeißerischen Neigungen zu berichten, vertraulich natürlich. Da die Geschichte also ohnehin auf dem Markt war und er deshalb die Peinlichkeiten weiterer Enthüllungen nicht mehr fürchten musste, konnte er ebenso gut das Beste daraus machen. Warum sollte er nicht Anzeige wegen Körperverletzung erstatten? Verdammt gefährlicher Körperverletzung überdies. Das würde ihr ihr großes Maul stopfen.

Es würde zu einer Verhaftung, Anklageerhebung und gerichtlichen Anhörung kommen, er könnte von Dr. Farrow die Zahnabdrücke auf seinem Penis nehmen lassen, und das wär's, Wanderlip wäre vorbestraft. Irgendwann, hoffentlich eher früher als später, würde sie auf der Straße stehen. Und wenn er noch Salz in die Wunde streuen wollte, konnte er sie nach ihrer Verurteilung auch noch auf Schadenersatz verklagen. Vier Millionen Pfund wäre eine schöne runde Summe. Peinlichkeit, Unfruchtbarkeit, Stress und schmerzende Lenden, er hatte wegen ihres vollkommen grundlosen Angriffs zahllose Leiden erlitten.

»Unbedingt, Winnie«, sagte er. »Ganz richtig. Reizend. Da müssen wir auf jeden Fall etwas unternehmen.«

Und mit einem Mal erschien ihm der Tag nicht mehr so trist. Er hatte einen perfekten Plan, Wanderlip loszuwerden, in knapp einer Stunde würde Herr Vogts eintreffen und mit der Formulierung des Euro-Plans beginnen, er war zuversichtlich, dass er die meisten anderen Probleme, auf die sich die Presse eingeschossen hatte, aussitzen konnte, er stand im Begriff, eine Einladung zur nächsten G-8-Konferenz zu arrangieren, und wenn er ganz großes Glück hatte, würde derjenige, der seine Minister einen nach dem anderen für ihn entsorgte, weitermachen, sodass er sie noch weniger beachten musste als ohnehin schon.

Er sah über Wanderlips Kopf hinweg aus dem Fenster, und tatsächlich: Die Sonne schien.

»Spitze«, sagte er. »Ich werde die Ressorts Erziehung und Finanzen dorthin zurückgeben, wo sie hingehören, und MacPherson und Eaglehawk entsprechend befördern. Parker, besorgen Sie mir Empfehlungen für zwei neue Stellvertreter in den jeweiligen Amtsbereichen. Außerdem brauchen wir einen neuen Minister für Tourismus und den restlichen Geschäftsbereich. Wir belassen Patsy auf ihrem Posten als Nr. 2. Ich bin offen für Vorschläge aus der Runde, ansonsten können Sie vielleicht ein paar Kandidaten für uns ausfindig machen, Parker.«

Er blickte erneut in die Runde, diesmal mit strafferen Schultern und festerer Stimme, und erfüllte den Raum mit seiner Präsenz.

»Entzückend«, sagte er, als er keine unmittelbaren Reaktionen aus dem Publikum vernahm. Natürlich würden sie keine Namen vorschlagen. Im Parlament gab es so wenig Talente, dass sie Probleme haben würden, einen Kandidaten für die Verwaltung der Kaffeekasse zu finden. »Gut, wir müssen vereint und festen Mutes an die Öffentlichkeit treten. Bis wir sicher wissen, was mit Melanie, Peggy und Wally geschehen ist, müssen wir so tun, als wäre nichts geschehen. Wir füllen die Lücken, machen weiter und klotzen ran. Wir stehen gemeinsam und vereint gegen alles, wofür unsere Feinde stehen, gemeinsam bis zum bitteren Ende durch dick und dünn. Wir stehen und fallen mit den kollektiven Taten des Kollektivs. Wir sind einer, und einer ist alle. Wir essen wie ein Mann, atmen wie ein Mann und scheißen wie ein Mann. Wir essen, atmen und scheißen als Gemeinschaft angesichts der Widrigkeiten. Dies wird eine stolze Stunde werden! Seid ihr an meiner Seite?«

Von den sechs um den Tisch Versammelten hatten die Männer aufgehört ihm zuzuhören, als er anfing zu klingen wie Pu der Bär. Wanderlip hielt bis zum Ende durch und bedachte JLM dann mit einem angemessen verächtlichen Blick.

»Klingt so, als wollten Sie uns wieder verarschen«, sagte Stratton.

JLM nickte und lächelte entwaffnend. Du bist zumindest auf Draht, du zickige blöde Kuh, dachte er.

»Gut, Leute«, sagte er und ordnete seine Zettel wie ein Nachrichtensprecher. »Das wär's. Lasst uns rausgehen und ein paar Ärsche versohlen.«

»Verzeihung«, sagte Wanderlip, als die Männer bereits mit der Evakuierung des Raumes begonnen hatten. Alle ließen sich mit einem resignierten Seufzer wieder auf ihre Stühle plumpsen. Womit würde die dumme Ziege jetzt kommen?

»Ja?«, fragte JLM, nur ein Wort in einem extrem herablassenden Tonfall.

»Besteht der Hauch einer Chance, dass wir über konkrete politische Maßnahmen reden, wo wir schon einmal alle versammelt sind?«, fragte Wanderlip. »Ich habe einige wichtige Themen, die ich gern ansprechen würde. Es gibt Gerüchte, dass MotoCell erwägt, die Telekommunikations-Fabrik in Bathgate zu schließen.«

»Und warum ist das ein Problem?«, fragte JLM. Strangelove sah ihn mit hochgezogener Braue an.

»Es geht um mehrere tausend Arbeitsplätze«, sagte Wanderlip tadelnd. »Weißt du, wie viele Millionen wir – die Regierung – in den verdammten Laden gepumpt haben? Wir haben den Erhalt der Fabrik massiv mit öffentlichen Mitteln subventioniert, und jetzt sieht es so aus, als wollten sie einfach aussteigen und ihre gesamte Produktion nach Aserbaidschan verlegen.«

JLM nickte ernst. Der Verlust von tausenden von Arbeitsplätzen machte nie einen guten Eindruck. Natürlich hatte er mit keiner der Entscheidungen bezüglich MotoCell je persönlich zu tun gehabt. Das war ausschließlich das Werk von seinem Vorgänger, Wanderlip und dem Schatzkanzler in Westminster. Es könnte also alles prima für ihn laufen.

»Weißt du, Winnie«, sagte er, »ich weiß nicht mal, wo das ist. Hat sonst noch jemand ein Anliegen?«

Die Männer wollten möglichst schnell raus und hatten deshalb nichts zu sagen. Nelly Stratton hätte den ganzen Tag reden können, dachte aber, wozu das Ganze? Wanderlip stand am Rande eines Schlaganfalls und war schlicht sprachlos. Als sie ihre Stimme irgendwann wieder fand, war JLM, eskortiert von Strangelove und dem mit CS-Gas-Granaten bewaffneten The Amazing Mr. X, bereits mit einem abschließenden »Spitze!« aus dem Zimmer gerauscht.

Zwanzig Minuten später stand Nelly Stratton allein in der Gesellschaft von Handtüchern, Besen, Reinigungsflüssigkeiten und großen Paketen rauen Toilettenpapiers am Fenster eines kleinen Geräteraums im obersten Stockwerk des Plenargebäudes und blickte auf den sonnenbeschienenen St. Arthur's Seat, wo Heerscharen von Touristen nach wie vor Richtung Bergspitze kraxelten, wo ihnen nur der dort oben stets wehende böige Wind ins Gesicht blasen würde.

Sie wartete auf jemanden. Ein weiteres ihrer kleinen Geheimtreffen, von denen sie am Tag mindestens zwei hatte. Diesmal jedoch war es ein wenig anders, weil es nicht darum ging, die Autorität des idiotischen Regierungschefs zu unterminieren. Sie hatte von seiner völligen Ausschaltung des Parlaments im politischen Entscheidungsprozess gründlich die Nase voll, empfand seine totale Missachtung der Legislative als Ministerin für parlamentarische Angelegenheiten als persönlichen Affront und hatte sich auch von seiner dummen Drei-Musketier-Rede im Kabinett heute Morgen nicht täuschen lassen. Doch im Augenblick hatte sie andere Sorgen.

Sie war hier, um mehr über das Verschwinden ihrer Ministerkollegen zu erfahren. Nicht, dass sie glaubte, die Person, die sie treffen würde, könnte ihr diesbezüglich viel weiterhelfen, aber sie hatte eine Ahnung. Bei Honeyfoot war sie noch unbesorgt gewesen, Filiben war schon beunruhigender gewesen, weil es einen möglichen Zusammenhang mit ihrem kleinen Komplott gegen JLM gab. Doch Wallys Verschwinden hatte Stratton am härtesten getroffen. Wally war harmlos, die politische Entsprechung eines milden Juckreizes. Wenn jemand ihn loswerden wollte, wollte er sie möglicherweise alle loswerden. Vielleicht war Strattons Hals der nächste auf dem Richtblock.

Die Tür ging auf, und Stratton wandte ihr Gesicht vom Fenster und der warmen Sonne ab. Der Mann sah sich noch einmal um, bevor er aus dem Flur in den Geräteraum trat und die Tür hinter sich schloss.

»Mrs. Stratton«, sagte er. »Stets ein Vergnügen, zu einem kleinen Stelldichein mit Ihnen zitiert zu werden.«

»Sparen Sie sich den Mist, Parker«, erwiderte sie, »und erzählen Sie mir lieber, was es mit all den Verschwundenen auf sich hat.«

Kapitel 24

Eaglehawk krempelt die Hosenbeine hoch und entdeckt die Kameradschaft

»Herr Vogts!«, sagte JLM mit einem breiten Lächeln. »Ich bin entzückt, Sie zu sehen. Kommen Sie herein, kommen Sie herein!«

JLM empfing seinen Gast im inneren Heiligtum, wo er wie Jean-Luc Picard thronen und administrative Weisheit an die wenigen Glücklichen verteilen konnte, die vorgelassen wurden. Barney saß am Fenster des teuer und freundlich möblierten Zimmers und hatte die letzten zehn Minuten damit verbracht, allem zuzustimmen, was JLM geäußert hatte.

Vogts wurde von The Amazing Mr. X hereingeführt, der die Tür hinter ihnen schloss und eine Position einnahm, in der er, seine thermonukleare Handfeuerwaffe griffbereit, alle Ein- und Ausgänge im Blick hatte.

»Die Sonne scheint«, sagte Vogts lächelnd. »Ich dachte, ich wäre auf dem europäischen Festland.«

JLM lachte und wollte gerade flapsig erwidern, dass man daran erkennen könne, was seine Regierung für das Land leistete, als Vogts hinzufügte: »Bis ich den Müll auf den Straßen und all die Teenager mit Kinderwagen gesehen habe.«

»Ja«, sagte JLM geringfügig weniger begeistert. »X, haben Sie eine Ahnung, wo Mr. Strangelove steckt?«

Bei der Erwähnung seines Buchstabens fuhr The Amazing Mr. X abrupt herum.

»Strangelove?«, fragte er. Als JLMs persönlicher Leibwächter interessierte er sich ausschließlich für den First Minister. Er sah sich rasch um, um sich zu vergewissern, dass Strangelove tatsächlich nicht anwesend war, und warf einen nutzlosen Blick auf die Holyrood Road drei Stockwerke tiefer. »Weiß nicht«, sagte er.

»Setzen Sie sich, setzen Sie sich«, sagte JLM zu Herrn Vogts. »Ist Ihr Aufenthalt so weit zu Ihrer Zufriedenheit verlaufen?«

»Mehr oder weniger«, antwortete Vogts, »obwohl es, wenn ich mir die Bemerkung erlauben darf, nicht genug Frauen, Alkohol und lautes, sinnloses Gegröle gibt. Eine wirklich bizarre Art, eine Regierung zu führen.«

»Soll ich Ihnen einen Kaffee oder etwas anderes bringen lassen?«, fragte JLM in dem Bemühen, das Gespräch in Gang zu halten.

»Etwas *anderes* klingt gut«, sagte Vogts. »Kann ich ein Bier bekommen? Ein deutsches Bier, nicht das gefärbte Wasser, das ihr hier trinkt.«

»X«, sagte JLM, »können Sie ein deutsches Bier für Herrn Vogts auftreiben?«

The Amazing Mr. X wirkte besorgt.

»Ich darf Sie eigentlich keinen Moment lang aus den Augen lassen, Sir«, sagte er in einem Tonfall, als würde er auf einem Kasernenhof Rekruten kommandieren.

»Begleiten Sie mich etwa auch, wenn ich mal scheißen muss?«, fragte JLM bedächtig. »Oder wenn ich mit meiner Frau ins Bett gehe? Wohl kaum. Sie sind durchaus autorisiert, auch andere Dinge zu tun, als hinter mir zu stehen und meinen Schniedel zu halten, X. Und jetzt treiben Sie gefälligst ein Bier auf.«

The Amazing Mr. X verließ widerwillig seinen Posten.

»Sie erinnern sich an Barn Thomson?«, fragte JLM und wies auf Barney.

»O ja«, sagte Vogts, »der Frisör.«

»Ein finanzielles Genie«, sagte JLM.

»Den Eindruck hatte ich nicht«, erwiderte Vogts.

»Reizend, reizend«, sagte JLM. »Sie werden in den nächsten Tagen vor allem mit Mr. Strangelove zu tun haben, meinem engsten politischen Berater. Außerdem würde ich gerne eine weitere Person an den Konsultationen beteiligen. Ich gehe davon aus, dass Sie mit Ihren Leuten in Berlin ein paar nützliche Unterredungen darüber hatten, wie wir unser kleines Problem lösen können.«

»Ich hatte mehrere überaus konstruktive Meetings«, erwiderte Vogts.

»Gut, gut«, sagte JLM.

»Bei einer Gelegenheit«, fuhr Vogts fort, »haben wir einen drei Meter hohen Turm aus Bierdeckeln konstruiert, bis Völler, der Idiot, aus Versehen dagegen gestoßen ist. Seit seiner vermurksten Sterilisation kann der Mann das Bier nicht mehr halten.«

»Nun«, sagte JLM, »das hatte ich eigentlich nicht gemeint.«

Barney betrachtete die beiden vage amüsiert, während er in Gedanken bei den Minister-Morden war – wenn es sich denn um Morde handelte – und sich fragte, wie er Informationen beschaffen könnte, die zu ihrer Aufklärung beitrugen, um sich so vielleicht aus seiner albernen Lage zu befreien.

Die Tür flog auf, und ein um die Hüften leicht ramponiert aussehender Parker Strangelove stürzte herein. Er hasste es grundsätzlich, zu spät zu kommen, selbst wenn es nur JLM war.

»Gentlemen!«, bellte er beim Hereinkommen. »Ich musste mich noch um ein paar Dinge kümmern.«

»Als da wären?«, fragte JLM.

»Herr Vogts«, sagte Strangelove und nickte dem Gast zu.

Vogts erwiderte den Gruß mit einem beiläufigen Winken.

»Mr. Strangelove«, flötete er, »Sie sehen aus, als hätten Sie stürmisch Liebe gemacht!«

Strangelove lächelte verlegen und nickte JLM und Barney zu. Weil er sich so beeilt hatte, hatte er keine Zeit gehabt, sich mental auf Vogts einzustellen.

»Nun«, sagte er, »ich glaube nicht, Herr Vogts.«

»Das muss Ihnen nicht peinlich sein«, erwiderte Vogts. »Wir haben in Deutschland ein Sprichwort: In der Regierung kann man sein Land auf mehr als eine Weise ficken.«

JLM stieß ein dröhnendes Lachen aus. Strangelove lächelte und fragte sich, wie er sich in den kommenden Tagen möglichst rar machen könnte. Barney hatte nicht zugehört.

Die Tür ging ohne vorheriges Klopfen auf, und hereinspaziert kam James Eaglehawk, der neue Finanzminister. Die ursprüngliche Idee, ihn in den Euro-Plan einzuweihen, um Wanderlip zu unterminieren, war mittlerweile überholt, dennoch verfügte er über die Art verschlagenen, falschen und durch und durch korrupten Verstand, die man für ein solches Projekt unbedingt brauchte. Mit scharfen Bügelfalten im Anzug und spitzem Kinn baute er sich vor der Versammlung auf.

»First Minister, Sir«, sagte er.

»Reizend«, sagte JLM. »Ich bin froh, dass Sie kommen konnten, James. Herr Vogts, das ist James Eaglehawk, unser neuer Finanzminister.«

»Ist mir ein Vergnügen«, sagte Vogts und ergriff Eaglehawks ausgestreckte Hand. »Sie tragen den Namen vieler Vögel.«

»Ja«, erwiderte Eaglehawk obercool.

»Ich kannte mal ein englisches Mädchen namens Greattits, aber ich glaube, das war eher eine Aussage über ihre körperlichen Attribute als ihr wirklicher Name.«

»Das Gleiche könnte man auch von meinem Namen sagen«, konterte Eaglehawk mit müheloser Eleganz. »Wie ein Adler stoße ich auf meine ahnungslose Beute herab, ich schwebe über dem Boden und kenne wie der Habicht jeden Zentimeter meines Reviers. Ich bin ein Jäger, und die Gejagten sind meine Beute.«

»Prachtvoll«, versuchte JLM ihn abzuwürgen.

»Die Tiere des Waldes sind meine Opfer«, fuhr Eaglehawk ungeachtet JLMs bester Absichten fort.

»Die Titten und Wälder sind meine Opfer«, sagte Vogts, »und ich denke, wir wissen, welche Wälder gemeint sind.«

»Das reicht!«, sagte JLM. »Meine Herren, ich habe mich um andere Dinge zu kümmern und überlasse Sie jetzt der Formulierung eines Plans. Aber beachten Sie drei Dinge: absolute Diskretion, präzise Exekution und kein Scheiß. Verstanden? Spitze.«

JLM erhob sich von seinem Stuhl, bedachte den Raum mit einem huldvollen Lächeln und rieb sich lausbubenhaft die Hände, als wollte er einem Bauernmädchen einen deftigen Klaps auf den Hintern geben.

Barney beobachtete ihn mit der gleichen Verwirrung, mit der er zurzeit alles betrachtete. Es hätte ihn auch nicht überrascht, wenn man ihn mit Strangelove, Vogts und Eaglehawk zurückgelassen hätte, um die fiskalischen Angelegenheiten Schottlands zu erörtern. Man konnte die wirtschaftliche Zukunft des Landes auch ebenso gut in die Hände eines Mannes legen, der keine Ahnung hatte, wo er anfangen sollte.

»Barney!«, sagte JLM. »Kommen Sie. Ich habe ein sehr wichtiges Treffen mit einer Mademoiselle von der kanadischen Regierung und hätte gern einen Christopher Lambert *Highlander III*.«

»Ha!«, sagte Vogts, als Barney aufstand. »Wusste ich's doch, dass Sie der Frisör sind.«

»Natürlich bin ich der beschissene Frisör«, gab Barney im Vorbeigehen trocken zurück.

»Später muss ich mit Ihnen über eine kleine Strafanzeige sprechen, Parker«, sagte JLM rasch, nachdem man ihn gerade bei einer weiteren Lüge ertappt hatte, und führte Barney eilig aus dem Zimmer. Im selben Moment, in dem The Amazing Mr. X hereingetrampelt kam, mit einer Flasche Stella Artois.

»Sehen Sie«, sagte JLM ein paar Minuten später, erneut Barneys Gel-Dose und seinem schneidigen Föhn ausgeliefert, »man kann manchen seiner Leute manchmal vertrauen, aber nicht allen immer, verstehen Sie, was ich meine? Deshalb lasse ich sie den Plan zu dritt formulieren. Im Laufe der nächsten Tage werde ich jeden von ihnen vertraulich zur Seite nehmen, sodass jeder denkt, er wäre mein Mann in der Runde. So kann ich sie gegeneinander ausspielen und herausfinden, wer wirklich auf meiner Seite ist.«

»Machen Sie das auch mit dem Kabinett?«, fragte Barney.

JLM schnaubte verächtlich.

»Na ja, früher wohl schon, aber inzwischen ist die Runde so zahnlos, dass es den Aufwand nicht mehr lohnt. Ich bin die Regierung, nicht sie.«

»Irgendjemand hält sie jedenfalls für wichtig genug, sie zu ermorden«, sagte Barney, eine höchst elegante und absolut natürliche Überleitung, wie er fand. Vielleicht war dieser ganze Ermittler-Kram doch nicht so schwierig.

JLM schüttelte den Kopf.

»Da haben Sie Recht«, sagte er. »Ich verstehe es selbst nicht. Warum sollte man etwas ermorden, was so unbedeutend ist, dass seine Existenz kaum eine Rolle spielt? Ich halte es allerdings für wahrscheinlicher, dass sie gar nicht tot sind, sondern sich irgendwo sammeln, um irgendeinen Plan auszuhecken und dann nach Edinburgh zurückzumarschieren und das Parlament zu besetzen. Wenn sie nicht tot sind, würde ich die drei am liebsten verhaften. Was meinen Sie?«

»Das ist das Allermindeste«, sagte Barney. »Wenn Sie für Hochverrat die Todesstrafe wieder einführen, könnten Sie sie töten lassen, vorausgesetzt sie sind noch nicht tot.«

»Sehr gut, Barn«, sagte JLM, suchte dessen Blick im Spiegel und nickte. »Was meinen Sie, X?«

The Amazing Mr. X stand an der Rückwand des Badezimmers,

ein Auge auf dem Fenster, das andere auf der Tür, und hatte wieder an Frauen gedacht. Er wollte jedoch keinesfalls den Eindruck erwecken, nicht jedem Wort zuzuhören, das sein Boss sagte.

»Köstlich«, meinte er deshalb.

»Ja«, sagte JLM. »Köstlich. Eine ausgesprochen treffende Beschreibung.«

Es klopfte, und The Amazing Mr. X nahm unter diversen Verrenkungen eine Abwehrposition ein.

»Herein«, sagte JLM, der den Hang seines Leibwächters zum Dramatischen nicht immer teilte.

Die Tür ging auf, und Ashley Blackadder steckte den Kopf in das Boudoir des First Minister.

»Edmund!«, rief JLM und sah sie im Spiegel an. »Welch eine Freude. Kann ich irgendwas für Sie tun?«

»Der Sicherheitsdienst des Gebäudes ist hier, Sir. Ich denke, Sie sollten besser rauskommen.«

»Du liebe Güte, Ed, ich habe in einer halben Stunde ein wichtiges Treffen, und dafür brauche ich die richtige Frisur. Was ist denn?«

»Nelly Stratton, First Minister«, sagte Blackadder.

»Himmel«, murmelte er leise. »Was will die zickige blöde Kuh jetzt schon wieder?«

Blackadder sah The Amazing Mr. X an, wechselte einen kurzen Blick mit Barney, betrat das Bad und zog die Tür hinter sich zu.

»Sie wurde als vermisst gemeldet. Dieselben Umstände wie bei McLaven. Blut auf dem Teppich, aber keine Spur von der Leiche.«

JLM seufzte tief und drehte sich um. The Amazing Mr. X wirkte ein wenig besorgt. Barney zog eine Braue hoch und dachte, wieder eine, während er mit seinen Nachforschungen noch nicht besonders weit gekommen war. Vielleicht war es doch nicht so leicht, ein Ermittler zu sein.

»Himmel Herrgott noch mal«, sagte JLM. »Sind Sie sicher, dass sie nicht nur irgendwo ein Bierchen trinken gegangen ist?«

»Blut auf dem Teppich«, wiederholte Blackadder.

»Vielleicht hat sie sich rasiert«, gab JLM zurück.

»Ihr Haar sieht großartig aus, Sir«, sagte Blackadder. »Ich denke, Sie sollten jetzt rauskommen.«

»Sie haben Recht«, erwiderte JLM mit einem Blick in den Spiegel. »Mein Haar sieht wirklich großartig aus. Danke, Barn.«

Und so erhob sich JLM schließlich doch und ging zur Tür, um sich einer weiteren kleinen Regierungskrise zu stellen.

Und während erneut so etwas wie Panik das Parlamentsgebäude erschütterte, lehnte sich die Mörderin der zickigen blöden Kuh zurück und entspannte sich bei einer Tasse heißem Kaffee. Zunächst hatte sie überlegt, noch eine Weile in der Nähe des Tatorts herumzulungern und nach ihrem Anruf auf den Sicherheitsdienst zu warten, um sicherzugehen, dass die Leiche gefunden wurde, bevor der Unbekannte, der hinter ihr aufräumte, sie wieder verschwinden ließ. Aber dann dachte sie, scheiß drauf. Ich bin die Mörderin, ich habe die Kontrolle, und ich mache es auf meine Weise. Ich werde anfangen, mit dem Schwachkopf zu spielen.

Und deshalb hatte sie, nachdem sie Stratton das Messer mit einer anmutig fließenden Bewegung in den Hals gestoßen hatte, den rechten Schuh der Ministerin für Parlamentarische Angelegenheiten ausgezogen, vorsichtig ihren dicken Zeh abgeschnitten, in eine kleine Plastiktüte gesteckt und in ihrer Manteltasche verstaut. Anschließend hatte sie den Fuß verbunden und den Schuh wieder übergestreift, bevor sie den Tatort, einen kleinen Geräteraum im obersten Stockwerk des Plenargebäudes, verlassen hatte und in ihr Büro zurückgekehrt war, von wo aus sie den Sicherheitsdienst alarmiert hatte. Höchstwahrscheinlich würde die Leiche verschwunden sein, bevor sie eintrafen;

höchst unwahrscheinlich war hingegen, dass der anonyme Bestatter bemerkte, dass Mrs. Stratton nicht vollständig war.

Sie nippte an ihrem Kaffee, knabberte an ihrem Feigenweckchen und sinnierte über die Vielzahl ungezogener Dinge, die man mit einem abgetrennten Zeh anstellen konnte.

Kapitel 25

Die Komiker

Endlich hatten die Medien etwas Konkretes, in das sie sich verbeißen konnten. Anstatt des eher vagen Abtauchens mehrerer Minister waren jetzt zwei direkt aus dem Parlamentsgebäude verschwunden und hatten dabei Blutflecken auf dem Teppich hinterlassen. *Dezimierung der Regierung beschleunigt*, tönte BBC-Scotland um halb sieben. *Schwalbenkönig & zickige blöde Kuh die neuesten Opfer*, meldete *Scotland Today*. *Regierungskrise*, stellten die Abendnachrichten mit einer entsprechenden Grafik fest, die den Anstieg bei den mutmaßlichen Morden verdeutlichte. *Disney erwägt Klage gegen First Minister wegen seiner Weigerung, seine Kinder* Das Dschungelbuch *sehen zu lassen*, wusste Channel 5 zu berichten. *Britney's Unterwäsche in neuem Liebesdreieck*, beschäftigte Sky One.

Die Medien interessierten sich allerdings nur wenige Stunden für den Tod der eher unbedeutenden Minister, bevor sie sich wieder JLM, Hookergate, Disneygate oder WM 2014-Gate zuwandten. Schon am nächsten Morgen würde das Verschwinden von McLaven und Stratton es nicht mehr auf die Titelseiten der meisten Zeitungen schaffen, aber für ein paar Stunden beherrschten sie die Fernsehnachrichten.

Barney sah sich in seiner komfortablen Zelle gerade die TV-Reaktionen auf die jüngsten Neuigkeiten an, als es wie so ziemlich jeden Abend an seiner Tür klopfte. Barney kam sich vor wie die neueste Attraktion. *Was machst du denn heute? Ich guck mir Barney Thomson an, den Freak.* Er sprang nicht sofort auf und war auch nur bedingt neugierig darauf, wer es war. Höchstwahrscheinlich ein weiterer Bote seiner Vergangenheit mit einer weiteren Erklärung darüber, wer er war und woher er kam. *In Wahrheit, mein Junge, bist du in einem Bananendampfer den Clyde heraufgekommen. Eigentlich sind Sie nur ein holografisches Bild. Wirklich erstaunlich, was die Leute bei Lego heutzutage hinkriegen. Dem Vernehmen nach hat man Sie aus Körperteilen zusammengebaut, die andere Leute nicht mehr wollten; daher auch die geradezu George Bush'sche Bescheidenheit. Sie sind ein wieder zum Leben erweckter kalorienarmer, entkoffeinierter Zombie ohne den Schleim.*

Müde ging er zu Tür und hoffte auf eine unbestimmte Art, dass es Alison Blake war, die zurückkam, um die Gerüchte über ihre Gleichgültigkeit zu zerstreuen. Dann hätte er zumindest etwas zu tun gehabt.

Vor der Tür lungerten jedoch nur Solomon und Kent herum wie zwei Typen, die nichts mit sich anzufangen wussten und müßig den Flur vor Barneys Tür auf und ab blickten.

»Solomon und Kent«, sagte Solomon.

»Ich erinnere mich«, sagte Barney. »Ich habe Sie erst heute Morgen gesehen. Ich dachte, Sie wollten mir ein paar Tage Zeit lassen.«

»Das war, bevor die Decke eingestürzt ist«, erklärte Solomon.

Barney nickte. Wohl wahr. Die Todesrate war um 100 Prozent in die Höhe geschnellt. Wenn es in dem Tempo weiterging, würden sie übermorgen alle verschwunden sein. Und wo stünde das Land dann? Nun ja, offen gestanden …

Er machte einen Schritt zurück, bat sie herein und nickte Sergeant Kent beim Eintreten zu.

»Was haben Sie den Leuten übrigens erzählt, wer wir sind?«, fragte Solomon. »Sie haben uns angestarrt wie Cowboys oder so.«

»Zeugen Jehovas«, erwiderte Barney und schloss die Tür.

»Mein Gott«, sagte Solomon. »Hätten Sie nicht sagen können, wir wären Serienmörder oder so was?«

Barney schüttelte den Kopf, ging zur Minibar, knackte eine Dose Bud und wandte sich seinen Gästen zu.

»Kann ich Ihnen was anbieten?«

Kent schüttelte den Kopf.

»Haben Sie in dem Ding einen unverschnittenen Malt?«, fragte Solomon in Erwartung einer abschlägigen Antwort.

»Sieben verschiedene Sorten«, antwortete Barney.

Natürlich, du Idiot, dachte Solomon. Irgendwo mussten die Steuergelder ja verschwinden.

»Ich nehme einen Glen Ord, wenn Sie haben«, sagte er.

Barney nickte, öffnete ein kleines Fläschchen, goss es in ein Glas und reichte es Solomon.

»Warum ist es denn ein so großes Geheimnis, dass Sie von der Polizei sind?«, fragte Barney. »Vier Minister sind verschwunden. Im Gebäude wimmelt es von euch Typen.«

»Aber nicht wir«, sagte Kent.

»Habe ich Ihnen erlaubt zu sprechen?«, blaffte Solomon. »Also, von dieser Geschichte mit Ihnen weiß außer uns niemand bei der Polizei. Wir ermitteln in dem Mord an Veronica Walters. Das ist unser Auftrag. Der Chef dachte bloß, wo wir Sie schon mal platziert haben, könnten Sie vielleicht ein paar Nachforschungen anstellen. Amtshilfe sozusagen. Offiziell sind wir nicht mit den Minister-Morden betraut, sind aber durch den Chef darüber informiert, was die anderen wissen. Und umgekehrt reichen wir ihm alles weiter, was Sie herausfinden.«

»Das heißt, die linke Hand weiß nicht, was die Rechte tut?«, fragte Barney und lehnte sich in seinem Sessel zurück.

»Ja, aber der Schwanz weiß alles«, sagte Solomon, »und darauf kommt es an.«

Barney lächelte.

»Soll niemand sagen, ein Mann würde mit dem Schwanz denken«, spottete Kent.

»Schnauze«, blaffte Solomon.

»Also gut«, sagte Barney. »Was soll ich Ihrer Meinung nach tun? Ganz ehrlich. Ich bin bloß ein normaler Mann. Ich bin kein Detective, ich kann die Leute nicht manipulieren und auch nicht besonders gut scharfsinnige Schlüsse ziehen. Mit Ausnahme von Longfellow-Moses kenne ich keinen aus dem Kabinett. Mag sein, dass ich Ihr Mann im Innern bin, aber wahrscheinlich im Innern der falschen Kiste.«

Kent wollte etwas sagen, doch sein Vorgesetzter schnitt ihm mit einer Handbewegung das Wort ab, sodass er sich schmollend auf das Sofa plumpsen ließ, auf dem für gewöhnlich Barneys Frauen saßen. Er legte seine Füße auf den Couchtisch, schob die Hände in die Taschen, blähte die Wangen auf, sodass er aussah wie ein Neandertaler, und blies die Luft leise pfeifend wieder aus.

Solomon beobachtete die Vorstellung verächtlich, nippte an seinem Whiskey und wandte sich Barney zu.

»Wir tappen ziemlich im Dunkeln. Vier von den Komikern sind spurlos verschwunden. Die Sicherheitsmaßnahmen sind im Laufe des Tages verstärkt worden und vor allem im Parlamentsgebäude sehr streng. Ich will nicht behaupten, dass man hier nicht reinkommen kann, aber was man McLaven und Stratton auch angetan hat, es wurde wahrscheinlich von jemandem getan, der im Gebäude arbeitet. Damit wird der Kreis enger, denn die beiden bisherigen Vermissten sind außerhalb des Gebäudes abhanden gekommen. Können Sie mir noch folgen?«

»Wie ein Hündchen«, antwortete Barney.

»Gut«, sagte Solomon. »In dem Gebäudekomplex arbeiten 1323 Leute, die noch nicht tot sind. Bis uns etwas Besseres einfällt, müssen wir von der Annahme ausgehen, dass einer von ihnen die Morde begeht. Gut, wie gehen wir weiter vor? Wir fragen uns, warum will irgendwer alle Minister töten?«

»Von den offensichtlichen Gründen einmal abgesehen«, schaltete Kent sich ein.

»Beachten Sie den Esel am besten gar nicht«, sagte Solomon, »weil das Offensichtliche hier nicht zutrifft. Der First Minister hat seinen Ministern alle Macht entzogen. Vielleicht dürfen sie noch stapelweise Papierkram erledigen, aber wenn es um echte Verantwortung und Entscheidungsbefugnis geht, ist Schluss. Warum sollte also irgendwer einen Groll gegen sie hegen, wenn im letzten Jahr keiner von ihnen etwas entschieden hat?«

»Sehr gut«, sagte Barney. »Und was nun, nachdem Sie auch alle anderen im Gebäude aus dem Kreis der Verdächtigen ausgeschlossen haben?«

»Was würde Sherlock Holmes jetzt sagen?«, blödelte Kent.

»Ignorieren Sie den Komparsen«, sagte Solomon, »die logische Schlussfolgerung lautet, dass es eine Einzelperson oder eine Gruppe sein muss, die direkt mit den Kabinettsmitgliedern zu tun hat. Die Beamten der einzelnen Ressorts haben außer über ihre Minister praktisch keinen direkten Kontakt zum Kabinett. Um es kurz zu machen, wir suchen entweder nach einem Kabinettsmitglied, nach einer Person aus dem Büro des First Minister, die regelmäßig mit dem Kabinett zu tun hat, oder nach einem der wenigen Beamten, die mit allen Ministern in Verbindung stehen. Klingt das gut?«

»Absolut«, erwiderte Barney. »Irgendwo muss man ja anfangen.«

»Exaktemento«, sagte Solomon. »Wir wissen auch, dass Sie nicht zu allen diesen Gruppen Zugang haben, aber wir bitten Sie, sich in der Gruppe umzuhören, in der Sie sich bewegen, also bei den Männern und Frauen des First Minister.«

»Ich hab schon eine von ihnen gevögelt«, sagte Barney. Mann bleibt Mann.

»Hey«, sagte Kent. »Fantastisch.«

»Ja«, sagte Solomon, »sehr gut. Bringen Sie so viel wie möglich in Erfahrung, finden Sie heraus, was die anderen wissen und ob einer von ihnen mit den beiden anderen Gruppen zu tun hat. Und sehen Sie vor allem zu, was Sie über Strangelove herauskriegen können, denn wenn es auf diesem Planeten je einen finsteren Fiesling gegeben hat, dann ist es der Typ.«

»Ja«, sagte Barney. »Er muss Ihnen doch heute Morgen beim Rausgehen entgegengekommen sein.«

Solomon schüttelte den Kopf. Kent warf Barney einen jener argwöhnischen Blicke zu, mit denen er ihn von Zeit zu Zeit bedachte.

»Nein«, sagte Solomon. »Wie kommen Sie darauf?«

Barney schüttelte den Kopf. Weil ich dachte, dass er reingekommen wäre, als Sie hinausgegangen sind, dachte er, sagte jedoch nichts. Vielleicht war Parker Strangelove wie ein Geist durch die geschlossene Tür geschwebt oder schon die ganze Zeit im Zimmer gewesen.

»Egal«, sagte Barney. »Ich werde sehen, was ich herausfinden kann. Wie soll ich Kontakt mit Ihnen aufnehmen?«

Solomon zog eine kleine rote Fahne an einem kurzen braunen Stock aus der Manteltasche. Kent verdrehte hüstelnd die Augen.

»Wenn Sie denken, dass Sie etwas für uns haben, egal wie unbedeutend es Ihnen erscheinen mag, stecken Sie die in Ihr Zimmerfenster. Wir setzen uns dann mit Ihnen in Verbindung.«

»Das ist nicht Ihr Ernst, oder?«, sagte Barney.

»Er tut gern so«, erklärte Kent im Aufstehen, »als ob das Leben ein Film wäre. Undercover-Tricks und Verfolgungsjagden.«

»Klappe, Kent«, bellte Solomon. »Wenn Sie uns was zu erzählen haben, stecken Sie die ins Fenster, Barn. Kapiert?«

»Ganz wie Sie wünschen«, erwiderte Barney und salutierte.

»In Ordnung«, sagte Solomon. »Wir sind jetzt weg. Kommen Sie, Superman.«

Kent zog hinter Solomons Rücken eine Grimasse und folgte seinem Chef zur Tür. Auf dem Weg legte er kurz die Hand auf Barneys Schulter und sagte: »Gut gemacht, Kumpel. Die Pastorin zu vögeln. Wirklich ausgezeichnet.«

Und dann gingen sie.

Als die Tür ins Schloss gefallen war, drehte Barney sich blitzschnell um die eigene Achse, um zu sehen, ob Parker Strangelove wieder im Zimmer stand. Doch diesmal blieb er allein und ließ sich seufzend wieder in seinen Sessel fallen.

»Woher wissen die, dass ich die Pfarrerin gevögelt habe?«, fragte er das leere Zimmer.

Kapitel 26

Und hier sind die Rubettes!

Die 70er-Jahre-Retro-Show in der Royal Concert Hall in Glasgow machte Pause. Die passende Generation hatte das Auditorium randvoll gefüllt, um die üblichen Überreste des musikalischen Outputs eines der dunkleren Jahrzehnte des vergangenen Jahrhunderts zu bestaunen. Unter den elf angekündigten Bands gab es mindestens zwei Versionen der Bay City Rollers, ein Lineup von Achtzigjährigen, die als Mud firmierten, ohne dass ein Originalmitglied der Band auf der Bühne gestanden hätte, Alvin Stardust mit seinem 300-Pfund-Hosenlatz und eine bunte Mischung von Ex-Stars, Möchtegern-Stars und Psychopathen in Glitzerfummeln, deren Ego vor dreißig Jahren bei *Top of the Pops* hängen geblieben war. Alles, was recht ist, die fetten Säcke boten eine wahrhaft gruselige Vorstellung. Und die Halle war zu 53 Prozent besser besucht als bei den Vorstellungen der schottischen Oper an den Vorabenden.

In der letzten Reihe saß so unauffällig, wie eine Person, die jeden Abend in *Reporting Scotland* auftrat, nur sein konnte, Winona Wanderlip mit einem riesigen Rubettes-Hut, den sie seit ihrem zehnten Lebensjahr besaß, und sang jede Zeile von *Juke Box Jive* mit. Mit einer Sonnenbrille von der Art, wie sie Peters von Peters & Lee zu tragen pflegte, mischte sie sich perfekt unter das 70er-Jahre-Publikum, sodass sich niemand nach ihr umdrehte.

Der Mann neben ihr trug wie immer einen Anzug und eine Krawatte und stach meilenweit von seiner Umgebung ab. Trotzdem beachtete ihn niemand, weil er etwas ausstrahlte, das die Menschen jeden Blickkontakt tunlichst meiden ließ.

»Es muss jemand aus dem Kabinett sein«, sagte Wanderlip. »Ganz im Ernst, wer hätte sonst ein Interesse? Ich kann mir nicht mal vorstellen, dass JLM etwas damit zu tun hat. Er ignoriert uns doch sowieso alle, warum sollte er uns da noch umbringen lassen?«

»Um die Rebellion zu ersticken«, sagte Strangelove. »Gute alte Diktator-Schule. Bei geringsten Anzeichen von Unruhe beseitigt man die Rädelsführer. Melanie fing an, sich dick zu machen; und du hast mir selbst erzählt, dass Peggy eure geheime Kabinettssitzung mit dem Entschluss verlassen hat, ihn herauszufordern; und Nelly war einfach eine zickige blöde Kuh.«

»Und Wally?«, fragte Wanderlip und sah ihn von der Seite an.

»Die Ausnahme von der Regel«, sagte Strangelove. »Keine Ahnung.«

»Verschweigst du mir etwas?«, fragte Wanderlip.

»Keineswegs«, sagte er. »Wenn JLM all diese Leute loswerden wollte, könnte er sie einfach entlassen. Du bist eine Ausnahme, weil du Rückhalt bei der Presse hast. Aber die anderen? Mein Gott, man sieht doch, was los ist. Vier Minister sind tot oder werden vermisst, und morgen wird keine Zeitung damit aufmachen, weil es keinen kümmert.«

»Aber wer ist es dann?«, fragte Wanderlip.

»Das lässt sich unmöglich sagen, Winnie«, erwiderte Strangelove. »Eaglehawk vielleicht. Er hat Honeyfoot ausgeschaltet, um befördert zu werden, und erledigt jetzt noch ein paar andere, damit es so aussieht, als hätte es ein Serienmörder auf euch alle abgesehen. Wer weiß? Ich würde mich in Anbetracht des Schicksals deiner Kollegen jedenfalls in Acht nehmen.«

»Vielen Dank«, sagte sie, »für deine tröstenden Worte.«

»Ich mein ja nur«, erwiderte er und hob beschwichtigend die Hände.

Wanderlip sah sich in der ins Licht verschiedenfarbiger Scheinwerfer getauchten Menge um. Lauerte der Mörder vielleicht hier im Publikum? War er ihr von Edinburgh gefolgt und würde irgendwann im zweiten Teil eine lautlose Kugel auf sie abfeuern, während die Fans zu *Middle of the Road* tanzten?

Sie starrte einen Mann an, der in seiner karierten Schlaghose und der karierten Jeans-Jacke sichtlich verlegen wirkte, und fragte sich, ob es der Killer sein könnte, der sich getarnt hatte, um sie zu erledigen. Vielleicht war es aber auch nur ein armer Tropf, der sich wie ein Vollidiot fühlte, weil seine Frau ihm diese Retro-Klamotten aufgezwungen hatte.

Man konnte nie wissen. Es könnte jeder sein. Sogar Parker Strangelove.

Ein kalter Schauer lief über Winona Wanderlips Rücken, als sie sich ihrem Begleiter zuwandte, der begonnen hatte, von Schottlands Zukunft in der Raumfahrt zu erzählen.

Alison Blake lag, den Kopf auf die rechte Hand gestützt, in ihrem Bett. Sie hatte gerade ihre postkoitale Zigarette ausgedrückt und den letzten Rauch durch geschürzte Lippen ausgeatmet. Sie spürte jenes warme, luxuriöse, entspannte und zufriedene Körpergefühl, das man nach postkoitalen Zigaretten und gelegentlich auch nach dem Koitus selbst empfindet.

Hinter ihr lag ein weiterer trostloser Tag in JLMs Gefolge, an dem ihr spiritueller Rat irgendwann drei Minuten gefragt war, während sie genau wusste, dass alles, was sie sagte, zum einen Ohr rein und zum anderen wieder rausging, wenn es seinen Kopf überhaupt erreichte.

Sie strich nachdenklich durch das Haar des Mannes, der neben ihr lag, der einzige Mann, den sie in ihrem überfüllten Pantheon von Partnern als regelmäßigen Bettgenossen bezeichnen würde.

»Das war himmlisch«, sagte sie, obwohl das nicht stimmte. Es war *ganz okay gewesen* oder *könnte besser sein* oder *irgendwann kriegst du den Bogen noch raus, aber ich warte nicht mit angehaltenem Atem darauf.*

Der Mann rührte sich, blieb jedoch still. Er tastete unter der Decke nach ihrem nackten Bauch, zwickte ihn liebevoll und zog sich dann wieder auf das sichere Territorium seiner Betthälfte zurück.

»Kein Problem, Baby«, sagte er schließlich. »Wie Erdbeer-Blancmanger.«

Auch Conrad Vogts hatte einen kurzweiligen Abend. Bis Viertel vor zwölf spielte er Karten mit James Eaglehawk, wobei er ihm mehrere hundert Euro abknöpfte und nebenbei ein langes, engagiertes Gespräch – ohne die störenden spitzen Zwischenbemerkungen von Parker Strangelove – über Schottlands möglichen Beitritt zur Eurozone führte. (Vogts hätte auch gerne ein langes, engagiertes Gespräch über Schottlands Teilnahme am Grand Prix d'Eurovision geführt, doch Eaglehawk wirkte diesbezüglich nicht besonders begeisterungsfähig.) Vogts erkannte JLM als das, was er war: nur Show, PR und politischer Ehrgeiz. Eaglehawk hingegen war gerissen, ein Stratege, der bereit war, den richtigen Zeitpunkt abzuwarten, und sich nicht bei einem Fehler erwischen lassen würde. Kaum ein wahlberechtigter Schotte hätte ihm einen Gebrauchtwagen abgekauft, aber das lag nur daran, dass Millionen anderer Menschen ebenfalls gebrauchte Autos verkauften. Wenn man einen Gebrauchtwagen brauchte und nur eine Person ihn verkaufte, blieb einem im Grunde gar keine andere Wahl.

Und so waren Conrad Vogts und James Eaglehawk nach mehreren Stunden Gin-Rommé, etlichen Bieren und der einen oder anderen Portion Fish 'n' Chips zu einer Art Übereinkunft über die Zukunft der schottischen Regierung und auch die Zukunft Schottlands selbst gekommen.

Darüber hinaus hatten sie sich schließlich über die Zukunft von Jesse Longfellow-Moses geeinigt und gemeinsam seine Tage als First Minister gezählt.

Kapitel 27

Der Anfang vom Ende des langen heißen Sommers

Die unnatürliche Hitzewelle dauerte bis zum nächsten Vormittag an, und Edinburgh erwachte wie der Rest von Schottland am siebten milden Tag in Folge. Die Zeitungen waren voller Fotos mit Eiscreme verschmierten Kindergesichtern und Schnappschüssen von quasi nackten Schnallen, die ihre Würde bedenkenlos für ein paar Augenblicke in der Sonne eintauschten. Dazu gab es das übliche Gerede über globale Erwärmung und Wassermangel. Der eine oder andere skrupellose Redakteur ging sogar so weit, einfach die Fotos und Artikel aus dem Archiv zu ziehen, die sie gebracht hatten, als es zum letzten Mal länger als eineinhalb Tage heiß gewesen war.

Das Wetter beschäftigte die Medien derart, dass es die Ministermorde von den Titelseiten verdrängte, aber dafür machten sie im Innenteil das Beste daraus: *Die Nation jubelt: Wieder zwei weg*, *The Scotsman*. *Und da waren's nur noch sechs*, *The Herald*; *McLaven fällt schneller als früher im Strafraum*, *The Celtic View*. *Die zickige blöde Kuh hatte den Tod nicht verdient, aber wen kümmert's?*, *The Daily Record*; *Wanderlip jetzt einzige Ministerin mit Titten (und Arsch in der Hose)*, *The Sun*; *Mann aus dem Nordosten baut erfolgreich Kartoffeln an*, *The Aberdeen Press & Journal*. Die Story *Deutscher in geheimer Mission gelandet: Unabhängiges Schottland soll in die Euro-Zone* war auf Seite 56 der *Financial Times* vergraben und wurde von niemandem bemerkt.

Am siebten heißen Tag in Folge hatte auch JLM schließlich entschieden, dass er gern etwas jahreszeitlich Passendes hätte, und einen Paul Newman *Der lange heiße Sommer* verlangt. Zum ersten Mal seit etwa zehn Frisuren würde Barney tatsächlich einige Haare kürzen müssen.

Und genau das tat er gerade, während er Parker Strangeloves üblichem Brimborium lauschte, mit dem dieser seinem Boss den vor ihm liegenden Tag skizzierte, wozu JLM ununterbrochen fluchte und murmelte, was für eine verdammte Zeitverschwendung das Ganze doch sei. The Amazing Mr. X stand ganz still und spitzte die Ohren, um jedes noch so leise Geräusch zu vernehmen, das einen möglichen Attentatsversuch ankündigte, der den Einsatz der selbstladenden, tragbaren Bazooka erforderlich machen könnte, die er seit neuestem mit sich herumtrug.

»Hören Sie«, sagte JLM, Strangeloves Terminvorschau unterbrechend, was ihm einen routiniert tödlichen Blick seines Beraters eintrug, »dieser ganze Pressekram und diese ärgerlichen Auftritte im Parlament interessieren mich eigentlich nicht. Ich meine, das verdammte Kabinett tut doch sowieso kaum was, da macht es praktisch keinen Unterschied, ob sie sterben. Von wegen Regierungskrise. Je weniger von denen da sind, desto besser werden wir alle zurechtkommen. Das lässt sich doch nicht bestreiten, oder, Barn?«

Barney nickte.

»Auf keinen Fall, Sir«, sagte er und fing sich einen weiteren von Strangeloves Flammenwerfer-Blicken ein.

»Nein, wir müssen den Blick aufs große Ganze richten«, sagte JLM. »Konnten Sie einen neuen Termin für das Treffen mit den Kanadiern vereinbaren, das wir wegen Stratton und dieser absurden Geschichte mit ihrem Blut absagen mussten?«

»Ich fürchte, wir mussten es auf den nächsten Montag verschieben«, sagte Strangelove unter dem Stöhnen seines Chefs. »Wir haben es zwischen Ihrem Auftritt bei der Promi-Runde von *Wer wird Millionär* und Ihrem Erscheinen vor dem parlamentarischen Untersuchungsausschuss zur Veruntreuung öffentlicher Mittel gelegt.«

»Mein Gott!«, rief JLM und drehte sich um, was Barney dieses eine Mal unvorbereitet traf, sodass er eine ordentliche Bahn Haare am Hinterkopf mitnahm. »Ich trete bei *Wer wird Millionär* auf?«

»Na ja, es ist nur die schottische Ausgabe«, sagte Strangelove. »Moderator ist Craig Brown, und man nennt es schon scherzhaft *Wer wird Dilettant?*«

»Trotzdem«, sagte JLM. »Fernsehen ist Fernsehen. Das darf man nicht vergessen. Und was war noch das andere, was Sie erwähnt hatten?«

»Unwichtig«, meinte Strangelove. »Ich habe übrigens eine erste Kostenaufstellung für die Raumfahrt-Sache gemacht.«

JLM nickte, während Barney sich an die Reparatur der zerstörten Arbeit der letzten Tage machte. Der Paul Newman *Der lange heiße Sommer* drohte zu einem Bruce-Willis-Kahlkopf aus egal welchem Film zu mutieren.

»Ja«, sagte JLM, »das Weltall. Ich habe darüber nachgedacht, und wissen Sie, vielleicht ist es doch ein bisschen extravagant. Was meinen Sie?«

»In der Tat, Sir«, erwiderte Strangelove. »Ich denke, die Wählerschaft würde es möglicherweise besser finden, wenn Sie sich eine Zeit lang auf das Gesundheits- und Verkehrswesen konzentrieren.«

»Die können mich mal, Parker«, sagte JLM. »Wir müssen in größeren Perspektiven denken. In größeren Perspektiven! Ich dachte eben, wenn wir einseitig unsere Unabhängigkeit erklären, stecken die verdammten Engländer ihre Köpfe vielleicht über den Gartenzaun und überlegen, Truppen zu schicken oder sowas. Was glauben Sie? Deshalb dachte ich, wenn wir ein paar richtig gute Abwehrwaffen installiert und noch ein paar Asse im Ärmel hätten, wenn Sie wissen, was ich meine, dann scheiß auf die blöden Engländer. Wir hätten es mit einer Art Taiwan-Situation zu tun. Vielleicht könnten sie uns besiegen, aber es würde verdammt lange dauern, und sie würden sich dabei eine blutige Nase holen, also lassen sie es lieber gleich. Wenn wir erst mal unsere Unabhängigkeit haben, können wir anfangen, uns als Akteur auf der Weltbühne zu etablieren, unsere Jungs zu friedenserhaltenden Missionen nach Afrika schicken und so. Das wäre doch Spitze, was?«

Strangelove fiel nicht sofort eine Antwort ein. JLMs Ideen verschlugen ihm trotz allem manchmal schlicht die Sprache.

»Und überhaupt, bei einem solch wichtigen Beitrag auf globaler Ebene inklusive des ganzen Pomps und so können wir vielleicht die Scheiß-Engländer von ihrem ständigen Sitz im UNO-Sicherheitsrat verdrängen. Was meinen Sie? Sind wir dabei?«

Strangelove schwieg immer noch.

»Barn?«, fragte JLM, irgendeine Reaktion verlangend.

»Entzückende Idee«, sagte Barney. »Sie selbst könnten es vielleicht sogar schaffen, der erste amtierende Regierungschef zu werden, der gleichzeitig UN-Generalsekretär ist.«

Strangelove verdrehte die Augen.

»Mein Gott, Barn!«, rief JLM. »Das ist verdammt genial. Ist das in der Satzung der Vereinten Nationen vorgesehen? Wie auch immer, egal, spitze. Parker, ich möchte, dass Sie Folgendes tun: Ich brauche Vorschläge für die Aufstellung einer eigenen bewaffneten Truppe. Wenn wir uns von den Schweinen im Süden abspalten, kriegen wir zwar einen Anteil des bereits bestehenden Militärs, aber wir brauchen schon vorher eine gute, solide Infrastruktur. Ich will Zahlen sehen, und ich will eine ausgewogene Mischung aus Land-, See- und Luftstreitkräften. Wir müssen auch über Finanzierungsmöglichkeiten nachdenken. Nun, ich denke da an die Privatisierung des gesamten Gesundheitssystems einschließlich der gesetzlichen Krankenversicherung, die

Übergabe der Straßen in privatwirtschaftliche Hände, die dann eine Autobahnmaut erheben können, A- und B-Straßen. Ich spreche von der Privatisierung des Bildungswesens. Sollen die Leute doch von Anfang an für die Ausbildung ihrer Kinder bezahlen. Ich glaube ernsthaft, dass ihnen das gefallen könnte, weil es mehr Eigenverantwortung und persönlichen Beitrag und so bedeuten würde, verstehen Sie?«

Er hielt inne und überlegte, ob er dem schottischen Volk noch irgendwie helfen konnte, indem er es gründlich fickte.

»Es muss doch zahllose verschiedene Möglichkeiten geben, das Land in die Verantwortung des Volkes zurückzugeben, meinen Sie nicht? Ich bin sicher, wir könnten die Leute von der Notwendigkeit überzeugen, vor allem wenn wir die Bedrohung einer englischen Invasion beschwören.«

»Sie könnten zum Beispiel die Beamten bestimmt davon überzeugen, für das Privileg, für die Regierung zu arbeiten, zu bezahlen«, sagte Strangelove.

»Wissen Sie was, Parker«, erwiderte JLM, »ich glaube, das könnte durchaus sein.«

JLM verfiel in Schweigen und sinnierte über seine glorreichen Pläne. Noch war ihm nicht aufgefallen, dass Barney die verlangte Frisur ein wenig heruntergestuft hatte. Strangelove überflog seine Notizen, um zu sehen, ob er seinem Boss noch irgendetwas berichten konnte, was einen glatten Tagesablauf beeinträchtigen könnte. Aber weil der First Minister die Gabe hatte, jede Frage nach Mord, Betrug, Hookergate und allem anderen niederzuschwafeln, schien es im Grunde belanglos.

»Ich habe nachgedacht«, sagte JLM, während Strangelove sein Brett unter den Arm klemmte und mit geduldigem Lächeln wartete. »Ich habe am Wochenende einen sehr guten Artikel von Linklater in *Scotland on Sunday* gelesen. Es ging um die Zweite Aufklärung. Ich finde, das sollte unser Ziel sein, oder? Schottland sollte ein Ort sein, an dem große Ideen geboren werden, wir sollten eine aufgeklärte und gebildete Nation sein. Ich habe daran gedacht, eine Art Longfellow-Moses-Stiftung zu gründen, eine Reihe von Zentren über das Land zu verteilen, wo zeitgenössische Intellektuelle zusammenkommen und über meine Ideen zum gesellschaftlichen Fortschritt diskutieren. Das Jesse-Longfellow-Moses-Aufklärungsforum sollten wir es vielleicht nennen. Wie klingt das?«

Strangelove antwortete nicht.

»Barn?«, fragte JLM.

»Spitze«, sagte Barney.

The Amazing Mr. X starrte aus dem Fenster und dachte an *Tom & Jerry*.

Endlich bemerkte JLM auch seine Frisur und blickte fragend in den Spiegel.

»Hat Paul Newman in *Der lange heiße Sommer* so ausgesehen?«, fragte er.

Barney trat einen Schritt zurück und betrachtete die symmetrische Schönheit von JLMs US-Marine-Schnitt.

»Ziemlich genau so«, erwiderte er. »Ziemlich genau so.«

Kapitel 28

Gott ist nicht ein Mensch, dass er lüge!

Nachdem JLM für den vor ihm liegenden Tag gebrieft worden war und mit einer funkelnagelneuen Kurzhaarfrisur – »Unwerfend! Absolut unwerfend!«, hatte Veron Veron jubiliert – das Büro verlassen hatte, hatte Barney sich unter seine Kollegen gemischt. Die beiden Ärztinnen hingen konzentriert über ihren Laptops; Veron beschäftigte sich mit seiner Kleiderpuppe und der Kreation einer eleganten, aber unnötig aufwändigen Garderobe für JLMs Treffen mit einem Thai-Prinzen, das in drei Wochen auf dem Terminplan stand (jedoch nie stattfinden sollte); Pater Michael war in die versteckte Botschaft versunken, die er aus der Darstellung der Bergpredigt zog; und Alison vertiefte sich in ihre Bibel und mied Barney mittlerweile, als wäre er ein, nun ja, Sektierer oder so.

An diesem Tag hatte Barney unerwartet zwei Briefe bekommen, einen mit der Hauspost und einen von draußen. Er machte sich eine Tasse Tee, setzte sich in den großen, bequemen Sessel neben Blake, wünschte ihr lächelnd einen guten Morgen, was sie mit einem Grunzen und einem Nicken beantwortete, und öffnete dann den ersten der beiden Briefe.

Er stammte von einer Frau in Aberdeen, die ihm ihre Telefonnummer, ihre Handy-Nummer, ihre Geschäftsnummer, ihre E-Mail-Adresse, ihre Geschäftsfaxnummer, ihre Geschäftshandynummer, ihre Geschäfts- und Privatadresse sowie Autonummer,

Geburtsdatum, Brustumfang und Höschengröße mitteilte. Sie schrieb:

> Lieber Mr. Thomson,
> mir ist aufgefallen, wie fantastisch der First Minister seit ein paar Tagen aussieht. Und bei der tollen Frisur wird mir mit einem Mal klar, dass er die ganze Zeit die Wahrheit gesagt hat und dass seine Politik sehr klug und richtig für Schottland ist.
>
> Sie sind ein Gott. Wollen Sie mich heiraten? Ich bin keine besonders tolle Partie, aber ich backe köstliche Pies, und meine private Hygiene ist tadellos.
>
> Bitte melden Sie sich. Und halten Sie mich nicht für verzweifelt bedürftig, aber ich würde wirklich gern eine Familie gründen, und mein Mann hat kein Interesse.
>
> Mit hoffnungsvollen Grüßen,
> Martha-May Stewart

Barney las den Brief mehrmals und fragte sich, ob er ihn dem Sicherheitsdienst übergeben sollte, steckte ihn dann jedoch ein, um ihn später vielleicht Blackadder zu zeigen, damit sie ein psychologisches Profil der Frau erstellte.

Der zweite Brief war mit der Hauspost gekommen. Auf dem Umschlag stand lediglich sein Name in Times New Roman. Er öffnete ihn und entfaltete den Brief.

> Ich habe gehört, dass Sie in Kontakt mit der Polizei stehen. Treffen Sie mich um 10 Uhr in Konferenzraum 3c im Queensberry House.

Barney las den Brief insgesamt vier Mal. Dann sah er auf die Uhr. Kurz nach neun. Er blickte sich um, um sich zu vergewissern, dass niemand ihn anstarrte. Hatte einer dieser Komiker den Brief geschickt? Eher unwahrscheinlich. Aber wer wusste von seinem Kontakt mit der Polizei? War es ein offenes Geheimnis? Wusste jeder alles über jeden einzelnen Besucher auf seinem Zimmer? *O ja, gestern Abend waren die Bullen bei Barney zu Besuch, in der Nacht davor hat er die Pfarrerin gebumst, und Blackadder war auch schon da, aber gevögelt haben sie nicht. Außerdem war noch der Unsichtbare Mann da, um sich die Haare schneiden zu lassen, aber den hat natürlich niemand gesehen …*

Er steckte den Brief zusammengefaltet in die Tasche, blickte in dem vergeblichen Versuch, jemanden zu ertappen, der ihn anstarrte, rasch auf, lehnte sich wieder in seinen Sessel zurück und nippte nachdenklich an seinem Tee. Er hatte sich erst um kurz vor elf wieder um JLMs Haar zu kümmern, obwohl er nun wirklich rein gar nichts mehr damit anstellen konnte, weil es für Schaumfestiger einfach zu kurz war. *Reporting Scotland* würde zur Mittagszeit sogar mit der Schlagzeile aufmachen: *Mysteriöses Verschwinden im Kabinett geht weiter: Wo sind JLMs Haare?*

Barney schloss die Augen, entspannte sich und hörte auf, sich zu fragen, wen er treffen würde und woher der Briefschreiber wusste, dass er ein Maulwurf der Polizei war.

Um Viertel vor zehn verließ Barney ohne weitere Erklärungen, mit denen er bloß Aufmerksamkeit auf sich gelenkt hätte, JLMs Büro und schaffte es sogar, sich beim Gehen nicht umzusehen.

Er brauchte zehn Minuten, um den Konferenzraum 3c zu finden, Zeit genug, sich alles Mögliche zu fragen. Würde er ermordet werden? Oder war es ein Streich, den sie allen Neuen spielten, und er würde in irgendeine Ausschusssitzung platzen und sich komplett zum Narren machen?

Als er ankam, war das Zimmer leer. Es war ein winzig kleiner Raum mit einem Tisch und ein paar Stühlen, an einer Wand befand sich eine weiße Tafel, damit die Berater, die sich hier trafen, ihren Stuss aufschreiben konnten, und drei Fenster gaben den Blick frei auf den dunstig-blauen Himmel.

Barney trat ans Fenster und blickte auf die Canongate und über die Stadt hinweg auf die großartige Architektur, die Säulen und die alten und neuen Gebäude. Edinburgh hatte Glasgow abgehängt, und Glasgow konnte nichts dagegen machen. Doch im Herzen war er Glasgower, und was immer auch vor zweieinhalb Jahren passiert war, welche der drei Geschichten auch stimmte, daran hatte sich nichts geändert.

So versunken war er in die Betrachtung der Stadt, dass er gar nicht bemerkte, dass es schon beinahe Viertel nach zehn war, als die Tür aufging. Aus seinem Tagtraum gerissen, drehte er sich rasch um.

Pater Michael schloss die Tür und blieb nervös und angespannt stehen. Es war das erste Mal, dass Barney ihm in die Augen sah, und er erkannte, dass dahinter alles Mögliche vor sich ging. Das entspannte ihn seltsamerweise, weil er erkannte, dass er der Selbstbewusstere im Raum war. Er hatte die Kontrolle. Alles war relativ, und alles Selbstvertrauen musste sich stets an einem Gegenüber messen. Außerdem war Barneys Selbstvertrauen ohnehin viel größer als früher, und Pater Michael war nicht derjenige, der Zweifel daran in ihm geweckt hätte.

»Pater«, sagte Barney.

»Mr. Thomson«, sagte der Priester mit dünner Stimme, sodass Barney sich unwillkürlich fragte, wie der Mann es je schaffen sollte, sich von einer Kanzel aus verständlich zu machen.

»Was kann ich für Sie tun?«, fragte Barney.

»Sie haben mit der Polizei gesprochen«, sagte Michael schnell und leise, fast so als wollte er nicht, dass Barney es hörte.

»Ich habe mit vielen Leuten gesprochen«, erwiderte Barney, eine Antwort, an der man bereits merken konnte, dass er sich in letzter Zeit häufig in Gegenwart von Politikern aufhielt.

Michael starrte Barney tief in die Augen und versuchte, ihn

zu ergründen, doch er sah nichts, woran er sich hätte halten können. Das war schon immer eins von Michaels Problemen gewesen. Er konnte die Menschen nicht lesen, er konnte nicht in ihr Herz und ihren Kopf blicken.

»Ich habe einen Verdacht«, sagte Michael vorsichtig.

»Ach ja?«, erwiderte Barney. »Was für einen Verdacht haben Sie denn?«

»Es geht um die Morde«, antwortete Michael hastig. »Im Kabinett.«

Barney verschränkte die Arme vor der Brust.

»Und weiter?«, fragte er.

»Ich habe keinen Beweis«, sagte der Priester. »Den müssen Sie schon selber finden. Oder vielleicht die Polizei«, fügte er hinzu. »Vielleicht könnte die Polizei versuchen, den Beweis zu finden, wenn Sie ihnen sagen, was ich denke.«

»Warum erzählen Sie es ihnen nicht selbst?«, fragte Barney.

Michael schluckte und sah sich nervös zu der geschlossenen Tür einen halben Meter hinter ihm um.

»Ich bin zu unsicher«, sagte er. »Und Sie sind Ihr Mann im Innern. Ich dachte, Sie könnten vielleicht ein bisschen ermitteln und versuchen, etwas Konkreteres zu finden, bevor Sie mit ihnen sprechen. Ich weiß nicht«, schloss er, um seinen absoluten Mangel an Vertrauen in das Gesagte zu betonen.

Barney betrachtete Michaels Gesicht, die Falten um seinen Mund. War der Mann immer so unsicher, oder lag es daran, dass er nicht an die Lügen glaubte, die er erzählte?

»Ich höre«, sagte Barney, weiterhin keine Anstrengung unternehmend, den Mann von seiner Beklommenheit zu erlösen.

»Dr. Blackadder«, sagte der Priester hastig, als wollte er nicht, dass Barney ihn verstand.

»Was ist mit ihr?«, erwiderte Barney.

Ein weiterer Bote Gottes schickte sich an, die einzige Person anzuschwärzen, zu der er seit seiner Ankunft ein wenig Vertrauen gefasst hatte.

»Ich weiß, welchen Eindruck sie macht«, sagte Michael. »Ich weiß, wie sie wirkt. Sehr mitfühlend, sehr besorgt, sehr engagiert. Aber ich beobachte sie jetzt schon seit Monaten und habe darauf gewartet, dass irgendetwas passiert.«

»Warum haben Sie das niemandem gesagt?«, fragte Barney.

»Sie meinen, dem First Minister?«, fragte Michael eilig.

»Oder Strangelove«, erwiderte Barney.

»Nein«, sagte Michael und schüttelte nachdrücklich den Kopf. »Nein. Strangelove kann man nicht trauen. Trauen Sie ihm bloß nicht.«

Er sah Barney ernst an und bedachte seine folgenden Worte sorgfältig.

»Und der First Minister«, sagte er unsicher. »Mit ihm können Sie nicht über sie reden. Ich weiß nicht, was es ist, aber sie hat irgendwas gegen ihn in der Hand. Irgendwas aus ihrer gemeinsamen Vergangenheit. Er wird sie nie loswerden. Er kann nicht.«

»Und?«, fragte Barney, ohne ihm Luft zu lassen. »Was hat das mit dem Kabinett zu tun?«

»Was immer es ist, es liegt in ihrer Vergangenheit«, wiederholte Michael gepresst, »sie macht jedenfalls irgendwas. Vielleicht handelt sie in seinem Auftrag, ich weiß nicht.«

»Wollen Sie etwa sagen, dass sie alle vier persönlich getötet hat?«, fragte Michael.

»Nein!«, sagte Michael, entsetzt, derart festgelegt zu werden. »Nein, das glaube ich nicht. Sie hat viele Freunde an den verschiedensten Stellen. Vielleicht macht sie irgendwas, ich weiß nicht. Vielleicht hat sie auch nichts damit zu tun, ich weiß bloß, wie sie ist, und ich weiß, dass es da irgendwas zwischen den beiden gibt.«

Der gepresste Wortschwall versiegte. Barney lehnte sich ans Fenster und spürte die warme Sonne in seinem Rücken.

»Es gibt da also irgendein Ding zwischen den beiden«, rekapitulierte er. »Etwas, was möglicherweise zu etwas anderem geführt hat, wobei es um alles Mögliche gehen könnte, was aber auf jeden Fall irgendetwas mit ihrer nicht näher beschriebenen Vergangenheit zu tun hat. Ich fürchte, Sie strapazieren die Geduld Ihrer Zuhörerschaft.«

Michael schloss die Augen und atmete tief ein. Kein Wunder, dass er ein so lausiger Gemeindepfarrer war; kein Wunder, dass er niemanden von Gottes Wort überzeugen konnte. Er sah Barney an.

»Ich weiß, wie es sich anhört.«

»Dann wissen Sie ja auch, warum ich skeptisch bin«, sagte Barney.

Michael schluckte und rieb sich das Kinn. Er hatte sich am Morgen nicht rasiert und spürte die spitzen Stoppeln. Barney betrachtete seine Hand und die nervöse Bewegung seiner Finger. Zweifelte er, weil er nicht glauben wollte, was er gehört hatte? So wie er auch Reverend Blake nicht geglaubt hatte. Er mochte Blackadder. Es war angenehm, mir ihr zusammen zu sein, er genoss ihre Gesellschaft, er wollte sie in seiner Freizeit treffen. Die Geschichte mit Blake, nun, das war gewesen, was es gewesen war, aber nicht mehr. Mit Blackadder hingegen war das etwas Spezielles, eine besondere Verbindung, wie er sie, soweit er seinem langsam wieder erwachenden Gedächtnis trauen konnte, noch nie gekannt hatte.

War er deshalb dazu verurteilt, jedes Wort, das gegen sie gesprochen wurde, anzuzweifeln? Und würde er so lange weiter zweifeln, bis er eines ihrer Opfer geworden war?

»Ich sollte jetzt besser gehen«, nuschelte Michael plötzlich hastig.

Und ehe Barney ihm weitere Fragen stellen konnte, hatte er die Tür geöffnet, einen Blick in den Flur geworfen und war verschwunden.

Die Tür fiel klickend ins Schloss, und Barney blieb mit der heißen Sonne in einem kleinen, stickigen Konferenzraum zurück. Die leere weiße Tafel an der Wand starrte ihn an. Er wandte sich ab, blickte aus dem Fenster und konnte die Wärme draußen riechen. Er schloss die Augen und wurde zurückgetragen zu den Campsie Fells oberhalb von Glasgow, wohin sein Vater mit ihm und seinem Bruder an Tagen wie diesem Ausflüge gemacht hatte, als er selbst noch jung gewesen war, sehr, sehr jung. Seine Familie fiel ihm wieder an, und zum ersten Mal seit seinem Aufwachen dachte er nicht nur im Zusammenhang mit den mörderischen Instinkten seiner Mutter an sie.

Er spürte das Gewicht des Verlustes auf seiner Brust, geweckt vom Geruch eines warmen Vormittags im September. Er wandte sich von Edinburgh ab, verließ den Konferenzraum und richtete seinen Blick wieder auf die schottische Legislative.

Kapitel 29

Ein Beinahe-Absturz

Die Parlamentssitzung war in vollem Gange. Jesse Longfellow-Moses stand zu einer Fragestunde bereit.

Das Parlament tagte ohnehin nur mittwochs und donnerstags, wobei der First Minister für gewöhnlich am Donnerstagnachmittag für Fragen zur Verfügung stand. Doch angesichts der unvorhergesehenen Ereignisse im Zusammenhang mit der Regierung war es der Opposition gelungen, die Fragestunde um einen Tag vorzuverlegen – in der Hoffnung, JLM unvorbereitet zu erwischen. Und da sie wusste, dass sie den Regierungschef in puncto Ministermorde höchstwahrscheinlich nicht mit heruntergelassenen Hosen ertappen würde, hatte sie beschlossen, ihn auf anderem Feld bloßzustellen. Es mussten gar nicht die großen Themen sein, hatte man sich unklugerweise gedacht, man musste ihn bloß kalt erwischen und dafür sorgen, dass er dumm dastand.

Das Ganze wurde live in der BBC übertragen, sodass der Laden wie üblich einmal pro Woche zu so etwas wie Leben erwacht war. Tag der offenen Tür mit dem First Minister und die Chance, die eigene Visage in die Glotze zu bekommen, da saßen alle Abgeordneten im Sonntagsanzug und mit frisch geputzten Zähnen auf ihren Plätzen.

»Des Weiteren«, sagte der Oppositionsführer, ein rückgratloser kleiner Hosenscheißer, der seine Partei in die Vergessenheit führte, die die Konservativen in Schottland offenbar anstrebten, »hat eine Studie der Universität Dundee aufgedeckt, dass jedes Jahr fünf nur in Schottland heimische Insekten- und Spinnenarten aussterben. Kann der First Minister uns im Licht dieser schockierenden Erkenntnisse bezüglich des Engagements dieser Regierung für grüne Themen, die Umwelt, das Ökosystem Schottlands und das ökologische Gleichgewicht unseres Planeten im Ganzen beruhigen?«

Nur ein oder zwei zustimmend murmelnde Stimmen erhoben sich im Plenarsaal, dazu hier und da ein angewidertes Stöhnen. Winona Wanderlip rutschte tiefer in ihren Stuhl und tippte mit dem Ringfinger der linken Hand dumpf auf den Schreibtisch vor ihr.

Verdammte Scheiße, dachte sie, wenn ich bloß Oppositionsführerin wäre. Es gab eine ganze Palette von Themen, mit denen man den Mann absolut zur Schnecke hätte machen können und die die meisten Politiker schon über ihrem Frühstück vor Vorfreude hätte geifern lassen, und dieser Schwachkopf fragte, was JLM zum Schutz von Käfern unternahm. Sie könnte Longfellow-Moses mit einer einzigen Frage vor den Augen des Landes erniedrigen. Sie wäre Ed Murrow; sie wäre Denis Healy, der Geoffry Howe in die Wüste schickte. Sie wäre diejenige, die den Mann vor der Nation hätte demontieren können, doch sie steckte in der Labour Party fest, und selbst die Andeutung einer Rebellion würde ein paar Rücken steifer machen, weil niemand Aufruhr und Unruhestifter mochte.

JLM erhob sich und blickte selbstgefällig auf die trockenen Antworten, die ihm die Beamten vorformuliert hatten. Keine bezog sich auf eine Frage nach Insekten, weil niemand auf diesem Planeten damit gerechnet hatte, was wiederum daran lag, dass kein Politiker auf diesem Planeten, der sein Geld wert war, so dumm sein würde, diese Frage zu stellen.

»Vielleicht glaubt mein gelehrter Freund«, begann JLM mit

einem kecken Lächeln, das er sich von Wally McLaven geborgt hatte und nun nicht mehr zurückgeben musste, »dass es in Schottland im Sommer nicht genug Insekten gibt.«

Im Auditorium erhob sich leises Gelächter. Der Oppositionsführer schüttelte den Kopf und versuchte, überlegen zu wirken.

»Wünscht er sich«, fuhr JLM fort, »einen drastischen Anstieg der Stiche am Hintern, die ein durchschnittlicher Highland-Urlauber im August erleiden muss?«

Einzelne Abgeordnete ließen ein lautes Lachen vernehmen, andere runzelten ob JLMs Wortwahl indigniert die Stirn.

»Ich bin ganz seiner Meinung«, sagte JLM, nachdem er seine Zuhörer mit einem siegesgewissen Lächeln gemustert hatte, »unbedingt. Wir könnten es an das Amt für Tourismus weiterleiten. Vielleicht mit dem Slogan: *Sie mögen Juckreiz, Pusteln und Eiter, dann wird Ihr Urlaub in Schottland garantiert heiter.*«

Ausgelassene Fröhlichkeit. Parlamente sind gemeinhin ein dankbares Publikum für Komiker; wie in Kirchen oder Ärztesprechzimmern sind die Menschen nicht auf Lachen eingestellt, sodass sie beim geringfügigsten Anlass losprusten. Und wenn ein erfahrener Politiker sich das zunutze machte, war die Menge Wachs in seinen Händen.

»Wir könnten Kratz-und-Schnief-Wochenenden anbieten«, sagte er mit dem gespielten Ernst eines Politikers, der sich für Billy Connolly hält. »Verbringen Sie im Juli eine Stunde nackt auf einem Feld in Skye und den Rest Ihres Urlaubs dann mit fieberhaftem Kratzen, bis Sie alle Bisse chirurgisch entfernt, aber leider auch keine Haut mehr haben.«

Diesmal gab es nicht so viele Lacher, und JLM wusste als erfahrener Debattenredner, dass er den Höhepunkt überschritten hatte. Zeit, den kleinen Idioten endgültig fertig zu machen.

Er wartete, bis der Lärm sich gelegt hatte, und blickte in das Meer erwartungsvoller Gesichter. Die Sonne lächelte durch die riesigen Fenster, die den oberen Teil der Wände des Plenarsaals beherrschten, strahlend auf ihn herab. Er nahm seine Papiere, um sie als Stock zu benutzen, mit dem er auf seinen Widersacher einschlagen konnte. Alle wussten, was kam, einige hielten den Atem an. Der Oppositionsführer dachte, jetzt kommt's, und verfluchte den Berater, der ihn überredet hatte, ausgerechnet diese Frage zu stellen. »Demonstrieren Sie, dass er keinen Kontakt zu den Themen hat, die den Menschen in Schottland wirklich auf den Nägeln brennen«, war der geniale Gedanke gewesen.

»Dies ist eine große Nation«, sagte JLM feierlich. »Wir waren groß in der Vergangenheit, und wir werden in Zukunft wieder groß sein. Die Zweite Aufklärung kommt, gefördert von dieser Regierung. Mein Kollege Mr. McLatchey hat erst vor zwei Tagen ein konkretes und weit reichendes Papier zur Zukunft des National Health Service in Schottland vorgelegt. Und die integrierten Maßnahmen zur Verbesserung der Verkehrsinfrastruktur beginnen zu greifen.«

Er machte eine staatsmännische Pause. Mein Gott, dachte Wanderlip, damit wollt ihr ihn doch nicht durchkommen lassen, oder? Irgendjemand musste den Mumm haben, etwas zu sagen! Das Papier über die Zukunft des Gesundheitswesens war eine Ansammlung recycleter Ideen – keine neuen Mittel, keine neuen Gedanken, eine einzige Katastrophe! Und integrierte Maßnahmen zur Verbesserung der Verkehrsinfrastruktur gab es schlicht nicht, es sei denn, man bezeichnete das vollständige Ignorieren aller Probleme gleichzeitig als integriert. Wie konnten sie bloß alle still dasitzen?

»Niemand behauptet, dass die Umwelt unwichtig wäre«, fuhr JLM fort, »und diese Regierung fühlt sich diesem Ziel nachdrücklich verpflichtet. Die Zahl der gelben Tonnen ist in den vergangenen Jahren um fünf Prozent gestiegen. Außerdem verpflichtet unsere Gesetzgebung die Industrie mittlerweile zu erklären, warum sie hochgiftige Abfälle deponiert …«

»Aber das hält sie nicht davon ab, sie weiter zu deponieren!«, rief eine tapfere kleine Seele auf den hinteren Bänken. Bravo, dachte Wanderlip, als sie die Stimme der jungen Frau hörte. Zumindest zwei in diesem Haus haben genug Arsch in der Hose.

JLM lachte auf diese leicht arrogante Art, mit der er seltsamerweise immer davonkam.

»Es wird in diesem Land immer Kleinmütige geben, die irgendwelche Einwände wegen irgendwelcher Kleinigkeiten erheben«, sagte er wegwerfend. »Aber als First Minister ist es meine Aufgabe, in größeren Perspektiven zu denken. Es ist meine Pflicht, mein Fluch, mein Sargnagel und mein Leiden, am Fenster der Vorsehung Schottlands zu stehen, auf die Landschaft unserer Tradition und unseres Erbes zu blicken und zu erkennen, wie es uns zur Verheißung unserer Bestimmung führt.«

»Was zum Teufel …«, murmelten Wanderlip und einige andere, während JLM sich an seiner eigenen Rhetorik berauschte.

»In den vergangenen Tagen sind vier Minister meines Kabinetts vermutlich ermordet worden«, sagte JLM. »Wir leben in finsteren Zeiten, aber ich werde mich darüber erheben und Schottland zu neuem Ruhm und einem Platz auf der Weltbühne führen. Doch für den Augenblick müssen wir uns darauf konzentrieren, die Kabinettsposten aus den glorreichen Reihen des schottischen Parlaments neu zu besetzen, die ich hier vor mir sehe.«

Er machte eine weitere Pause, um das Kompliment wirken zu lassen.

»Diese Nation kann wieder groß sein, und sie wird wieder groß sein. Diese Regierung hat hohe Ideale und eine großartige Vision, die wir auch realisieren werden. Dies wird das Erbe meiner Regierung sein, dies wird das Motto unserer Herrschaft sein, an dem sich die Essenz unseres Erbes messen lassen muss.«

Himmel Herrgott noch mal, dachte Wanderlip. Wenn er nur die kleinste Gelegenheit bekommt, fängt er an zu schwafeln.

»Wir werden uns erheben und die Widrigkeiten bezwingen!«,

rief JLM, zum Ende seiner *tour de ridicule* kommend. »Schottland! Schottland! Wir werden Könige sein!«

Irgendein Idiot konnte nicht an sich halten und fing an zu klatschen, und ehe man sich's versah, herrschte tosender Jubel über die großartige Vision ihres Führers.

»Verdammt«, murmelte der Oppositionsführer in dem Getöse seinem Sitznachbarn zu, »ich habe ihn doch bloß nach den beschissenen Käfern gefragt.«

Jack McCarthy verließ die Fragestunde des First Minister verfrüht. Nicht weil er dachte, dass es der albernste, überzogenste und absurdeste Blödsinn war, den JLM seiner Meinung nach seit Monaten geäußert hatte – obwohl das auch stimmte –, sondern weil er von einem Brief, wie ihn zuvor schon Barney Thomson erhalten hatte, in denselben kleinen Konferenzraum im obersten Stockwerk des Queensberry House mit den großen Fenstern und dem herrlichen Blick über das untere Ende der in der Sonne brütenden Royal Mile zitiert worden war.

Er öffnete die Tür und sah jemanden an der Fensterbank der beiden weit geöffneten Fenster lehnen, durch die ein wundervoller Westwind wehte, der die Schwüle linderte.

»Hey«, sagte McCarthy, »was gibt's?«

Die Person an der Fensterbank drehte sich um, doch McCarthy hatte sie bereits von hinten erkannt.

»Ich schnapp nur ein bisschen frischen Luft.«

McCarthy blieb an der Tür stehen und sah aus dem Fenster. Was taten sie alle an einem Tag wie diesem hier drinnen? Welchen Sinn hatte irgendein Job, wenn man nicht einfach blau- und das Beste aus den wenigen strahlenden Tagen machen konnte, die Gott einem schenkte? Das war einer der Gründe, warum James McCarthy trotz der allgemeinen Verlockungen der Macht und der Möglichkeit, das Leben anderer zu kontrollieren, bereits beschlossen hatte, nicht erneut für einen Sitz im Parlament zu kandidieren. Schon jetzt würde er sich am liebsten selbst in den Hintern treten, weil er sich im Gegensatz zu den 21 anderen, die ausgestiegen waren, als sie erkannt hatten, dass sie nur ihre Zeit vergeudeten, vor vier Monaten zur Wiederwahl gestellt hatte.

Er trat vor, lehnte sich an die Fensterbank und blickte nach unten. Er roch die Wärme, die ihn zurücktrug in die Sommerferien seiner Kindheit, in denen er den ganzen Tag auf der Straße gespielt hatte, bis seine Mutter ihn gerufen hatte, wenn die Sonne tief am Himmel stand. Fußball, Rugby, Cricket, Verstecken oder was immer gerade angesagt war.

»Es ist wunderschön«, verkündete er, nach wie vor neugierig, warum er hierher bestellt worden war, obwohl es in jedem Fall besser war, als Jesse Longfellow-Moses zuzuhören, der dem Parlament die Einzelheiten seiner neuesten Vision erläuterte.

»Ja.«

Er wandte sich der Person zu, die ihn hergebeten hatte; ihr Gesicht war von der Sonne gerötet, als hätte sie, die Ellbogen auf der Fensterbank und einen Becher mit Wasser in beiden Händen, schon eine Weile so hier gestanden.

»Möchten Sie etwas trinken?«, fragte sie.

McCarthy betrachtete die saubere, klare Flüssigkeit und stellte sich vor, darin ein- und unterzutauchen, von stillem Wasser umhüllt und die Kälte auf seiner Haut, die das Unbehagen des Tages von ihm nahm.

»Ja«, sagte er und bekam den Becher umgehend in die Hand gedrückt.

Er ahnte nichts Böses und zögerte keinen Moment, sondern führte den Becher sofort an die Lippen. Das Gift wirkte so schnell, dass er den Becher nicht mehr zurückstellen konnte. Das Gefäß glitt ihm aus der Hand, er fuhr herum, sein Blick wurde starr, und er schnappte mit aufgerissenem Mund nach Luft.

»W…«, presste er hervor und sackte nach vorn, sodass er mit dem Bauch über der Fensterbank hing. Sein Gewicht hätte ihn um ein Haar über den Rand gezogen, doch er schwankte nur kurz hin und her, bevor sein Körper mit aus dem Fenster baumelnden Armen zur Ruhe kam, während seine Füße weiterhin den Boden berührten.

Das machte es leichter, sie zu packen und anzuheben. McCarthys Mörderin zögerte und genoss den Moment unmittelbar nach seinem Tod. In ein paar Sekunden würde er auf die Canongate platschen. Das würde mal eine echte Herausforderung für den anonymen Bestatter werden.

Sie packte McCarthys Gürtel, als sie in ihrem Rücken ein Geräusch hörte. Sie wollte sich umdrehen, und die Sonne fiel auf ihre Haare, als wäre sie ein Supermodel aus einer Shampoo-Reklame. Und plumps, sackte sie zu Füßen des toten McCarthy in sich zusammen, brutal niedergeschlagen mit einem schweren, strapazierfähigen Locher. Als sie mit ihrem ganzen Gewicht auf McCarthys Beine fiel und daran herunterrutschte, wurde auch seine Leiche in den Raum zurückgerissen und purzelte mit seiner Mörderin zu Boden, wo die beiden leblos Kopf an Kopf liegen blieben, als wären sie in ein inniges Gespräch vertieft.

Kapitel 30

Ein leichtes Divertimento

Barney Thomson nahm ein spätes Mittagessen im Restaurant des Parlaments ein, nachdem er JLMs Birne vor dessen Fragestunde ein letztes Mal aufpoliert hatte. Während JLM die Kammer also mit seiner großen und mutigen Vision beehrte, wurde Barney von seinem einsamen Mahl, *pikanter Spargel auf einem Hammel vom Rind, mit Pfirsich-Croûtons an Lakritzcrème anglais nach Art des Chefs*, der perfekt mit einem würzigen argentinischen Rotwein harmonierte, mild auf der Zunge, aber unnötig vulgär im Magen mit einem teuflischen Abgang und einem sanften Bouquet von Zitrusfrüchten und nicht-biologischer Kriegsführung, an den Tisch der drei Musketiere zitiert, die sich kühn dorthin vorgewagt hatten, wo noch niemand gewesen war, um Schottlands Finanzprobleme auf einen Schlag zu lösen.

Genauer gesagt war es das dringende Anliegen von Herrn Vogts gewesen, mit Barney über Herrenfrisuren zu sprechen, während Strangelove nicht besonders begeistert und Eaglehawk nur oberflächlich neugierig gewirkt hatte.

Von einem lockenden Finger herbeigewunken, nahm Barney, seinen Teller in der einen, das Glas mit dem tückischen Wein in der anderen Hand, auf dem vierten Stuhl an ihrem Tisch Platz. Die anderen drei teilten sich eine Flasche kräftigen deutschen Weißwein, geeignet zu Fleischgerichten oder als Schoppen sowie zum Mischen von Beton und zu hundert weiteren praktischen

Verwendungen rund um eine Baustelle, wozu sie eine Auswahl von der Karte zu sich nahmen, darunter Kompott, Pferdefleisch und weiß Gott was sonst noch.

»Sie können unser D'Artagnan sein«, sagte Vogts lächelnd.

Barney lachte.

Strangelove fand die Metapher dumm.

Ich will D'Artagnan sein, dachte Eaglehawk.

»Nun, ich glaube, ich bin älter als Sie drei, aber wenn Sie so wollen«, sagte Barney.

»Man ist nur so alt wie die Frau, die man fühlt, oder?«, erwiderte Vogts lachend.

»Die Alten sind die Besten«, sagte Barney.

»Witze sind nur so alt wie die Frau, die über sie lacht«, sagte Eaglehawk, der immer wieder versuchte, mit Vogts' Groucho-Nummer zu konkurrieren, aber jedes Mal bloß klang wie Zeppo, der arme Tropf. Keiner lachte.

»Man kann einen Idioten zum Brunnen führen, aber denken muss er schon selbst«, sagte Strangelove ätzend, und die anderen drei warfen ihm einen Blick zu, um zu ergründen, gegen wen die Bemerkung sich richtete.

Seit Tagesbeginn hatte Strangelove gewusst, dass irgendetwas zwischen Vogts und Eaglehawk vor sich ging. Er hatte sie am Abend zuvor in der Erwartung allein gelassen, dass sie bald getrennter Wege gehen würde, doch er hatte sofort erkannt, dass das nicht der Fall gewesen war, und war deshalb schon den ganzen Tag argwöhnisch gewesen.

»Was haben Sie denn heute mit Jesses Haaren angestellt, Barn?«, witzelte Eaglehawk, nachdem er beschlossen hatte, Strangelove zu ignorieren. »Er sah ja aus wie ein Verbrecher.«

Barney zuckte mit den Schultern. »Das war unvermeidlich«, erwiderte er. »Wenn der Mann sich acht Mal am Tag frisieren lässt und dabei auf seinem Stuhl auf und ab hüpft wie ein Frettchen, müssen irgendwann Unfälle passieren.«

»Und man kann nicht behaupten, dass dieser Verbrecher-Look ihm nicht stehen würde«, sagte Vogts.

»Das würde ich nicht zu laut sagen, Herr Vogts«, erwiderte Strangelove mit gedämpfter Stimme.

Herr Vogts warf seinem neuen Kumpel Eaglehawk ein wissendes Lächeln zu, bevor er in seinem Mund eine karamellisierte Karotte zermalmte.

»Und«, sagte Barney, zum Ende seines Mahls kommend, während er gleichzeitig die wilde Monstrosität des Weins zu verdauen versuchte, »womit kann ich Ihnen dienen? Wünschen die versammelten Experten meinen laienhaften Beitrag zu ihrem doppelzüngigen faulen Zauber um den Euro?«

»Ich wollte Sie eigentlich nur fragen, ob Sie mir einen 74er Gerd Müller schneiden können«, sagte Vogts.

Aus einem Grund, den er sich selbst nicht erklären konnte, wusste Barney genau, wie ein 74er Gerd Müller aussah, und wollte die Frage gerade bejahen, als Strangelove sich einschaltete.

»Ja, Mr. Thomson«, sagte er, »vielleicht können Sie uns Ihre laienhafte Ansicht über Schottlands von Westminster unabhängigen Beitritt zur Euro-Zone mitteilen. Das wäre sehr interessant.«

»Nun«, sagte Barney, leerte sein Glas und dachte die notwendigen zwei Sekunden nach, »lassen Sie mich überlegen …«

Er blickte in die Runde. Kein JLM in Sicht, den er hätte beleidigen können, und wenn er einen der drei Anwesenden verärgerte, konnte ihm das egal sein.

»Finanziell wird es Ihnen wahrscheinlich gut tun. Ich sage das aus einer Position absoluter Ahnungslosigkeit, aber ein weiser Tausch kann meiner Ansicht nach nicht schaden. Im Hinblick auf die Öffentlichkeit müssen Sie die Presse hinter sich bringen, sowohl die Boulevardzeitungen als auch die Wirtschaftsblätter. Wenn Sie die Boulevardpresse nicht auf Ihre Seite ziehen, wird man Sie lächerlich machen. Ungeachtet all dessen finde ich Ihre Pläne moralisch verwerflich. Longfellow-Moses ist ein grenzenlos egozentrischer Mann, der nicht damit zufrieden ist, der wichtigste Politiker in einem nutzlosen kleinen Land am Rande Europas zu sein. Aber Sie drei? Ich weiß nicht, was mit Ihnen los ist.«

Vogts lächelte wehmütig. Wir haben bestimmt alle unsere eigenen Gründe, dachte er, während Eaglehawk Barney argwöhnisch musterte, weil er in dessen Worte die Andeutung hineininterpretierte, dass auch er, James T. Eaglehawk, egozentrisch sei. Strangelove bedachte Barney mit dem gleichen Blick, mit dem er ihn auch schon gemaßregelt hatte, als er in derselben Manier mit JLM geredet hatte; vernichtende Blitze zuckten über den Tisch.

»Ah«, sagte eine süße Stimme hinter Barney, »eine nette kleine Verschwörung von Männern, eine richtige Viererbande.«

Barney erkannte die Stimme, drehte sich um und lächelte Ashley Blackadder an. Sie war ganz in Schwarz gekleidet und trug noch immer die unnötig coole Brille, die JLM vorschrieb. Auch Vogts lächelte, weil sie eine schöne Frau war und alles. Eaglehawk musterte sie mit der Verachtung, mit der er die meisten Frauen bedachte, mit denen er nicht schlief. Strangelove atmete tief ein. Er traute Ashley Blackadder nicht über den Weg, auch wenn er es manchmal schaffte, sie dazu zu bringen, das zu tun, was er wollte.

»Wir regeln die Welt«, sagte Vogts.

»Jede Wette«, erwiderte sie. »Aber dafür brauchen Sie Barney doch bestimmt nicht, oder?« Sie sah die anderen erwartungsvoll an.

»Wohl wahr«, erklärte Strangelove ton- und humorlos. »Er hat bereits mehr als genug gesagt. Wir sollten weitermachen. Kommen Sie, meine Herren.«

Er stand auf und wandte sich, ohne Blackadder eines weiteren

Blickes zu würdigen, zum Gehen. Eaglehawk nickte ihr und Barney kurz zu und folgte Strangelove aus dem Restaurant.

»Ich bin bloß hier, um sicherzugehen, dass Mr. Strangelove nicht in seinem eigenen Rektum verschwindet«, sagte Vogts lächelnd und war dann mit einem Nicken und einem Zwinkern ebenfalls verschwunden.

»Du hast doch nichts dagegen, dass ich mich setze«, sagte Blackadder, nachdem sie den anderen nachgesehen hatte.

»Gerne«, sagte Barney. Es war ihm ein absolutes Vergnügen.

»Worum ging es denn da?«, fragte sie und rührte in ihrem Kaffee.

»Ach, nichts Besonderes«, antwortete Barney. »Bloß große Männer, die große Dinge tun.«

»Bei historischen Ereignissen«, sagte Blackadder, »fungieren die so genannten großen Männer lediglich als Etikett, um dem Kind einen Namen zu geben, und das Etikett hat üblicherweise nur einen minimalen Bezug zu dem eigentlichen Ereignis.«

»Sehr gut«, sagte Barney. »Tolstoi?«

»Absolut«, sagte sie und nippte an ihrem Kaffee.

»Sehr nett. Du musst …«

Lärm und allgemeiner Tumult ließen sie aufblicken. In der Tür standen drei Polizisten. Barney sah Blackadder an und entdeckte einen Hauch von Sorge in ihrem Gesicht, den sie rasch unterdrückte.

»Meine Damen und Herren«, sagte ein Polizeibeamter in Zivil zu den wenigen, um diese Zeit noch verbliebenen Gästen des Restaurants, »darf ich Sie bitten, auf Ihren Plätzen sitzen zu bleiben. Es wurde ein Zwischenfall in diesem Gebäude gemeldet, und bis auf weiteres müssen alle bleiben, wo sie sind. In Kürze wird jemand mit Ihnen sprechen. Vielen Dank für Ihre Kooperation.«

Ein stocksteifer Beamter im Anzug erhob sich protestierend

von seinem Stuhl und wollte, dass für ihn eine Ausnahme gemacht wurde, weil er so beschäftigt sei. Barney sah Blackadder an und zog eine Braue unmerklich hoch.

»Ein weiterer Minister?«

Sie nickte.

»Ja«, erwiderte sie, »das wollte ich gerade sagen. Ich habe beim Hereinkommen gehört, wie jemand es erwähnte. Offenbar wird Jack McCarthy vermisst. Niemand weiß, was mit ihm geschehen ist.«

»Oh«, sagte Barney und kratzte die letzten Essensreste von seinem Teller. Und das fandest du nicht weiter erwähnenswert? Er sah sie an, um zu erkennen, was in ihrem Kopf vor sich ging, doch ihre Miene war so unergründlich wie immer. »Er war Minister für Soziale Gerechtigkeit, oder?«

»Ja«, sagte sie. »Was immer das heißen soll.«

Barney nickte. Wie viele waren noch übrig? Wie viele würden noch sterben, bevor er etwas Lohnendes für Solomon und Kent herausfand? Andererseits war das Ganze nicht seine Sache. Warum sollte er sich dem Druck der Erwartung beugen?

»Wie viele sind jetzt noch übrig?«, fragte er. »Minister, meine ich.«

»Fünf«, sagte sie und senkte den Blick, »einschließlich JLM natürlich. Und vorausgesetzt, McCarthy ist wirklich verschwunden und sitzt nicht in irgendeinem Kabuff und schüttelt sich einen von der Palme.«

»Genau«, sagte Barney bemüht beiläufig, weil er annahm, dass verdeckte Ermittler bei ihrer Arbeit immer beiläufig klangen. »Wer sind die anderen vier?«

Blackadder nickte knapp und wissend – wieder nahm Barney an, dass es das Nicken eines Menschen war, der wusste, dass er mit einem Agenten der Polizei sprach – und fing an, die Minister an den Fingern abzuzählen.

Die beiden uniformierten Beamten hatten an der Tür Posten

bezogen, der Zivilfahnder war irgendwohin verschwunden, um irgendwen zu verprügeln.

Das ist bloß eine ungerechte Verallgemeinerung.

»Benderhook«, begann sie, »JLMs Stellvertreter. Als Typ ganz in Ordnung, wenn man, sagen wir, einen Sandsack im Wohnzimmer haben will oder jemanden, auf den man beim Fernsehen die Füße legen kann, aber ansonsten ist er ein komplettes Weichei.«

»Also ein perfekter Politiker.«

»Genau. Dann haben wir noch Trudger McIntyre, Umwelt und Entwicklung des ländlichen Raums, der unfähigste Mann, den man sich vorstellen kann. Er hat absolut keine Ahnung von Politik. Er hat den Job nur bekommen, weil JLM mal mit seiner Frau gevögelt hat. McIntyre weiß es und hat sich per Erpressung auf seinen Posten befördert.«

»Sehr ehrenwert«, sagte Barney.

»Unbedingt. Brendan McLatchey, Gesundheit und Soziales. Ein bisschen bescheuert, aber das Herz auf dem richtigen Fleck und so. Es gibt eine hoch interessante Familiengeschichte von Geisteskrankheiten, die er allem Anschein nach geerbt hat, aber das habe ich bisher noch niemandem erzählt.«

»Außer mir.«

»Dir kann ich vertrauen«, sagte sie, und Barney glaubte, in ihrer Stimme möglicherweise einen klitzekleinen angespannten Unterton gehört zu haben. »Damit bleibt noch Wanderlip, die für JLM vielleicht der größte Fluch ist. Ministerin für alles andere. Ein flinkes Früchtchen.«

Barney nickte. Er kannte keine der erwähnten Personen, aber woher auch?

»Dann gibt es natürlich noch die zwei, die wegen der ersten beiden Todesfälle befördert worden sind, und drei weitere, die jetzt auf die frei gewordenen Posten nachrücken«, sagte sie. »Und immer so weiter.«

»Wer wird der Nächste sein?«, fragte Barney plötzlich. Denn das war die eigentlich interessante Frage. Das war immer die eigentlich interessante Frage: Wer war der Nächste in der Reihe?

»Könnte jeden treffen«, sagte Blackadder achselzuckend und in entsprechendem Tonfall.

»Du, ähm«, setzte Barney zögernd an, weil er nicht wusste, ob er sich damit nicht allzu offensichtlich als verdeckter Ermittler enttarnte, »musst doch für JLM Profile über alle Opfer erstellt haben.«

»Ja«, erwiderte sie.

»Gibt es irgendetwas, was sie verbindet?«, fragte er.

»Was?«, gab sie zurück. »Die Tatsache, dass sie alle Minister waren, reicht nicht? Die Tatsache, dass sie alle paar Tage gemeinsam im gleichen Zimmer gesessen haben, ist nicht Verbindung genug?«

»Nun«, sagte Barney, leicht in die Defensive gedrängt, »manchmal zieht man die nahe liegenden Schlüsse, weißt du, und manchmal sind genau diese offensichtlichen Schlüsse falsch. Das ist alles.«

Blackadder nickte und sah ihn anerkennend an.

»Du hast Recht«, sagte sie, zögerte, spielte mit ihrem Löffel und strich mit dem Finger über den Rand ihrer Tasse. »Du scheinst dich ja sehr für diese Morde zu interessieren.«

Barney reagierte auf die beiläufige Tour, die er mittlerweile aus dem Effeff beherrschte.

»Tun das nicht alle?«, fragte er. »Die Minister werden einer nach dem anderen ermordet. Mein Gott, das ist doch eine Riesensache.«

»Und trotzdem ist es dem ganzen Land scheißegal«, entgegnete Blackadder.

Und das war's ungefähr. Barney hielt ihrem Blick noch einen Moment stand, bevor er sich abwandte und träge die wenigen, im Restaurant gestrandeten Grüppchen betrachtete. Einige waren in leise Gespräche vertieft, drei Männer unterhielten sich über das Rangers–Feynoord-Spiel vom Vorabend; vier Frauen diskutierten die Vorteile von Vibratoren mit rotierenden Perlen, das Modell ist vermutlich bekannt. Und das waren die Menschen, die im Parlament arbeiteten, und selbst sie schien es kein bisschen zu bekümmern, dass ein weiteres Mitglied des obersten exekutiven Kollektivs spurlos verschwunden war.

Und plötzlich ergab das Ganze scheinbar einen Sinn. Wer immer diese Verbrechen beging, hatte kein politisches Motiv. Wozu die Mühe? Warum sollte man etwas so Böses tun, wenn derartig wenig dabei herauskam? Wenn es also kein politisches Motiv war, dann musste es eine persönliche Sache sein, ein Groll, möglicherweise gegen das Kabinett als Ganzes; vielleicht gab es aber auch für jeden Tod einen anderen Grund.

»Möchtest du heute Abend mit mir essen gehen?«, fragte Blackadder plötzlich, seine rare Einsicht störend. »Ich kenne ein Lokal außerhalb der Stadt.«

Barney blickte tief in ihre dunklen Augen. Die Stadt verlassen, welch seltsamer Gedanke. Trotz all des Mordens und des Chaos in seiner unmittelbaren Umgebung fühlte er sich in der Stadt seltsam sicher und geschützt. Andererseits war sie die Psychologin. Vielleicht wusste sie das; vielleicht wollte sie deswegen, dass er den Abend mit ihr außerhalb verbrachte.

»Gerne«, sagte er, und sein Herz klopfte bei dem Gedanken an einen Abend allein mit ihr ein wenig schneller. »Das wird bestimmt nett.«

»Ja«, sagte sie mit einem listigen Lächeln, »bestimmt.«

Kapitel 31

Und was ist schließlich eine Lüge? Nichts als die Wahrheit in Verkleidung

JLM blickte eindringlich in den Spiegel und musterte sein Haar mit ernster Ungewissheit. Er saß in seinem Privatbad; Strangelove war noch immer mit Vogts und Eaglehawk zugange; The Amazing Mr. X stand, eine B-52 in Bereitschaft, am Fenster; Barney erwartete hinter JLM stehend mit einem fast vollständigen Mangel an Enthusiasmus die Ausführungen seines Chefs.

»Es ist zu kurz!«, stieß JLM schließlich hervor. »Zu verdammt kurz, Barn!«

»Das liegt daran, dass Sie herumgehüpft sind wie ein Springteufelchen, als ich Ihnen heute Morgen die Haare geschnitten habe«, sagte Barney. »Denn wer zum Schwert greift«, fügte er hinzu, »kriegt am Ende eine beschissene Frisur.«

JLM räusperte sich geräuschvoll. Er sollte erneut vor die Presse treten. In einer Viertelstunde würde er draußen auf der Wiese neben dem Parlament mit Blick auf Holyrood Palace stehen, wettergemäß kurzärmlig, die Sonne auf seinem beinahe kahlen Schädel, ausgestattet mit allerlei besorgten Erklärungen über sein rapide schrumpfendes Kabinett, und sie würden ihn fragen, was er mit seinem Haar angestellt hatte.

»Können Sie mir nicht Haarverlängerungen oder so was machen?«, fragte er und neigte den Kopf zur Seite.

»Für Haarverlängerungen braucht man Haare, an denen man sie befestigen kann«, erwiderte Barney schlagfertig.

»Ja, ja, da haben Sie vermutlich Recht«, sagte JLM. »Und was ist mit Implantaten wie bei Elton John oder einem von diesen Typen?«

Sie würden aussehen wie ein beschissener Idiot, dachte Barney.

»Das wäre natürlich super«, sagte er. »Aber dafür müssten wir Ihnen Schamhaare auszupfen und auf Ihren Kopf verpflanzen. Und es ist ja nicht so, dass Sie keine Haare auf dem Kopf hätten. Sie müssen Sie einfach wachsen lassen.«

»Schamhaare?«, fragte JLM sichtlich schockiert.

»Ja«, sagte Barney. »Deswegen hatte Elton John ja nichts dagegen. Ich meine, diese Typen zupfen sich doch sowieso die Schamhaare, oder?«

»Wirklich?«, fragte JLM ernsthaft besorgt, weil er alles glaubte, was sein Frisör ihm erzählte, und wandte den Blick ab.

»Haben wir sonst noch Alternativen?«, fragte er, nachdem ihn der Gedanke an das Ausreißen seiner Schamhaare gründlich hatte erschaudern lassen.

Barney trat einen Schritt zurück und betrachtete die Frisur erneut. Auf geht's, dachte er, die alte Routine. Spinn den Kunden ein bisschen voll, erzähl ihm irgendeinen Scheiß, damit er sich gut fühlt.

»Wie wär's mit einer violetten Tönung oder so?«, fragte JLM.

»Hören Sie«, sagte Barney rasch, bevor JLM noch eine Perücke, Sprühfarbe oder Kreide vorschlug, »Ihre Frisur ist prima. Sie steht Ihnen. Es ist dieser neue Michael Stipe-Look. Die Wähler werden es lieben, und die Presse wird es cool finden.«

»Meinen Sie?«, fragte JLM, bereitwillig an seinen neuen Superstar-Status glaubend.

»Auf jeden Fall«, sagte Barney. »Wissen Sie, ich wäre nicht überrascht, wenn man Sie bitten würde, auf den Laufstegen Mailands den einen oder anderen neuen Anzug zu präsentieren. Mit diesem Schnitt können Sie das Gesicht des schottischen Euro-

Chics werden, wenn Sie verstehen, was ich meine. Sie werden die Sensation von, ich weiß nicht«, stotterte Barney, weil ihm vorübergehend der blühende Blödsinn ausging, »Monte Carlo und der ganzen Szene. St. Moritz.«

JLM musterte Barney kritisch im Spiegel. Totaler Unsinn, dachte er, aber wenn das Ego hungrig ist, frisst es so ziemlich jeden Schmarren, den man ihm hinwirft.

»Klingt gut«, sagte JLM plötzlich. »Wissen Sie, vielleicht haben Sie Recht. Es gefällt mir.«

Und er betrachtete seine Scheißfrisur mit neuen Augen.

»Und eigentlich«, fuhr Barney fort, »wird die Presse sich viel mehr für das Verschwinden von Jack McCarthy interessieren. Dies ist der perfekte Zeitpunkt, sich staatsmännisch zu präsentieren. Stolz, würdevoll, unerschrocken angesichts all des Mordens und Wütens. Den Widrigkeiten trotzend, prächtig und großartig gegen das Schicksal gestemmt, bereit, dem internationalen Terrorismus, oder wer sonst für diese Verbrechen verantwortlich ist, offen ins Auge zu blicken und zu erklären, dass Schottland sich nicht besiegen lassen wird, dass die Demokratie nicht zerstört werden wird und dass Sie, Jesse Longfellow-Moses, sich in Ihrer Entschlossenheit, Schottland zu neuer Größe zu führen, durch nichts erschüttern lassen werden.«

Sogar The Amazing Mr. X streifte Barney mit einem Seitenblick.

JLM erhob sich aus seinem Stuhl und drehte sich um.

»Brillant, Barn!«, sagte er. »Verdammt brillant! Können Sie mir das schnell aufschreiben? Glauben Sie, dass Sie das machen könnten? Ja?«

»Wenn Sie so verzweifelt sind«, erwiderte Barney.

»Brillant«, sagte JLM. »Ich liebe dieses Zeug. Vielleicht können Sie ab jetzt auch Reden für mich schreiben. Spitze. Also, auf sie mit Gebrüll.«

Zum ersten Mal seit Beginn ihrer Bekanntschaft warfen sich

Barney und The Amazing Mr. X einen wissenden Blick zu, bevor sie aus dem Badezimmer stürmten, um JLM auf die wichtigste Pressekonferenz seiner Amtszeit vorzubereiten.

JLM hielt eine lange Rede, bevor er Fragen beantwortete. Er skizzierte die regierungsoffizielle und seine persönliche Haltung zu den Morden und das weitere Vorgehen: Nach den Verbrechern wurde fieberhaft und mit allen zur Verfügung stehenden Kräften gefahndet; Schottland würde nicht zerbrechen; bla, bla, bla, bla. Er sprach eine volle Viertelstunde – leidenschaftlich, fließend und mit tief empfundenem Mut –, dann kam die erste Frage. Sie lautete:

»First Minister, Russell Hargreaves, *Scottish Daily Mail.* Was ist mit Ihrer neuen Frisur? Sie sehen ziemlich merkwürdig aus.«

Kurz nach sechs kehrte Barney auf sein Zimmer zurück, wo er um sieben von Ashley Blackadder abgeholt werden sollte. Noch knapp eine Stunde, um sich zu entspannen, ein bisschen Hoagy zu hören und einen Blick in die Fernsehnachrichten zu werfen – *Scotland Today* machte mit der Behauptung auf: *Schiebung*! Es ging um die Abwahl des schottischen Kandidaten bei *Big Brother* in einer relativ späten Phase der Staffel. Es folgten ein Beitrag über JLMs Frisur und eine Meldung über die Gerüchte, dass Celtic Pele mit einem 100 000-Pfund-pro-Woche-Angebot aus dem fußballerischen Ruhestand locken wollte. Kurz vor dem Wetter und nach dem Bericht über ein kleines Mädchen, das sich mit Eis bekleckert hatte, kam schließlich die Story von Jack McCarthys unerwartetem Verschwinden –, bevor er duschen und sich die schlichteste Garderobe anlegen wollte, die sein Kleiderschrank hergab.

Aber wenn man denkt, das Leben wäre einfach und übersichtlich auf einem Teller vor einem arrangiert, geht in der Regel alles schief. Als er sein Zimmer betrat, erwartete ihn eine Frau.

Sie hatte ihr Jackett abgelegt und saß, die Tür im Visier, mit einem Gin Tonic in der kühlen Tatze auf einem Stuhl, die Beine übereinander geschlagen, ohne ihre extravagant schicke Brille, sodass ihre stechenden blauen Augen noch auffälliger waren. Sie war zwar nicht besonders attraktiv, aber ihr Mund hatte eine gewisse tückische Schönheit.

Dr. Louise Farrow war die letzte von JLMs Puppen, die bei Barney aufkreuzte.

»Hi«, sagte Barney nicht im Geringsten überrascht, sie zu sehen, und schloss die Tür hinter sich. Damit fehlte nur noch Veron Veron mit einem Strauß guter Ratschläge. Und X natürlich, obwohl Barney sich ziemlich sicher war, dass X nichts zu sagen hatte. »Sie haben sich ja Zeit gelassen.«

Sie lächelte.

»Ich dachte, ich lassen Ihnen Gelegenheit, sich ein bisschen was von dem anderen Mist anzuhören, bevor ich in Erscheinung trete.«

»Sehr rücksichtsvoll«, sagte Barney, ging zum Kühlschrank, knackte eine Flasche Bier und ließ sich ihr gegenüber in den Sessel fallen.

Sie hatte das Büro zwanzig Minuten vor ihm verlassen, was ihm jedoch kaum aufgefallen war. Von allen Mitarbeiterinnen war sie diejenige, die am häufigsten kam und ging, wobei sie wahrscheinlich von allen auch am wenigsten zu tun hatte, denn seit seinem Aufstieg zur Macht war JLM nie auch nur ein bisschen krank gewesen.

»Und?«, fragte Barney und beließ es dabei. Er fühlte sich all diesen Leuten, die bei ihm antanzten, in keiner Weise verpflichtet.

»Was hat man Ihnen bisher erzählt?«, fragte sie mit schneidender Stimme, ein Chamäleon, das mit herausschnellender Zunge ein Insekt vertilgte.

»Wer?«, fragte Barney, obwohl er die Antwort wusste.

»Darüber, warum Sie hier sind«, sagte sie.

Barney nahm einen großen Schluck von seinem Bier. Von Anfang an kein Gelaber, kein Quatsch, keine Attraktion, bloß eine spitze Zunge, machtvolle Augen, und er vertraute ihr vollkommen. Man fällt im Leben ständig spontane Urteile. Welche Gefühle er auch immer für Ashley Blackadder zu hegen begann, für diese Frau würde er sie nicht hegen; und was immer er flüchtig für Alison Blake empfunden hatte, würde sich mit dieser Frau nicht wiederholen. Doch er war sich ihrer sicher.

»Ein zweieinhalbjähriges Koma«, sagte er nüchtern. »In den beiden anderen Versionen war ich tot, und mein Gehirn wurde in einem Einmachglas aufbewahrt, bevor es laut der einen Version in den Körper eines anderen und laut der anderen Version in einen unter Verwendung meiner DNA vollkommen neu gezüchteten Körper verpflanzt wurde.«

Ihre Eiswürfel klirrten, als sie ihr Glas zum Mund führte, ein himmlisches Geräusch an einem warmen Spätnachmittag im Altweibersommer. Barney trank einen Schluck Bier und fragte sich, was jetzt kommen würde. *Eigentlich stammen Sie aus dem All. Im Grunde sind Sie ein Insekt. Es ist zwar schwer zu glauben, aber wir bewegen uns in einer anderen Dimension im Sinne der Membran-Theorie.*

»Und Sie haben irgendwas von dem Quatsch geglaubt?«, fragte sie.

»Eigentlich nicht«, sagte er, nachdem er mittlerweile gründlich über die Sachlage nachgedacht hatte. »Die Koma-Version klang zumindest ansatzweise authentisch, aber andererseits. Ich weiß nicht.«

»Gut«, sagte Farrow. »Es ist nämlich alles Unsinn. Peng, nach zweieinhalbjährigem Koma wachen Sie eines Morgens komplett funktionstüchtig in einem fremden Bett auf. Quatsch. Und die beiden anderen Versionen können Sie komplett vergessen; wissen Sie, wie viele Synapsen man für eine Hirntransplantation befestigen müsste? Nein, das ist alles nur Science Fiction. Totaler Schwachsinn.«

»Ja«, sagte Barney, »klingt vernünftig. Ich nehme an, Sie werden mir jetzt die Wahrheit sagen.«

Sie zog spöttisch eine Augenbraue hoch, nippte unter leisem Eiswürfelklirren erneut an ihrem Gin Tonic, stellte ihr Glas dann ab, öffnete den neben ihrem Stuhl stehenden Aktenkoffer, der Barney erst jetzt auffiel, nahm ein gebundenes Buch mit Hochglanz-Schutzumschlag heraus und warf es ihm zu.

Barney sah ihr noch einen Moment in die Augen, bevor er das Buch betrachtete. *Barney Thomson: Moderne Legende*. Auf dem Einband war ein recht strenges Foto von Barney abgedruckt, doch der Mann auf dem Bild sah kein bisschen aus wie der Mann, den Barney im Spiegel sah. Er schlug die Seiten auf, überprüfte das Veröffentlichungsdatum – das Buch stammte aus dem Vorjahr –, blätterte weiter und betrachtete einige der Fotos. Er klappte den Band wieder zu und hatte das eigenartige Gefühl, dass eine Hand sich langsam fest um seine Eingeweide schloss, was so gar nicht den Empfindungen entsprach, die er beim Anhören der anderen künstlichen Erklärungen empfunden hatte.

»Sie sind nicht Barney Thomson«, sagte Dr. Farrow kühl. »Obwohl es vermutlich davon abhängt, was Ihrer Ansicht nach einen Menschen ausmacht. Das Leben ist voller sinnloser Fragen wie dieser.«

»Erklären Sie«, sagte Barney.

»Barney Thomson ist vor zweieinhalb Jahren gestorben, als er einen Typen namens Leyman Blizzard über ein Moor in The Borders verfolgt hat. Er ist von einem Felsen gestürzt, hat sich den Hals gebrochen, und das war das Ende der Geschichte. Es war damals groß in den Nachrichten, irgendein Typ hat dieses Buch recherchiert, sich den ganzen Mist angesehen, den Sie zu Lebzeiten angeblich begangen hatten, und – Überraschung – festgestellt, dass Sie nur sehr wenig davon wirklich getan hatten.

Daher der Titel. Barney Thomson ist eine Art moderne Legende, mehr nicht, eine moderne Legende zumal, die die Gesellschaft rasch vergessen hat.«

Barney hatte, die Flasche Bier an den Lippen, gebannt zugehört. Die Geschichte hatte schon jetzt einen Klang von Wahrhaftigkeit, der den anderen vollkommen abgegangen war.

»Wer bin ich dann?«, fragte er und hatte mit einem Mal Angst, die Worte auszusprechen. Wollte er es wirklich wissen?

Farrow zuckte mit den Schultern.

»Das weiß keiner«, sagte sie. »Sie sind irgendein Typ. Letztes Jahr hat man Sie ziellos herumwandernd in den Docks von Leith aufgegriffen, völlig weggetreten und ohne jede Ahnung, woher Sie gekommen waren. Sie litten unter Amnesie. Die Ärzte haben eine Reihe von Tests durchgeführt und festgestellt, dass Sie sich wahrscheinlich nie erholen würden. Man sprach davon, Ihnen ein neues Leben zu geben, Ihnen ein Leben zu erfinden.«

Sie hielt inne, und Barney spürte ihren prüfenden Blick, der in seinem Gesicht nach Anzeichen von Glauben oder Unglauben suchte. Er sagte nichts.

»Vor ein paar Monaten hat JLM das Buch gelesen und war vollkommen fasziniert von den Mythen, die unter Menschen entstehen. Er hatte von dem Mann in den Docks von Leith gehört und beschloss, sich seinen eigenen Barney Thomson zu erschaffen. Sie wurden in ein Krankenhaus verlegt, wochenlang hypnotisiert, und so hat man das Leben von Barney Thomson in Ihren Kopf verpflanzt. Weil nichts davon stimmt, fühlt es sich vermutlich ein wenig verschwommen an. Es stammt alles aus dem Buch. Lesen Sie es und versuchen Sie, sich an irgendetwas zu erinnern, was nicht darin steht. Sie werden Mühe haben.«

Barney nickte und betrachtete das Buch in seinen Händen. Und anders als vorher schien sich sein Verstand beim Hören der Geschichte dieses Mal nicht zu sträuben. Es klang durchaus plausibel: Menschen verloren ihr Gedächtnis, Menschen wurden hypnotisiert, man konnte Menschen per Gehirnwäsche dazu bringen, alles zu glauben. Es fühlte sich richtig an.

»Warum Sie?«, fragte er plötzlich.

»Jeder hat seine Motive«, sagte sie. »Entweder vertraut man einem Menschen oder nicht. Ich möchte lediglich, dass Sie selbst Wahrheit von Unsinn unterscheiden. Purer Altruismus, wenn Sie so wollen. Es gibt keinen Grund, warum Sie mir mehr als den anderen glauben sollten. Es liegt an Ihnen. Und im Grunde ist es mir scheißegal, ob Sie mir glauben oder nicht. Ich dachte bloß, Sie sollten wissen, womit Sie es zu tun haben. Alle anderen Geschichten, die Sie gehört haben, sind wahrscheinlich nur Spielchen, die JLM und Strangelove mit Ihrem Verstand spielen, denn genau das sind Sie: deren Spielzeug. Es ist, als würden sie einer Spinne die Beine ausreißen.«

Barney betrachtete das Cover des Buches, spürte keinerlei Verbindung zu dem abgebildeten Mann und legte es schließlich neben seinem Sessel auf den Boden.

»Ashley?«, fragte er.

Farrow leerte ihren Drink, spürte die kühlen Eiswürfel an ihren Lippen und stellte das Glas ab.

»Vielleicht sollten Sie das selbst herausfinden«, sagte sie. »Sie arbeitet für JLM.«

»Wir arbeiten alle für JLM.«

»Sie besucht jeden Abend seine offizielle Residenz, wussten Sie das?«

»Was wollen Sie damit sagen?«, fragte Barney drängend.

Farrow zögerte, als wäre sie unschlüssig, ob sie ihm noch mehr verraten sollte. Über Dr. Blackadder hätte sie Barney endlose Geschichten erzählen können.

»Sie sind der Neue. Ein bisschen daneben, ein bisschen durcheinander. Ein netter Typ, ehrliches Gesicht, ein Mann, dem man leicht vertraut. Sie sind deren Maulwurf. Sie lernen Menschen kennen, die Menschen vertrauen Ihnen Dinge an, und Sie geben sie an Blackadder weiter.«

»Ich weiß doch nichts«, sagte er defensiv.

»Nicht?«, fragte sie, und er dachte an Solomon und Kent. »Und selbst wenn Sie jetzt noch nichts wissen, die denken langfristig. In den nächsten Wochen und Monaten werden Sie alles Mögliche erfahren. JLM ist mehr der Typ für das größere Bild, wie Sie bestimmt schon gemerkt haben.«

»O ja.«

»Und Sie sind nur Teil dieses Bildes. Er besorgt sich einen coolen Frisör, der ihm die Haare schneidet, und bekommt gleichzeitig einen Agenten mit Zugang zu allen möglichen Orten, wo er Informationen für ihn ausgraben kann. Ein Agent, der von Blackadder gesteuert wird. Was ist die beste Foltermethode, wenn man jemandem Informationen abpressen will?«

Barney überlegte und zuckte dann mit den Schultern. »Seine Eier rösten«, sagte er, »Streichhölzer unter die Fingernägel schieben. Die Zähne aufbohren.«

»Man lädt ihn zum Essen ein und spendiert ihm ein Bier«, sagte Farrow. »Wenn man jemanden foltert, schafft man Abneigung und Verbitterung. Vielleicht erzählt das Opfer, was sie wissen wollen, aber es ist wahrscheinlicher, dass es ihnen gar nichts erzählt. Wenn man die Wahrheit will und jede Menge davon, muss man einen Menschen dazu bringen, dass er einem vertraut und einen mag, man muss dafür sorgen, dass er sich offenbaren *will*. Ashley ist Psychologin. Sie kennt sich nicht nur mit dem ganzen Scheiß aus, sie ist auch sehr gut. Sie ist ein Profi. Sie hat diese liebliche Art, große Augen, netter Mund, Männer wollen mit ihr schlafen, Himmel, sogar die meisten Frauen wollen mit ihr schlafen. Sie ist hinreißend. Sie hat etwas Besonderes. Die Leute erzählen ihr Dinge, und sie berichtet sie alle an JLM weiter, damit JLMs Macht in der Exekutive immer weiter wächst.«

Barney legte den Kopf zurück und kippte den Rest seines Bieres herunter. Er schluckte, senkte den Kopf langsam wieder und stellte die Flasche auf sein Knie. Dr. Louise Farrow nahm ihren Koffer und stand auf.

»Denken Sie darüber nach, was ich gesagt habe. Es gibt keinen Grund, warum Sie mir mehr glauben sollten als den anderen. Es liegt ganz bei Ihnen.«

»Und wie passen die Morde in diese Geschichte?«, fragte Barney, und sie blieb auf ihrem Weg zur Tür wie angewurzelt stehen.

Sie sah ihn nicht direkt an, sondern starrte stur geradeaus, dachte nach und suchte dann doch seinen Blick.

»Bei all dem Gestümper und hochtrabenden Quatsch ist Jesse LM ein unglaublich finsterer und dubioser Charakter. Das Team, mit dem er zusammenarbeiten soll, ein Team, das er offensichtlich in keiner Weise respektiert, wird nach und nach ermordet. Zufall? Mag sein. Aber wenn nicht, sollten Sie Ihr Augenmerk ebenfalls auf Ashley richten, weil sie ihm am nächsten steht.«

Sie zögerte. Sie stand direkt neben ihm, nah genug, um mit einer zärtlichen Geste sein Gesicht zu berühren, doch sie wusste, dass es ihm nichts bedeuten würde.

»Seien Sie in Ihrer Gegenwart einfach vorsichtig«, sagte sie, ließ ihren Blick noch einen Moment auf seinem Gesicht verharren und ging dann langsam hinaus.

Die Tür fiel hinter ihr ins Schloss. Barney bückte sich, hob das Buch auf und betrachtete den Einband geschlagene fünf Minuten, bevor er das Buch wieder fallen ließ. Er stand auf und trat ans Fenster. Er hatte eine Verabredung mit Ashley Blackadder, während sich die Beweislast gegen sie scheinbar immer mehr anhäufte.

War es an der Zeit, die Flagge für Solomon und Kent aufzustellen? Aber wer zum Teufel waren Solomon und Kent? Wenn er bereit war, die Geschichte zu glauben, die Farrow ihm gerade erzählt hatte, was bedeutete das dann für Solomons Glaubwürdigkeit?

»Oje«, murmelte er, wandte sich von der strahlenden Nachmittagssonne ab und wieder dem Kühlschrank zu. »Ein schöner Tag.«

Kapitel 32

Ein Kopfstich für den Trudgemeister

Die Minister-Mörderin – oder der Kabinett-Killer, wie die *Sun* sie getauft hatte, als man sich ausnahmsweise einmal die Mühe gemacht hatte, die Geschichte überhaupt zu erwähnen – war verärgert gewesen, dass man ihr eins über den Schädel gezogen hatte, als sie den Tod von Jack McCarthy gerade mit beherzter Eigeninitiative hatte bekannt machen wollen.

Ständig wechselte sie ihre Meinung. Sie hatte immer noch den Zeh, um ihrerseits mit dem anonymen Bestatter zu spielen. Er würde irgendwohin mit der Post zugestellt werden oder auf irgendjemandes Teller zwischen den Pommes landen, man würde Tests durchführen, und dann würde die Welt wissen, dass Nelly Stratton sich nicht im Disneyland Paris herumtrieb. Aber bei McCarthy hatte sie plötzlich gedacht, wie wunderbar es wäre, ihn über die Kante zu stoßen und auf die Royal Mile platschen zu lassen, doch ihre Pläne waren erneut durchkreuzt worden. Sie war nur ein paar Minuten bewusstlos gewesen, die ihrem Verfolger jedoch gereicht hatten, die Spuren eines weiteren ihrer Morde zu beseitigen, weshalb McCarthy nur vermisst/mutmaßlich tot/in Urlaub/an einer Verschwörung beteiligt, aber keine Fleischpastete auf der Canongate war.

Seltsamerweise machte sich die Mörderin keine Gedanken darüber, wer ihr unsichtbarer Schatten sein könnte, sie wurde nur langsam stinksauer. Die Tatsache, dass jemand es überhaupt machte, war das Problem, seine Identität nur von sekundärer Bedeutung. Doch sie würde es schon bald herausfinden. Im Augenblick war sie mehr damit beschäftigt, sich weiter durch das Kabinett zu arbeiten, bis alle tot waren. Oder genauer gesagt, alle bis auf zwei.

Trudger McIntyre, der Minister für Umwelt und Entwicklung des ländlichen Raums, hatte zum persönlichen Schutz zwei Beamte zugeteilt bekommen, die er Bill und Ben nannte, obwohl es nicht besonders klug schien, die Menschen zu verspotten, die sich zwischen ihn und eine mörderische Kugel werfen sollten. Aber Trudger war ein schlichtes Gemüt, das sich nicht vorstellen konnte, warum irgendjemand ihn umbringen sollte, ungeachtet der Tatsache, dass es seine übrigen Kabinettskollegen einen nach dem anderen erwischte.

Aber wenn man selbst kein psychopathischer Mörder und auf dem entsprechenden Feld auch ansonsten nicht speziell ausgebildet ist, weiß man einfach nicht, wie ein psychopathischer Mörder denkt. Irgendein vermeintlich trivialer Streich, den man jemandem gespielt hat, könnte für einen Durchschnittsverrückten ein verdammt guter Grund sein, einen Mord zu begehen. Und da das zufälligerweise der Fall war, sollte es auch Trudger an den Kragen gehen. Oder dem Trudgemeister, als der im Parlament bekannt zu sein ihm zu seinem Bedauern nie gelungen war.

Er saß also im Toolbooth und genoss ein überaus schmackhaftes Pint Thatcher's Dry, mit dem er eine alarmierend leckere Brotzeit bestehend aus Kanapees und allerlei hausgemachten Beilagen herunterspülte. Er hatte seine beiden Leibwächter an einen Nebentisch verbannnt, weil er allein und in Frieden essen wollte. Er beendete sein Mahl, trank den letzten Schluck Bier und stand auf, um zur Toilette zu gehen. Sofort war Ben an seiner Seite.

Trudger sah erst Ben und dann Bill an, der ebenfalls aufgesprungen war.

»Hören Sie, Ben, ich muss bloß mal pissen«, sagte er. »Meinen Sie, Sie müssen mitkommen und mir den Schwanz halten?«

Ben machte einen Schritt zurück, räusperte sich und klopfte sich auf die Brust.

»Keine Sorge«, sagte Trudger. »Ich hau schon nicht durch das verdammte Fenster ab.«

Er ging zur Toilette, während Bill und Ben an ihren Tisch zurückkehrten und über Sport redeten. Sie hatten bereits die komplette Kundschaft gemustert, die Herrentoilette überprüft und sie leer vorgefunden. Sie hatten alle männlichen Gäste zweimal abgezählt. Aber sie hatten nicht um die Ecke gedacht. Es gab einen gemeinsamen Eingang zur Herren- und Damentoilette, und die Damen hatten die beiden Polizisten nicht auf der Rechnung, ebenso wenig wie die Frau mit der dunklen Brille und der tiefschwarzen Perücke, die vor einer halben Stunde verschwunden und noch nicht wieder aufgetaucht war.

Trudger stand ganz allein vor dem Urinal, was man als einen glücklichen Zufall für die Mörderin ansehen konnte, wobei es eigentlich eher ein glücklicher Zufall für all diejenigen war, die beschlossen hatten, zu diesem Zeitpunkt nicht aufs Klo zu gehen, weil die Mörderin beliebige Zufallsopfer billigend in Kauf genommen hätte. Trudger pinkelte also, ohne dass das hier weiter detailliert erörtert werden soll. Er schüttelte sein Ding und wollte es gerade wieder in seine lila Boxershorts stecken, als von oben ein Walkürenritt auf ihn niederging. Die Mörderin hatte sich an von Spinnweben umhüllten Rohren und den Ecken des Raums an der Decke abgestützt. Jetzt ließ sie los, packte das Messer, das zwischen ihren Zähnen klemmte, und stieß es im Fallen von oben bis zum Knauf in Trudgers Kopf.

Beide fielen zu Boden, ein Gewimmel aus Armen und Beinen. Trudgers Körper zuckte noch. Die Mörderin zog das Messer aus seinem Kopf und stieß es zwischen seine Rippen. Sie zögerte und überlegte, das Herz herauszuschneiden, entschied dann jedoch weise, ihr Glück nicht zu strapazieren.

Sie stand auf, ohne sich noch einmal nach dem sechsten sterbenden Minister umzusehen, ließ ihre Fingerknöchel knacken, warf einen Blick in den Spiegel, rückte ihre Perücke zurecht und ging rasch, aber ohne Eile zurück in die Kneipe, vorbei an Pinky und Perky – oder wie auch immer Trudger sie genannt hatte – und zur Tür hinaus.

Während sie beim Hinausgehen noch lächelnd dachte, dass Trudgers Leiche schon bald von dem nächsten armen Tropf entdeckt werden würde, der sich erleichtern wollte, war in der Herrentoilette wie aus dem Nichts eine geisterhafte Gestalt aufgetaucht, die über McIntyres Leiche stand und zusah, wie sein Blut über die Fliesen floss.

Sie hörte die Außentür der Toiletten zufallen, durch die die Mörderin eben verschwunden war, schloss die Tür zur Herrentoilette ab und machte sich an die Arbeit.

Als Bill und Ben merkten, dass Trudger selbst für einen Mann, der sich zu einer umfangreicheren Sitzung entschieden hatte, ungewöhnlich lange brauchte, war jener nicht mehr zu finden. Auf dem Fußboden der Herrentoilette waren zwar Blutspuren, doch der große Meister selbst war nirgends zu sehen.

Bill und Ben hatten es vermasselt.

Kapitel 33

Du-bi-duu

Jesse Longfellow-Moses stand an einem gekippten Fenster und blickte auf Edinburgh. Die Sonne stand tief am Himmel, und obwohl es noch warm war, konnte er die Veränderung in der Luft spüren. Morgen würde es kühler werden, und übermorgen würde das Land zum gewohnt miesen Schmuddelwetter des schottischen Frühherbsts zurückkehren.

Die meisten Mitarbeiter seines Teams waren längst gegangen; nur Veron Veron hatte noch letzte Hand an eine paillettenbesetzte Kreation aus orangefarbenem Lamé gelegt, die er für die ideale Garderobe für JLMs Rede vor dem Stadtrat von Glasgow hielt, doch selbst er war vor fast einer Stunde verschwunden.

Und die ganze Zeit hatte JLM allein auf Dynamic Earth und die Erhebung von Arthur's Seat geblickt. Er hatte sich vorgestellt, auf der Kuppe zu stehen – wenn er je den Arsch hochkriegen würde, um hinaufzuwandern – und über die Stadt zu schauen, den Forth hinauf zu den Brücken und in die andere Richtung gen Meer. Grandiose Pläne und Visionen rangen in seinem Kopf um Aufmerksamkeit, zusammen mit den rasenden Unsicherheiten, die zu unterdrücken er sich so sehr anstrengte, die ihm jedoch ständig einflüsterten, dass er für seine Position nicht gut genug war, dass seine Visionen dumm und seine Pläne für das Land töricht waren.

Zumindest sein Land passte zu ihm, ohne Zweifel; was für eine

Welt war das, in der die Menschen sich mehr für kurzfristigen Ruhm und Prominenz interessierten und beim Frühstück über das kurze Leben anderer diskutierten, bevor sie es mit der leeren Cornflakes-Packung wegwarfen? Was für ein Land war das, das sich geradezu unersättlich an Abstimmungen wie *Pop Idol* und *Big Brother* beteiligte, sich jedoch nicht aufraffen konnte, die politischen Vertreter zu wählen, die die Umstände ihres Lebens gestalten konnten?

Oder war das ein weiterer törichter Irrglaube, dem das ganze Parlament und parlamentarische Demokratien generell unterlagen? Sie gestalteten gar nichts. Es waren die Medien, die über die eigentliche Macht verfügten, die Leben gestalteten und entschieden, worüber die Menschen beim Frühstück sprachen. *Big Brother* war die wahre Demokratie, nicht die nutzlose Stimmabgabe für Politiker, die ungeeignet waren, einen Stadtrat, eine Regierung oder ein beliebiges europäisches Parlament zu führen. Wer hatte mehr Macht, Murdoch oder Bush? Und selbst wenn man sich für Letzteren entschied, wer würde in ein paar, maximal sechs Jahren mehr Macht haben?

Und so kamen zu seinen Unsicherheiten noch die Zweifel darüber, welche Ziele er letztendlich erreichen konnte, gepaart mit der Erkenntnis, dass eine Laufbahn in der Politik nur ein Zehntel von einer Medienkarriere wert war, wenn man nach wahrer Größe strebte und das Leben anderer gestalten wollte. Vielleicht sollte die Politik ihm nur als Sprungbrett in die Medien dienen. Schon jetzt nahm er jedes Angebot an, im Fernsehen und im Radio aufzutreten.

Er beobachtete den Flug eines kleinen einmotorigen Flugzeugs gen Norden, als die Tür hinter ihm aufging und wieder geschlossen wurde. Der Besucher blieb jedoch stumm und wartete darauf, dass JLM sich umdrehte. Der First Minister atmete tief ein; seine Stunde einsamer Reflexion war vorüber.

»Es hat einen weiteren gegeben«, sagte Strangelove.

Schließlich drehte JLM sich um. Strangelove stand, wie stets ein Klemmbrett an die Brust gedrückt, unmittelbar neben der Tür. JLM sagte nichts, sondern zog nur fragend eine Braue hoch.

»McIntyre.«

»Ich dachte, der hätte zwei Leibwächter«, sagte JLM.

»Er musste mal pinkeln und hat sich dabei, ein wenig Blut hinterlassend, einfach in Luft aufgelöst.«

»Na klar. Irgendwelche Hinweise?«

Strangelove schüttelte den Kopf.

»Und wer ist jetzt noch übrig?«, fragte JLM. »Ich, Winnie, Benderhook und McLatchey. Sonst noch jemand? Ich vergesse es immer wieder, weil ich sie so selten sehe.«

»Nein«, sagte Strangelove, »das wär's. Sie sollten vorsichtig sein. Wo ist X?«

»Ich hab ihn Essen holen geschickt und ihm gesagt, er soll nicht vor neun Uhr zurückkommen. Hier drinnen bin ich hinreichend sicher.«

Strangelove machte ein paar Schritte ins Zimmer.

»Wie kommen Sie darauf?«, fragte er leise.

JLM sah ihn argwöhnisch an.

»Warum sagen Sie das?«, fragte er.

»Stratton, McLatchey, McCarthy, sie alle sind in diesem Gebäude verschwunden«, sagte Strangelove. »Sie sollten sich nicht für unbesiegbar halten, vor allem wenn X nicht in der Nähe ist. Wir haben keine Ahnung, wer diese Taten begeht.«

»Nein«, sagte JLM, »das haben wir nicht. Was glauben Sie, was die Polizei macht?«

»Die hat auch keine Ahnung«, erwiderte Strangelove. »Haben Sie schon mit dem Chief Constable gesprochen?«

»Ja«, sagte JLM. »Scheint ein ganz anständiger Kerl zu sein, obwohl er sich mehr dafür zu interessieren schien, warum ich meine Kinder keine Disney-Videos sehen lasse. Zumindest bestätigt das Ganze meine Gefühle bezüglich meiner Minister.«

»Keiner kümmert sich einen Dreck um sie?«

»Genau.«

»Was die Disney-Geschichte angeht«, sagte Strangelove und blickte auf seine Notizen, »die Walt Disney Corporation hat Sie verklagt, weil Sie dem Unternehmen durch Ihr Verbot, Ihre Kinder Produkte des Konzerns sehen zu lassen, einen schweren Image-Schaden zugefügt haben und so weiter und so weiter …«

»Wie viel?«, fragte JLM.

Strangelove suchte in seinen Unterlagen nach der entsprechenden Zahl, fand sie und zog eine Braue hoch.

»360 Millionen Pfund«, sagte er.

JLM lachte.

»Na, das bringt doch zumindest Publicity, oder?«, sagte er.

»Na toll«, sagte Strangelove. »Aber wenn Sie verlieren, sitzen Sie in der Tinte.«

»Na ja«, meinte JLM und setzte sich an seinen Schreibtisch, um ein paar letzte Dinge zu erledigen, bevor The Amazing Mr. X zurückkam und ihn für die Nacht zu seiner Privatresidenz eskortierte, »aber ich werde nicht verlieren, oder? Ich nehme an, dass die Disney Corporation genau wie derjenige, der die Geschichte in die Welt gesetzt hat, noch nicht begriffen hat, dass ich überhaupt keine Kinder habe.«

»Nun«, erwiderte Strangelove, »man sollte schon meinen, dass das relevant wäre, aber offenbar wissen sie es bereits.«

»Weiter«, sagte JLM müde. Keinem von beiden wurde bewusst, dass sie schon jetzt länger darüber gesprochen hatten als über das Verschwinden von Trudger McIntyre. Ein Mann, ein menschliches Wesen aus Fleisch und Blut, war möglicherweise tot, doch das bedeutete nichts im Vergleich zur Macht und zum Interesse eines gigantischen Unterhaltungskonzerns. So bestätigte JLM durch seine Handlungen die Gedanken, die er sich noch kurz zuvor gemacht hatte. Medien, Medien, Medien.

»Sie sind durchaus bereit einzuräumen, dass Sie eigentlich gar keine Kinder haben«, sagte Strangelove.

»Das kann ja interessant werden«, erwiderte JLM.

»Aber sie behaupten, dass Sie die Frage, als man Sie Ihnen erstmals gestellt hat, mit einem spöttischen Lächeln abgetan hätten.«

»Die haben in ihrer Klageschrift ernsthaft den Ausdruck ›spöttisches Lächeln‹ benutzt?«, fragte JLM mit einem, nun ja, spöttischen Lächeln.

»Ja, Sir«, bestätigte Strangelove, »so ist es. Man konzediert, dass Sie es amüsant fanden, nach Ihren Kindern gefragt zu werden, obwohl Sie gar keine haben, behauptet jedoch weiterhin, dass Sie, indem Sie entsprechende Gerüchte nicht sofort im Keim erstickt haben, zugelassen haben, dass sich das Ganze zu einer Art modernen Legende entwickelt und dass die meisten Menschen nicht nur glauben, Sie hätten Kinder, sondern auch, dass Sie ihnen verbieten, Disney-Produkte anzuschauen.«

»Und die meinen, sie hätten in Schottland deswegen Umsatzeinbußen von 360 Millionen Pfund gehabt?«, fragte JLM. »Herrgott, so viel Umsatz machen die doch im Ganzen nicht, oder?«

Strangelove zögerte, dachte dann jedoch, dass er seinem Boss auch die ganze Wahrheit sagen und das Lächeln bestaunen konnte, das sich auf seinem Gesicht ausbreiten würde.

»Man bezeichnet Sie als ›Major Player‹ in Europa, wodurch Ihr Wort Auswirkungen auf dem gesamten Kontinent hätte.«

JLM lächelte tatsächlich. Ein »Major Player« in Europa? Cool. Diese Typen waren Amerikaner, und die meisten glaubten wahrscheinlich, Schottland wäre eine Stadt in England. Doch sie waren immerhin so auf Draht, dass sie Jesse Longfellow-Moses für einen »Major Player« in Europa hielten. Mein Gott. Das ging ihm wirklich runter wie Öl. Würde man auch Blair, Chirac oder Schröder auf derart hohen Schadenersatz verklagen? Wahrscheinlich nicht.

»Spitze«, sagte JLM. »Meinen Sie, ich sollte meinen Kindern auch noch verbieten, bei McDonald's und Burger King zu essen?«

»Unbedingt«, sagte Strangelove lächelnd.

Kapitel 34

Ein gemütliches Restaurant, setze einen Fuß hinein und geh nach Hause allein

Barney verzehrte ein leckeres Stück Rindfleisch zum Abendessen. Geheißen hatte es allerdings *Nest aus Szetschuan-Chateaubriand in einem Parfait aus Johannisbeerroulade mit einem Fondant aus Kohlrabi an Somalia-Kartoffeln.* Anfangs hatte es ihn irgendwie an *Das Ding aus einer anderen Welt* mit Kurt Russell erinnert, doch er hatte es dann doch lieber als ein leckeres Stück Rindfleisch betrachtet. Ashley Blackadder hatte Fish 'n' Chips gegessen. Dazu hatten sie sich eine Flasche norwegischen Claret geteilt, mit vollem Körper, aber gut fettabgesaugt, von enormem Abgang mit kapriziösen Aromen, voller Frucht und einem Hauch Lebenskünstler und Jock Stein.

Sie waren etwas später als die übrigen Gäste beim Dessert angekommen. Es war wie eines dieser Speiseerlebnisse im Wohnzimmer eines Privathauses; eine streng begrenzte Auswahl von Gerichten auf der Karte, dafür vom Feinsten und alles auf so engem Raum, dass man jedes Gläserklirren, jede achtlose Bemerkung und jedes Kaffeeschlürfen an den Nebentischen hören konnte. Die anderen Gäste lutschten bereits an ihrem After Eight. Aber da Blackadder erst so spät an Barneys Tür geklopft hatte, kämpften die beiden noch mit einer erschlagenden Selektion milder Käsesorten auf Sesambiskuits.

Sie hatten über vieles gesprochen; eine unbeschwerte Konversation über die Welt, Musik und das Fernsehen, und je länger sie redeten und diverse Themen streiften, desto mehr erinnerte sich Barney an Dinge, die in seinem Gedächtnis schlummerten. Gleichzeitig lullte Blackadders sanfte Stimme ihn immer mehr ein, während in seinem Hinterkopf ein Echo von Louise Farrows Worten widerhallte. Die Stimme, die Atmosphäre, der Wein, das Essen, das angenehme Geplauder, das nur gelegentlich ansatzweise bedeutungsvoll wurde, all das war Teil der *Folter*.

Erst als die Nachspeise ihrem Ende entgegenknirschte und der Kaffee serviert wurde, fiel Barney auf, dass sie über den Tisch hinweg Händchen hielten, ohne dass er genau wusste, wie es dazu gekommen war.

»Absolut fantastisch, was du heute mit seinem Haar gemacht hast«, sagte sie nach einer Gesprächspause, in der sie in die Kerze geblickt und mit den Augen geflirtet hatten. »Er sah ziemlich bescheuert aus.«

Barney lächelte.

»Ja«, sagte er. »Das war gar nicht meine Absicht, aber er hat auf seinem Stuhl herumgezappelt wie ein Kleinkind. Und dabei hab ich halt einen Schopf Haare mitgenommen, der eigentlich hätte dranbleiben sollen.«

»Und dann musstest du es wieder ausgleichen?«

»Genau«, sagte Barney. »Aber ich finde, er sieht okay aus. Die Glatzenfraktion wird jedenfalls geschlossen für ihn stimmen. Ich glaube zumindest, dass ich ihn davon überzeugt habe.«

Bei dem Gedanken an den Mann schüttelte Blackadder lächelnd den Kopf. Das gehörte alles zu ihrem Plan, dachte Barney nach Farrows Gehirnwäsche, war jedoch gleichzeitig helle genug zu begreifen, dass er niemandem trauen durfte. Begegne jedem mit Argwohn, bis du dir nicht absolut 200-prozentig sicher bist, lautete sein Motto.

»Er ist einfach bizarr«, sagte sie in ihrem mindestens fünften Anlauf an diesem Abend, das Gespräch auf ihn zu lenken. Aber war das andererseits nicht nur natürlich? Lästert nicht jeder mit Kollegen und jedem anderen, der ihm zuhört, über seinen albernen Chef? »Er ist voller großer Visionen und begreift nicht, dass sich mittlerweile keine Sau mehr für Politik interessiert. Absolut niemand. Das Land nimmt ja kaum zur Kenntnis, dass bald das gesamte Kabinett tot sein wird.«

»Ja«, sagte Barney.

»Das ist genauso wie damals, als er *Highland Cathedral* zur Nationalhymne machen wollte.«

Barney schüttelte den Kopf.

»Kenn ich nicht«, sagte er.

»Es ist eine wunderbare Melodie mit einem sehr schönen Text, genau das, was Schottland gesucht hat. Wenn du eine Gänsehaut kriegst, wenn eine große Menschenmenge *Flower of Scotland* singt, dann schmilzt du bei diesem Lied komplett dahin. Es ist wunderbar. Wenn man sich Zeit und den Menschen Gelegenheit gelassen hätte, es kennen zu lernen, damit es populär werden konnte, hätte das Volk sich dafür entschieden. Aber Jesse muss vorpreschen und jedem erklären, dass das seine Entscheidung ist, bis natürlich jeder sagt, du bist bloß ein Politiker, steck's dir in den Arsch. Die Presse hat zum Widerstand geblasen, es gab wochenlang Aufruhr, und am Ende musste Jesse zurückrudern. Absolut bescheuert. Wenn hingegen die *Sun* oder *Record* entschieden hätten, dass *Highland Cathedral* die neue Nationalhymne werden soll, hätten wir sie jetzt. Der wachsende Druck der öffentlichen Meinung, die Leute glauben an das, was ihre Zeitung ihnen erzählt, und bingo. Aber Jesse ist bloß ein Politiker, und das kapiert er nicht. Er hat nichts zu sagen.«

Barney nickte zustimmend. Das war gewiss richtig. Bloß ein seltsamer kleiner Zufall, dass JLM ungefähr zur gleichen Zeit zu denselben Schlüssen gekommen war.

»Was hältst du von Dr. Farrow?«, fragte Barney zu seiner eigenen Überraschung, um eine erneute Gesprächspause zu überbrücken. Als die Worte über seine Lippen kamen, schloss er kurz die Augen, weil er sich den ganzen Abend vorgenommen hatte, sie nicht zu erwähnen. Er wollte an Blackadder glauben und daran, dass Farrow eine Lügnerin war. Doch während sein Herz so laut sprach, streute sein Verstand nagende Zweifel an Blackadders Aufrichtigkeit.

Sie betrachtete ihn eindringlich, als er die Augen schloss, und zog dann unter dem Vorwand, Zucker in ihren Kaffee zu geben, die Hand zurück.

»Wie meinst du das?«, fragte sie. »Hat sie dich besucht?«

Sei cool, Barn, dachte er, sei cool.

»Ihr habt mich alle besucht«, erwiderte er beiläufig. »Bis auf Veron natürlich. Weiß nicht, was mit dem los ist.«

»Was hat Louise denn gesagt?«, fragte Blackadder ein wenig angespannt, fand Barney. Oder wollte er bloß einen Unterton hören? So könnte er sich den ganzen Abend im Kreis drehen. Vielleicht sollte er einfach offen und ehrlich sein. Das machte man doch unter Freunden.

»Das Übliche. Ihr seid alle nacheinander vor meiner Tür aufgelaufen, um mich über meine Herkunft aufzuklären, als ob ich ein antikes Möbelstück oder so was wäre. Meine Lieblingsgeschichte war die von Strangelove. Er hat mir erklärt, ich sei ein Vampir, ein Verwandter von ihm.«

»Nein, im Ernst«, sagte Blackadder, die ihn nicht mit einem billigen Witz davonkommen ließ. »Was hat Louise gesagt? Ich weiß, dass wir nach außen wie ein Team wirken und so, aber das heißt auch, dass ich sie besser kenne als die meisten anderen. Du musst dich vor ihr in Acht nehmen. Man darf ihr nicht vertrauen. Was hat sie denn gesagt?«

Nun, dachte er, es kann nicht schaden, wenn ich ihr einen Teil der Wahrheit erzähle, ohne zu erwähnen, dass sie und JLM angeblich Busenfreunde waren.

Die Kellnerin, die den Tisch abdeckte, spürte die veränderte

Atmosphäre so deutlich, wie JLM den Wetterumschwung gespürt hatte, und verzichtete deshalb auf flapsige kleine Bemerkungen, wie sie sie den ganzen Abend gemacht hatte. Sie räumte das Käsebrett und die Teller ab, fragte, ob noch jemand mehr Kaffee wollte, was angesichts der Tatsache, dass beide ihre Tasse noch nicht angerührt hatten, ein bisschen albern war, und sah dann zu, dass sie eilig abtrat. *An Tisch drei streiten sie sich*, meldete sie bei ihrer Rückkehr in die Küche.

»Sie hat gesagt, ich wäre nicht Barney Thomson. Weder mein Körper noch mein Verstand.«

»Und wer bist du dann?«, fragte Blackadder misstrauisch.

»Bloß irgendein Unbekannter, der unter Amnesie leidet. Man hat mir per Gehirnwäsche eingebläut, ich sei Barney Thomson, also glaube ich das jetzt. Wenn ich schon sonst niemand bin, kann ich auch genauso gut er sein.«

Blackadder spielte mit dem Salzstreuer und tippte mit einem Finger auf den Deckel.

»Wenn dem so wäre«, begann sie und ließ die Worte verklingen, weil sie achtlos einen Satz begonnen hatte, ohne zu wissen, wohin er führen sollte. Ob die Geschichte nun stimmte oder nicht, konnte Barney nicht wissen, aber sie klang irgendwie wahr. Die Geschichte, die sie ihm erzählt hatte, hatte ihr Strangelove geliefert. Und wie weit vertraute sie *ihm*?

»Was?«, fragte Barney, doch sie hatte keine Antwort für ihn. Sie spielte mit ihrem Löffel und führte ihre Tasse zum Mund, um an ihrem Kaffee zu nippen, der mittlerweile so weit abgekühlt war, dass man ihn nicht mehr schlürfen musste.

Er schüttelte sein leises Unbehagen ab, und das Gespräch wandte sich anderen Themen zu, doch die Gezeiten und die Atmosphäre waren ohne viele Worte umgeschlagen, sodass sie sich einander am Ende des Abends mit leisem Argwohn und – zumindest in Barneys Fall – mit nicht geringem Bedauern und einem keuschen Wangenkuss voneinander verabschiedeten.

Als Winona Wanderlip am späten Abend vor Parker Strangeloves Wohnungstür in der City stand, war der kühle Nordwind aufgefrischt. Er begrüßte sie ohne große Begeisterung und bat sie in T-Shirt und Boxershorts, die er offensichtlich im Bett getragen hatte, eilig herein. Sie war in einer weißen Bluse und einem dünnen Rock aufgebrochen und von dem Kälteeinbruch überrascht worden. Sie hatte eine Gänsehaut an den Armen, ihre Wangen waren gerötet und ihre Brustwarzen sensationell steif.

»Du weißt doch, dass du nicht herkommen sollst«, sagte Strangelove und zitierte damit eine Dialogzeile, die in jedem dritten Neun-Uhr-Film auf Channel 5 vorkam.

»Hast du das mit Trudger gehört?«, fragte sie, und Strangelove hörte das Zittern in ihrer Stimme. Nicht nur, weil es draußen kalt war. Er wusste, dass sie Angst hatte.

»Wo sind deine Leibwächter?«, fragte er.

»Die hab ich abgehängt«, sagte sie und tat seinen Blick achselzuckend ab. »Sie durften schließlich nicht wissen, dass ich hierher kommen wollte.«

»Nun, du hättest gar nicht herkommen sollen«, sagte er streng. »Guck dich an, Winnie, du hast Angst.«

»Ich habe keine Angst, verdammt noch mal!«, rief sie. »Aber mittlerweile sind von dem ursprünglichen Kabinett nur noch ich, Benderhook und McLatchey übrig.«

»Genau«, sagte Strangelove und schlug sich mit der flachen Hand an die Stirn. »Und warum bist du dann ohne deine Leibwächter unterwegs?«

»Ich musste mit dir reden«, antwortete sie. »Und ich kann sehr gut auf mich selbst aufpassen«, fügte sie noch hinzu.

»Deswegen hast du wahrscheinlich auch so eine Scheißangst«, sagte er.

»Hör auf damit! Ich habe keine Angst, bloß weil ich eine schwache Frau bin.«

»Sieh dich doch an! Du zitterst, du hast am ganzen Körper

eine Gänsehaut, und deine Brustwarzen sehen aus wie zwei große Knetgummiklumpen.«

Sie schluckte, blickte auf ihre Brust, schüttelte verlegen den Kopf, ging ein Stück den Flur hinunter und drehte sich zu ihm um.

»Herrgott noch mal!«, rief sie. »Also gut, ich habe Angst. Ich habe eine verdammte Scheißangst! Bist du jetzt zufrieden, Parker? Sechs meiner Kollegen sind verschwunden, vermutlich ermordet, es sind nur noch drei von uns übrig, vier, wenn man Jesse mitzählt, und ich könnte die Nächste sein. Die machen uns einen nach dem anderen fertig, und die Polizei hat keinen Schimmer! Wir hocken da wie die Tontauben. Okay, ich hab meine Leibwächter abgeschüttelt, und wenn schon. Trudger haben sie auch nicht viel genutzt.«

»Weil er sie außer Sichtweite gelassen hat«, erwiderte Strangelove kühl.

»Ich lass mir von niemandem dabei zugucken, wie ich mir den Arsch abwische, Parker!«, brüllte sie. »Wir leben angeblich in einer zivilisierten Gesellschaft. Und ob es dir passt oder nicht, ich bin hier, also willst du mir jetzt was zu trinken anbieten oder nicht?«

Strangelove atmete tief ein und erwog seine Optionen. Es war durchaus schon vorgekommen, dass JLM in seiner Wohnung aufkreuzte, doch nur äußerst selten und dann in der Regel ohne vorherige Durchsuchung der näheren Umgebung. Trotzdem wäre es unglücklich, wenn man Wanderlip unter diesen oder irgendwelchen anderen Umständen in seiner Wohnung antreffen würde.

»Ich persönlich glaube nicht, dass du irgendwas zu befürchten hast, Winnie«, sagte er ein wenig beiläufiger als beabsichtigt. »Nicht zum jetzigen Zeitpunkt.«

»Was soll das heißen?«

»Also ich«, setzte er an, »ich glaube einfach, dass dir nichts passiert. Wer immer diese Taten begeht, zielt vielleicht gar nicht auf das Kabinett. Man kann nie wissen.«

»Das ist nicht dein Ernst, oder?«, sagte sie. »Willst du vielleicht behaupten, irgendjemand würde in Edinburgh wahllos Menschen ermorden, und na, da schau her, wenn das kein Zufall ist, die Opfer sind alle Minister. Verdammt, wer hätte das gedacht? Die Wahrscheinlichkeit ist mindestens fünfzig zu eins, vielleicht sogar doppelt so groß!«

»Winnie«, sagte er, »beruhige dich.«

Und zu ihrer Überraschung machte er die Wohnungstür wieder auf.

»Ich würde dir ja einen Mantel geben«, sagte er, »aber wenn JLM dich darin sehen würde, könnte er ihn vielleicht als meinen erkennen.«

Der Einwand gegen die offensichtliche Dummheit dieses Arguments lag ihr auf der Zungenspitze, dabei war die Tatsache, dass er sie hinauswarf, die ungleich größere Kränkung.

»Tu das nicht, Parker«, sagte sie.

»Wir sprechen uns morgen«, erwiderte er kühl. »Falls sich die Gelegenheit ergibt, obwohl wir ziemlich beschäftigt sein werden.« Der letzte Tag mit Vogts und Eaglehawk. Vielleicht war es an der Zeit, ein paar Freundschaften zu pflegen, um seine Position abzusichern. Allerdings nur die richtigen Freundschaften. »Morgen«, wiederholte er nachdrücklich, als sie sich nicht rührte.

Wanderlip zögerte, spürte die altvertraute Wut in sich aufwallen und dachte, zähl bis eine Million, aber reiß die Brücken nicht ein, selbst wenn er es verdient hat. Man kann nie wissen, man kann nie wissen.

Und so bohrte sie sich die Fingernägel der einen Hand in die Handfläche der anderen und stürmte an ihm vorbei ins Treppenhaus.

Parker Strangelove sah ihr kurz nach, schloss jedoch die Tür, bevor sie ihm einen letzten bösartigen Blick zuwerfen konnte. Eine Weile ließ er die Hand auf der Klinke liegen, als würde er seine Position überdenken, bevor er langsam den Flur hinunter und zurück ins Schlafzimmer ging.

»Na«, sagte der Mann, der im Bett sitzend in einer Ausgabe von *House & Garden* blätterte, »Brustwarzen wie zwei große Knetgummiklumpen, was? Das hätte ich ja gern gesehen.«

Strangelove warf ihm einen missmutigen Blick zu, schüttelte den Kopf und stieg wieder ins Bett.

Noch einmal stürmt, noch einmal, liebe Freunde! Sonst füllt mit toten Engländern die Mauer!

Kapitel 35

All Morgen ist ganz frisch und neu

Minnie Longfellow-Moses kehrte merkwürdig spät aus Den Haag zurück. Jesse schlief den festen Schlaf der Selbstgerechten, auf dem Nachttisch sein leerer Becher Diät-Kakao, daneben auf einem Notizblock ein paar Gedanken, die er notiert hatte und für ein Buch ausarbeiten wollte, dessen Erscheinen irgendwann im nächsten Jahr vorgesehen war. Es sollte sein *Mein Kampf* werden, sein *Das Kapital*, eine umfassende Erklärung der grundlegenden Prinzipien des Mosesismus. Sie nahm den Block, warf einen unkritischen Blick auf seine nebulösen Ergüsse über die Zukunft des Wohlfahrtsstaats und dass es für die Entwicklung des Gesundheitssystem am besten wäre, eine gesündere Bevölkerung zu haben, was man wiederum am besten dadurch erreichen könnte, dass man ihr tief in die Tasche greift, wenn sie es nicht war. *Man wird sehen*, hatte er notiert, *wie schnell die Leute sich ihre Kippen und fettigen Pommes abgewöhnen, anfangen zu joggen und sich Äpfel und Birnen reinzuziehen, wenn sie für ihre Krankenhausaufenthalte bezahlen müssen*. Das sollte eine Art Leitprinzip werden. Der Staat würde denen helfen, die sich selbst halfen. Und es war eine absolut todsichere Methode, von der modernen Kultur mangelnder Selbstverantwortung wegzukommen. Jeder wäre für sein eigenes Schicksal verantwortlich.

Die perfekte Gesellschaft, zu diesem Schluss war er gekommen. Und er hatte just jene Phrase auch als geeigneten Titel über die Seite geschrieben. Es würde kein dickes Buch werden, war sein letzter Gedanke gewesen, bevor er eingeschlafen war, doch es ging nicht um Länge, es ging um Geschichte.

Minnie Longfellow-Moses legte den Block wieder auf JLMs Nachttisch und brachte nicht einmal genug Interesse auf, spöttisch zu lächeln.

»Damit wirst du weit kommen«, sagte sie leise, drehte sich um und ging ins Bad.

Winona Wanderlip brauchte lange, bis sie endlich einschlief, weil ihr Gedanken an tausend politische Intrigen und Begünstigungen als Teil eines riesigen Schlamassels durch den Kopf schossen. Die Minister-Morde – der Tod so vieler ineffizienter Menschen – waren so vollkommen sinnlos. Es musste jemand in ihrer Umgebung sein, jemand, der persönlich Anteil an der Führung des Landes durch das Kabinett nahm. Vielleicht war es das alte Spionage-Ding, wo sie einen Flugzeugabsturz verursachten, um die Tatsache zu verschleiern, dass das Attentat eigentlich nur einer Person galt. Vielleicht war es in diesem Fall das Gleiche; eigentlich hatte man es nur auf ein Mitglied des Kabinetts abgesehen, tötete jedoch alle Minister, um es wie einen Rachefeldzug aussehen zu lassen.

Diese und zahllose weitere Verschwörungstheorien feierten ein fröhliches Fest mit ihrer Fantasie, während sie dem Rauschen des Verkehrs auf der South Bridge lauschte. Und was hatte die Polizei bisher zustande gebracht? Sie hatte jede Person im Parlamentsgebäude ungefähr zehn Mal befragt und immer noch keinen Hinweis. Dabei mussten sie mit jemandem gesprochen haben, der wusste, was los war, oder mit jemandem, der dafür verantwortlich war, und sie hatten es nicht bemerkt. Und was nutzten ihr die beiden Beamten, einer vor ihrer Schlafzimmertür, der andere im Wohnzimmer? Was wollten sie tun, wenn der Mörder mitten in der Nacht lautlos ihr Fenster aufbrach und sie niederstreckte?

Die Polizei war nutzlos, und der Fall von Trudger hatte gezeigt, dass auch Leibwächter nutzlos waren. Es bedurfte eines Funkens Inspiration, um diesen Fall zu lösen, und sie wollte verdammt sein, wenn sie nicht die Frau war, genau das zu tun. Und wenn sie im Verlauf ihrer Ermittlung ein Indiz dafür entdecken sollte, dass Jesse Longfellow-Moses in irgendeiner Weise in die Machenschaften verwickelt war, würde am Ende vielleicht alles doch noch ganz prima ausgehen.

Was sie wegen Parker Strangelove unternehmen sollte und was aus ihrer besonderen Beziehung geworden war, war eine weitere Frage, die sie arg quälte. So sehr, dass sie das Foto von ihm, das neben ihrem Bett stand, mit dem Gesicht nach unten auf den Nachttisch legte. In dieser Nacht wollte sie nicht, dass er über ihren Schlaf wachte.

Und was JLMs Mannschaft betraf:

Parker Strangelove schlief problemlos ein. Man hat keinerlei Probleme, das Land des Schlummers zu besuchen, wenn man Gerechtigkeit und Ehrlichkeit als Reisepass mit sich führt. Man muss nur selbst ein bisschen daran glauben.

Veron Veron schlief genauso gut.

Reverend Blake begann ihre lange Nacht allein, blieb dies jedoch nicht bis zum Morgen.

Dr. Lousie Farrow blieb bis zum Morgengrauen wach, eine lange Nacht des Surfens im Internet, in der sie von FBI-Akten bis zu einer Reihe von Krankengeschichten alles Mögliche recherchierte.

Dr. Ashley Blackadder kehrte auf ihr Zimmer zurück, verschickte ein paar E-Mails, machte sich ein paar Notizen und dachte über einige Dinge nach. Sie trank das eine oder andere Glas Wein und lauschte den Weisen von Hoagy Carmichael, um ihre fiebrige Fantasie zu beruhigen, bevor sie irgendwann nach zwei zu Bett ging.

The Amazing Mr. X blieb die ganze Nacht wach und fragte sich, ob er sich wirklich hätte freinehmen und den Job, JLM zu beschützten, zwei unerfahrenen Polizisten überlassen dürfen. The Amazing Mr. X schlief nie.

Barney Thomson – ob er nun aus dem Körper, dem Gehirn oder den Erinnerungen des alten Barney oder einer Mischung aus allem bestand – lag mehrere Stunden mit offener Gardine wach und starrte an die Decke; weder rastlos noch unglücklich, mit den Gedanken bei Blackadder, wobei er sich fragte, ob es zwischen ihnen eine echte Verbindung gab und ob er gerade das Richtige getan hatte. Denn bei seiner Rückkehr hatte er in den sauren Apfel gebissen und im Fenster die Flagge für Solomon und Kent aufgestellt. Solomon war eineinhalb Stunden später ohne seinen Robin aufgetaucht, hatte sich Barneys Bedenken über Dr. Blackadder angehört, ein paar Witze gerissen und war wieder seiner Wege gezogen. Barney hatte erwogen, die Frage von Solomons Version über seine Vergangenheit aufzuwerfen, es jedoch auf eine andere Gelegenheit verschoben, wenn er wieder einen klareren Kopf hatte.

Und Pater Michael hatte einen höchst interessanten Abend mit Sex, Mord und Rock 'n' Roll, der seinen Vorgesetzten, so sie davon gewusst hätten, bestimmt nicht gefallen hätte. Die katholische Kirche hasst Rock 'n' Roll.

James Eaglehawk und Conrad Vogts hatten einen weiteren langen Abend, der sich bis in die frühen Morgenstunden ausdehnte. Eine Mischung aus Geschäft und Vergnügen, bei der einerseits Eaglehawks von Deutschland und Europa unterstützter Aufstieg zur Macht in der schottischen Exekutive geplant und andererseits in Erinnerungen an Nächte in den bayerischen Alpen mit Bier, Frauen und langen Geschichten über Bier und Frauen geschwelgt wurde.

James Eaglehawk und Conrad Vogts wurden langsam dicke

Freunde. Jim und Bertie, wie sie einander mittlerweile nannten.

Der arme alte Jim Eaglehawk, ein schlichter Mann, trotz all seiner Vorsicht und all der Jahre in der Politik, in denen er sich stets den Rücken freigehalten und unsichere Allianzen gemieden hatte, war durch seine eigene Falschheit zu blind für die Falschheit anderer. Und deshalb sah er Conrad Vogts nicht kommen. Kein bisschen.

Womit zur Betrachtung nicht mehr viele Menschen übrig bleiben.

Die große Bevölkerung Edinburghs schlief fest oder auch nicht, ganz wie immer, ziemlich unbekümmert über den Aderlass der Regierung. Am früheren Abend hatte es zwei konkurrierende Call-in-Sendungen im Radio gegeben: Radio Scotland gegen Radio Forth. Bei Radio Scotland war das Massaker im Kabinett diskutiert worden; Radio Forth hatte sich der Frage gewidmet, ob es im Zentrum von Edinburgh Strip-Lokale geben sollte. Radio Scotland verzeichnete fünfzehn Anrufer, von denen zwölf verlangt hatten, über ein interessanteres Thema zu sprechen. Radio Forth erhielt 327 Anrufe.

Damit bleiben mehr oder weniger nur noch die beiden letzten Minister, die in der Erzählung bisher mehr oder weniger durch Abwesenheit geglänzt haben. Brendan McLatchey, Minister für Gesundheit und Soziales, und Fforbes Benderhook, stellvertretender First Minister und Justizminister. Man könnte denken, nun ja, dass es schattenhafte Gestalten sind, die durchaus etwas mit dem allgemeinen Gemetzel an ihren Kollegen zu tun haben könnten. Aber genauso gut könnte man meinen, dass sie nichts anderes als die Typen in den roten Uniformen waren, die immer mit dem großen Captain James T. auf die fremden Planeten gebeamt wurden.

Nun, da die Nacht sich langsam in den frühen Morgen hinüberschlich, die Sonne hinter grauen Wolkenbänken auf- und der Altweibersommer schlagartig in die Knie ging, waren sowohl Benderhook als auch McLatchey tot. Der eine mit einer Kugel im Kopf, ganz in der Manier seiner verstorbenen Kollegin Honeyfoot; dem anderen, dem unglückseligen McLatchey, hatte man mit einer anmutigen Nachttischlampe den Schädel zu Brei geschlagen, die er auf einem Weihnachtsmarkt in der südbelgischen Stadt Dinant erstanden hatte.

Beide waren von den obligatorischen Polizisten bewacht worden, die sich in beiden Fällen als offensichtlich ineffizient erwiesen hatten. Benderhooks Leibwächter bekamen die Ermordung oder genauer gesagt das Verschwinden ihres Schutzbefohlenen überhaupt nicht mit, bis er am nächsten Morgen nicht zum Frühstück erschien. McLatcheys Wächter hingegen mussten zum großen Unbehagen der Mörderin zunächst operativ entfernt werden, bevor die Kopf-zu-Brei-Nummer beginnen konnte.

In Benderhooks Fall hatte die Mörderin den stellvertretenden First Minister mit Präzision und Eleganz erledigt, bevor sie zu Fuß zu McLatcheys Haus gelaufen war. Dass Benderhooks Leiche derweil entfernt wurde, sodass es aussah, als wäre der Mann vielleicht nur mal kurz zu McDonald's, sollte sie nicht überraschen.

Doch nachdem sie McLatchey blutig zu Tode geprügelt und ihre nächtliche Arbeit – und in der Tat sogar ihre Mission als Ganzes – erledigt hatte, hatte die Mörderin entschieden, dass es vielleicht an der Zeit wäre, die Identität des anonymen Bestatters zu lüften. Deshalb hatte sie in der Annahme, beobachtet zu werden, nur vorgetäuscht, sich vom Tatort zu entfernen, und war dann zurückgeschlichen, um sich im Gebüsch zu verstecken und die Ankunft des Unbekannten abzuwarten. Und diese kleine Hinterhältigkeit wurde tatsächlich damit belohnt, dass sie nach acht Morden endlich die Identität der Person aufdeckte, die die

Spuren ihrer brutalen Verbrechen beseitigte; und es ergab absolut keinen Sinn …

Das Gemetzel an Unschuldigen der schottischen Regierung war zu Ende. Acht der ursprünglichen Minister waren zur Strecke gebracht, und nur Winona Wanderlip und Jesse Longfellow-Moses waren noch übrig. Und obwohl das für das schottische Volk praktisch ohne Belang war, würde doch zumindest Winona Wanderlip am folgenden Tag in einem Zeitungsartikel auftauchen.

Winnie in Nippelgate-Schocker

Wow! Als Labour-Luder Winona Wanderlip gestern Nacht auf ihrem Weg zu einem exklusiven Night-Club in Edinburgh in die Kälte trat, lief Passanten beim Anblick ihrer Brüste das Wasser im Munde zusammen, weil ihre tollen Brustwarzen ihr mindestens zehn Zentimeter voraus waren. »Sie sahen aus wie Tannenzapfen«, staunte Fußgänger Wullie McGinest, 18, atemlos.

Verschiedene Personen alarmierten den Notruf, weil die City im Chaos zu versinken drohte.

»Solche Brustwarzen haben wir noch nie gesehen«, behauptete Ladenbesitzer Alvin McAndrew, 36. »Der Verkehr kam zum Stehen, und ich habe beobachtet, wie mehrere Leute beinahe von Autofahrern getötet worden wären, die durch Wanderlips riesige Vorbauten abgelenkt waren.«

Die wüste Winnie war gestern Abend nicht für einen Kommentar zu erreichen, doch ein enger Freund erklärte uns: »Winnie ist wirklich stolz auf ihre Nippel und zeigt sie auch gerne. Sie ist wirklich eine Superschnalle.«

Im vergangenen Monat hatte Winona Wanderlip eine

Erklärung verbreitet, in der sie bestritt, Collagen-Injektionen in Brustwarzen und andere Körperteile bekommen zu haben. Sie ist 36 Jahre alt.

Reizende Lektüre.

Kapitel 36

Eine Vision

Am nächsten Morgen sah sich Barney die schottischen Nachrichten an, die tatsächlich mit der Ermordung von McLatchey und Benderhook aufmachten, obwohl sie das Ganze eher Comedy-mäßig präsentierten und der Sprecher das Thema mit einem spöttischen Lächeln und der Bemerkung abmoderierte: »Wer wäre da schon gerne Minister?« Barney fragte sich, ob Solomon Blackadder sofort hatte beschatten lassen und sie nun von jedem Verdacht befreit war. Oder hatte er in demselben Tempo reagiert wie der Rest der Polizei? Der Chief Constable hatte am Morgen im Fernsehen die mageren Ergebnisse der bisherigen Ermittlungen damit erklärt, »dass wir natürlich alle verfügbaren Kräfte für die Ermittlung einsetzen. Doch angesichts des Besuchs von Michael Douglas und Catherine Zeta-Jones anlässlich eines Golfurlaubs vor einigen Tagen und der Verleihung der Ehrendoktorwürde an Sir Sean Connery durch die Heriot Watt University mussten wir Prioritäten setzen. Aber sobald die Konzerte von Daniel O'Donnell und S Club 7 über die Bühne sind, werden wir noch mehr Personal für den Schutz der verbliebenen Regierung zur Verfügung stellen, und ich bin sicher, dass die meisten Menschen Verständnis dafür haben, dass es zum jetzigen Zeitpunkt extrem schlecht für die Stadt Edinburgh und Schottland im Ganzen wäre, wenn einer berühmten Persönlichkeit etwas zustoßen würde.«

Unbestreitbar richtig, dachte Barney und machte sich über sein Frühstück aus Speck, Eiern, Black Pudding und Würstchen her. (Seine ehrenhaften Absichten, nach ein paar Tagen gesünder zu frühstücken, hatte er fallen gelassen, zusammen mit dem unbestimmten Gefühl, nicht hierher zu gehören.)

Der vor ihm liegende Tag versprach zu werden wie die meisten anderen auch. Es war Donnerstag, also hätte JLM zu einer Fragestunde im Parlament erscheinen müssen, doch da die einen Tag vorgezogen worden war, nutzte der First Minister die Gelegenheit, sich unters Wahlvolk zu mischen, was er hasste, jedoch für notwendig hielt. Es würde sein Gesicht ins Fernsehen und in die Zeitung bringen, und er könnte seine großartige Vision für Schottland und die ganze Welt weiterverbreiten. Und da er ein Einkaufszentrum in Perth (wo er auf einer Obstkiste predigen sollte), Stirling Castle und einen netten kleinen Teeladen in Drymen besuchen wollte, musste er gut frisiert sein. Barney stand auf Abruf bereit, der erste Termin war in knapp zwanzig Minuten.

Er verfolgte gerade einen Bericht über den jüngsten Neueinkauf der Rangers – ein Westafrikaner, der, wie bekannt geworden war, noch nie Fußball gespielt hatte, was die Unterschriftsprämie von 4,75 Millionen Pfund, die die Rangers ihm überwiesen hatten, doch ein bisschen peinlich wirken ließ. »Das ist kein Problem, er soll auf der Konterman-Position spielen«, behauptete McLeish gerade im Fernsehen –, als er hinter sich ein Rascheln hörte, herumfuhr und den kleinen Zettel auf dem Boden sah, der unter der Tür hindurchgeschoben worden war.

Barney stand auf, stürzte zur Tür, riss sie auf, ohne den Zettel zu beachten, und blickte auf der Suche nach dem unerwarteten Postboten den Flur hinunter. Doch wer immer es gewesen war, war verschwunden, und Barney hatte nicht vor, die Verfolgung aufzunehmen.

Er hob den Zettel auf und schloss die Tür. Kehrte an den Tisch zurück, trank einen Schluck Tee, biss in seinen Toast und entfaltete den Zettel. Es war ein A5-Briefbogen aus JLMs Büro, auf dem in Schreibmaschinenschrift stand:

> Das Ende ist in Sicht. Kommen Sie heute Abend um acht Uhr in den Konferenzraum 12 im Plenargebäude. Und sagen Sie niemandem etwas.

Die Botschaft war natürlich nicht unterzeichnet. Das hätte ja doch ein bisschen zu viel verraten.

Das Ende ist in Sicht. Barney biss nachdenklich ein weiteres Stück Toast ab und faltete den Zettel wieder zusammen. Das Ende der Morde, vermutete er, aber andererseits hatte das nichts mit ihm zu tun. Wegen der Einmischung von Solomon und Kent war er zwar in die Sache hineingezogen worden, doch er fühlte sich nach wie vor nicht als Teil der Ereignisse. Warum sollte man ihn in einen Konferenzraum zerren? Es sei denn, er sollte das nächste Opfer sein.

Er tupfte sich die Lippen mit einer Serviette ab und beäugte das letzte Stück Toast wie ein Velociraptor Sam Neill, bevor er sich darüber hermachte wie ein skrupelloser Tyrannosaurus über ein Lamm, das eigentlich ein schwerfälliger Diplodokus, bewaffnet mit Butter und Erdbeermarmelade, war.

Die Atmosphäre im Raum war leicht angespannt. Winona Wanderlip hatte gehofft, JLM allein zu erwischen, doch er stand mit Parker Strangelove und dem unvermeidlichen The Amazing Mr. X in seinem inneren Heiligtum.

»Jetzt sind nur noch wir beide übrig«, sagte Wanderlip, das blendend Offensichtliche feststellend.

JLM hingegen bezeugte die Tatsache, dass er über seine große Vision für die Welt nachgedacht hatte, indem er erwiderte: »Zwei von wem?«

»Vom Kabinett!«, fauchte sie und wandte sich von dem Fenster ab, aus dem sie geschaut und wo sie ununterbrochen an den Resten des Nagels ihres linken Ringfingers gekaut hatte.

JLM und Strangelove tauschten einen Blick unter Jungs von der Sorte: »Wieder eine Alte mit PMS-Syndrom.«

»Wir haben noch Eaglehawk und McPherson«, sagte er. »Und im Laufe des Wochenendes werden wir die Besetzung der anderen vakanten Posten klären, nicht wahr, Parker? Entweder wir befördern die Stellvertreter oder wir finden jemand anderen, wenn der Stellvertreter so ein Schaufensterpüppchen wie Patsy Dingsda ist. Keine Sorge, Winnie. Ich pack nicht alles auf deinen Teller.«

»Genau, Sir«, sagte Strangelove.

»Mein Gott«, sagte Wanderlip, »bekümmert dich das Verschwinden und die wahrscheinliche Ermordung all dieser Menschen denn gar nicht? Die Regierung ist total durcheinander. Himmel, das Ganze ist ein Riesenchaos.«

»Winnie, Winnie, Winnie«, sagte JLM, und sie hätte ihn schlagen können, »in einer Regierung gibt es nur ein Riesenchaos, wenn die Leute glauben, es gäbe ein Riesenchaos. Mal ehrlich, es gibt ohnehin nur zwei Minister, die irgendein Mitglied der Öffentlichkeit bei einer Gegenüberstellung identifizieren könnte. Dich und mich. Und wir sind doch beide noch hier, oder nicht? Ich meine, mal ehrlich, Politiker machen die Arbeit doch sowieso nicht, oder? Es sind die Beamten, die die Arbeit machen. Wie viele Beamte wurden ermordet, Parker?«

»Keiner«, sagte Strangelove. Wanderlip kochte.

»Ist also die Arbeit der Exekutive in irgendeiner Weise beeinträchtigt worden?«, fragte JLM ölig.

»Kein bisschen, Sir«, sagte Strangelove. »Was natürlich daran liegen könnte, dass die Exekutive gar nichts tut.«

»Wie auch immer«, sagte JLM und sah Wanderlip so herablassend an, dass er neue Maßstäbe der Herablassung setzte, »die Politiker sind nur dazu da, Entscheidungen zu treffen und im

Fernsehen aufzutreten. Tatsache ist, und ich glaube, ich kann das sagen, weil wir hier unter Freunden sind, dass keiner von dem Haufen viel zu entscheiden hatte, weil ich sie nicht gelassen habe. Und wenn die Sender jemanden fürs Fernsehen wollen, dann entweder mich oder deine PMS-Nummer.«

»Mein Gott«, murmelte sie.

JLM tilgte das feiste Grinsen aus seinem Gesicht. Das arrogante Lächeln aus Strangeloves schmieriger Visage verschwand, und, was ein wenig länger dauerte, der drohende Wutausbruch von Wanderlip verzog sich.

»Schottland steht vor einer neuen Morgendämmerung, Winnie«, sagte er, und Strangelove zog eine Braue hoch.

»Was soll das heißen?«, fragte sie.

»Du kannst entweder für uns sein oder dich aus der Regierung zurückziehen, das liegt an dir«, sagte JLM.

»Wovon redest du?«, fragte sie nachdrücklicher. »Eine neue Morgendämmerung?«

JLM vollführte eine taschenspielerartige Bewegung wie Gandalf oder so.

»Alles wird zur gebotenen Zeit offenbart werden«, erklärte er mystisch. »Aber ich glaube, das Gemetzel ist vorüber.«

Er sagte es ganz leise, doch Wanderlip spürte, wie sich ihre Nackenhaare plötzlich gegen den Kragen ihrer braunen Bluse sträubten. Sie blickte The Amazing Mr. X an, doch der starrte versunken aus dem Fenster in eine seiner Traumwelten. Sie sah Strangelove an, doch der Blick, den er ihr zurückwarf, war so undurchdringlich wie immer. Aus irgendeinem Grund kam ihr der Ausdruck »die Augen eines Mörders« in den Sinn. Sie erschauderte und wandte sich wieder JLM zu, der sein gewohnt nichts sagendes Halblächeln aufgesetzt hatte.

Sie spulte die Worte in ihrem Kopf noch einmal ab. Handelte es sich um die leeren Hoffnungen eines Politikers, hohle Phrasen, die sie beruhigen sollten? Oder steckte etwas Finsteres dahinter? Verfügte Longfellow-Moses über eine spezielle Einsicht? So hatte es sich angefühlt, doch schon zehn oder fünfzehn Sekunden später war der Augenblick verstrichen, und die Aussage schien wieder vollkommen unschuldig.

»Weißt du etwas?«, fragte sie.

JLM lachte sein lautes, dröhnendes Lachen. Natürlich würde dich nichts so zum Lachen bringen wie die Ermordung all deiner politischen Kollegen, dachte Wanderlip.

»Ich bin ein politisches Urviech, Winnie«, sagte er mit dröhnender Stimme. »Du musst zugeben, Winnie, ich bin halt ich. Ich bin Jesse Longfellow-Moses. Ich bin nicht nur der First Minister der schottischen Regierung, ich bin ein *Major Player* auf der europäischen Bühne. Schröder, Berlusconi und Blair blicken auf der Suche nach Führung zunehmend auf mich.«

JLM hatte den Blick von Wanderlip abgewandt und starrte bei seinen Ausführungen auf einen undefinierten Punkt an der Decke. Weiß Gott, was er dort sah. Wanderlip und Strangelove wechselten einen Blick, doch JLMs oberster politischer Berater blieb unergründlich.

»Mein Gott«, fuhr JLM fort, »gestern hat mich sogar der verdammte Lord Robertson angerufen.« Eigentlich war es Robertsons Privatsekretärin gewesen, die JLM erklärt hatte, dass George auf unabsehbare Zeit beim Frisör weilte. »Nächste Woche fliege ich nach Italien und in die Schweiz, und auf dem Rückweg schaue ich in Berlin vorbei. Das ist die Position, die wir haben, Winnie. Ich kann einfach bei diesen Leuten vorbeischauen. Ich bin ein Player, Winnie, ein Player. Ich sitze mit am Tisch, keine Frage. Sogar Bush will mich treffen, aber ich halte ihn hin, weißt du. Das eilt ja nicht, was? Und der Papst auch, aber da werde ich schön vorsichtig sein. Zu diesem Zeitpunkt will ich es mir ja nicht mit halb Glasgow verscherzen. Das kann eine Weile warten. Sorry, Kumpel, habe ich dem Papst gesagt, aber du musst halt warten.«

Er schwafelte wirklich außerordentlich, wie er es zu tun pflegte, wenn er sich von seiner eigenen hehren Erhabenheit mitreißen ließ. Aber dann stieg er ebenso plötzlich wieder von seiner Wolke herunter, riss sich aus seinen Träumen, und sie erkannte, dass der Funken von Wahnsinn noch da war.

»Was sagte ich?«, fragte er.

»Ich konnte dir leider nicht folgen«, erwiderte sie beißend.

»Ja, ja, Spitze«, sagte er. »Ich bin ein politisches Urviech. Ich weiß Sachen, spüre sie aus dem Bauch. Deswegen stehe ich hier, und du bist bloß Ministerin für Lebenslanges Lernen. Herrgott noch mal, Winnie, die Leute wissen nicht mal, was das heißen soll. Wie dem auch sei, du hast eben nicht mein Kaliber, doch ich hoffe, du verstehst zumindest, was ich meine. Ich bin ein politisches Raubtier. Ich spüre Dinge. Ich weiß, was passiert, selbst wenn ich nicht alle Fakten kenne. Weiß ich, wer die Minister ermordet? Nein, definitiv nicht«, erklärte er, und sie registrierte ein unbewusstes Augenzucken, als er es sagte, »aber ich glaube ehrlich und aus tiefstem Instinkt, dass diese Morde vorbei sind, ja wirklich. Darauf hast du mein Wort«, fügte er endgültig und seltsam triumphierend hinzu, als er ihr erneut eindringlich in die Augen sah.

Wanderlip betrachtete sein Gesicht, und er starrte intensiv zurück. Dann sah sie Strangelove an und nickte. Ihre Nackenhaare hatten sich während JLMs Krönungsrede wieder gelegt, doch das Gefühl der Beunruhigung blieb, das Zimmer atmete noch immer jenes Unbehagen, das seit seiner scheinbar oberflächlichen Bemerkung herrschte, er wisse, dass alles vorbei sei.

Noch immer nickend wie ein Wackeldackel auf der Hutablage eines Wagens ging sie mit geschürzten Lippen langsam an den beiden Männern vorbei und schloss die Tür hinter sich.

Draußen seufzte sie schwer, und ihr Blick traf auf das einzige Mitglied von JLMs Mannschaft, das in diesem Moment zufällig vor der Tür herumsaß.

»Sind Sie der Frisör?«, fragte sie.

Barney Thomson nickte.

»Glaub schon«, sagte er, »aber wenn Sie mir etwas anderes erzählen wollen, wäre ich wahrscheinlich bereit, Ihnen zu glauben.«

Ein weiterer Mann, der in Rätseln sprach, dachte sie, schloss kurz die Augen und ging dann, ohne das Wandgemälde eines Blickes zu würdigen, aus dem Büro.

Kapitel 37

Den Haien zum Fraß

»Was ist mit Wanderlip?«

James Eaglehawk betrachtete den Hai, der über seinem Kopf schwamm, und fragte sich, wie dick das Glas war. Wie viele Millionen Liter Wasser stauten sich dahinter? Der Druck musste enorm sein. Tag für Tag, Woche für Woche, Monate, aus denen Jahre wurden. Wie oft wurden diese Dinger kontrolliert, fantasierte er weiter, schließlich gab es überall Einsparungen, oder? Es gab keine Institution auf diesem Planeten, die keine Einsparungen zu verkraften hatte. Hatten sie noch genug Personal, um das Aquarium auf Risse zu untersuchen? Systematische, regelmäßige Inspektionen? Musste das Glas nicht zwangsläufig irgendwann bersten, sodass der Tunnel unter dem Aquarium voll Wasser laufen würde und die Leute, die sich zu diesem Zeitpunkt dort aufhielten, entweder ertrinken oder von den verdammt großen Haien gefressen würden, die über ihren Köpfen schwammen. Er wusste, dass sie ihn ansahen; vor allem ein Hai warf jedes Mal, wenn er vorbeischwamm, einen unverhohlenen Blick in seine Richtung. Er kreiste und wartete nur darauf, dass sich der erste feine Haarriss in der Glaskonstruktion auftat, der erste Kratzer in der Rüstung. Und dann würde er wie der Blitz herabstoßen und Eaglehawk zum Frühstück verspeisen.

Ihn schauderte erneut, als er das Geräusch seiner unter einem herzhaften Biss des Hais knackenden Knochen förmlich hören und sich vorstellen konnte, wie das Tier die *Meringe von braisiertem Perlhuhn* genoss, die er am Vorabend gegessen hatte. Er sah den Blick des Hais, als jener seine Hoden taxierte. Wahrscheinlich galten menschliche Hoden unter Haien als Delikatesse.

»Was gibt's denn heute bei dir, Sharky?«, würde ein Hai den anderen fragen. Eaglehawk stellte sich vor, dass die Haie mit australischem Akzent sprachen.

»Bei mir, Kumpel? Ich hatte Schwein und krieg ein paar menschliche ›Eier‹ zum Abendessen.«

»Fantastisch, Mann. Hast du was übrig?«

»Komm schon, Kumpel, es sind eh nur zwei, und außerdem sind sie verdammt winzig.«

»Was?«, fragte er, riss den Blick von dem Hai los, der ihn umbringen wollte, und wandte sich wieder Vogts zu.

Vogts lächelte.

»Du stellst dir vor, dass der Hai deine Hoden frisst?«, fragte er.

Niemand, schon gar kein Politiker, mag die Vorstellung, dass jemand seine innersten Ängste lesen kann. Beim geringsten Hinweis darauf, dass die Fassade Risse hatte, gab es Ärger. Gut, dass Vogts ein Verbündeter war.

»Nein, nein«, sagte er und wandte sich ganz von dem Hai ab, obwohl er dessen bohrenden Blick nach wie vor in seinem Rücken spürte. »Ich habe mir vorgestellt, ich würde mit ihnen in der Karibik oder irgendwo schwimmen, das muss echt cool sein.«

»In der Tat«, sagte Vogts, die Lüge durchschauend. Und Eaglehawk erkannte, dass Vogts die Lüge durchschaut hatte, so wie Vogts wusste, dass Eaglehawk es wusste. Eaglehawk wusste allerdings nicht, dass Vogts wusste, dass er es wusste, womit wir die Angelegenheit auch beenden können.

»Was ist mit Wanderlip?«, wiederholte Vogts. »Wo siehst du sie in all dem?«

Eine Autoritätsperson trat auf sie zu. Klein, blonder Pagenschnitt, ziemlich hübsch.

»Meine Herren«, sagte sie, »könnten Sie bitte wieder auf das Band zurücktreten?«

Eaglehawk warf ihr einen Blick zu und hätte ihr um ein Haar seine »Wissen Sie, wer ich bin?«-Rede gehalten. Oder genauer gesagt, seine »Wissen Sie, wer ich sein werde?«-Rede.

»Selbstverständlich, selbstverständlich«, sagte Vogts. »Wir sind nur runtergegangen, damit Sie uns ansprechen. Sie sind sehr hübsch.«

»Sie sind offensichtlich kein Schotte«, erwiderte sie, als die beiden Männer ihre Anweisung befolgten.

»Ich stamme aus Koblenz«, sagte Vogts. »Ein wunderschönes Städtchen am Rhein. Sie müssen es irgendwann mal besuchen. Wir könnten zusammen eine Bootsfahrt machen. Im Mondlicht Wein trinken, den Wolken zusehen, die über die Brüstung der Burgen hinwegziehen, und uns die ganze Nacht lieben.«

Sie blickte demonstrativ auf seinen Schritt und grinste.

»Die ganze Nacht? Was für Drogen nehmen Sie denn?«

»Nur das Opiat Ihrer Schönheit«, erwiderte Vogts galant.

»Ja, also ich war noch nie auf dem europäischen Festland«, sagte sie und wandte sich ab, als das Laufband Vogts und Eaglehawk um eine Ecke trug. Aber sie hatte es mit einem kleinen Lächeln gesagt, keine Frage. Der junge Bursche, der auf dem Band vorbeikam, den Wortwechsel mitgehört und sie lächeln gesehen hatte, dachte, dass er sein Glück vielleicht auch mal versuchen sollte, wenn es so einfach war.

»Hey, Süße«, sagte er im Vorbeifahren, und sie drehte sich immer noch lächelnd zu ihm um. »Ich komme aus Glasgow. Hast du Lust, mit mir an den Clyde zu kommen und zu vögeln?«

Ihr Lächeln erstarb, genauso wie beim Anblick der Familie mit zwei Kindern, die hinter dem Burschen aufgetaucht war, die Erwiderung, die ihr auf der Zunge lag. Der köstliche Flirt eines

Augenblicks war vorüber, und sie wandte sich wieder ihrem Dienst zu.

Vogts drehte sich seinerseits immer noch lächelnd zu Eaglehawk um, der das kurze Gespräch gar nicht beachtet, sondern stattdessen den Hai im Blick behalten hatte, welcher ihn jetzt, da er sich bewegte, ohne jeden Zweifel verfolgte. Gab es eine Möglichkeit, wie der Hai aus dem Aquarium entkommen konnte? Vielleicht hatte das Ding keinen Deckel, weil man davon ausging, dass Haie nicht über den Beckenrand klettern konnten. Aber dieser Mistkerl bestimmt.

»Wo wir gerade von schönen Frauen reden«, sagte Vogts, »was ist mit Wanderlip?«

Eaglehawk versuchte, in die Gegenwart zurückzukehren, die Präsenz des Hais abzuschütteln und an Winona Wanderlip zu denken.

»Sie muss weg«, sagte Eaglehawk leise und sah sich nach den anderen Besuchern um. Doch in der näheren Umgebung war niemand, und selbst wenn, waren alle anderen hier, um sich die Fische anzugucken, und nicht, um eine politische Intrige zu belauschen. Vogts war auch hier, um sich die Fische anzugucken; deshalb hatte er Eaglehawk nach North Queensferry geschleift.

»Von all den Ministern, die hätten ermordet werden können, von Melanie einmal abgesehen«, fuhr Eaglehawk fort, »ist sie diejenige, die wir als Erste aus dem Spiel nehmen müssten. Dieser Psychopath tut uns ohne Frage einen großen Gefallen, aber es wäre noch besser gewesen, wenn der verrückte Mistkerl Winnie als Erste erledigt hätte.«

»Es sei denn«, sagte Vogts, und sein Ton ließ Eaglehawk die Haie für einen Moment vergessen, »sie steckt hinter allem.«

»Warum?«, fragte Eaglehawk, obwohl er in keiner Weise geneigt war, sie zu verteidigen. »Die einzige Person, die zwischen ihr und der Position des First Minister steht, ist Jesse. Warum sollte sie all die Leute ausschalten, die sie vielleicht unterstützt hätten?«

Vogts zog eine Braue hoch.

»Überleg doch mal«, sagte er. »Frauen sind seltsame Wesen, und wir wollen nicht so tun, als könnten wir ihre Gedanken je verstehen. Die Politik ist das gesellschaftliche Äquivalent von Frauen; niemand weiß je, was ein politischer Gegner oder selbst ein politischer Verbündeter denkt. Und deshalb sind Frauen in der Politik die explosivste aller Mischungen. Wenn je eine Eruption auf ihren Ausbruch gewartet hat, dann in Gestalt solcher Frauen, und deine Kollegin Winnie ist ein absolut klassischer Fall.«

Eaglehawk nickte.

»Da hast du allerdings Recht«, sagte er.

»Und«, fragte Vogts, »was willst du mit ihr machen?«

Eaglehawk wandte sich von Vogts ab und starrte unwillkürlich erneut auf den Hai. Ihn schauderte, sodass er am ganzen Körper eine Gänsehaut hatte, als er sich wieder Vogts zuwandte.

»Ich werf sie den verdammten Haien zum Fraß vor«, sagte Eaglehawk und hielt Vogts' Blick einen Moment lang stand, bevor er die Augen niederschlug. »Lass uns verschwinden«, sagte er, »hier ist es mir unheimlich.«

Und so marschierten sie los auf der Suche nach der großen freien Natur.

Kapitel 38

Glaub nicht, dass Sterne aus Feuer bestehen

Der First Minister und sein Gefolge machten Station in einem Frisörsalon im Einkaufszentrum von Perth. JLM hatte seine Runde gedreht, vor begeisterten japanischen und amerikanischen Touristen, die ihn für einen Schauspieler hielten, der nur für sie eine Winston Churchill-Imitation gab, hatte seine Rede auf der Apfelsinenkiste gehalten, überschwänglich ein paar Passanten begrüßt, die ihn für jemanden aus *Höllenfahrt bis ans Ende der Welt* oder *Chewin' the Fat* hielten, und war schließlich auf die Idee verfallen, einen Frisörsalon zu besuchen. Dort hatte er einen der Stühle mit Beschlag belegt und Barney dazu vergattert, sich in aller Öffentlichkeit um sein Haar zu kümmern.

Damit hatte Barney kein Problem – bis auf die offensichtliche Tatsache, dass er praktisch nichts mit JLMs Haaren machen konnte.

Vier Stühle standen in einer Reihe, drei Frisöre arbeiteten emsig vor sich hin, ein geschäftiger kleiner Laden, während ein vierter Kollege sich zum Zeitunglesen verzogen hatte, um Barney das Feld zu überlassen, der mit einer stumpfen Rasierklinge an JLMs Hinterkopf herumkratzte.

»Man kann die Bedeutung eines Qualitätsherrenfrisörs gar nicht unterschätzen«, sagte JLM und sonderte damit seit Betreten des Ladens die circa fünfzehnte Plattitüde ab.

Und wie schon bei den vorherigen vierzehn beispielhaften

Banalitäten ignorierten ihn die drei anderen Frisöre vollkommen. Es herrschte die angespannte Atmosphäre, die überall herrscht, wo sich ein unerwünschter Würdenträger eingeladen hat. Die gewohnten Gesprächsthemen wurden gemieden, von den fußballerischen Leiden von St. Johnstone und der Frage, ob die Rangers und Celtic sich der ersten englischen Division anschließen oder sich doch eine passendere Umgebung suchen sollten wie etwa die Liga der sektiererischen, aufgeblasenen Korinthenkacker, der talentlosesten Ausländer und aller sonstigen Fußballnieten, über die Fatty-Arbuckle-Theorie, warum man vier Mann braucht, um jemandem eine Glühbirne in den Arsch zu schieben, bis hin zu langatmigen Diskussionen über den naturalistischen Trugschluss und den Irrtum, das Gute mit empirischen Begriffen definieren zu wollen. Die Stimmung war vielmehr wortkarg und betreten.

Einer der anderen Frisöre hatte Barney gefragt, was zum Teufel er mit JLMs Stoppeln überhaupt machen wollte, und Barney hatte erwidert, gar nichts, da es allein darum ginge, dem Kunden das Gefühl zu vermitteln, ihm würde etwas Gutes getan. Anschließend hatten die Frisöre Barney weniger feindselig betrachtet, weil sie begriffen, dass er nur in JLMs absurdem Fahrwasser mitgeschleift wurde und nicht die treibende Kraft hinter den Wahnvorstellungen des Mannes war.

Also ging der Salon weiter seinem Alltagsgeschäft nach, während JLM, der perfekte Politiker, am laufenden Band sinnfreie Floskeln absonderte.

»Man sagt, sich die Haare schneiden zu lassen, wäre nur einen Schritt von den Schimpansen entfernt, die sich gegenseitig lausen«, sagte JLM. »Aber das stimmt nicht!«

Einer der Kunden hätte beinahe gefragt, wer so etwas sagte, weil er dergleichen noch nie gehört hatte, entschied jedoch, dass Schweigen in diesem Fall bestimmt Gold war. Er ließ sich gerade einen eher zweifelhaften *Russell Crowe, Gladiator* schneiden, während die beiden anderen Kunden, die zeitgleich bedient wurden, einen *Oliver Reed, Gladiator* beziehungsweise einen *Der dritte Tiger von links, Gladiator* verpasst bekamen. (Der Salon bot ein spezielles *Gladiator*-Wochenende an. In Einklang mit diesem Leitmotiv hatte Barney für JLM einen *Namenloser Mann mit schütterem Haar in der Zuschauermenge des Kolosseums, Gladiator* vorgesehen.)

The Amazing Mr. X stand an der Tür und ließ den Blick durch das Einkaufszentrum schweifen, wo die Menschen wieder für kühles Wetter gekleidet waren und die jungen Damen, die noch vor zwei Tagen beträchtliche Mengen nackter Haut gezeigt hatten, wieder komplett mit mehrfach ungesättigten Kleidungsstücken diverser Machart bedeckt waren. X war enttäuscht.

»Gillette, Wilkinson Sword, o ja«, sagte JLM. »Hersteller feiner Rasierer, alle beide. Unbedingt.«

Und so schwafelte er weiter, während Barney eigenartig lange brauchte, sein Haar nicht zu schneiden. Doch er war zurück in einem Frisörsalon, an dem Ort, an dem er – vielleicht – fast sein ganzes Arbeitsleben verbracht hatte, und es fühlte sich, wenngleich durch die Anwesenheit des First Minister leicht beeinträchtigt, ungemein heimelig an: die Gerüche, die Stille, die entspannte Atmosphäre. Er hatte ein Gefühl von Heimkehr, er war wieder im Sattel. Er war ein F-15-Pilot, der jahrelang bei Flugschauen Doppeldecker geflogen hatte und jetzt wieder im Cockpit eines Kampfbombers saß. Er war König Richard, der von den Kreuzzügen heimkehrte, um Prinz John in den Arsch zu treten. Er war Ost-Berlin nach dem Fall der Mauer, Clint Eastwood in *Space Cowboys*. Er war Bill Clinton, nachdem er das Monica-Ding überstanden hatte. Okay, wir wollen nicht übertreiben.

Aber er konnte es nicht ewig in die Länge ziehen. Irgendwann kehrte Parker Strangelove von einer kurzen Einkaufsexkursion auf der Suche nach bestickter pinkfarbener Unterwäsche zurück und machte JLM darauf aufmerksam, dass er dem Zeitplan hinterherhinkte und sich beeilen sollte. Barney beendete seinen Schnitt, was angesichts der Tatsache, dass er nichts gemacht hatte, nicht allzu schwer war, und sie zogen weiter.

Kurz nach drei kehrte Barney nach Edinburgh zurück, nachdem JLM ihm schon vor Erledigung sämtlicher Tagestermine freigegeben hatte, weil sein Haar für den Tag »solide« war, wie er verkündet hatte. In seinem Zimmer hatte es Barney nicht ausgehalten, sondern sich stattdessen ins World's End verzogen und hinter einer Flasche Bier und ein paar Nüssen verschanzt. In dem Einkaufszentrum in Perth hatte er etwas entdeckt, eine Tatsache, die Bezug zu all den Geschichten hatte, die man ihm über seine Herkunft erzählt hatte und über die er unter Zuhilfenahme von großen Mengen Alkohol nachdenken wollte.

Er hatte ein bis zwei stille Stunden über seine Vergangenheit und seine Zukunftspläne sinniert, als zwei Männer mit jahreszeitlich passenden langen Mänteln, trübseliger Miene und jeweils einem Pint Lager in der Hand auf ihn zutraten.

Solomon und Kent.

»Was dagegen, wenn wir uns setzen?«, fragte Solomon und nahm an Barneys Tisch Platz.

Barney machte lächelnd eine entsprechende Geste. Kent setzte sich ebenfalls, und die beiden Polizisten tranken einen großen Schluck von ihrem Bier.

»Ich fürchte, heute habe ich nichts für Sie«, sagte er. »Obwohl ich das Ende einer Unterhaltung über das Nash-Equilibrium mitbekommen habe, was Sie möglicherweise interessieren könnte.«

»Wohl kaum«, erwiderte Solomon. »Ich weiß nicht mal, was das ist.«

»Offenbar eine ökonomische Theorie«, erklärte Barney.

»Ausgezeichnet«, sagte Solomon. »Wen interessiert's? Wenn

Sie entspannt mit mir plaudern wollen, bin ich bereit über *Tom & Jerry* zu reden, aber darüber hinaus bin ich kein großes Konversationstalent.«

»Wie wahr«, sagte Kent.

»Klappe, Klugscheißer«, sagte Solomon.

»Trotz der guten Kritiken, die er bekommen hat, hat mir *Tom gibt ein Konzert* nicht gefallen«, sagte Barney.

»Ich höre, Kumpel«, sagte Solomon.

»Zumindest war es ein Schritt weg von der abstoßenden Gewalt und Verdorbenheit einiger anderer Streifen«, warf Kent ein.

»Hören Sie sich den an«, sagte Solomon. »Sergeant Kent ist manchmal eine kleine Memme. Aber wir sind auch nicht hier, um über Tom und Jerry zu reden. Uns steht das Wasser sozusagen bis zum Hals, und wir dachten, Sie könnten vielleicht versuchen, noch ein bisschen mehr auszugraben.«

Barney stopfte sich nickend ein paar Nüsse in den Mund, lehnte sich zurück und verschränkte abwehrend, aber verhandlungsbereit die Arme.

»Nachdem ich gestern Abend bei Ihnen fertig war, hatte ich noch ein paar Sachen zu erledigen, bevor ich schließlich gegen zwei Uhr zum Zimmer Ihrer Freundin gegangen bin. Ich dachte, trau dich, und hab geklingelt. Keiner zu Hause. Also habe ich gewartet.«

»Im Schrank versteckt«, sagte Kent.

»Ja, was auch immer«, murmelte Solomon.

»Wie ein Besen oder Putzmittel«, sagte Kent.

»Ich denke, Barn ist jetzt hinreichend im Bilde.«

»Der Detective Chief Inspector hat endlich seinen Platz gefunden«, sagte Kent lächelnd.

»Sind Sie jetzt fertig, oder muss ich Ihr Gesicht erst in einen Küchenmixer stecken?«

»Ich bin fertig«, sagte Kent leichthin, weil er sich ziemlich sicher war, dass Solomon das mit dem Küchenmixer in Wahrheit nie tun würde.

»Wie dem auch sei, wenn ich fortfahren darf. Ungefähr zehn Minuten später kreuzt sie auf. Der Gerichtsmediziner schätzt, dass sowohl Benderhook als auch der andere Typ zu dieser Zeit schon steif waren, also ist sie noch nicht aus dem Schneider. Aber jetzt kommt das Interessante. Sie war nicht allein. Nach Ihrem kleinen abendlichen Rendezvous mit dem Mädchen fühlte sie sich offenbar ein wenig einsam, weil sie nicht in Ihre Homer-Simpson-Boxershorts gekommen ist, wenn Sie verstehen, was ich meine.«

»Weiter«, sagte Barney leicht beklommen und mit einem ersten Stechen der Eifersucht, die sein Bedauern darüber begleitete, Blackadder eine Polizeiüberwachung eingebrockt zu haben.

»Sie war mit einem von Ihrer Truppe zusammen«, sagte Solomon, »was nicht weiter überraschend ist, weil es unter euch ja alle möglichen Techtelmechtel geben muss.«

»Strangelove?«, fragte Barney, der so seinen Verdacht hatte.

»Sogar noch besser«, sagte Kent.

»Als ob Sie dabei gewesen wären, Klugscheißer«, sagte Solomon. »Der Priester.«

»Pater Michael?«, fragte Barney überrascht. Der Typ machte in seinem Leben also noch etwas anderes, als die alberne JLM-Christus-Darstellung zu betrachten.

»Genau der«, antwortete Solomon.

»Er war derjenige, der bei mir bezüglich Dr. Blackadder erste Zweifel gesät hat«, sagte Barney.

»Nun«, meinte Solomon, »wer weiß? Vielleicht war es ein seelsorgerischer Besuch, weil er sich Sorgen um sie macht.«

»Um drei Uhr nachts?«, fragte Barney.

»Exaktemento. Ich halte es auch für wahrscheinlicher, dass er sie um den Verstand gevögelt hat. Wir wissen doch beide, dass dieses ganze Zölibat-Ding in den letzten Zügen liegt. Jedenfalls, irgendwann nach drei schmeißt sie ihn raus, Küsschen auf der Schwelle, das Übliche. Sie schließt die Tür, ich denke, verdammt, es ist drei Uhr nachts, ich lass sie in Frieden und schau stattdessen mal, was der alte Priester noch so vorhat. Denn wenn es etwas gibt, was noch verdächtiger ist als eine Psychologin, die um drei Uhr nachts rumschleicht, dann ist es ein verfickter Priester, der nachts um drei Uhr rumschleicht, stimmt's?«

Nicht so verdächtig wie ein erwachsener Mann, der sich in einem Schrank versteckt, dachte Barney.

»Exaktemento«, sagte er stattdessen.

»Ihr Priesterfreund geht nicht weit, ein Stück den Flur hinunter bis zu seinem Zimmer. Ich habe heute Morgen überprüft, wo ihr alle wohnt. Ein richtiges kleines Hotel für euch habt ihr hier, was? Auf gut Glück hänge ich also noch ein Weilchen herum, um zu sehen, ob er noch mal rauskommt. Polizeiinstinkt, verstehen Sie? Ich wusste, auf die Frau Doktor musst du nicht warten, aber ich wusste auch, dass der Priester noch mal rauskommen würde. Zehn, fünfzehn, zwanzig Minuten später, ich will gerade aufgeben, da kommt er tatsächlich, unser alter Freund und Stecher höchstpersönlich, Pater Dingsda. Und wohin führt sein Weg ihn diesmal, wenn nicht in das Zimmer der anderen beschissenen Ärztin oder was immer diese Frauen sind.«

»Louise Farrow?«, fragte Barney.

An Louise Farrow hatte er kaum gedacht, vielleicht weil sein Instinkt ihm sagte, dass sie diejenige war, die die Wahrheit sagte.

»Präzisamento«, sagte Kent.

»Hören Sie sich diesen Schwachkopf an«, sagte Solomon. »*Präzisamento*. Ja, Louise Farrow, die Allgemeinmedizinerin. Ich schnüffel ein bisschen rum, verschaff mir Zutritt zu dem einen oder anderen Zimmer, wenn mir mein Instinkt sagt, dass es leer ist, bis ich eins direkt gegenüber der Ärztin gefunden hab. Die Kleine hatte die Vorhänge im Schlafzimmer nicht zugezogen, sag ich Ihnen, und was war da nun wieder los? Sie und der Priester haben es getrieben wie bumsende Elefanten. Eine große Vögelei. Wissen Sie, wie es war?«

»Ich kann es mir nicht mal ansatzweise vorstellen«, erwiderte Barney.

»Als ob man Fernsehen mit abgeschaltetem Ton guckt. Ich konnte ihr kleines Gesicht sehen und wie sie vor Lust geschrien hat. Sie ist voll drauf abgefahren.«

»Sie haben die ganze Zeit zugeguckt?«, fragte Barney.

»Aber ja doch«, sagte Solomon. »Meinen Sie, so eine Show würde ich mir entgehen lassen?«

Barney nickte.

»Und was wollen Sie damit sagen?«, fragte Barney.

»Ich sag gar nichts, Batman«, erwiderte Solomon. »Ich erzähle Ihnen nur etwas über Ihren Priester, mehr nicht. Ich hab keine Ahnung, wie Sie das anstellen sollen, aber sehen Sie zu, dass Sie was herausfinden. In Ihrer kleinen Burschenschaft ist die Kacke ganz schön am Dampfen, und ich wollte Ihnen nur ein paar weitere Hinweise geben, in welcher Richtung Sie vielleicht suchen sollten.«

Barney nickte, trank einen Schluck Bier und starrte auf den Boden. Er überlegte, ob er ihnen von der Botschaft erzählen sollte, die er am Morgen erhalten hatte. Wenn dies ein Film wäre, würde er als Zuschauer die Figur anschreien, der Polizei von dem verdammten Brief zu erzählen, und hier saß er nun und wusste ganz genau, dass er das nicht tun würde.

»Aber warum sollte die Tatsache, dass ein Priester mit einer Ärztin vögelt, etwas mit der Ermordung der Minister zu tun haben?«, fragte Barney.

Solomon hob sein noch praktisch unberührtes Glas und leerte es in einem langen, steten Zug. Er schluckte, rülpste laut in seine Hand und stellte das Glas wieder ab.

»Nennen Sie es meinetwegen Polizisteninstinkt«, sagte er, und Kent schnitt neben ihm eine Grimasse. »Wenn Sie diesen

Kram so lange machen wie ich, fangen die Dinge an, ein Muster zu ergeben. Besteht zwischen beidem ein automatischer Zusammenhang? Nein. Aber ich sehe, dass das Kabinett ermordet wird, was schon reichlich seltsam ist, und auf der anderen Seite vögeln ein Priester und eine Ärztin sich um den Verstand, kurz nachdem der Priester höchstwahrscheinlich schon eine Psychiaterin genagelt hat, und das ist auch reichlich seltsam. Und wenn zwei scheinbar zusammenhanglose, reichlich seltsame Dinge passieren, kann es sehr gut sein, dass sie nicht so zusammenhanglos sind, wie man anfangs dachte. Verstehen Sie, was ich sagen will?«

Auf eine verdrehte Art ergab es durchaus einen Sinn.

»Ich werde sehen, was ich tun kann«, sagte Barney.

»Perfektamento«, sagte Kent, und Solomon warf ihm einen giftigen Blick zu.

»Wollen Sie mich verarschen, oder sind Sie bloß ein Idiot?«, fragte er.

»Ich finde es süß, dass Sie den Unterschied nicht erkennen«, sagte Kent.

Solomon musterte ihn verächtlich und warf Barney einen viel sagenden Blick zu.

»Okay, wir sind weg«, erklärte er.

»Wollen Sie mir vorher noch etwas sagen?«, fragte Barney.

Er vertraute Solomon und hatte das Gefühl, auf eine ehrliche Frage auch eine ehrliche Antwort zu bekommen.

»Los«, sagte Solomon. »Aber machen Sie schnell.«

»Diese Geschichte mit dem Gehirn, die Sie mir erzählt haben«, sagte Barney, »ist totaler Quatsch, oder?«

Solomon lächelte.

»Absolut«, antwortete er. »Wie haben Sie das herausgefunden?«

»Warum haben Sie das getan?«, fragte Barney.

»Warum ich Sie angelogen habe?«, fragte Solomon. »Ich hab

es einfach riskiert. Sie stecken in einer reichlich seltsamen Lage, und wir wollten das ein bisschen ausnutzen, um Sie auf unsere Seite zu ziehen.«

»Danke«, sagte Barney.

»Aber eigentlich haben Sie es nie geglaubt?«, fragte Solomon.

»Nö«, sagte Barney, und das war die Wahrheit.

Solomon stand auf und hob sein Glas, um die letzten Tropfen herauszuwringen.

»Wie haben Sie es herausgefunden?«, fragte er.

»Egal«, erwiderte Barney.

»Ja, vermutlich schon«, sagte Solomon. »Sie geben uns auf die übliche Weise Bescheid?«, fügte er hinzu.

»Klar«, sagte Barney.

Solomon ging los, Kent kippte rasch ein paar Schlucke Bier herunter, nickte Barney zu und folgte seinem Vorgesetzten. Barney sah den beiden nach und lehnte sich, die Flasche in der Hand, zurück.

Louise Farrow also auch. Er trank einen weiteren Schluck Bier, starrte auf den Tisch und fragte sich, wo das alles enden sollte. Warum sollte sie andererseits keinerlei Beziehungen pflegen, wo doch auch alle anderen zugange waren?

Und bloß weil sie mit einem Priester schlief, musste die Geschichte, die sie Barney über seine Vergangenheit erzählt hatte, nicht falsch sein. Zumal er in einem Ramschbuchladen in Perth mehrere Exemplare von *Barney Thomson: Moderne Legende* entdeckt und verifiziert hatte, dass er in der Tat kein bisschen wie der alte Barney aussah. Damit war von den anderen Erklärungen nur noch Solomons Version übrig geblieben, und die war auch gerade mit einem lauten Knall geplatzt.

Kapitel 39

Barney hört die Beichte

Barney blieb bis zum frühen Abend in der Kneipe, ohne sich wirklich zu betrinken. Er kippte ein paar Biere und aß dazu ein einigermaßen schmackhaftes *Seebarsch-Medaillon mit norwegischen Kartoffeln und einer Apertur von Wassermelone*. Kurz nach sieben verließ er schließlich das Lokal, um sich zu duschen und umzuziehen, denn wenn er bei dem geheimen Treffen tatsächlich ermordet werden sollte, wollte er wenigstens nicht nach Zigarettenqualm und Alkohol stinken.

Also stieg er nach der Rückkehr in sein Zimmer unter die Dusche, zog anschließend ein von Veron Veron entworfenes chinesisches Outfit an, pflanzte sich in seinen Sessel und hörte *In The Cool, Cool, Cool Of The Evening*, bevor er sich selbst in einen kühlen, kühlen Frühherbstabend in Edinburgh hinauswagte. Bei dem Versuch, am Donnerstagabend das Plenargebäude zu betreten, würde er garantiert auf eine ganze Phalanx von Sicherheitsleuten stoßen, die wissen wollten, was er vorhatte, was natürlich genauso für den Unbekannten galt, der ihn dorthin eingeladen hatte, sodass nach wie vor gute Aussichten bestanden, dass er weder garrottiert noch auf die eine oder andere Art aufgespießt werden würde.

James Eaglehawk verbrachte den Donnerstagabend in einem Hotel in der Nähe des Flughafens. Seine Frau war zu Hause und passte auf die Kinder auf, die mit einem Glas Apfelschorle und Chips vor *Jurassic Park IV* geparkt waren. Herr Vogts hatte Eaglehawk angewiesen, sich für den Abend zu entschuldigen, kein Problem für einen Politiker wo auch immer, und sich in dieses Hotel zu begeben. Dort würde ihn ein kleines Präsent erwarten, hatte er gesagt, zur Untermauerung ihrer Freundschaft, eine Bestätigung der schönen neuen Welt, die im Rahmen ihrer grandiosen Allianz vor ihnen lag.

Bei seinem Eintreffen hatte Eaglehawk auf dem Bett diverse Dossiers vorgefunden. Sie waren alle sorgfältig beschriftet mit dem Namen des jeweiligen Skandals, in den Jesse Longfellow-Moses verwickelt gewesen war, und enthielten entsprechendes hieb- und stichfestes Beweismaterial. *Hookergate* – beeidete Zeugenaussagen, dass JLM nicht nur von dem kleinen Nebengeschäft seiner Sekretärin gewusst, sondern ihre Dienste auch selbst in Anspruch genommen hatte, bevor er ihre Ermordung geplant hatte, als sie damit drohte, ihre Story zu verkaufen. Die Beweislast war erdrückend, einschließlich Fotos und DNA-Proben. (Schon nach Durchsicht des ersten Dossiers lachte Eaglehawk laut und fragte sich, woher Vogts derart vernichtendes Material hatte.) *Disneygate* – ein Videoband einer sieben Jahre alten Rede, in der JLM Disney als Prophet des Bösen bezeichnet hatte. *WM 2014-gate* – dokumentierte Protokolle von Gesprächen zwischen JLM und der Regierung der Färöer mit dem Ziel, die eigene Bewerbung absichtlich zu torpedieren. *Gefolgegate* – schriftliche Belege über die Kosten, die JLMs Team dem Steuerzahler verursachte. *Steuergate* – Belege für umfangreiche Steuerhinterziehungen im Gesamtwert von über 300 000 Pfund, die JLM im Laufe der letzten zehn Jahre getätigt hatte. *Gottgate* – ein Tonbandmitschnitt eines Gespräches zwischen JLM und Pater Michael, in dem sie die Bibel gemeinsam als »Disney ihrer Zeit« abgetan hatten. *Ruandagate* – Beweise, dass JLM den *Herald* unter Druck gesetzt hatte, den Artikel über den in Glasgow lebenden mutmaßlichen Kriegsverbrecher nicht zu bringen. *Vögelgate* – substanzielle Belege für weitere Affären JLMs, einige, in denen er für sein Vergnügen bezahlt hatte, andere, in denen er es umsonst bekommen hatte.

Es war eine endlose Parade von verhängnisvollen Akten, genug um eine ganze Phalanx von Regierungschefs zu versenken. Eaglehawk hatte nicht mal die Ruhe, alles im Einzelnen zu lesen, so grandios war es. Er ließ sich aufs Bett fallen und lachte Tränen. JLM war absolut ein für alle Mal erledigt. Eaglehawk spürte die Herrlichkeit dieser Gewissheit in jeder Faser seines Körpers. Er schwebte, er schwebte, verdammt noch mal. Hoch über JLM, den er aus der höchsten nur vorstellbaren Höhe anpinkelte. Er war in der Stratosphäre, und JLM lag am Boden, er würde das Schwein fertig machen und ihn so gründlich in Schlamm und Dreck treten, dass man ihn nicht mehr davon unterscheiden konnte. JLM würde Teil des modernden Schlicks der Welt werden, der widerwärtig stinkenden Schmiere, eins mit dem ranzigen, fauligen Eiter, und schlussendlich vom Winde verweht werden.

James Eaglehawk kicherte hysterisch.

»Leck mich am Arsch, Jesse!«, rief er. »Du kannst mich mal!«

Es klopfte, und das Lachen blieb Eaglehawk im Hals stecken.

Er richtete sich auf und betrachtete die wie Rosenblätter um einen König herum verstreuten Papiere. Es klopfte erneut, entspannt, beiläufig, einladend.

Als er sich vom Bett erhob, schlug sein Herz noch schneller als zuvor. Was nun? Welche Träume konnte Herr Vogts ihm noch erfüllen? Er öffnete die Tür.

Es waren zwei Frauen, Anfang zwanzig, die eine blond, die andere Chinesin. Sie trugen lange Mäntel und waren zu stark geschminkt.

»Hi«, sagte die Blonde, »ich heiße Bereit.«

»Und ich heiße Willig«, sagte das chinesische Mädchen.

Eaglehawk stockte mehr oder weniger der Atem.

»Und wo ist Tüchtig?«, fragte er lächelnd, und auch Leslie Phillips hätte den Spruch nicht besser bringen können.

»Wir hatten gehofft, das wärst du«, sagte Willig verrucht.

»Ah«, krächzte er. »Kommt rein«, fügte er hinzu, ohne eine Sekunde zu zögern. Einen Moment lang blitzte ein Bild von Mrs. Eaglehawk in seinem Kopf auf, doch es war das Bild einer Frau, die mit ihrem Los, ihrer Apfelschorle und ihrem Video zufrieden war, und es verschwand ebenso schnell, wie es aufgetaucht war.

Die Frauen drückten sich an ihm vorbei und strichen dabei mit den Händen über seinen Schritt. Die Berührung ließ ihn erschaudern. Er schluckte und konnte sein Glück kaum fassen. Was für einen Freund er in Herrn Vogts gefunden hatte!

Bereit und Willig streiften ihre langen Mäntel ab, und Eaglehawk genoss den Anblick zweier unglaublich geiler Frauen in unglaublich nuttiger Unterwäsche. Dann ging er langsam in die Höhle des Löwen und vergrub sein Gesicht tief in seiner eigenen Vernichtung.

Barney öffnete die Tür und betrat den Konferenzraum 12. Er zog die Tür hinter sich zu und sah sich um. In der Mitte des Raumes stand ein großer Tisch mit ungefähr zwanzig Stühlen, auf der einen Seite die obligaten Tafeln und Projektoren, auf der anderen ein Tisch mit einem Wasserspender und einer Kaffeemaschine. Es herrschte eine wunderbare Stille, wie in einer Kapelle in der Stunde vor der Messe.

Er ging zum Fenster und blickte auf das Dach des zentralen Gebäudes mit seinen blattförmigen, hell erleuchteten Fenstern. Vor zwei Tagen war der Abend noch schwül und warm gewesen. Doch nachdem der Sommer nun für die nächsten neun Monate vorbei war, wirkte der Abend plötzlich düster und bedrohlich, und die Luft war mit einem Mal kalt.

Er war nicht nervös, und er wusste nicht mal, ob es ihn wirklich interessierte. In der Kneipe hatte er eine Weile darüber nachgedacht, doch dabei war auch nicht viel herausgekommen. Vermutlich bezog sich die Nachricht auf die Morde. Vermutlich war er herzitiert worden, weil irgendjemand wusste, dass er mit der Polizei zu tun hatte, was augenscheinlich ein offenes Geheimnis war.

Hätte er raten müssen, hätte er auf Veron Veron getippt, weil der Mann bisher praktisch unsichtbar geblieben war. Alle waren sie irgendwann zu ihm gekommen, alle hatten sie ihren faden Senf dazu abgesondert, warum er hier war, woher er gekommen war, wer hinter den Morden steckte, warum Napoleon zum damaligen Zeitpunkt in Russland einmarschiert war und warum die Everley Brothers sich 1974 wegen einer Tüte Doughnuts auf offener Bühne zerstritten hatten. Eine endlose Folge von Behauptungen und Meinungen, die als Tatsachen verkleidet daherkamen.

Bis auf Veron Veron, den Joker im Kartenstapel.

Die Tür ging auf, und herein kamen diesmal nicht Bereit und Willig.

Barney wandte sich resigniert um. Auf ging's. In seinem Kopf hörte er schon, wie ihm jemand erklärte, dass er sich in einer *Truman-Show*-Situation befand. Seine gesamte Existenz war für ein Fernsehpublikum inszeniert. Vielleicht wurden die Morde auch fürs Fernsehen begangen. Nur so zum Spaß. Wäre das so weit entfernt von dem, was heutzutage bereits wirklich passierte?

Pater Michael schloss die Tür und trat weiter ins Zimmer. Logisch, dachte Barney. Der Bote kehrt mit neuer Kunde von der Front zurück.

»Mr. Thomson«, sagte Pater Michael mit ähnlich unsicherer Stimme wie zuvor, so als wäre er vor Gott gerufen worden, um sich für seine Taten zu rechtfertigen.

»Michael«, sagte Barney. »Was haben Sie denn heute für mich?«

Michael kam um den Konferenztisch, trat neben Barney ans Fenster und blickte in den freudlos grauen Himmel von Edinburgh.

»Das Wetter ist umgeschlagen«, sagte er.

Barney folgte dem Blick des Priesters über die Stadt. Im Westen waren die Wolken noch dunkler – das Schlimmste kam erst noch.

»Haben Sie den ganzen Tag draußen rumgestanden, um sich diese Eröffnung auszudenken?«, fragte Barney beißend. »Warum bin ich hier?«, fügte er kalt hinzu.

Es war Donnerstagabend, und er hatte Besseres zu tun. Zum Beispiel, sich in einer Kneipe zu betrinken oder sich zu Hause eine der Grauen erregenden, von ehemaligen Sportstars moderierten Survival-Shows anzusehen.

»Die Morde sind vorbei«, sagte Michael.

Er schlug den Blick nieder, spielte mit seinen Fingern und trommelte leise gegen die Scheibe.

»Wie können Sie sich dessen so sicher sein?«, fragte Barney.

Michael zögerte. Er war kein Politiker, aber er hatte auch nicht vor, Barney die Wahrheit zu sagen.

»Es ist vorbei, das ist alles, worauf es ankommt«, erklärte er. »Es wird keine weiteren Toten geben. Sagen Sie das Ihren Polizeikontakten.«

»Die werden begeistert sein«, erwiderte Barney.

»Ich verstehe«, sagte Michael und zögerte erneut, während er die passenden Worte suchte. »Mir ist klar, sie wollen irgendwen für die Verbrechen zur Verantwortung ziehen, aber sagen Sie es ihnen trotzdem. Sie sollen wissen, dass es zumindest nicht noch einmal passieren wird.«

»Na, ja-pa-da-pa-duu«, sagte Barney. »Nur acht Tote, das ist ja nicht so wichtig. In Schottland sterben täglich 150 Menschen, da kommt es auf acht mehr auch nicht an, was?«

»Das sage ich ja gar nicht«, entgegnete Michael.

»Doch, das tun Sie«, sagte Barney. »Und im Grunde haben Sie Recht. Leben, Tod, alles eine große Soße. Vor allem, wenn man wie Sie glaubt, dass die Menschen eigentlich gar nicht sterben. Im letzten Jahr sind in Schottland ungefähr 50 000 Menschen gestorben. Was sind da weitere acht?«

»Nun ja«, erwiderte Pater Michael leicht gereizt und ein wenig aufgebracht über Barneys Ton. »Das könnte man schon sagen. Vor allem wenn einige den Tod verdient haben.«

»Ah«, sagte Barney. »Feine Ansichten für einen Priester.«

Pater Michael schloss die Augen und atmete tief ein. Es lief nicht gut, aber was hatte er erwartet? Dass Barney Thomson genau so ein Weichei war wie er selbst?

»Sagen Sie mir, warum Sie sich so sicher sind«, verlangte Barney, »dann rede ich vielleicht mit der Polizei.«

»Das kann ich nicht«, sagte Michael.

Barney nickte. Wieder ein unzuverlässiger Zeuge.

»Prima«, sagte er, drehte sich um, begann – so selbstbewusst war er inzwischen – um den Konferenztisch zu gehen und wartete darauf, dass Michael noch etwas sagen würde, denn für etwas derart Läppisches hätte er ihn nicht um diese Tageszeit hierher bestellt. Der Mann wusste etwas und wollte der Polizei Informationen zukommen lassen, sei es, weil er die Wahrheit sagen wollte, oder auch, um eine falsche Spur zu legen.

»Warten Sie«, sagte Michael wie aufs Stichwort, als Barney die Tür erreicht hatte.

Er drehte sich um.

»Aber ich will keinen Scheiß mehr hören«, sagte er.

»Es ist Blackadder«, sagte Michael. »Dr. Blackadder.«

»Im Gegensatz zu Professor Blackadder oder Blackadder, dem Clown, meinen Sie«, erwiderte Barney.

»Sie brauchen sich gar nicht lustig zu machen«, fauchte Michael. »Sie ist eine Mörderin. Eine kaltblütige Mörderin. Sie hat sie alle getötet.«

»Blackadder, die Killerin«, sagte Barney und deutete mit den Händen eine imaginäre Balkenschlagzeile an. »Hannibal Blackadder. Buffalo Blackadder. Ashley Bates. Ashley Kreugar.«

»Mein Gott!«, rief Michael. »Das ist kein Witz! Wie können Sie so etwas sagen? Ich erzähle es Ihnen unter Schmerzen, und Sie verspotten mich. Ja, Sie verspotten mich! Ashley ist eine liebe Frau. Ich kenne sie nicht gut, aber sie hat es mir gebeichtet. Verstehen Sie nicht? Ich habe ihr die Beichte abgenommen. Indem ich es Ihnen erzähle, breche ich mein Gelübde.«

»Das muss ja sehr hart für Sie gewesen sein«, erwiderte Barney trocken.

Michael machte einen Schritt nach vorn und stützte sich mit gespreizten Händen auf den Tisch.

»Das war es, Mr. Thomson, das war es!«, klagte er. »Ich befinde mich in einem furchtbaren Dilemma, verstehen Sie das nicht? Aber ich weiß, dass die Morde vorüber sind. Ich dachte, wir könnten es dabei belassen. Mir ist die Grausamkeit ihrer Verbrechen bewusst, aber ich dachte, wenn ich die Polizei davon unterrichte, dass es keine weiteren Morde geben wird, könnten sie vielleicht darüber hinwegsehen, und mein Vertrauensbruch würde unentdeckt bleiben.«

Er blickte Barney flehend an, verzweifelte Worte eines verzweifelten Mannes.

»Und was ist mit Gott?«, fragte Barney.

»Was ist mit ihm?«, fragte Michael, richtete sich auf und schaute ein wenig besorgt drein.

»Machen Sie sich wegen Gott keine Sorgen?«, fragte Barney. »Selbst wenn Ashley nicht wüsste, dass Sie sie verraten haben, und auch die Polizei nichts vom Bruch Ihres Gelübdes erfahren würde, ist da immer noch Gott, der es doch bestimmt weiß?«

Das machte den guten Michael buchstäblich sprachlos. Wäre er ein Politiker gewesen, Jesse Longfellow-Moses, Tony Blair, Gerhard Schröder oder George Bush, hätte er sofort irgendeinen

Flachsinn erzählt, flüssig und leicht wie aus einem Luftloch über der Kanalisation. Aber er war ein Priester; nicht, dass er es nicht gewohnt gewesen wäre, die Leute zu verkohlen, doch das war immer sorgfältig vorbereiteter Blödsinn. Improvisation war eine ganz andere Geschichte.

»Gott?«, fragte Michael, als würde er den Namen eines Wesens aussprechen, an das er bisher noch gar nicht gedacht hatte.

»Ihr Boss«, sagte Barney.

»Gott wird mir vergeben.«

Barney lächelte. Eine derart bequeme Antwort sah einem Vertreter des Herrn ähnlich. Die waren doch alle gleich.

»Und was ist mit der Tatsache, dass Sie Ashley vögeln?«, fragte Barney. »Wie steht der große Boss dazu?«

Die Zeit blieb stehen. Die Stunde schlug. Pater Michael klappte den Mund auf, ließ seine Zunge heraushängen und zitterte, bis die Gänsehaut an seinem Körper wieder verschwunden war.

Barney betrachtete ihn mit distanzierter Belustigung, wie jemand, der das Getümmel vom Rand des Geschehens beobachtet und nicht wie in manchen seiner früheren Abenteuer direkt darin verwickelt ist. Es war ihm im Grunde wirklich schnurzpiepegal. Er wusste nicht mal sicher, ob Michael mit Blackadder schlief; ein Kuss vor der Tür nachts um zwei war schließlich nicht direkt ein Beweis. Doch die Reaktion auf seine Beschuldigung war Geständnis genug, sodass Barney beschloss, den weiter gehenden Vorwurf, dass er auch mit Louise Farrow schlief, für einen passenderen Moment aufzusparen.

Michael sagte nichts. Barney zuckte mit den Schultern, drehte sich wieder um und öffnete die Tür.

»Ich war es«, sagte Michael mit leiser Stimme und diesmal ein wenig überzeugender.

»Was?«, fragte Barney.

»Ich war es«, wiederholte er. »Ich habe diese Politiker umgebracht. Ich habe ein paar Sachen. Ich kann es beweisen.«

Barney blieb in der Tür stehen. Jetzt hätte er ohnehin nichts mehr geglaubt, was Michael ihm erzählte. Aber wenn er doch die Wahrheit sagte, hätte Barney die Angelegenheit vom Hals. Er würde dem Mann jedenfalls keine Absolution für seine Verbrechen erteilen.

»Sie müssen doch irgendwann im Laufe der letzten Tage von der Polizei befragt worden sein«, sagte Barney.

Michael nickte.

»Na gut«, fuhr Barney fort. »Die haben doch bestimmt eine Nummer hinterlassen, unter der sie zu erreichen sind. Sie wissen, was zu tun ist.«

Michael starrte stumm vor sich hin. Er fing unter seinem Priesterkragen an zu schwitzen. Er fuhr mit seiner trockenen Zunge erneut über seine noch trockeneren Lippen, blähte die Nüstern und schluckte.

»Haben Sie es wirklich getan?«, fragte Barney.

»Ja«, erwidert Michael rasch.

»Wirklich nett, erst zu versuchen, Ashley anzuschwärzen«, sagte Barney. »Wirklich sehr christlich.«

Michael sagte nichts. Barney wandte sich ab, verließ den Konferenzraum 12 und ging den Flur hinunter.

Scheißreligion, murmelte er vor sich hin. Daran konnte er sich noch verdammt gut erinnern.

Kapitel 40

Das Glück begünstigt die Freigiebigen

Jesse Longfellow-Moses platzte enthusiasmiert, ein leeres Blatt schwenkend, ins Wohnzimmer. Sein Gesichtsausdruck entsprach dem klassischen Kleiner-Junge-im-Süßigkeitenladen-Blick, unschuldige Begeisterung für das unfassbar Banale, ein Ausdruck, den Männer nie verlieren und Frauen erst gar nicht haben.

Minnie sah sich einen billigen Erotik-Thriller mit dem Titel *Fataler Tod*, *Tödliches Opfer* oder *Fatal tödlich* auf Channel 5 an und tat so, als würde sie ihn nicht bemerken.

»Spitze!«, dröhnte JLM. »Absolut verdammt spitze!«

Sie wandte den Blick von zwei nackten, weich gezeichneten Körpern ab, die sich zu süßlicher Musik im sommerlichen L.A. vor einem brennenden Kamin balgten.

»Hast du im Lotto gewonnen?«, fragte sie mit hochgezogener Braue und dachte: Mein Gott, es gäbe an einem Tag wie diesem so viel Besseres zu tun, so viele interessantere Menschen, mit denen sie zusammen sein könnte.

»Noch besser!«, rief er, blieb zwischen ihr und dem Bildschirm stehen und nötigte sie so zur Aufmerksamkeit. »Noch viel, viel besser!«, wiederholte er und hatte noch immer diesen wundervollen Enthusiasmus in der Stimme.

Sie blickte auf und erinnerte sich ein wenig bedauernd an die Zeiten, in denen sie seine jungenhafte Begeisterung noch amüsant oder sogar anziehend gefunden hatte. Aber jetzt? Jetzt hatte sie keine Zeit mehr dafür. Und welcher Mann war schon anders? Oberflächlich, erbärmlich und schwach. Deshalb waren Frauen ja so unendlich viel interessantere Gesellschaft.

»Du hast meine ungeteilte Aufmerksamkeit«, sagte sie, als er ihr mehr oder weniger keine andere Wahl mehr ließ.

»Kennst du Larry Bellows?«, fragte er.

Sie bedachte ihn mit dem Blick, den er verdient hatte. Jeder kannte Larry Bellows. Der einzige Mensch im Land, der so sehr auf seinen eigenen Bauchnabel fixiert war, dass er Larry Bellows möglicherweise nicht kannte, war JLM selbst.

»Ja«, sagte sie.

»Morgen Abend!«, erklärte JLM triumphierend.

»Was soll das heißen?«, fragte Minnie. »Larry Bellows kommt immer freitagabends.«

»Nein«, sagte JLM und schwenkte den Zettel, auf dem er sich Notizen machen wollte, als enthielte er lebenswichtige Informationen. »Wir, du, ich, das Kabinett, mein Team. Sie wollen eine Sendung über uns machen! Ist das nicht spitze?«

»Wovon redest du?«, fragte sie verächtlich. »Wie wollen sie einen Sendung über uns machen? So was wird monatelang im Voraus geplant und bedarf aller möglichen Vorbereitungen.«

»Aber diesmal nicht, Schätzchen!«, rief er. »Für morgen hat jemand abgesagt. Sie sollten irgendein läppisches Mitglied der königlichen Familie zu Gast haben, doch die schmollen aus irgendeinem Grund und wollen nicht mehr mitspielen. Und weil niemand aus der kommenden Woche vorgezogen werden konnte, hat man kurzfristig nach einer interessanten Persönlichkeit gesucht.«

Seine Stimme raste noch immer mit Lichtgeschwindigkeit dahin, der kleine Junge, der Mum und Dad von all den Toren erzählen wollte, die er am Nachmittag für den Fußballverein geschossen hatte.

»Landesweite Ausstrahlung«, sagte er. »Scheißlandesweit, ganz Großbritannien. Ist das nicht absolut spitze?«

»Du machst Witze, oder?«, sagte sie, doch sie wusste, dass er es ernst meinte. JLM liebte dieses Zeug. Larry Bellows war ein amerikanischer Talkmaster, der für ein paar Monate bei der BBC unter Vertrag war, um pseudodokumentarische Hinter-den-Kulissen-Shows zu moderieren, die freitagabends live ausgestrahlt wurden. Meistens war es ein Mitglied der königlichen Familie oder ein Promi der A-Kategorie. Herrje, dachte Minnie, die mussten ja wirklich verzweifelt gewesen sein, wenn sie sich dazu herabgelassen hatten, Jesse Longfellow-Moses einzuladen.

»Das ist wundervoll«, führte JLM weiter aus. »Ein landesweites Publikum, Millionen von Zuschauern. Als Posh und Becks zu Gast waren, haben einundzwanzig Millionen Menschen eingeschaltet. Einundzwanzig Millionen! Stell dir das mal vor. Einundzwanzig Millionen Menschen könnten meiner Vision für Schottland und Europa zuhören. Und für die Welt, verdammt noch mal!« Sein Gesicht strahlte noch heller. »Die Welt!«, wiederholte er. »BBC World Service, digital, was weiß ich, was die heutzutage so machen. Menschen auf der ganzen Welt werden mir zuhören. *Mir*! Jesse Longfellow-Moses. Ein Mann! Ein Traum! Eine Vision!«

Minnie lächelte. Kannte die Eitelkeit dieses Mannes keine Grenzen? Natürlich nicht, das wusste sie schließlich besser als irgendjemand sonst.

»Es wird ein stolzer Moment in deinem Leben sein«, erwiderte sie trocken.

»Stolz?«, stieß JLM hervor. »Es wird verdammt viel mehr sein als bloß stolz. Scheißgroßartig. Es wird mein Trafalgar, mein Bannockburn, mein Waterloo!«

»Meinst du Wellingtons Waterloo oder Napoleons Waterloo«, gab sie schnippisch zurück.

»Dies ist unsere Chance, dass der Name Jesse Longfellow-

Moses zum Synonym für einen Weltstaatsmann wird. Das Fernsehen ist der neue Krieg, und dies ist meine Gelegenheit zum Ruhm!«

Minnie nickte. Sehr beeindruckend. Die Zuschauer der Welt würden sich zu Tode langweilen.

»Wenn Fernsehen der neue Krieg ist, was ist dann der Krieg?«, wollte sie wissen, ehrlich gesagt auch eher schnippisch.

»Es wird in keinem Land auf diesem Planeten einen Menschen geben, der den Namen Jesse Longfellow-Moses nicht kennt«, fuhr er fort, ohne sie zu beachten.

»Krieg ist der neue Frieden«, sagte sie und starrte zu Boden.

»Ich werde JFK sein. Martin Luther King. Frank Sinatra. Der Große Vorsitzende Mao.«

»Krieg ist die neue Eiscreme.«

»Wir müssen den Augenblick ergreifen, den verflixten Tag nutzen! *Carpe deum*! Verdammt, ich werde morgen Abend fantastisch sein. Die Welt wird begeistert sein von meiner Großzügigkeit, meiner Vision, meiner Poesie. Gott, was für eine Gelegenheit.«

»Krieg ist das neue Rosa«, sagte sie und beschloss, ab sofort den Mund zu halten. Sollte der Mann sich doch vom Gewicht seines eigenen Poflaums forttragen lassen.

»Gut«, sagte er und war unvermittelt mit praktischen Erwägungen beschäftigt. »Wir müssen die Truppen mobilisieren. Wir müssen Strangelove herholen und anfangen zu überlegen, wen wir brauchen und wie das Ganze ablaufen soll… Absolut spitze«, fügte er noch hinzu, bevor er sich umdrehte und mit seinem Zettel in bester Neville-Chamberlain-Manier aus dem Zimmer marschierte.

Minnie sah ihm nach, spürte ein leichtes Kribbeln im Bauch, weil auch sie weltweit im Fernsehen zu sehen sein würde, dem sie jedoch nicht nachgab – zumindest noch nicht. Stattdessen wandte sie sich wieder den jüngsten Verwicklungen in dem

Film auf Channel 5 zu. Diesmal waren zwei Frauen zugange, und sie machte es sich für die besten zwei Minuten des Abends auf ihrem Sessel bequem.

Kapitel 41

Je später der Abend...

Barney war unversehrt in sein Zimmer zurückgekehrt und surfte durch die Fernsehprogramme. Bei dem Schund, den auch Minnie Longfellow-Moses sich ansah, hatte er kurz Halt gemacht, ansonsten jedoch keinem Programm mehr als eineinhalb Minuten zugestanden. Wie auf Autopilot zappte er sich durch die wunderbare digitale Welt: Beach-Volleyball, Stock-Car-Rennen, brasilianische Seifenopern, Dokumentarfilme, Doku-Dramen, Doku-Soaps, Doku-Sex und Doku-Dokumentarfilme, Game-Shows, Quiz-Shows, Pech-&-Pannen-Shows, Ratgeber für Küche, Haus und Garten. Alles totaler Schwachsinn.

Und wie jedes Mal, wenn Barney allein in seinem Zimmer saß, klopfte es. Er drehte sich um, sah auf die Uhr – Viertel vor elf – und schüttelte den Kopf.

»Ich sollte die verdammte Tür einfach offen stehen lassen«, murmelte er und stand auf. »Oder ein Schild aufhängen. *Tritt ein, der du in 100 Meter Entfernung vorbeikommst. Lümmel bei mir rum, fühl dich wie zu Hause und geh mir auf den Sack.*«

Er machte die Tür auf. Es waren Tom & Jerry.

»Hi«, sagte Solomon und marschierte an Barney vorbei ins Zimmer, gefolgt von Kent, der zur Begrüßung kurz nickte und minimal das Gesicht verzog.

»Hereinspaziert«, sagte Barney. »Donnerstagabends habe ich nichts lieber als ein paar Loony Tunes.«

Solomon blieb so plötzlich stehen, dass Kent auflief.

»Hör zu, Cowboy«, sagte er, »Sie können uns beide meinetwegen als Tom & Jerry sehen, das ist mir scheißegal. Aber Tom & Jerry waren MGM und keine beschissenen Loony Tunes. Verstanden?«

Barney hob besänftigend die Hand, schloss die Tür und lehnte sich dagegen. Er wollte nicht in sein Zimmer zurückkehren, Platz nehmen, es sich bequem machen. Er wollte, dass die beiden schnell wieder gingen.

»Wo waren Sie heute Abend zwischen acht und neun Uhr?«, fragte Solomon unvermittelt. Es war spät, Solomon war von der Aussicht auf Sex weggerufen worden und nicht zum Blödeln aufgelegt. Das spürte Barney und dachte gar nicht erst daran, irgendwelche Geschichten zu fabrizieren. Er hatte bestimmt nicht vor, Pater Michael zu schützen. Die konnten ihn alle mal.

»Ich war im Plenargebäude«, sagte er.

»Da haben Sie verdammt Recht«, entgegnete Solomon. »Von mehr beschissenen Kameras gefilmt als Kylie Minogue, wenn sie ihren nackten Arsch zeigt. Wollen Sie uns erzählen, was Sie dort gemacht haben?«

»Ich hatte eine Einladung.«

»Oh, Sie halten sich wohl für besonders clever«, sagte Solomon. »Sie hatten vorhin keine Lust, uns davon zu erzählen?«

Barney zuckte mit den Schultern. Er hatte nicht vor, sich in die Defensive drängen zu lassen.

»Ich wusste nicht, von wem sie war und worum es ging. Es hätte alles Mögliche sein können«, erklärte er. »Ich muss Ihnen doch nicht jedes Mal Bescheid sagen, wenn ich kacken gehe.«

»Ja, tolle Rede, Cowboy«, sagte Solomon. »Können wir davon ausgehen, dass Sie sich mit diesem katholischen Komiker getroffen haben, Pater Michael?«

Barney nickte. Natürlich wussten sie auch, wer noch dort gewesen war. Bei mehr Kameras als auf Kylie Minogues nacktem Arsch.

»Ja«, sagte er, ohne freiwillig mit weiteren Informationen herauszurücken.

»Gut«, sagte Solomon, »vielleicht denken Sie mal darüber nach, dass Pater Michael vielleicht noch leben würde, wenn Sie uns gleich erzählt hätten, was verdammt noch mal Sache war.«

Barneys Kopf schlug gegen die Tür. Mein Gott, noch einer. Und kein Politiker diesmal. Es breitete sich aus. Kümmerte ihn das Schicksal von Pater Michael? Nicht im Geringsten, aber wenn sein Handeln hätte bewirken können, dass der Mann noch lebte, war das schon etwas, was man bereuen konnte.

»Glauben Sie, dass ich ihn ermordete habe?«, fragte Barney und hob den Kopf, obwohl ihn die Möglichkeit völlig kalt ließ.

»Wir wissen, dass Sie es nicht waren«, schaltete Kent sich zum ersten Mal ins Gespräch ein. »Er ist vom Dach gesprungen. Sein tödlicher Sturz wurde von so vielen Leuten beobachtet, dass wir sicher wissen, dass es kein Mord war. In seiner Jackentasche steckte eine handschriftliche Notiz.«

»Oh«, sagte Barney. »Was stand denn darauf?«

»Was hat er Ihnen denn erzählt?«, fragte Solomon zurück.

Barney atmete tief ein. Sollte er Blackadder noch weiter belasten? Wozu die Mühe? Zum Schluss hatte Michael ja sich selbst beschuldigt, und bloß weil Barney ihm kein Wort geglaubt hatte, musste das ja nicht heißen, dass er dieses Wissen nicht mit anderen teilen konnte, als ob es vielleicht die Wahrheit wäre.

»Er hat gesagt, dass er die Morde begangen hat«, antwortete Barney.

Solomon nickte.

»So weit, so gut«, sagte er, »das stand auch in seinem Brief. Er hat alles gestanden. Haben Sie ihm geglaubt?«

Barney zuckte mit den Schultern.

»Ich hatte keinen Grund, ihm nicht zu glauben«, erwiderte er.

»Klingt einleuchtend«, sagte Solomon. »Er hat uns auch gesagt, wo wir die Leichen der Opfer finden. McLatchey und diesen Benderhook-Trottel haben wir schon ausgegraben. Bei den anderen wird es ein wenig länger dauern. Offenbar liegen die meisten auf dem Meeresgrund. Jedenfalls haben wir Pater Michaels Zimmer durchsucht und jede Menge belastende Indizien gefunden.«

»Hat er gesagt, warum er es getan hat?«, fragte Barney schließlich doch ein wenig neugierig und ziemlich überrascht, dass Pater Michael tatsächlich Beweise für seine Schuld hatte.

Solomon zog eine Augenbraue hoch. Kent nutzte die Gesprächspause entschlossen.

»Gott hat es ihm befohlen«, sagte er.

»Ah«, meinte Barney, »einen besseren Grund hätte er kaum angeben können.«

»Alles Quatsch«, sagte Solomon.

»Sie glauben, dass er jemanden decken wollte?«, fragte Barney.

»So sicher, wie ein Klepper beim Schinder landet«, sagte Solomon.

»Nee«, widersprach Kent, »man kann ja alles Mögliche in die Sache hineindeuten, aber ich glaube, er war's. Fall gelöst.«

»Vielleicht«, sagte Solomon, »vielleicht aber auch nicht. Wer zum Teufel weiß das schon? Im Gegensatz zu dem, was unser Clark Kent hier denkt, müssen wir wohl noch ein bisschen weiter ermitteln.«

»Mein Gott, jetzt geht das mit den Clark-Kent-Witzen wieder los«, brummte Kent.

»Hat er sonst noch was gesagt?«, fragte Solomon. »Warum hat er Sie überhaupt dort hinzitiert?«

Barney wich seinem Blick nicht aus. Man muss ihnen direkt in die Augen sehen, dann merken sie nie, dass man lügt.

»Vielleicht hatte er das Bedürfnis, vor seinem Selbstmord eine Beichte abzulegen«, sagte er.

»Und warum dann nicht bei einem Priesterkollegen?«, gab Solomon zurück. »Seit wann hören Frisöre die Beichte?«

»Schon immer«, erwiderte Barney scharf, entspannte sich dann und fuhr freundlicher fort. »Hören Sie, ich weiß es nicht. Vielleicht war es ihm peinlich, zu einem Priester zu gehen. Vielleicht wollte er beichten, ohne sich einem Urteil zu stellen.«

»Man sollte meinen, dass sich Gott schon darum kümmern wird«, sagte Solomon geradeheraus.

»Nicht, wenn Gott ihm den Auftrag gegeben hat, die Morde überhaupt zu begehen«, wandte Kent ein.

Solomon murmelte etwas Unverständliches und bewegte sich Richtung Tür. Barney trat zur Seite.

»Ich vermute, dass Sie dem Ermittlungsteam morgen ein paar Fragen beantworten müssen«, sagte Solomon. »Vielleicht ist alles vorbei, vielleicht ist es aber auch immer noch da draußen und wartet darauf, zurückzukommen und uns an den Hammelbeinen zu kriegen. Wir werden sehen. Derweil sollte es Sie keine allzu große Arglist kosten, die anderen nach dem Priester auszufragen. Vor allem Blackadder und Farrow, da die den Typ ja beide gevögelt haben.«

In der Tür blieben sie stehen und warteten, ob Barney von sich aus noch etwas hinzufügen würde. Doch da hätten sie die ganze Nacht warten können. Schließlich drehte Solomon sich um und trat gemeinsam mit Kent in den Flur.

»Er hat bei Ihrem Treffen nicht zufällig Blackadder erwähnt, oder?« fragte Solomon, der doch noch einmal stehen geblieben war und einen letzten bedeutsamen Blick in Barneys Richtung warf. »Sie wissen ja, dass er sie vor ein paar Tagen beschuldigt hat. Vielleicht will er sie jetzt decken.«

Barney schüttelte den Kopf und gab nichts preis. Wenn es weitere Enthüllungen bezüglich Dr. Blackadder gab, würde er sich selbst darum kümmern.

»Nein, mit keinem Wort«, sagte er.

Solomon nickte. Kent nickte. Solomon drehte sich um und stapfte mit Kent im Schlepptau den Korridor hinunter. Barney schloss die Tür, sah sich in seinem Gefängnis um und schaltete dann nacheinander alle elektrischen Geräte in seinem Zimmer ab.

Er hatte bereits seinen tiefblauen chinesischen Schlafanzug angezogen, sich die Zähne geputzt und das Gesicht blanker gewaschen als eine Schere, als es erneut klopfte.

Er warf einen sehnsüchtigen Blick auf sein warmes, einladendes Bett, dessen Laken ihn förmlich zu rufen schienen, wandte sich dann ab und trottete unter gemurmelten Verwünschungen wie »blöde Nervensäge« zur Tür, vor der in diesem Fall Strangelove stand.

»Was?«, fragte Barney.

»Wir müssen uns unterhalten«, sagte Strangelove, drängte an Barney vorbei und stürmte ins Zimmer.

Barney drehte sich um, ohne die Tür zu schließen, erwog ernsthaft, Strangelove eine aufs Maul zu hauen, entschied jedoch, dass ein von Veron Veron entworfener neonblauer Schlafanzug nicht die passende Garderobe für eine Schlägerei war.

»Was?«, fragte er erneut.

»Machen Sie die Tür zu«, bellte Strangelove, der wieder in allerbester Leute-Zusammenscheiß-Form war.

»Sie wollten gerade gehen«, sagte Barney, ohne die Anweisung zu befolgen.

Strangelove wollte eine hitzige Debatte anfangen, merkte dann aber, dass er keinen ernsthaften Disput mit einem Mann in einem neonblauen Pyjama führen konnte.

»Sie haben schon von Larry Bellows gehört«, stellte er stattdessen fest.

»Nein«, widersprach Barney.

»Der Talkmaster«, sagte Strangelove. »Absolut *avantgarde*. Amerikaner. Tolle Frisur. Er macht Hinter-den-Kulissen-Features mit Promis der A-Kategorie und Mitgliedern der königlichen Familie, Charles und Camilla, Posh und Becks, McCartney und Heather, die Blairs und so, die üblichen Verdächtigen. Morgen machen sie eine Show über JLM.«

»Und wie passt er genau in die Reihe von Promis der A-Kategorie und Mitgliedern der königlichen Familie?«

Strangelove warf ihm einen Kein-Kommentar-Blick zu.

»Wir machen die Show, Punkt. Nicht nur Jesse und Minnie, sondern seine gesamte Truppe, X, ich, die Doktorinnen, Sie, wir alle«, sagte er.

»Bis auf Michael«, bemerkte Barney trocken.

Strangelove zögerte.

»Sie haben schon davon gehört, wie? Nun, das Timing ist nicht gerade toll, der Typ hätte auf einen Schlag der bekannteste Priester Schottlands werden können.«

»Sie finden es nicht ein wenig fragwürdig, eine solche Doku-Show zu machen, wenn ein Mann aus JLMs Team gerade als der Minister-Mörder entlarvt wurde?«, fragte Barney. »Werden nicht auch Fragen bezüglich JLM erhoben werden?«

»Nein, das werden sie verdammt noch mal nicht!«, bellte Strangelove und machte einen Schritt auf ihn zu. »Der Mann ist jenseits solcher Anschuldigungen, also fangen Sie gar nicht erst mit solch blödem Gequatsche an. Haben Sie verstanden?«

»Ja, Kimosabe«, sagte Barney und salutierte spöttisch. »Und nun erzählen Sie mir, warum Sie meinten, mich um halb zwölf in der Nacht darüber informieren zu müssen, bevor Sie mir verdammt noch mal aus der Sonne gehen.«

Strangelove atmete schwer und geräuschvoll ein und blähte die Nüstern. Wie ein Bulle. Oder ein Delfin.

»Wie gesagt, alle dem First Minister nahe stehenden Personen werden beteiligt sein. Er will ein geeintes Team präsentieren. Uns alle, seine Familie, das Kabinett.«

»Das Kabinett?«, fragte Barney in dem Tonfall, den so ziemlich jeder angeschlagen hätte.

»Wir werden morgen mit allem Eifer daran arbeiten, die vakanten Posten zu besetzen. Dies ist unsere Chance zu zeigen, dass Schottland trotz der Rückschläge nach wie vor eine funktionierende und arbeitende Regierung hat.«

»Ah«, sagte Barney. »Vorher haben Sie wegen der Besetzung der freien Posten nur rumgepubst, aber da nun das Fernsehen auf der Bildfläche erschienen ist, müssen Sie sich plötzlich beeilen.«

»Der First Minister will, dass jeder so gut aussieht, wie er nur kann. Wir sprechen von knapp zwanzig Personen, Sie haben also einen geschäftigen Tag vor sich. Verstanden?«

Barney nickte. In der kurzen Zeitspanne, die er mittlerweile hier zugebracht hatte, hatte er nie Anzeichen von Panik oder Hektik ausmachen können, nicht angesichts der anstehenden Probleme der Regierung und schon gar nicht angesichts des allgemeinen Gemetzels. Aber, mein Gott, hier kam das Fernsehen, und alle fassten sich an die Pumpe.

»Ja, Boss«, sagte Barney. »Haben Sie vor, auswärtige Hilfe zu engagieren?«

»Nein, das haben wir verdammt noch mal nicht vor«, entgegnete Strangelove. »Sie sind unser Mann. JLM wird Ihnen großzügig sein Privatbüro zum Arbeiten zur Verfügung stellen. Wenn wir morgen früh eine komplette Liste aller Mitwirkenden haben, machen wir einen Terminplan, an den Sie sich zu halten haben. Kein Verzug, sonst gibt es Ärger.«

Strangelove ging zur Tür und blieb praktisch direkt vor Barneys Nase stehen, sodass dieser den *Stegosaurus vom Rind* riechen konnte, den Strangelove zu Abend gegessen hatte.

»Wenn Sie es vermasseln, sind Sie hier raus«, sagte Strangelove.

Er bedachte Barney mit einem weiteren langen, argwöhnischen Blick, der beinahe an Feindseligkeit grenzte, und ging eilig den Flur hinunter wie kurz zuvor schon Solomon und Kent.

Barney schloss die Tür, schaltete das Licht aus und stand eine Weile in der stillen Dunkelheit seines Wohnzimmers, bevor er müde in die hingebungsvoll ausgebreiteten Arme seines Bettes sank.

Dort lag er mit summendem Kopf eine Stunde lang wach und starrte auf die Trugbilder der Schatten an der Decke. Er dachte an Pater Michael und die Minister, deren Zahl nach und nach reduziert worden waren.

Was war ein Leben wert? Waren die Toten unwichtig gewesen, bloß weil die Presse sich nicht für sie interessierte? Es gab trotzdem Mütter und Väter, die ihre Kinder begraben mussten, Kinder, deren Mütter und Väter nicht zum Abendbrot heimkehren würden, in Tränen aufgelöste Ehemänner und -frauen. Nur weil die Presse sie kaum einer Erwähnung für würdig befunden hatte und die meisten Menschen in Schottland wahrscheinlich nicht einmal wussten, dass es einen Minister für Soziale Gerechtigkeit und eine Ministerin für Parlamentarische Angelegenheiten gab, hieß das nicht, dass diese Leben weniger bedeutend waren als die der Reichen und Berühmten, die bei ihrem Tod das Titelbild und zwanzig Sonderseiten jedes Boulevardblatts schmückten.

Dies war bestimmt nicht der Zeitpunkt, um in den grellen Glanz einer banalen Doku-Show zu drängen. Wenn man demonstrieren wollte, dass Schottland absolut funktionstüchtig war, hätte man die Minister sofort nach ihrem Verschwinden ersetzen und sich als geeinte Front präsentieren müssen. Jesse Longfellow-Moses hätte hin und wieder mal im Parlament erscheinen müssen, und man hätte wie eine Regierung und nicht wie ein Ein-Mann-Kollektiv auftreten müssen, das jeder Laune nachgab, ohne irgendjemandes Rat anzuhören.

Doch JLM war derart abgehoben auf seinem persönlichen Planeten, so berauscht vom Ruhm öffentlicher Auftritte und medialer Aufmerksamkeit, dass ihn Takt oder Timing nicht kümmerten. Scheiß auf Respektlosigkeit, scheiß auf die Familien der Opfer, scheiß auf ihre Freunde: Er würde live im Fernsehen auftreten und der Welt erklären, dass es unwichtig war, dass Mütter, Väter, Töchter, Söhne, Männer, Frauen oder Freunde ermordet worden waren, dass es für das reibungslose Regieren des Landes keinen Unterschied machte, sondern wenn überhaupt eher förderlich war.

Und nach einer Stunde hatte Barney tatsächlich den Entschluss gefasst, dass der kommende Tag sein letzter Arbeitstag für Jesse Longfellow-Moses sein würde. Vielleicht verdankte er dem Mann seine Existenz, vielleicht wäre er ohne ihn immer noch der Typ ohne Vergangenheit und Zukunft, den man in den Docks von Leith aufgegriffen hatte, doch er hatte genug von JLM und all den anderen. Bis auf Ashley Blackadder. Doch diesbezüglich konnte er wahrscheinlich nichts machen.

Morgen würde es zu Ende sein. Er würde den erforderlichen Tag hektischen Frisierens abreißen, ihn vielleicht sogar genießen und dann seiner Wege ziehen.

Er drehte sich um, schloss die Augen und wurde trotz all der ungewissen Gedanken, die ihm weiter durch den Kopf schwirrten, schließlich doch vom Schlaf übermannt.

Kapitel 42

Bing Velociraptor

Für zehn Uhr am kommenden Morgen wurden alle vorgeladen, das gesamte Team, das gesamte Kabinett. Strangelove war die ganze Nacht auf den Beinen gewesen, um Ersatz für die ermordeten Minister zusammenzustellen. Anschließend hatte er sich mit JLM darüber beraten, da der First Minister jedoch ohnehin noch nie von den meisten der in der Kammer verbliebenen schottischen Abgeordneten gehört hatte, hatte Strangelove mehr oder weniger grünes Licht für die Zusammensetzung der neuen Regierung bekommen. Zu diesem Zeitpunkt bestand glücklicherweise keine Notwendigkeit, sich auch noch mit der Ernennung von stellvertretenden Ministern abzugeben, da sie nicht in dem TV-Special auftreten würden; Hauptsache, er hatte ein komplettes Kabinett am Start.

Mit ein bisschen Zurren und Zerren hier, einer seltsamen kleinen Platzierung dort, einigen nächtlichen oder frühmorgendlichen Telefonaten und ein bisschen Arme verdrehen hatte Strangelove seine Truppe zusammen. JLM blieb natürlich First Minister, obwohl vereinzelte Rufe nach seinem Rücktritt laut geworden waren, nachdem sich herausgestellt hatte, dass ein Mitglied seiner Truppe für das Minister-Gemetzel verantwortlich war. Doch keine der acht wichtigsten schottischen Tageszeitungen hatte sich in der Lage gesehen, am späten Donnerstagabend, als die Geschichte mit Pater Michael bekannt geworden war, noch die Titelseite auszutauschen, keiner der Redakteure hatte sich zu einem neuen Kommentar aufraffen können, sodass die Verurteilung JLMs nicht allzu harsch ausfiel, und die meisten Zeitungen waren mit den unveränderten Schlagzeilen erschienen: *Daily Record – Rangers-Star: Heiße Liebesnacht mit Survivor-Babe; The Herald – Bush »vergisst«, dass Hawaii zu den USA gehört, und wirft Atombombe auf Honolulu; The Sun – Blair soll der nächste »Gott« werden; Aberdeen Press & Journal – P & J verhindert neuen Höchstpreis für Rüben; The Scotsman – Bush kritisiert Israel: Ermordung von einer Million Palästinensern sehr »unartig«; Daily Mail – Öl in Zimbabwe entdeckt, USA schicken Truppen zur Entmachtung Mugabes; The Express – Blair löst Unterhaus auf – der »logische« nächste Schritt; The Mirror – TV-Schocker: Malky von Big Brother soll erstmals live im Fernsehen Anal-Verkehr haben!*

Nachdem er die möglichen Kandidaten für die Ministerposten durchgesehen hatte, entschied Strangelove, dass nicht die geringste Möglichkeit bestand, auch nur fünf Leute im Parlament zu finden, die sowohl lesen als auch schreiben konnten, von der Formulierung eines zusammenhängenden Satzes in den Fernsehnachrichten ganz zu schweigen. Deshalb entschied er, drei Ressorts einfach abzuschaffen. Das Ministerium für Soziale Gerechtigkeit war kein Problem, weil die meisten Menschen ohnehin nichts von seiner Existenz wussten beziehungsweise nicht hätten sagen können, was dort eigentlich konkret geschah. Tourismus, Kultur & Sport waren genauso leicht auszurangieren, weil Tourismus, Kultur und Sport Bereiche waren, die sich mehr oder weniger von selbst regelten und von der fortan ausbleibenden Einmischung der Regierung sogar eher profitieren würden. Dann gab es noch die Umwelt und die Entwicklung des ländlichen Raums; na, scheiß drauf, die Umwelt würde sowieso hopsgehen, ohne dass ein kleines Land wie Schottland etwas dagegen tun konnte, und wenn es ein paar Leute gab, die sich über die Streichung des ländlichen Raums von der Liste regierungsoffizieller Ausgaben empörten, würden es sowieso keine Labour-Wähler sein, sollten sie also zetern, wie sie wollten.

JLM blieb also First Minister. Als Demonstration seines etwas schrulligen Humors beförderte Strangelove Patsy Morningirl zu JLMs Stellvertreterin und zur Justizministerin. (Sie hatte gezögert, bis Strangelove ihr erklärt hatte, dass sie im Frühstücksfernsehen, in *Top of the Pops* und dergleichen auftreten würde.) Alisdair MacPherson war bereits zum Bildungsminister ernannt worden, eine Position, auf der er nach Strangeloves fester Überzeugung vier Jahre lang allen auf den Sack gehen würde. Eaglehawk und Hamish Robertson waren bereits als Finanzminister beziehungsweise als Minister für Parlamentarische Angelegenheiten installiert. Winnie durfte er nicht anrühren, wenn er nicht wollte, dass sie ihm die Augen auskratzte; einzige weitere Neuernennung blieb also das Wunderkind der Partei, Darius Grey, für den bodenlosen Sumpf des Ressorts Gesundheit & Soziales. Strangelove war zuversichtlich, dass man dem jungen enthusiastischen Sozialisten seinen Eifer dort schon so weit austreiben würde, dass er wahrscheinlich zur nächsten Wahl gar nicht mehr antrat. Strangelove dachte oft, dass es nichts Schöneres gab, als den Funken politischen Eifers zu nehmen, ihn der Last von Dienstwegen, Bürokratie, Sturheit und dem Druck öffentlicher Erwartungen auszusetzen, bis der Zelot vom System aufgesogen und genau das wurde, was er einst hatte verändern wollen.

Die Besetzung für das große Special auf BBC I um 20 Uhr lautete also: Jesse Longfellow-Moses, Minnie Longfellow-Moses, The Amazing Mr. X, Parker Strangelove, Barney Thomson, Dr. Louise Farrow, Reverend Blake, Veron Veron, James Eaglehawk, Patsy Morningirl, Alisdair MacPherson, Winona Wanderlip, Darius Gray und Hamish Robertson. Eine grandiose Bande von Cowboys, um Schottland voranzubringen und der ganzen Welt live im Fernsehen zu präsentieren. Bravehearts oder Blödmänner, je nachdem, was zuerst durchbrach.

Ashley Blackadder war nicht zu dem Treffen erschienen. Sie hatte um vier Uhr in der Früh eine wütende Auseinandersetzung mit Parker Strangelove, als sie ihm erklärt hatte, wie absurd und geschmacklos sie die Show angesichts der Neuigkeiten über Michael fand. Die Show muss weitergehen, hatte Parker papageienhaft erklärt, Blackadder hatte erwidert, er solle sich nicht so verdammt dumm stellen, Strangelove hatte ihr erklärt, dass sie JLMs Dienste jederzeit verlassen könnte, wenn ihr danach wäre, und sie hatte ihm erklärt, dass sie ihren Schreibtisch bis Freitagnachmittag räumen würde. Alle waren glücklich.

Strangelove hatte eine ähnliche Unterhaltung mit Farrow, die jedoch schlussendlich kapituliert und eingewilligt hatte, an der Show teilzunehmen. In Schwarz. Und so gewandet wartete sie nun auf Jesse Longfellow-Moses' Erscheinen.

Keiner der anderen schien irgendwelche speziellen Bedenken wegen Pater Michael zu hegen.

»Okay«, sagte Strangelove und sah sich in den Reihen des versammelten Kabinetts und der privaten Truppe von JLM um. »Der First Minister wird in Kürze zu uns stoßen. Er wird ein paar Worte sagen, und dann übergeben wir Sie an Bing.« Bei diesen Worten wies er auf einen in Schwarz gekleideten Mann mit lächerlich modischer Sonnenbrille, unter deren Bügeln zwei schmale, sauber ausrasierte Koteletten hervorragten. Bing Velociraptor nickte und winkte cool in der Manier von Doku-Trotteln. (Bing Velociraptor war nicht sein richtiger Name.)

»Ich denke, es ist in dieser Runde überflüssig, auf die spielentscheidende Wichtigkeit der Show heute Abend hinzuweisen«, fuhr Strangelove fort. »Das Land bedarf dringend der Beruhigung. Wir präsentieren uns als geeinte Front, wir stehen wie ein Mann hinter Mr. Longfellow-Moses. Einige von Ihnen mögen den Verlust von Pater Michael betrauern, doch sei dem, wie es mag, der Kerl ist tot, seine Verbrechen sind Geschichte. Heute ist ein neuer Tag, heute schauen wir nach vorn. Ein neues Kabinett ist installiert, neue Ideen für die Zukunft sind entwickelt, wir stehen hinter dem First Minister.«

Die Tür ging auf, und Jesse Longfellow-Moses betrat in einem grauen Sonntagsanzug mit einem ziemlich gewagten violetten Einstecktuch selbstbewusst den Raum. Veron Veron strahlte vor stillem Stolz.

JLM trat vor sein versammeltes Publikum, nickte und wartete, bis sich der allgemeine Huldigungstrubel gelegt hatte, was, da er gar nicht recht ausgebrochen war, eigentlich nicht besonders lange dauerte.

»Danke, danke«, sagte er und kam sich vor wie Sinatra in Vegas, »danke, dass Sie heute hergekommen sind und Ihren Freitag dieser wunderbaren Fernsehsendung opfern.«

Er blickte in die Menge und lächelte milde. Einige der Gesichter erkannte er nicht und hielt sie zutreffenderweise für die neuen Minister, obwohl sie möglicherweise bereits im Kabinett gesessen hatten, ohne dass er sie wahrgenommen hatte.

»Ich muss Ihnen allen die Bedeutung des heutigen Ereignisses nicht erklären«, fuhr er fort. »Die Welt wird zusehen, und dies ist unsere Chance, Größe zu beweisen. Ein respektierter Partner zu werden in einer Welt, die verrückt spielt. Die Welt als Ganzes – Hunderte von Millionen rund um den Globus – wird heute einschalten, um eine funktionierende Demokratie zu erleben. Heute Abend sprechen wir zu den Unterdrückten und Beladenen. Wir sprechen zu der freien und der versklavten Welt, und wir sprechen mit einer Stimme. Schottland ist groß, Schottland kann vorangehen, und die Welt kann Schottland folgen. Jedes Land auf dem Planeten kann unserem Beispiel folgen, kann tun, was wir tun, die wundervolle frische Luft der Freiheit atmen, die wir atmen, von den plätschernden Wassern der Hoffnung trinken, von denen wir trinken! Wir werden der Welt zeigen, dass wir Könige sind, und die Welt wird auf uns schauen und in Anerkennung unserer Größe auf die Knie sinken! Die Gelegenheit ist da, wenn wir sie nur mit beiden Händen ergreifen! Wir müssen diese Chance nutzen! Sind Sie dabei?«

Sie starrten ihn an. Ein oder zwei der Neuen glaubten, sie sollten etwas tun oder sagen, und bekundeten murmelnd und nickend Zustimmung. Veron Veron sah seinen Führer erstaunt an und fand, dass die Schönheit seiner Rede der Schönheit seines Anzugs mit dem violetten Einstecktuch entsprach. Winona Wanderlip wünschte sich, sie hätte eine Waffe, die sie ziehen könnte, um dem Idioten zumindest die Kniescheiben zu durchlöchern. James Eaglehawk dachte mit Wonne an all die dokumentierten Beweise, die er gegen JLM in der Hand hatte, und seinen glorreichen Moment, wenn er sie live im Fernsehen präsentieren würde. Er dachte an JLMs peinliche Demütigung, unvermeidliche Tränen und seinen Rücktritt; außerdem dachte Eaglehawk auch noch voller Wonne an zwei Frauen, die ihm mehr als vier Stunden Gesellschaft geleistet und miteinander und mit ihm Akte vollzogen hatten, die allen bekannten Gesetzen der Anatomie und Mathematik widersprachen. Barney Thomson hatte abgeschaltet und hörte gar nicht mehr zu. Er würde sie alle frisieren und so albern wie möglich aussehen lassen, und dann würde er verschwinden, bevor die Fernsehshow überhaupt begonnen hatte.

»Spitze«, sagte JLM auf die lauwarme Reaktion zu seiner Weltherrschaftsrede. »Minnie und ich verziehen uns zu einem Arbeitsfrühstück mit Mr. Bellows und überlassen Sie den tüchtigen Händen von Mr. Velociraptor, der Ihnen alles sagen wird, was Sie wissen müssen. Irgendwelche Fragen? Nein? Entzückend. Spitze«, fügte er noch hinzu, rieb sich die Hände und eilte aus dem Raum. Minnie musterte die Menge mit wissendem Blick und folgte ihrem Gatten. JLM hatte alles versucht, um allein mit Bellows zu frühstücken, doch Minnie hatte die üblichen Knöpfe gedrückt und gedroht, ihn für alle seine Missetaten bloßzustellen, sodass er ihr wohl oder übel eine gewichtige Rolle in der Angelegenheit zugestehen musste. Wenn er König werden würde, würde sie Kaiserin des Universums sein.

»Nette Rede von eurem Boss«, sagte Bing Velociraptor zu der versammelten Menge, »aber ich würde mir an Ihrer Stelle nicht in die Hose machen. Die Show wird nur gelegentlich außerhalb von Großbritannien gesehen, und die hier ganz bestimmt nicht. Die Einschaltquoten im Inland können sensationelle Höhen erreichen, aber bei Shows wie der heute Abend können wir uns glücklich schätzen, wenn wir die Millionengrenze erreichen, und noch viel glücklicher, wenn jemand bis zum Schluss dabeibleibt. Keine Sau interessiert sich einen Scheißdreck für euren Typen da, also wollen wir den Ball schön flach halten. So weit alles paletti?«, fragte er und zeigte mit seinem geladenen Zeigefinger ins Publikum. Hier und da war ein Nicken zu registrieren.

»Wäre es hilfreich, wenn ich meine Titten zeige?«, fragte Patsy Morningirl und hob die Hand.

»Sind Sie irgendwer?«, fragte Velociraptor, der Morningirl natürlich schon bemerkt hatte.

»Ich bin die neue, ähm, was war es noch mal?«, fragte sie und sah Strangelove an.

»Stellvertreterin des First Minister und Justizministerin«, sagte Strangelove zu Velociraptor, der lächelte.

»Das wäre S-U-P-E-R, Kindchen«, sagte er. »Vielleicht muss ich Ihre Brüste vorher inspizieren, um mich zu vergewissern, dass sie passend sind, aber Titten sind auf jeden Fall toll für die Show. Mandy«, sagte er an seine Assistentin gewandt, ein Mädchen mit kerzengeradem Rücken und topmodischer Brille, »gib das an die Medien raus, sobald wir hier fertig sind.«

»Komplett«, sagte sie.

»Okay«, sagte Velociraptor und wandte sich wieder seinem Publikum zu, »vielleicht werden die Quoten doch nicht so übel. Wenn sonst noch irgendwer denkt, er hätte was, um die Zuschauerzahlen in die Höhe zu treiben, lassen Sie es mich wissen.« Er blickte fragend in die Runde, aus der sich in den circa 1,3 Sekunden, die er ihnen ließ, niemand meldete, wenngleich der eine oder andere, darunter Eaglehawk, beschloss, später ein paar Worte unter vier Augen zu wechseln. »Okay, wir führen hier ein strenges Regiment, niemand redet länger als die ihm zugeteilte Zeit. Offen gestanden müssen sich einige von Ihnen mit dem Gedanken anfreunden, dass Sie nur Schaufensterdekoration sind. Schluss, aus, fertig. Sie lassen sich die Haare machen, ziehen Ihren besten Fummel an und Klappe. Wenn Ihnen das nicht passt, beschweren Sie sich bei Mr. Strangelove. Der größte Teil der Sendezeit geht an Longfellow-Moses. Darüber hinaus werden wir ein paar Minuten mit Wanderlip sprechen.« Er sah sich fragend um, bis Winnie zwanglos die Hand hob. »Ausgezeichnet«, sagte er, »yeah, Sie sehen zwar nach nichts aus, aber mit ein bisschen Lippenstift und anständigen Klamotten kriegen wir Sie schon hin.«

Wanderlip biss sich auf die Unterlippe und starrte zu Boden. Die altvertrauten Wutgefühle stiegen in ihr auf. Mandy flüsterte Velociraptor etwas ins Ohr und ließ sich wieder auf ihren Stuhl fallen.

»Hey«, sagte Velociraptor zu Wanderlip, »wie ich höre, haben Sie ein Riesen-Nippel-Ding laufen, Winnie. Wahrscheinlich können wir das auch benutzen.«

Sie schaute auf und warf ihm einen von Strangeloves vernichtenden Blicken zu, der mehr oder weniger glatt durch ihn hindurchging.

»Also, wären Sie vielleicht zu einer gemeinsamen Brustaufnahme mit der Stellvertreterin bereit?«, fragte Velociraptor.

»Oder reden wir von einer verdeckten Nippel-Ermittlung, unter engem Stoff und so.«

Wanderlip grub die Fingernägel der einen Hand in die Handfläche der anderen, ohne zu wissen, warum sie sich eigentlich zurückhielt. Wen wollte sie schützen? Aber sie wusste auch, dass dieser Typ die Sorte Mann war, die irgendeine arrogante Bemerkung über ihren Zyklus machen würde, wenn sie ihm auch nur mit einem Hauch von Übellaunigkeit kam.

»Ich denke, beides wäre für Mrs. Wanderlip nicht angemessen«, sagte Strangelove aus der Kulisse.

Velociraptor sah ihn an, gönnte dem Einwand zwei Sekunden Bedenkzeit, zuckte mit den Schultern und blickte auf seine Notizen.

»Okay, wir reden mit der Stellvertreterin, die ihre Titten auspackt, und wir reden mit Wanderlip, die alles sicher hinter Schloss und Riegel hält. Und hey, bei Bazookas wie Ihren, Verehrteste, würde ich das auch tun, es macht Ihnen also niemand einen Vorwurf. Wenn die Show abstürzt, ist es bestimmt nicht Ihre Schuld, Sie müssen sich nicht schlecht fühlen.«

Er blickte mit aufrichtigem Augenaufschlag zu ihr auf, saugte die Photontorpedos auf, die sie auf ihn abfeuerte, und wandte sich rasch wieder seiner Liste zu.

»Reverend Blake, haben wir einen Reverend Blake?«, fragte er, blickte auf und entdeckte sie, bevor sie etwas gesagt hatte, weil ihr Kragen schließlich doch ein kaum zu übersehender Hinweis war.

»Sie sind Blake?«, fragte er komplett überflüssig. »Cool. Wir werden uns auch kurz mit Ihnen unterhalten. Spiritueller Kram in dunklen Zeiten und so, verstehen Sie, Ihre Reaktion darauf, dass der Pater ein abgedrehter Psycho-Serienmörder-Typ ist. So weit alles easy für Sie?«

Blake nickte.

»Ich werde mit Freuden das Wort Gottes verkünden«, sagte sie ernst.

»Super«, sagte Velociraptor. »Und wie stehen Sie zu dem Titten-Thema?«

Er suchte hoffnungsvoll ihren Blick, erkannte jedoch nach ein paar Sekunden, dass er keine Reaktion bekam, nickte und wandte sich wieder seinem Klemmbrett zu.

»Das wär's in etwa. Vielleicht reden wir noch kurz mit ein oder zwei anderen, aber im Grunde werden wir uns auf diesen Longfellow-Moses und Patsys Brüste konzentrieren. So weit alles paletti?«, fragte er und sah die Versammlung an.

Nun, es gab ein paar Leute, die das eine oder andere zu sagen gehabt hätten, doch die hielten den Mund. Entweder weil sie das Ganze mit möglichst minimaler Unannehmlichkeit hinter sich bringen wollten oder weil sie wie Eaglehawk die Absicht hatten, Velociraptors Aufmerksamkeit auf ein paar Punkte zu lenken, damit er, wenn die Zeit kam, seine fünf Minuten an der Sonne live im Fernsehen bekommen würde. Patsy Morningirls Titten würden keine Chance haben.

»Fantastisch«, sagte Velociraptor. »Make-up und Kleidung treffen zwischen fünf und sieben heute Abend hier ein. Ich glaube, Sie haben jemanden, der sich um die Haare kümmert, den Terminplan hat Strangelove. Nach sieben haben wir noch eine Stunde zum Relaxen, können alles noch mal durchsprechen, vielleicht eine entspannende Pille einwerfen, wie immer ihr Leute das handhaben wollt. Um acht gehen wir dann auf Sendung, 45 Minuten, um sich in die Hose zu scheißen, und dann ist auch schon wieder alles vorbei, und Sie werden sich fragen, wo die ganze Zeit geblieben ist.«

Ein weiterer Blick in trübe, erwartungsvolle Gesichter.

»Okay, Klappe zu, Affe tot«, sagte Velociraptor, klemmte sich sein Notizbrett unter den Arm und rauschte, gefolgt von Mandy, hinaus.

Die anderen blickten ihm nach, bis die Tür hinter ihm zugefallen war, und sahen sich dann an. Keiner hatte irgendetwas zu sagen, sodass sie schließlich schweigend allein oder zu zweit ihrer Wege zogen.

Kapitel 43

Schöne Frauen allenthalben

Barney Thomson war die Stufen vor dem Bute House Nr. 6, der offiziellen Residenz des First Minister, hinuntergestiegen und über den georgianischen Glanz des Charlotte Square geschlendert, als er hinter sich entschlossene Schritte hörte, die näher kamen.

»Hey, Barn«, sagte eine Stimme, damit er stehen blieb. Barney erkannte sie und ging weiter. Er hatte nicht vor, sich noch weiter von irgendeiner dahergelaufenen Frau anmachen und wieder fallen zu lassen, als er es ohnehin schon getan hatte.

»Barn«, sagte Reverend Blake, als sie ihn eingeholt hatte. »Zeit für ein Schwätzchen?«

Barney ging weiter, ohne sie anzusehen.

»Ich bin eigentlich nicht in der Stimmung«, entgegnete er.

»Mein Gott«, sagte Reverend Blake, »du bist doch nicht etwa sauer auf mich, weil ich nicht mehr mit dir geredet habe, seit wir gevögelt haben, oder? Das ist doch Kinderkram.«

Barney schob seine Hände in die Taschen und zog die Jacke zum Schutz gegen den kühlen Wind enger um seinen Körper.

»Ich hab einfach genug von euch allen«, sagte. »Ich gehöre nicht in diesen absurden Haufen.«

Er warf ihr einen Seitenblick zu.

»Dass du mich gevögelt und dann den Abflug gemacht hast, war mir egal«, fuhr er fort, »aber es war unhöflich. Es war genauso Kinderkram, es erst zu tun und mich dann zu meiden, so als wäre es dir peinlich oder irgendwas. Aber ich habe nicht vor, lange Diskussionen über Reife oder irgendwelchen Mist anzufangen. Ist doch eh alles Quatsch. Ich sollte bloß einfach nicht hier sein, und wenn diese blöde Kacke heute Abend vorbei ist, hau ich ab.«

»Warum so lange warten?«, fragte sie rasch mit einem Lächeln wie aus dem Nichts.

Er wandte sich ihr ganz zu. Sie trug keinen Mantel – nur ihren weißen Kragen, eine schwarze Bluse und einen langen schwarzen Rock – und sah aus, als ob ihr sehr, sehr kalt wäre, blasses Gesicht, bläuliche Lippen und Augen, die im kühlen Herbstwind hell strahlten.

»Man hat mich gebeten, mich um sämtliche Frisuren zu kümmern, und ich habe zugesagt«, erklärte Barney.

»Ah«, sagte sie, »die gute alte calvinistische Arbeitsethik. Wunderbare Sache«, fügte sie hinzu. »Hast du Lust auf ein schnelles Frühstück? Ich kenne einen Laden, wo sie um diese Vormittagszeit eine umwerfende Bloody Mary kredenzen.«

Barney blickte auf seine Uhr. Er hatte schon ein Frühstück eingenommen, serviert von einem der engelsgleichen Supermodels im China-Outfit, aber man kann im Leben nie genug frühstücken. Man muss zwischen seinen beiden Frühstücken nur einen vernünftigen Abstand lassen, dann wird auch das zweite keinerlei Probleme bereiten.

»Ja«, sagte er, »warum nicht. Wohin gehen wir?«

Und so zogen sie los auf der Suche nach Manna.

»Glaubst du, dass Michael diese Morde begangen hat?«, fragte Barney über einer nur leicht verbrannten Scheibe Speck und Rühreiern von beinahe perfekter Konsistenz.

Blake kippte eine Bloody Mary herunter, strich Marmelade auf einen Toast, spießte ein Würstchen auf und leckte sich die

Finger ab, wobei Letzteres selbst an einem Freitagvormittag extrem erotisch wirkte.

»Nein«, antwortete sie. »Michael war ein guter Mensch.«

»Er hat behauptet, Gott hätte es ihm befohlen«, sagte Barney.

»Na ja«, meinte Blake, »wenn er an Gott geglaubt hätte, hätte das vielleicht etwas bedeutet. Aber er war im falschen Job gefangen. In der verdammten Sekunde, als er geboren wurde, hat seine Mutter entschieden, dass er Priester werden würde, und sie hat ihren Willen bekommen. Michael wollte bloß mitmachen, bis sie stirbt, und dann sofort aussteigen. Ich sage nicht, dass der Mann ohne Fehler war oder so, aber er hat nie jemanden getötet.«

»Woher wusste er dann, wo die Leichen waren?«, fragte Barney, bevor er sich mit der gebotenen Ruhe über ein saftiges Stück Black Pudding hermachte.

Blake biss anmutig in eine knusprige Scheibe Toast und leckte sich die Krümel von den Lippen. Ohne den Blick von Barney abzuwenden, lächelte sie schüchtern und tupfte sich mit dem Daumen den Mundwinkel ab.

»Nun, Barn, du arbeitest doch für die Bullen. Kannst du es dir nicht denken?«

Barney spießte von allem auf seinem Teller – in diesem Fall Rührei, Speck, Black Pudding, Würstchen, Bratkartoffeln, Pilze und Zwiebeln – etwas auf seine Gabel und schob sie in den Mund, ohne den Blick von ihr zu wenden, während er darüber nachdachte, was sie gerade gesagt hatte.

Michael hatte Beweisstücke in seinem Besitz gehabt, die Leichen vielleicht sogar bewegt, doch er war nicht der Mörder.

»Er leistete unfreiwillig Beihilfe?«, fragte er nach einem kräftigen Schluck Tee.

»Könnte sein«, sagte Blake. »Ich meine, ich weiß es schließlich auch nicht. Aber meine Theorie ist eine andere.«

Barney widmete sich wieder seinem Teller, wo er weiteres

Essen zusammenkratzte und kauend überlegte, ein bisschen wütend auf sich selbst, ihr Spiel mitzuspielen.

»Was weißt du von Michael?«, fragte sie, ihn weiter lockend, obwohl sie selbst unsicher war, was Barney vielleicht wissen könnte.

Einerseits schien es sinnlos, noch Geheimnisse zu wahren, andererseits hatte er auch nicht vor, ihr von Michael, Blackadder und Farrow zu erzählen. Vielleicht wusste sie es schon, aber wenn nicht, war dies nicht der Ort und die Zeit, sie auf den Stand zu bringen. Doch vielleicht wollte sie ja genau darauf hinaus. Gegenüber Barney hatte Michael zunächst Blackadder angeschwärzt. Er hatte behauptet, sie hätte gebeichtet. Vielleicht steckte mehr dahinter. Vielleicht hatte er gewusst, dass sie die Morde beging, und war ihr gefolgt, um hinter ihr aufzuräumen.

Das heißt, er war hoffnungslos verliebt und beseitigte verzweifelt die Spuren des Mörders. Aber war es wirklich Blackadder? Schließlich war er auch Farrows Liebhaber gewesen.

»Du glaubst, er wollte jemanden decken?«, fragte Barney ohne die Absicht, die Namen zu nennen, die er im Sinn hatte.

Blake tippe mit den Fingernägeln an ihr leeres Bloody Mary-Glas. Ring-ting-ting. Ring-ting-ting.

»Das würde allerdings verdammt große Hingabe erfordern«, sagte Barney. »Mehr als Hingabe«, fügte er hinzu.

»Du kannst nicht leugnen«, erwiderte Blake, »dass bei allen, die mit diesen Morden zu tun haben, wer immer es sein mag, große Extreme eine Rolle spielen. Extreme Leidenschaft, extremer Hass, extreme Liebe, jedes Grundgefühl bis an seine Grenzen getrieben. Wenn man die Gefühlsfäden derart anspannt, reißen sie irgendwann, und wenn sie reißen«, sagte sie, »dann kann bei Gott alles passieren.«

»Und«, erwiderte Barney, »wen deckt er?«

Blake breitete die Hände aus.

»Wer weiß?«, sagte sie. »Aber es muss eine Frau sein, richtig? Scheiße noch mal, wir wissen zwar alle, wie Priester sind, aber Michael hat bestimmt niemandem seinen Arsch hingehalten.«

»Er schützt also eine Frau«, sagte Barney in Unkenntnis von Blakes Wissensstand; wollte sie ihn an der Nase herumführen oder die Frage mit ihm gemeinsam ergründen?

»Exaktemento«, sagte Blake und klang haargenau wie Detective Chief Inspector Solomon, was auch Barney bemerkte. »Und wir wollen uns nichts vormachen, der Typ hat sich nie mit irgendwem außerhalb unseres kleinen Kreises getroffen.«

Barney kämpfte mit einem widerspenstigen Stück Speck, das zum Aufspießen ein wenig zu knusprig war, sodass er es schließlich mit den Fingern packte und im Mund zermalmte.

»Blackadder«, sagte er, als er fertig war, »oder Farrow. Oder du«, fügte er hinzu und sah sie mit hochgezogener Braue an.

Sie lächelte und wandte sich erstmals ihrem Kaffee zu, der gemeinsam mit der Bloody Mary serviert worden war und langsam drohte, zu kalt zu werden.

»Nun ja«, sagte sie, »da kann ich schlecht widersprechen. Ich passe auf die Beschreibung. Nur dass natürlich jeder weiß, dass Michael Blackadder und Lou gebumst hat, während er mich nicht mal mit einem Stock angerührt hätte. Er hielt es für unangemessen, Gott sei ihm gnädig.«

»Darauf habe ich nur dein Wort«, erwiderte Barney, während er mit der Augenbraue weiter die Spock-Nummer machte und mit einem Stück Toast den letzten Rest Rührei vom Teller kratzte.

»Das stimmt«, sagte sie, trank von ihrem Kaffee und sah ihn über den Rand der großen Tasse hinweg an. »Und wie kann man dem Wort einer Pfarrerin wie mir trauen?«

»Genau«, sagte Barney.

Sie trank ihren Kaffee, Barney trank seinen Tee und fragte

sich, ob die Liste der Verdächtigen wirklich so kurz war, wie sie sie gerade gemacht hatten.

»Es gibt natürlich noch jemanden«, sagte sie, als hätte sie seinen Gedanken gehört.

»Weiter«, sagte Barney.

Blake stellte ihre Tasse ab, stützte ihr Kinn auf die Hand und ihren Ellbogen auf den Tisch.

»Hast du Minnie schon getroffen?«, fragte sie.

Barney schüttelte den Kopf.

»Ich habe sie heute Morgen zum ersten Mal gesehen«, antwortete er.

»Nun«, sagte Blake, »in der vergangenen Woche war sie nur selten da. Doch in den vergangenen Monaten haben wir alle für sie getan, was wir auch für JLM tun. Kleider entwerfen, Seelsorge, medizinische Pflege, was auch immer, wir haben alle für sie gearbeitet. Auch Michael muss sie sehr häufig gesehen haben.«

»Wie ist sie?«, fragte Barney.

Blake lächelte. Sie wusste genau, wie Minnie Longfellow-Moses war, in jeder erdenklichen Hinsicht gewissermaßen.

»Sie ist interessant«, erklärte Blake. »Ich würde sie natürlich nicht für eine Mörderin halten, aber das können wir vermutlich über jeden sagen, der sich am Ende als Täter herausstellt.«

Barney nickte, ließ seinen Blick über die Verwüstungen auf dem Frühstückstisch schweifen und entschied, dass er genug hatte. Er war mit seinem Frühstück Nummer zwei am Ende angekommen, trotz dreier weiterer verführerisch lockender Scheiben Toast.

»Und vielleicht stellt sich am Ende heraus, dass es doch Michael war«, sagte Barney. »Manche Dinge sind tatsächlich so schlicht, wie sie scheinen.«

»Das«, erwiderte sie, »wäre die größte Überraschung von allen.«

Andererseits kam das nun wieder darauf an, wie man Überraschung definierte. Nur weil Michael einen Abschiedsbrief mit Angaben über den Aufenthaltsort sämtlicher Opfer des Kabinett-Killers hinterlassen hatte, musste er nicht automatisch der anonyme Bestatter sein, der jeweils am Tatort aufgeräumt hatte...

Am frühen Nachmittag kehrte Barney auf sein Zimmer zurück. Er hatte noch eine Stunde, um fernzusehen, sich aufs Ohr zu legen oder was auch immer, bevor er sich in JLMs Büro begeben und zwischen zwei und fünf Uhr seine Termine abarbeiten musste. (JLM hatte seinem Personal großzügig den größten Teil des Tages freigegeben, damit sie vor der Kamera alle entspannt und ungestresst wirkten.)

Barney fragte sich, was er anfangen sollte, wenn er hier aufhörte, denn er hatte ehrlich gesagt keine Ahnung. Das wiederum kam ihm vor wie ein vertrautes und beinahe wohliges Gefühl. Lag es daran, dass Barney Thomson vor seinem tödlichen Sturz ein Streuner gewesen war, oder daran, dass er gar nicht Barney Thomson war, wie Farrow ihm erklärt hatte, und nur der Mann, der er vorher gewesen war, eine ruhelose Seele gehabt hatte?

Solche Gedanken reichten, um seinen Verstand brodeln zu lassen, weshalb er sich nicht allzu lange mit ihnen beschäftigte. Nach der blöden Sendung am Abend, zu der er nicht vorhatte zu erscheinen, würde er eine weitere Nacht in seinem bequemen Gefängnis zubringen und sich dann am Morgen aus dem Staub machen. Ein kurzer Fußmarsch zum Bahnhof Waverley, und er konnte nach Norden, Süden oder Westen fahren, was immer ihm gerade einfiel.

Er öffnete die Tür zu seinem Apartment und roch den schwachen Duft in der Luft, noch bevor er sie am Fenster stehen und auf die viktorianischen Dächer und den kalten, grauen Tag hinausblicken sah. Er schloss die Tür, doch sie drehte sich nicht um, sodass er neben sie ans Fenster trat.

So standen sie eine Weile und betrachteten die unterschiedlich schnell vorbeiziehenden, formlosen Wolken, die die Schattierung des Himmels von Minute zu Minute veränderten. Schließlich ertasteten sie die Hand des anderen und verflochten ihre Finger. Er spürte ihre warme Berührung, als sie sanft seine Hand drückte.

»Warst du bei dem Treffen heute Morgen?«, fragte Ashley Blackadder schließlich.

Er nickte, und sie spürte die Bewegung.

»Es ist widerlich«, fuhr sie fort. »Ich bin zwar kein bisschen überrascht, doch wenn der Mann je so etwas wie Mitgefühl hätte zeigen können, dann jetzt.«

»Er scheint ziemlich versunken in seiner eigenen kleinen Welt«, sagte Barney.

»Michael war ein guter Mensch«, schnitt sie ihm beinahe das Wort ab. »Und sie werden seinen Tod benutzen, um die ganze Geschichte sauber unter den Teppich zu kehren.«

»Du glaubst nicht, dass er die Morde begangen hat?«, fragte Barney.

»Natürlich hat er das verdammt noch mal nicht«, fauchte sie. Ihre Finger verkrampften sich, doch sie ließ seine Hand nicht los. »Mein Gott, du hast doch gesehen, wie er ist und wie Strangelove ist. Es würde mich nicht überraschen, wenn sie Michael diesen Abschiedsbrief in die Tasche gesteckt und die Beweise in seinem Zimmer deponiert hätten. Herrgott, es würde mich nicht mal überraschen, wenn sie ihn von dem beschissenen Gebäude gestoßen hätten.«

Barney ließ die Flut ihrer Worte über sich hinwegspülen und ihre Wut in dem kalten grauen Nachmittag verrauchen. Sie schniefte, wischte sich Augen und Nase, doch sie hielt die ganze Zeit weiter seine Hand fest.

»Er hat es mir gegenüber gestanden«, sagte Barney leise. »Ich habe ihn gestern Abend kurz vor seinem Tod getroffen.«

Sie schluckte und biss sich schwer atmend auf die Unterlippe.

»Hast du ihm geglaubt?«

»Nein«, sagte Barney rasch, und das stimmte. Michaels Worte hatten definitiv unwahr geklungen. Er wollte irgendjemanden decken, doch Barney konnte sich keinen Moment lang vorstellen, dass es Jesse Longfellow-Moses oder Parker Strangelove sein könnten. »Er hat versucht, jemanden zu schützen, aber nicht JLM.«

Sie antwortete nicht. Barney sah sie erstmals direkt an; ihr Gesicht wirkte kalt, verzweifelt und ausgelaugt. Sie trauerte ernsthaft um Michael und war ehrlich empört darüber, dass JLM seinen Fernsehauftritt vor der Nation durchziehen wollte. Kein Vergleich zu Alison Blake, die nur mäßig interessiert oder sogar leicht amüsiert beobachtete, dass JLM offenbar so eitel war, dass er sich in seinem Viertelstunden-Fernsehruhm von nichts aufhalten ließ.

»Wusstest du das über Michael und Farrow?«, fragte sie langsam und sah ihn kurz an.

O ja, dachte Barney. Er und Farrow, du und er, blablabla. Aber deine eigene Affäre wirst du wohl kaum offenbaren, was? Während du gleichzeitig ständig andere beschuldigst. Ihr seid alle gleich, drängelt euch um den Platz in der Unschuldsecke, während ihr alle anderen auf die schuldige Seite schubst. *Ich war's nicht, Euer Ehren, aber die falsche Schlange da drüben hat Motive bis zur Halskrause!*

»Ja«, sagte Barney. »Sie wirkte heute ziemlich ruhig. Ich habe aber nicht mit ihr gesprochen und auch nicht gesehen, dass sonst irgendjemand mit ihr geredet hat.«

»Er hat sie geliebt«, sagte Blackadder noch leiser als vorher. »Er hätte alles für sie getan. Er hat es gehasst, dass er nicht offen dazu stehen konnte, eine Beziehung, bei der man nachts rumschleichen muss.«

Barney sah sie erneut an. Das einzige nächtliche Schleichen, von dem er sicher wusste, hatte Michael von Blackadders zu Farrows Zimmer geführt, aber mit dieser kleinen Information wollte sie offensichtlich nicht herausrücken.

»Warum bist du hier?«, fragte Barney plötzlich, und der Ton seiner Stimme ließ sie aufblicken.

Ihre Augen waren blassblau und traurig.

»Ich habe mich einsam gefühlt«, sagte sie. »Ich wollte dich noch mal sehen, bevor ich gehe.«

Barney schluckte. Von einer Frau zur anderen. Blake strahlte eine rohe Sinnlichkeit aus, aber mit nichts dahinter, ihre Leidenschaft war seltsam leidenschaftslos, ihre Wärme kalt.

Blackadder war wunderschön und verletzlich, viel tiefer und von unendlicher Wärme. Und höchstwahrscheinlich eine Lügnerin, was sie umso interessanter machte, umso verlockender, betörender, bezaubernder und unmöglich.

Barney zog ihre Hand an seinen Körper, neigte den Kopf und küsste sie sanft auf den Mund. Mit der anderen Hand strich er ihr durchs Haar, zog ihren Kopf näher an seinen, und dann sanken sie sich leidenschaftlich in die Arme.

Nicht übel für Sportsfreund Barney, wie Wally McLaven vielleicht gesagt hätte, wenn man ihm nicht die Kehle durchgeschnitten hätte.

Kapitel 44

Die ganze Welt ist seltsam außer dir und mir. Und selbst du bist ein wenig seltsam

Barney schwebte drei Stunden lang durch einen Haarschnitt nach dem anderen, dazu hier und da ein bisschen Auftoupieren für die weibliche Kundschaft. In weniger Zeit, als ein Politiker in einem Interview braucht, um sich selbst zu loben, hatte er die folgenden Frisuren geschnitten: Veron Veron einen wirklich wundervollen »Elton John, *Diana*«, Patsy Morningirl einen scharfen Bubikopf, Darius Grey einen *Im Fegefeuer der Eitelkeiten*, Parker Strangelove einen an den Seiten kurz und im Nacken ausrasiert, fix und fertig in eineinhalb Minuten; James Eaglehawk einen James Bond und Reverend Blake einen »Ich will so bleiben, wie ich bin«.

Ein paar Minuten hatte er allein auf die grauen Wolken geblickt, die über den Hügel zogen, und an Ashley Blackadder gedacht, als die Tür aufging und The Amazing Mr. X eintrat. Barney drehte sich, riss sich aus der Selbstvergessenheit romantischer Abgründe und schaltetet wieder auf Frisör um.

»X«, sagte er. »Setzen Sie sich. Was kann ich für Sie tun?«

The Amazing Mr. X machte es sich auf dem Frisörstuhl bequem, stellte sich vor, er wäre noch warm von der himmlischen Reverend Blake, und sah in den Spiegel.

Er hatte sich die Ereignisse des kommenden Abends in rosigsten Farben ausgemalt. Wenn er seine Karten richtig ausspielte und alles gut lief, könnte er Undercover-Leibwächter für einen Promi werden. Vielleicht bekam er sogar eine eigene Fernsehshow, in der es um Bodyguard-relevante Themen ging. Oder er könnte Game-Shows wie *Big Bodyguard* oder *Wer wird Leibwächter?* moderieren. Vielleicht würde er auch von irgendeiner Hollywood-Superschnalle entdeckt werden, Sharon Stone, Halle Berry oder jemand in der Richtung, und den Auftrag erhalten, nach Beverly Hills umzusiedeln. Er hatte gelobt, JLM mit seinem Leben zu schützen, doch er machte sich keinerlei Illusionen über den Rang eines First Minister in der Welt. JLM war bestenfalls zweite Liga, und The Amazing Mr. X war in mehr als einer Hinsicht ein großer Leibwächter. Er sollte Schulter an Schulter und Hals an Hals mit anderen Kolossen Oscarverleihungen und Film-Weltpremieren bewachen. Das schottische Parlament und die Politik im Ganzen waren kleine Fische. Er sollte an der Seite der Superstars aus der Welt der Unterhaltung stehen, wo Prominenz und Macht tatsächlich etwas bedeuteten. Dort war sein Platz, das war seine Bestimmung, und dies war seine Chance.

»Was meinen Sie?«, fragte X, gewillt, sich den Händen eines Profis zu überlassen.

»Sie haben einen kräftigen Haarwuchs, X«, stellte Barney mit einem musternden Blick auf X' Schopf und der klugen Einsicht fest, dass man, wenn man mit einem Typen redete, der einem, egal wie lächerlich er sonst sein mochte, mit den Daumen den Kopf abreißen konnte, besser Süßholz raspelte, als vollkommen aufrichtig zu sein. (The Amazing Mr. X hatte ehrlich gesagt etwas von Elliot Gould, was die reine Katastrophe war. Man muss sich bloß, nun ja, Elliot Gould ansehen.) »Ich kann Ihnen so ziemlich jede Frisur schneiden.«

»Legendär«, sagte X und stellte sich endlose, wilde Szenarios vor, die sein fantastischer Schnitt auslösen würde. »Wissen Sie«, fuhr er fort, »ich möchte aussehen wie ein Pornostar aus den 70er Jahren. Das war super.«

Barney trat einen kleinen Schritt zurück und musterte X' Tolle erneut.

»Da liegen Sie ganz richtig«, sagte er, »obwohl Sie am Schnurrbart und den Koteletten vielleicht noch arbeiten müssten.«

The Amazing Mr. X strich sich mit der Hand übers Gesicht und nickte.

»Ja«, sagte er, »ich hatte vielleicht an einen glatt rasierten Pornostar der 70er gedacht«, sagte er.

Barney sah ihn an und war sich nicht sicher, wie er das Gespräch weiterführen sollte. *Halt's Maul, du blöder Irrer*, wäre zweifelsohne angemessen gewesen, aber vielleicht auch ein klein wenig unbedacht. Wahrscheinlich war es das Beste, die Konversation überhaupt nicht weiterzuführen, sondern sich an die Arbeit zu machen und ihn aussehen zu lassen wie John Holmes und Konsorten.

Und so nahm Barney eine Bürste, eine Dose Haarschaum, ein paar getrocknete Tomaten und eine Flasche Balsamico-Essig und machte sich an die Arbeit.

Letzte Kundin von Barney Thomsons Frisier-Festival war Minnie Longfellow-Moses. Sie marschierte mit einiger Verspätung herein – nicht dass Barney sich deswegen irgendwelche Sorgen gemacht hätte –, schaffte es irgendwie, das bloße Platznehmen auf dem Stuhl wie einen hoheitlichen Akt wirken zu lassen, und suchte Barneys Blick im Spiegel.

»Ich hätte gern einen Roosevelt, bitte«, sagte sie.

»Teddy, Franklin oder Eleanor?«, fragte Barney leicht sarkastisch, da ihre forsche Art ihn ziemlich geärgert hatte.

Sie zog eine Braue hoch, wandte sich jedoch nicht zu ihm um.

»Passen Sie bloß auf, Bürschchen«, war alles, was sie sagte.

Barney lächelte.

»Also Eleanor Roosevelt«, sagte er und griff zu Kettensäge und Kamm, um den gewünschten Schnitt zu erledigen.

Minnie sah ihm eine Weile zu, neugierig, den Mann endlich kennen zu lernen. Auch sie hatte *Barney Thomson: Moderne Legende* gelesen, war jedoch nicht im Einzelnen mit der Erklärung vertraut, warum jemand, der seit zweieinhalb Jahren tot war, sie frisieren konnte.

Sie entspannte sich ein wenig. (Nachdem sie die TV-Show zunächst als vollkommen absurd abgetan hatte, hatte MLM irgendwann doch das Potenzial erkannt und voll auf Lady Macbeth umgeschaltet; dabei war sie genauso blind für die Tatsache geworden, dass tatsächlich kaum jemand einschalten würde, wie ihr Mann. Diejenigen, die es doch taten, würden es ausschließlich tun, um einen Blick auf Patsy Morningirls Brüste und Winona Wanderlips Brustwarzen zu erhaschen.) Barney spürte die Auflockerung der Atmosphäre sofort, und ihre Blicke trafen sich erneut im Spiegel.

»Und wer frisiert *Sie?*«, fragte sie freundlicher und mit einem klitzekleinen Lächeln.

»Keiner«, erwiderte er.

»Ihr Haar ist wohl schon perfekt, was?«, fragte sie unvermittelt, als ob Barney jemand sei, mit dem man gut flirten konnte. Sie hatte immerhin gehört, dass er es Reverend Blake ordentlich besorgt hatte.

»Zwei Sachen«, sagte Barney, während er lässig weiterschnitt. »Erstens ist mein Haar nicht toll, aber es ist auch nicht so beschissen, dass es für eine alberne Fernsehshow frisiert werden müsste. Und zweitens werde ich zu der Fernsehshow gar nicht mehr hier sein, insofern ist es sowieso egal.«

»Oh, Barney«, sagte sie und bedachte ihn mit einem ironisch tadelnden Blick. »Wie können Sie sie verpassen?«

Barney begann mehrere nukleare Lockenwickler vorzubereiten, die er extra aus Kasachstan hatte einfliegen lassen, und gestikulierte mit seinem Kamm.

»Sie wollen wissen, wie ich das verpassen kann?«, fragte er.

»Weil Ihr Mann der grauenhaft ignoranteste, eigensüchtigste Egoist ist, den ich je in meinem Leben getroffen habe.«

Er befürchtete, sich mit derlei Reden in eine durchaus prekäre Lage bringen zu können, weil er nicht wusste, dass Minnie JLM noch mehr verachtete als er selbst.

»Dann kennen Sie nicht viele Politiker«, erwiderte sie.

»Das will ich auch gar nicht«, sagte Barney. »Ich gehe gleich morgen früh hier weg, aber vorher schaue ich mir noch an, wie Jesse herumgockelt und alle anderen ihm in den Arsch kriechen.«

Minnie Longfellow-Moses lächelte erneut und beobachtete Barney eine Weile bei der Arbeit. Seine Hände flogen über ihrem Schopf hin und her und vollführten das Werk eines Geisterbeschwörers, weil Minnies Haar nicht die Beschaffenheit für einen Eleanor Roosevelt hatte.

»Sie mögen ihn also nicht?«, setzte sie das kokette Scharmützel fort, auch wenn der Flirtcharakter der Unterhaltung komplett an Barney vorbeiging. Für ihn ging es eher darum, seinen Boss vor dessen Frau nicht zu drastisch runterzumachen, während er ihm gleichzeitig einen Zwölfer-Schlüssel in den Arsch rammen wollte.

»Hören Sie«, sagte er, »ich weiß, er ist Ihr Mann und alles, aber da Sie fragen, antworte ich Ihnen auch. Ich würde ihn nicht anfurzen, wenn sein Haar geföhnt werden muss.«

»Das will ich aber auch stark hoffen«, sagte sie.

»Vielleicht ist er nicht besser oder schlechter als andere Politiker unter denselben Umständen, aber er ist der Einzige, den ich je getroffen habe, und ich finde ihn schändlich.«

»Nun«, erwiderte sie, »ich kann verstehen, wie man zu dieser Ansicht kommt. Warum sagen Sie das nicht in der Sendung?«

»Ich soll den First Minister live im Fernsehen anprangern?«

»Ja«, sagte sie. »Das könnte doch amüsant sein.«

»Nein, bestimmt nicht«, entgegnete Barney. »Es würde bloß bedeuten, dass ich einen Abend lang ein Medienereignis bin und alle ein bisschen was zu lachen haben. Und morgen würde ich in den Zeitungen eingeklemmt sein – irgendwo zwischen Liz Hurleys letzter Botoxspritze und Poshs aktuellem Versuch, irgendein beschissenes Stück Scheiße als Musik zu verkaufen. Bis Sonntag haben es alle wieder vergessen, weil es die noch beschisseneren Fußballergebnisse vom Samstag zu melden gibt und Jordan ein neues Brustimplantat hat. Die Medien interessieren sich nicht für Politik, und das Volk auch nicht. Ich will da einfach nicht mitmachen, Punkt.«

Sie nickte weise. Zwar hatte sie für den Zeitpunkt, da ihr Mann stürzte – ein Ereignis, dessen Eintritt sie für irgendwann nach halb neun heute Abend erwartete –, eine eigene politische Karriere geplant, doch sie war klug genug zu wissen, dass Barney die Wahrheit sagte. Andererseits war sie auch eingebildet genug zu glauben, sie hätte eine hinreichend durchsetzungsfähige Persönlichkeit, das alles zu ändern.

»Sie haben in der Vergangenheit unter den Medien gelitten«, sagte sie.

»Mag sein«, erwiderte er, »aber darum geht es nicht. Ich habe bloß die Nase gründlich voll. Menschen, die dieses Land regieren, wurden niedergemetzelt, und die Zeitungen interessieren sich nach wie vor mehr für die Tatsache, dass eine englische Tussi sich in der letzten Woche bei *Survivor* geweigert hat, einen lebenden Kakerlak zu essen. Es ist erbärmlich.«

Sie applaudierte ihm unter dem Umhang, den er ihr zu Beginn ihrer Konfrontation übergeworfen hatte, doch er schüttelte nur den Kopf.

»Sehr moralisch von Ihnen, Mr. Thomson«, sagte sie. »Was wollen Sie machen? Auf einer unbewohnten Insel im Südpazifik leben?«

»Nein«, antwortete er, »aber vielleicht siedle ich nach

Schweden oder so um, wo ich keine Zeitungen lesen und das Fernsehen nicht verstehen kann.«

»Wirklich tapfer«, sagte sie. »Wenn Sie etwas sehen, was Ihnen nicht passt, laufen Sie weg. Wenn Sie das alles so anwidert, warum versuchen Sie dann nicht, es zu ändern?«

Barney stellte sein blitzartiges Gewirbel um ihren Eleanor-Roosevelt-Schädel ein und stand, in der einen Hand eine Bürste, in der anderen ein thermonukleares Schweißgerät, still da.

»Wie meinen Sie das?«, fragte er.

»Beliefern die Medien die Leute mit dem ganzen Müll, weil die Leute es wollen, oder wollen die Leute es, weil es das ist, was die Medien ihnen liefern?«, fragte sie und fuhr dann in der Manier eines wahren Politikers fort, ohne ihm Zeit zum Antworten zu lassen. »Man kann den Medien nicht vorwerfen, dass sie eine Nachfrage befriedigen. Wenn man daran etwas ändern will, muss man die Einstellung der Menschen ändern. Und genau das ist die Aufgabe eines guten Politikers.«

Barney nickte, was ihm alles in allem höflicher erschien, als schlicht und aufrichtig zu erwidern: »Sie wollen mich wohl verarschen, oder was?« Selbst JLM war zu dem Schluss gekommen, dass er nicht in der Position war, die Gesellschaft zu verändern, und er war der führende Politiker des Landes.

»Und unterstützen Sie Ihren Mann in all dem«, fragte Barney, »oder haben Sie eigene Ambitionen?«

Minnie Longfellow-Moses lächelte ein weiteres Mal, ohne ihm in die Augen zu sehen. Wenn sie ihre eigenen politischen Absichten endlich bekannt geben würde, dann bestimmt vor einem sehr viel großartigeren Publikum als vor einem einzelnen Frisör.

Er betrachtete sie einen Moment lang und widmete sich dann wieder ihrem 40er Jahre Retro-Lesben-Schnitt. Er wusste, was sie dachte. Wieder jemand, der sich vom Rausch der Macht hatte forttragen lassen, und dabei hatte sie nicht einmal Macht. Die dumme Kuh. Außerdem hieß sie wie eine Maus.

»Nun«, sagte sie, »ich verrate Ihnen so viel, Barney. Es könnte sich vielleicht doch lohnen, heute Abend bei der Show dabei zu sein. Möglicherweise wird sie nicht so öde, wie Sie erwarten, wenn Sie wissen, was ich meine.«

Barney hielt inne, und ihre Blicke trafen sich. Er erkannte das irre Flackern des Megalomanen, stöpselte den Black-&-Decker-Akkubohrschrauber ein und widmete sich wieder ihrer Frisur.

Eine Frau mit eigenen Plänen, dachte er, wie unheimlich. Doch wenn Aussicht bestand, dass JLM seine verdiente Strafe bekam, was ihm verdammt Recht geschehen würde, weil er die Stirn hatte, überhaupt an dieser Show teilzunehmen, würde sich ein Besuch vielleicht doch lohnen. Es bedeutete ja nicht, dass er am nächsten Tag nicht trotzdem einen Zug Richtung Highlands nehmen konnte.

Vielleicht würde er hingehen, vielleicht auch nicht. Und welchen Unterschied würde es letztendlich machen?

Kapitel 45

Showtime!

Die Show sollte in fünf Minuten beginnen. Die »Gäste« hatten sich im Wohnzimmer der offiziellen Residenz des First Minister versammelt. JLM, MLM, Dr. Farrow, Veron Veron, The Amazing Mr. X, Parker Strangelove, Reverend Blake, Winona Wanderlip, Patsy Morningirl, James Eaglehawk, Darius Grey und die beiden Kabinettslückenbüßer Hamish Robertson und Alisdair MacPherson, beide echte Politiker und deshalb weder für die Öffentlichkeit noch für das Fernsehen interessant.

Der All-American-Talkmaster Larry Bellows war noch in seiner Garderobe; der Produzent der Show, Bing Velociraptor, wollte den Ablauf ein letztes Mal durchsprechen. Das Ganze war ein bisschen hektisch gestrickt, aber er hoffte, genug Stoff zu haben, um das Publikum bei der Stange zu halten. Es gab Patsys Titten, und, nun ja, den Rest mussten sie irgendwie mit Reden füllen, aber das würden sie schon hinkriegen. Da war schließlich auch noch die Sache, die Eaglehawk erwähnt hatte, obwohl er sich nicht sicher war, dass die totale öffentliche Demütigung eines Politikers, von dem kein Mensch je gehört hatte, besonders spannendes Fernsehen geben würde. Auf jeden Fall keine Konkurrenz für ein Paar hübscher Brüste. (Und er hatte bereits Gelegenheit gehabt, sich ihrer Qualität zu vergewissern.)

Er musterte die erbärmliche Versammlung – so sah er alle, die mit Politik zu tun hatten – und fragte sich, wie er mit diesem

Haufen eine dreiviertel Stunde interessantes Fernsehen machen sollte.

»Okay, alle miteinander«, fauchte Bing Velociraptor, der dachte, dass dies möglicherweise der bisherige Tiefpunkt seiner Karriere werden könnte – sogar noch schlimmer als ein Tag im Leben von Mel C, auf den er sich törichterweise eingelassen hatte –, »wir haben nur noch ein paar Minuten, ich bitte also um Ihre ungeteilte Aufmerksamkeit.«

Das leise Geplätscher der Gespräche wich einem nervösen Murmeln.

»Ich gehe die Events der Sendung noch mal kurz durch, also herhören, bitte«, begann er und blickte scharf auf, um sicherzugehen, dass auch alle aufpassten. Und das taten sie bis auf JLM, der selbstgefällig aus dem Fenster blickte und sich für zu wichtig und zu eingeweiht in das Geschehen hielt, als dass er jemand so Unwichtigem wie einem TV-Produzenten zuhören musste.

»Zur Eröffnung macht die Kamera einen Schwenk durch den Raum, beginnend mit Mr. Bellows, Jesse und Minnie in der Mitte, und dann auf alle anderen, damit das Publikum eine Vorstellung bekommt, um wen es geht. Dabei können wir auch gleich am Anfang einen kurzen Blick auf blanke Busen gebrauchen, Patsy, um die Zuschauer zu ködern. Alles paletti?«

»Absolut«, sprudelte sie.

»Ausgezeichnet«, sagte Velociraptor. »Aber nur kurz, ja?« Er schnippte mit den Fingern. »So schnell. Fast so, als ob das Publikum die Anwesenheit deiner Brüste spüren könnte, ohne sie tatsächlich zu sehen.«

Winona Wanderlip entfuhr ein *Himmel Herrgott*, als Patsy blitzschnell ihre Bluse öffnete und wieder schloss.

»So?«, fragte sie eifrig.

»Auf den Punkt!«, rief Bing Velociraptor. »Okay, danach schwenken wir zurück zu Mr. Bellows, den Sie alle gleich kennen lernen werden. Er macht ein kurzes Intro, zieht dann Jesse ins Gespräch, und ab geht's. Danach spricht er mit Jesse und Minnie als Paar, und wir werden nach ihrem oder Mr. Bellows' Belieben auch noch den einen oder anderen weiteren Gast einbeziehen. Patsy wollen wir natürlich nicht zu früh bringen, weil man ja nicht alle seine Joints in den ersten fünf Minuten rauchen will. Was wir brauchen, ist Drama, Leute. Drama. Wisst ihr, was ich meine?«

Er blickte in die Runde nichts sagender Gesichter. *Ich zieh nix aus*, dachten die anderen Frauen. *Ob sich wohl noch ein paar von den anderen ausziehen?*, dachten die Männer.

»D-R-A-M-A, Drama«, sagte Velociraptor, »so heißt das Spiel. Wir brauchen es, und Sie sollen es liefern. Wenn jemand was zu sagen hat, immer raus damit. Alles easy?«

Vereinzeltes Nicken.

»Völlig egal, was Sie loswerden wollen«, fuhr er fort, »Hauptsache, es ist nicht langweilig. Wenn einer von euch Clowns mit irgendwelchem Kram über den Wohlfahrtsstaat, das Gesundheitswesen, Steuern oder sonst was kommt, blende ich ihn aus, sobald er den Mund aufmacht. Aber ansonsten immer raus damit und schön kurz. Wenn gewünscht wird, dass Sie weiterreden, werden Sie das schon merken, weil Mr. Bellows Sie dazu auffordert.«

»Eine Minute«, sagte Mandy, Velociraptors Assistentin, und er zeigte mit dem Finger auf die Menge.

»Das ist es, Leute, und jetzt ran an die Buletten und die Freier abgeschleppt. Jede Sekunde muss t-o-p, top sein, damit wir die Surfer kriegen.«

»Ah!«, sagte JLM unvermittelt, was Velociraptor mit einem schneidenden Blick quittierte. »Ashley, wie schön, dass Sie doch kommen konnten. Ich wusste, dass Sie Ihre Meinung noch ändern.«

Velociraptor drehte sich um; einige der im Raum Versammelten blickten argwöhnisch. Dr. Ashley Blackadder war eingetroffen und sah scharf aus wie immer, nur ihr Haar war ehrlich gesagt an diesem Tag nicht frisiert worden. Und so wollte sie live ins Fernsehen!

»Wer sind Sie?«, bellte Velociraptor und musterte ihren Körper mit professionellem Blick.

»Sie gehört zu meinem Team«, sagte JLM und stand auf. »Kommen Sie, Ashley, kommen Sie rein.«

»Dreißig!«, zwitscherte Mandy.

»Ziehen Sie sich aus?«, fragte Velociraptor.

»Nein!«, fauchte Blackadder ihn an.

»Egal«, sagte er, »Sie geben auch so eine ganz anständige Schaufensterdekoration ab. Kann irgendwer einen Stuhl für sie besorgen?«

Ein Stuhl wurde gefunden, JLM nahm lächelnd wieder Platz und sagte leise »spitze«, während Ashley Blackadder unter vereinzeltem Gemurmel Platz nahm und Bing Velociraptor dabei die ganze Zeit stechende Blicke zuwarf.

Die Tür ging ein weiteres Mal auf, und diesmal betrat Barney Thomson die Manege. Die meisten sahen ihn anerkennend an, weil sie sich immer noch im wohligen Glanz einer gelungenen Frisur sonnten.

»Barn!«, riefen etliche von ihnen, als wäre er ein lange vermisster Freund.

»Bin ich zu spät?«

»Fünfzehn!«, rief Mandy.

»Sie sind der Haar-Typ«, stellte Bing Velociraptor fest. »Besorgt ihm einen Stuhl«, brüllte er ohne Begeisterung.

Barney betrat den Raum und sah dabei vor allem Blackadder an, weil er sich fragte, warum sie hier war. Dann ließ er seinen Blick über die anderen Gesichter schweifen, ohne das vereinzelte Lächeln zu erwidern.

»Zehn!«, flötete Mandy.

»Okay«, dröhnte Velociraptor mit unnötigem Pomp, »die

Löwen haben das Kolosseum betreten. Schließmuskel einklemmen!«

»Fünf…«

Barney setzte sich neben Ashley Blackadder und zog fragend eine Braue hoch.

»Vier…«

»Konntest du doch nicht wegbleiben?«, fragte er.

»Drei…«

»Ich lasse ihn nicht damit durchkommen, verdammt noch mal«, sagte sie leise.

»Zwei…«

Und mit einem Rauschen herrischer Autorität, glatt rasiert und nach einem unglaublich teuren Aftershave duftend, die Eingeweide durch eine 61 Pfund teure Hydrotherapie für den Dickdarm erfrischt, stolzierte Larry in den Raum, keine Sekunde zu früh.

»Eins…«

Bellows umfing seine Gesellschaft mit der Aura seines Großmuts, grüßte sie stumm mit ausgebreiteten Armen und setzte, als Mandy in die Hände klatschte, um zu signalisieren, dass sie auf Sendung waren, sein großartiges bescheidenes Lächeln auf.

Kapitel 46

Seifenoper I

Die Kamera hatte den Raum abgeschwenkt, vorbei an nervösen, aufgeregten, resignierten und wütenden Gesichtern, hatte Patsys erstaunlichen Busen-Blitz-Strip eingefangen und war schließlich auf der Legende Larry Bellows zum Stehen gekommen. Er war ein großer Mann mit einem großen, runden Kopf, breiter Brust und einem imposanten Bauch, aus dessen Tiefen er gern ein bombastisches New-England-Lachen dröhnen ließ. Doch je nach Bedarf konnte er sich auch ruhig, ernsthaft und sensibel geben und beherrschte überdies die ganze Palette von Emotionen und Empathien dazwischen.

Er war genau genommen das Talkmaster-Äquivalent von Jesse Longfellow-Moses, insofern, als er zu Hause verglichen mit Letterman, Leno und anderen eher eine kleine Nummer war. Aber bloß weil er nur Kellner in Big Al's One Cheese Pizzeria war, musste das ja nicht heißen, dass er sich nicht aufführen konnte, als gehörte ihm Pizza Hut. Vor allem nachdem er in Großbritannien zum Kult wurde, wofür ihn die BBC mit einem gehörigen Anteil an Rundfunkgebühren entlohnte.

»Hey, alle miteinander«, begrüßte er seine Gäste in gewohnter Manier. »Willkommen bei Larry Bellows Tonight! Also wirklich, eine fantastische Einlage von der kleinen Lady! Und davon werden wir später noch jede Menge mehr sehen!«

Er lächelte entwaffnend und setzte seine ernste Miene auf.

»Himmel, was für eine fantastische Show haben wir für Sie vorbereitet. Ich persönlich bin ganz aufgeregt, weil der Mann, den ich Ihnen heute vorstellen werde, seit meiner Ankunft in Ihrem Land eine Art Held für mich war. Es war mir ein Vergnügen, was sag ich, es war mir eine Ehre, den heutigen Tag mit ihm zu verbringen und ihn und seine reizende Frau kennen zu lernen.«

(Übersetzung: Bis heute Morgen hatte er noch nie von JLM gehört, er hatte zehn Minuten mit ihm und Minnie verbracht, bevor er den Tag und den Passus seines Vertrages genossen hatte, laut dem die BBC verpflichtet war, ihn zur Vorbereitung auf jede Sendung mit Frauen, Alkohol und ernsthaften Drogen zu versorgen.)

»Also, meine Damen und Herren, ich möchte Ihnen den First Minister von Schottland vorstellen, Jesse Longfellow-Jesus. Jesse, es ist wirklich eine große Freude, Sie heute Abend bei uns zu haben.«

JLM lächelte auf eine klebrige amerikanische Art, die er für angemessen hielt.

»Vielen Dank, Larry, es ist auch echt toll, hier zu sein«, sagte er. »Spitze.«

»Longfellow-Moses«, sagte Minnie, doch ihr Einwand verpuffte ungehört.

»Und Ihre entzückende Frau Minnie«, sagte er und lächelte sie an, als wollte er ihr sofort an die Wäsche. Minnie war derart verwirrt – denn trotz des großen, runden Kopfes, der breiten Brust, des imposanten Bauchs und der aufreizenden Lache verströmte Larry Bellows für die meisten Frauen puren Sex –, dass sie kaum eine Antwort winseln konnte.

»Es ist wirklich super, eine First Lady zu haben, die nach einer Maus benannt ist, was?«, sagte er und tätschelte ihr Knie. Diesmal winselte sie nicht, sondern wallte förmlich auf. Sie rief sich stumm und streng zur Ordnung, wobei jedoch nur ein *Reiß dich zusammen*, *Mädchen* herauskam.

»Seit etwas mehr als vier Jahren«, sagte Bellows mit ernstem Blick in die Kamera, ganz der seriöse Nachrichtenmoderator, »hat das Volk hier in Schottland eine teilautonome Regierung. Also, ich bin Amerikaner und weiß nicht mal, was das heißt, aber heute Abend werden wir ein bisschen mehr darüber erfahren. Und über einige der … Persönlichkeiten … die …«

Er wirkte ein wenig abgelenkt, weil die Kamera, die sich bisher auf ihn konzentriert hatte, zu zucken begann, als wäre sie von etwas anderem angezogen. Bellows drehte sich um, damit die Kamera seinem Blick folgen konnte.

Patsy, die Gute, war schon zugange. Wie ein kleines Kind, dem man eine Schale Eis hinstellt und erklärt, es solle noch warten, konnte sie ihre Aufregung einfach nicht zügeln. Sie stand mit offener Bluse extrem lässig an den Kaminsims gelehnt und hielt ihre Brüste in die Kamera.

Bellows stieß sein gewaltiges Lachen aus; einige schüttelten den Kopf, ein paar dachten bereits darüber nach, das Schiff zu verlassen. JLM lächelte.

»Hey!«, dröhnte Bellows mit einer Lautstärke, die verlangte, dass die Kamera zu ihm zurückschwenkte, was sie auch pflichtschuldig tat. »Ist das nicht super! Wer ist die kleine Wuchtbrumme denn?«

»Sie ist meine Stellvertreterin«, sagte JLM lächelnd, wobei sogar er sich innerlich ein klein wenig wand.

»Fan-tastisch!«, rief Bellows. »Lassen Sie uns über die Einstellung Ihrer Regierung zum Thema Sex reden!«

JLM lächelte. Der Start war nicht ganz so gelaufen, wie er sich das vorgestellt hatte. Bellows war größer und lauter und erfüllte den Raum zu sehr mit seiner Präsenz. Und bei so vielen versammelten Egos musste es förmlich Ärger geben. Sogar ungeachtet der Tatsache, dass auch der Kabinett-Killer zugegen und von seiner ganzen psychischen Disposition eher instabil war. Ganz zu schweigen von dem anonymen Bestatter, der seine eigenen Fragen zu klären hatte, sowie mindestens vier Personen, die planten, Jesse Longfellow-Moses öffentlich zu demütigen (noch mehr, als es durch die ganze Geschichte ohnehin schon geschah). Des Weiteren sollten noch sechs interne Affären enthüllt werden, sodass sich Bing Velociraptor weiß Gott keine Sorgen hätte machen müssen.

Denn auf sie wartete, wie Larry Bellows selbst vielleicht gesagt hätte, eine Wahnsinnsshow…

Kapitel 47

Seifenoper II

Die Show lief seit einer Viertelstunde ziemlich glatt, wenn auch ein wenig ereignislos. Alle hatten sich von dem Drogen- und Testosteron-gespeisten Turboauftakt erholt, Larry hatte von der Regie ein paar Hinweise bekommen, sodass er tatsächlich wusste, wovon er redete, und der normale Betrieb war aufgenommen worden.

Natürlich hatten die meisten Zuschauer, die den Anfang gesehen hatten, bereits umgeschaltet, und Velociraptor wurde nervös. Irgendwas musste passieren, und Patsy hatte die Sex-Karte schon verpulvert.

Zur Bestürzung diverser Anwesender hatte Darius Grey, der neue Minister für Gesundheit & Soziales, die Anfangsphase der Show dominiert und sich in einen leidenschaftlichen Monolog über die Zukunft des schottischen Gesundheitswesens gestürzt, Politik in ihrer rohesten und sozial verantwortungsvollsten Form. Lediglich Winona Wanderlip war beeindruckt, als sie erkannte, dass sie sich mit einem ernsthaften politischen Herausforderer aus den eigenen Reihen konfrontiert sah. Der Bursche war erst 25, was jedoch nicht heißen musste, dass die Presse ihn nicht zur neuen Sau küren und gehörig durchs Dorf jagen würde.

Als Bellows ein weiteres Argument Greys mit einem weisen Nicken bedachte, steckte Mandy ihm eine kleine Karteikarte zu.

Larry. Zeit, Longfellow-Moses nach Hookergate zu fragen!

Larry warf einen Blick darauf und sah wieder Grey an. Der Junge war durch die Sache mit der Karteikarte ein wenig aus dem Konzept gebracht – mangelnde Erfahrung halt –, und das reichte Bellows, um Greys Redefluss über eine radikale Reform der Altenpflege zu unterbrechen.

»Nun, ich denke, da sind wir alle einer Meinung mit Ihnen. Ein Mann für die Zukunft, was, Jesse?«, sagte er und wandte sich wieder JLM zu.

»Unbedingt, spitze«, sagte JLM. »Erste Priorität meiner Regierung war es immer, die Ideen junger Menschen zu fördern. Sehen Sie, es ist meine –«

»Ja, fantastisch«, sagte Bellows. »Nun, eines der Dinge, über die die Menschen in letzter Zeit viel geredet haben, ist diese kleine Affäre, die unter dem Namen Hookergate bekannt geworden ist.«

Das Lächeln auf JLMs Gesicht gefror, doch er gab sich alle Mühe, die Schultern straff und die Mundwinkel oben zu halten.

»Mal ehrlich, das klingt ja wie etwas, in das vielleicht Bill Clinton verwickelt gewesen sein könnte, aber es ist hier im kleinen alten Schottland passiert. Erzählen Sie uns alles darüber, Jesse.«

JLM starrte nickend auf den Teppich und sortierte seine Persönlichkeit, damit er beim Aufblicken die richtige Rolle geben würde. Er hatte sich vorher mit Velociraptor auf eine Reihe von Themen geeinigt, die nicht angesprochen werden würden, darunter auch Hookergate. Wenn Bellows das aus der Tasche zog, gab es keine Tabus mehr. JLM warf Velociraptor einen kurzen, giftigen Blick zu – den die Kamera in seiner ganzen zornigen Schönheit einfing – und wandte sich dann lächelnd an Bellows.

»Sie wissen genauso gut wie ich, wie die Medien sind, Larry«, legte er los, »vor allem in diesem Land. Während wir uns bemühen, den Menschen die ernsten Themen an den Frühstückstisch zu bringen, interessiert sich die Presse mehr für alberne Kinkerlitzchen, mit denen sie politische Legenden wie mich erschaffen, um sie dann wieder vom Sockel zu stürzen. Der erste Kampf, den diese Regierung zu kämpfen hat, ist der Kampf gegen die Medien. Deswegen sind sie ja auch das erste Instrument, das in Diktaturen unter staatliche Kontrolle gestellt wird. Doch in Demokratien wie der unsrigen wird es Zeit, dass die Medien selbst die Reife entwickeln, die ihnen garantierten Freiheiten auch verantwortungsvoll wahrzunehmen.«

»Eine wirklich nette Polemik«, sagte Bellows, »aber um auf die Frage zurückzukommen: Stimmt es, dass Sie Ihre Sekretärin gebumst und sie, als sie zu reden drohte, dann haben beseitigen lassen?«

JLM lachte. Minnie rückte ein wenig von ihm ab, beredte Körpersprache, und wartete auf den Patzer, mit dem er antworten würde.

»Absurd!«, polterte JLM.

»Und warum haben Sie es dann seit Mrs. Walters' Tod bei einem rätselhaften Autounfall nicht geschafft, eine neue Sekretärin einzustellen? Böse Zungen behaupten, dass niemand den Job haben will, weil alle Angst haben, dass ihnen das Gleiche passiert. Sie sind der First Minister, Himmel noch mal, da muss sich doch jemand finden, der für Sie arbeiten will?«

JLM zögerte. Das ging sehr viel weiter, als die Presse je gegangen war, weil sie nicht gewusst hatte, dass er keine Sekretärin hatte. Irgendjemand aus dem inneren Kreis musste geredet haben. Und wenn schon darüber geredet wurde …

»Hören Sie«, sagte er, während Minnie mittlerweile fast einen Meter von ihm abgerückt war und ihn gespannt anstarrte, »Veronica war eine sehr süße und reizende Frau. Sehr lieb und teuer.«

»Sie meinen, sie hat sich den Sex gut bezahlen lassen?«, fragte Bellows. »Habe ich Sie da richtig verstanden?«

Minnie kicherte.

»Sie war reizend«, wiederholte JLM mit besonderem Nachdruck, »eine sehr, sehr reizende Person. Ich hatte nie ein Verhältnis mit ihr. Niemals.«

»Ein sexuelles Verhältnis?«, hakte Bellows nach.

»Ich hatte nie ein Verhältnis mit ihr«, wiederholte JLM. »Und ich kann Ihnen versichern, dass ich absolut erschüttert war, als ich von ihrem tragischen Tod erfuhr. Erschüttert.«

Bellows deutete sein weises Nicken an, während er sich wünschte, er würde einen Politiker von Rang interviewen – wenn es so etwas gab –, und bedachte Minnie mit einem vor Mitleid triefenden Blick, als hätte sie Krebs oder etwas Ähnliches.

»Minnie«, sagte er, »Sie haben durch all diese schweren Zeiten zu Jesse gestanden. Gab es je einen Augenblick, in dem Sie dachten, mir reicht's? Ich schieße den Kerl einfach in den Wind?«

Die Kamera fuhr näher an Minnie heran. Jetzt kommt das wieder, dachten die meisten im Raum Versammelten sowie praktisch jeder, der vor dem Fernseher zusah. Der übliche Ich-steh-zu-meinem-Mann-Mist.

»Aber ja!«, sagte Minnie. »Und gucken Sie mich nicht an, als hätte ich Krebs, Freundchen! Ich weiß, ich sollte zu meinem Mann stehen, und ich will ganz bestimmt nicht, dass man mich für illoyal hält. Aber wenn Sie Ihren Mann mit dem Gesicht zwischen den Schenkeln einer anderen Frau erwischen, strapaziert das Ihre Loyalität schon sehr.«

»Das war nicht Veronica!«, platzte JLM heraus, was wahrscheinlich nicht die klügste aller möglichen Entgegnungen war.

»Hey, Cowboy!«, rief Bellows.

»Wer war es dann?«, erwiderte Minnie empört, wenngleich

innerlich entzückt, dass JLM sich so leicht hatte aufs Glatteis führen lassen.

»Vielleicht war es dieses Flittchen!«, ließ Eaglehawk sich vernehmen, der bisher noch kein Wort dazwischen bekommen hatte, sich ein wenig ausgeschlossen fühlte und zusehends verzweifelter auf seine Chance lauerte. Er trat vor und drückte den Diskutanten vor der Kamera mehrere Farbfotografien von JLM und einer unbekannten Frau in die Hände.

»Wow!«, sagte Bellows, sichtlich beeindruckt. »Schauen Sie sich das an!«

»Wer ist das?«, fragte Minnie indigniert, obwohl sie in Wahrheit kein bisschen bekümmert war.

»Nun, das auf den Fotos bin ganz offensichtlich nicht ich«, sagte JLM mit der Leichtigkeit, mit der Politiker lügen können, obwohl ihm die Wahrheit schwarz auf weiß entgegengehalten wurde. »Ich habe diese Frau noch nie in meinem Leben gesehen.« Jedenfalls seit ein paar Monaten nicht.

»Mensch, Jesse«, sagte Bellows, »Sie sollten sich nicht schämen, Sie sind ungeheuer fotogen.«

»Oh«, sagte JLM und wusste nicht weiter. Einem Kompliment hatte er noch nie ins Maul geschaut.

»Ich denke, wir sollten kurz innehalten, Minnie«, sagte Bellows. »Vergessen Sie nicht, dass wir live auf Sendung sind.«

Bellows ergriff Minnies Hand. Er wusste, wie man diese Szene zu bringen hatte. Ein kurzer hyperaktiver Augenblick, dann wieder Ruhe ins Spiel bringen, damit sich alle entspannen konnten, bevor man wieder beschleunigte. Eine Achterbahnfahrt. Und mit einem Mal machte er keine politische Hintergrundshow mehr, er war Geraldo oder Jerry Springer. Das würde zu Hause gut ankommen, wenn sie es je zu sehen kriegten.

»Man hat Ihnen gerade Fotos von Ihrem Mann bei unglaublichen sexuellen Handlungen mit einer anderen Frau gezeigt. Millionen von Menschen waren Zeuge Ihrer öffentlichen Demütigung. Dieser Mann, den Sie Ihren Ehemann nennen, hat Sie gerade vor der ganzen Welt erniedrigt. Sie sind Ihrer Würde beraubt worden, Ihr Ruf liegt wie Hundescheiße im Schlamm. Er hat Sie bis zu dem Punkt herabgesetzt und entehrt, dass kein einziger Zuschauer dort draußen Sie für etwas Besseres halten wird als ein schleimiges, pustulöses Insekt, das auf der Windschutzscheibe der Geschichte zermatscht wird. Wie fühlt man sich da?«

JLM wollte dazwischengehen, doch irgendwie passte der Moment nicht mal für ihn. Minnie starrte zu Boden, ihre Gedanken rasten. Sie hatte nicht geplant, dass das Ganze so herauskommen würde, und sie dachte natürlich auch keinen Moment lang an ihre Demütigung. Die war ihr scheißegal. Wie alle politischen Instinkttiere versuchte sie zu entscheiden, was bei der wahlberechtigten Öffentlichkeit am besten ankommen würde. Womit würde sie ein Maximum von Mitgefühl ernten? Zorn, Vergebung, Tränen, unverhohlene Galle? Schwierig, eine derartige Entscheidung ohne ein Team von hoch bezahlten Beratern zu treffen, die ihr Feedback geben konnten.

»Sag ihm, er kann dich mal, Liebling!«, rief eine Stimme aus dem Hintergrund.

Alle drehten sich um. Veron Veron war aufgesprungen. Es spricht!

»Veron!«, sagte JLM.

»Wer ist die Schwuchtel?«, fragte Velociraptor außer Sichtweite der Kameras.

Veron sträubte sein Gefieder und wies mit einem krummen Finger auf Minnie.

»Du bist so viel besser als er, Liebling, so viel besser. Du musst ihn verlassen.«

Minnie sagte nichts, streifte Veron Veron mit einem Blick und wandte sich wieder JLM zu.

»Und wer bitte ist das?«, fragte Bellows.

»Eigentlich ist er als mein Schneider angestellt«, sagte JLM und versuchte, Veron einen tödlichen Blick zuzuwerfen.

Minnie schwieg weiter und bedachte Veron ihrerseits mit einem tödlichen Blick, der ihm bedeuten sollte, die Klappe zu halten.

»Ich bin ihr Geliebter!«, rief er leidenschaftlich und entzückt, die Wahrheit endlich aussprechen zu können.

Diverse Kinnladen klappten nach unten, während Minnie sich von der Enthüllung förmlich aufgespießt fühlte und schwieg.

»Cool«, sagte Bellows. »Und wir dachten alle, Sie wären hundertprozentig homosexuell.«

»Minnie?«, fragte JLM und sah sie an wie ein verlorener Hund, tödlich getroffen. Das übliche Männer-Ding, endlos viele Affären zu haben, doch sobald man herausfand, dass die Frau auch nur eine hatte, war man fassungslos.

»Oh, Herrgott noch mal, Jesse«, sagte sie. Das alles lief überhaupt nicht nach Plan. Die Demontage ihres Mannes vor laufender Kamera war vollkommen sinnlos, wenn ihr zur selben Zeit das Gleiche widerfuhr. »Guck mich nicht so an. Du hast doch mit jedem Flittchen geschlafen, das dir in deinem Leben untergekommen ist.«

»Hab ich nicht!«, protestierte er.

»Ha!«, sagte Eaglehawk aus dem Hintergrund und warf weitere Bilder von JLM mit diversen Frauen in den Ring.

Bellows hob einige auf und hielt sie in die Kamera. Es waren Hunderte. Hunderte von Fotos und Hunderte von Frauen. Kräftige Frauen, zierliche Frauen, kleine Frauen, große Frauen, Inderinnen und Chinesinnen, Brünette und Blondinen, von hinreißend attraktiv bis grottenhässlich, die gesamte Bandbreite des schottischen Schmelztiegels. JLM hatte Sex mit mehr Frauen als, nun ja, Eleanor Roosevelt.

Bellows lächelte in die Kamera, bevor er seinen Blick wieder auf Veron Veron richtete, nach wie vor davon fasziniert, dass der

Mann tatsächlich mit Frauen schlief. Veron Veron stand weiterhin in aufrechter Empörung im Hintergrund.

»Mein Gott«, murmelte JLM.

»Sie vögeln wirklich mit diesem Typen?«, fragte Bellows Minnie, während er ein paar Fotos von JLM in die Kamera hielt.

»Ich liebe sie!«, brach es aus Veron heraus. »Und sie liebt mich!«

Minnie vergrub den Kopf in den Händen. Ruhig atmen, ruhig atmen, ruhig atmen.

»Das ist fantastisch«, sagte Velociraptor zu jedem, der es hören wollte.

Die Sache geriet ein wenig außer Kontrolle, doch Larry Bellows hatte beschlossen, dass es vielleicht an der Zeit war, die Geschichte ein bisschen anzuheizen und dann zuzusehen, wie dieser Haufen Verrückter komplett zusammenbrach. Er konnte dann später die Einzelteile aufsammeln, denn das Ganze ging sehr viel weiter, als er erwartet hatte.

»Unglaubliche Enthüllungen«, goss er also weiter Öl ins Feuer. »Möchten Sie die Gelegenheit nutzen, um von Ihrem Posten als Premierminister zurückzutreten, Jesse?«

»Das möchte ich verdammt noch mal nicht!«, erwiderte JLM, den Fehler nicht nur ignorierend, sondern regelrecht genießend. Premierminister klang gut.

Ein paar Blicke flogen in seine Richtung. Und wieder trat – was er, für jeden Umstand gewappnet, fortan immer wieder tun sollte – James Eaglehawk in den Ring, diesmal mit Dokumenten wedelnd.

»Hier ist der Beweis!«, rief er. »Der Beweis, dass Sie, Jesse Longfellow-Moses, Veronica Walters haben ermorden lassen. Es steht alles hier drin. Sie sind ein Mörder, Jesse. Sie kommen ins Gefängnis. Ins Gefängnis! Sie sind erledigt!«

JLM sprang auf, um Eaglehawks Angriff von Angesicht zu Angesicht zu trotzen.

»Lügen!«, rief er. »Alles Lüge! Ich werde mich von diesen ungeheuerlichen Vorwürfen nicht einschüchtern lassen!«

»Komm mit mir!«, rief Veron Veron zu Minnie. »Lass uns dieses Land gemeinsam verlassen und nach Mykonos gehen.«

Minnies Kopf sank noch ein wenig tiefer.

»Und was ist mit mir?«, fragte eine leise Stimme in dem Tumult.

Alle drehten sich um und sahen Ashley Blackadder an, die wie die meisten anderen bisher geschwiegen hatte. Barney Thomson blickte zur Seite. Bis jetzt war das Ganze tatsächlich recht amüsant gewesen, und er hätte es um nichts auf der Welt verpassen wollen, obwohl es wahrscheinlich gute Einschaltquoten erzielte. Doch was Blackadder sagen könnte, beunruhigte ihn schon ein wenig, und er zog fragend eine Braue hoch.

»Nicht«, sagte Minnie kopfschüttelnd. Nachdem sie eben noch alles unter Kontrolle gehabt hatte, standen ihr nun unvermittelt Tränen in den Augen. So wie Jesse mit dem Bauch nach oben flussabwärts trieb, ging auch für Minnie alles grandios den Bach hinunter. *Alle* outeten sich.

Das Publikum starrte von Blackadder zu Minnie und zurück. Blackadder warf Barney einen kurzen, schuldbewussten Blick zu, kniff ihn ins Knie und beugte sich zu Minnie vor.

»Minnie«, sagte sie leise, »vergiss die Männer, vergiss die Politik. Du brauchst das alles nicht. Wir haben doch einander.«

»Heeeeey!«, sagte Larry Bellows. »Lesben. Cooool! Wussten Sie davon?«, fragte er JLM.

JLM wirkte allmählich ein bisschen verloren.

»Nein«, krächzte er.

»Minnie?«, rief Veron Veron verzweifelt.

Barney lehnte sich zurück und betrachtete Blackadder mit neuer Ehrfurcht. Da glaubte man, einen Menschen zu kennen und peng, löste sich alles in Rauch auf. Aber im Grunde hatte er sie nie gekannt. Er kannte ja nicht mal sich selbst.

»Ich dachte, du hättest Michael gevögelt«, sagte er ziemlich unverblümt.

Ob dieser neuen Information hielt die Menge kollektiv den Atem an. Blackadder drehte sich wütend und aufgebracht zu ihm um und durchbohrte ihn mit ihrem Blick.

»Wie könnte ich mit ihm geschlafen haben?«, fragte sie. Sie schluckte, von den Gefühlen des Augenblicks und der Trauer um Michael überwältigt. »Er war mein Bruder.«

Nach kurzem Schweigen ging ein vernehmliches Raunen durch den Raum.

»Sie haben mit Ihrem Bruder geschlafen?«, stieß Larry Bellows hervor.

»Nein, natürlich habe ich nicht mit ihm geschlafen!«, sagte Blackadder, während Minnie sich von ihrem Stuhl erhob, sich neben Blackadder hockte und sie an sich drückte.

Veron Veron war seinerseits empört. Er stand fassungslos da, Millionen verletzender Beleidigungen wollten sich über seine Lippen drängen, blieben ihm jedoch im Hals stecken. Schließlich erkannte der kleine Kerl, dass er keine Worte herausbringen würde, und stürmte brodelnd und kochend aus dem Studio.

Die Kamera folgte ihm, dann wurde ein oder zwei Sekunden lang eine Nahaufnahme von Minnie und Blackadder eingeblendet, bevor die Kamera wieder zur Mitte schwenkte, wo Larry Bellows neben JLM saß.

»Das wird ja langsam ein bisschen verrückt«, sagte Bellows.

»Finden Sie?«, erwiderte JLM mit gebrochener Stimme, unsicher, ob er den starren Blick seiner aufgerissenen Augen auf seine Gattin in den Armen einer anderen Frau oder die belastenden Beweise richten sollte, die Eaglehawk gerade in die öffentliche Debatte eingebracht hatte. Er entschied sich schließlich für seinen Finanzminister, und seine Nemesis lächelte grausam zurück.

»Wie kannst du nur so etwas denken, Barney?«, fragte Blackadder, die ihre Fassung wieder gewonnen und sich aus Minnies

Umarmung gelöst hatte. Sie dachte, dass sie nicht hätte kommen sollen und dass jetzt der passende Zeitpunkt wäre, wieder zu verschwinden.

»Tut mir Leid«, sagte Barney. »Ich bin falsch informiert worden«, fügte er ziemlich kleinlaut hinzu.

Blackadder sah ihn an, und die Verletzung in ihrem Blick war nicht zu übersehen. Aber sie konnte sich schlecht zum Richter aufschwingen. Sie hatte Barney an der Nase herumgeführt und saß jetzt neben dem Menschen, den sie wirklich liebte.

»In Wirklichkeit hat er mit Farrow geschlafen«, sagte Blackadder voller Verbitterung und wies mit dem Kopf auf sie.

Farrow, die ebenfalls zu den Stillen gezählt hatte, stieß bei der Erwähnung ihres Namens plötzlich einen verzweifelten Schrei aus. JLMs nettes kleines Kollektiv kollabierte spektakulär.

»Warum sollte ich nicht mit ihm schlafen?«, rief sie. »Ich war seine Frau!«

Wieder erfasste ein Raunen die Menge. Man hörte ein lautes Klatschen, als Bing Velociraptor entzückt die Hände zusammenschlug.

»Über wen reden wir jetzt?«, fragte Bellows.

»Über den Priester«, antwortete Barney mit einem Achselzucken.

»Über den Priester?«, wiederholte Bellows. »Das ist ein Ding!«

»Er wollte nie Priester werden«, sagte Farrows und stand auf, um in ihrer Ecke zu kämpfen. »Es war Unsinn. Wir haben letztes Jahr heimlich geheiratet. Er wollte nur warten, bis seine Mutter stirbt, und dann die Kirche verlassen. Er hat mich geliebt.«

»Pah!«, sagte Reverend Blake, die bis zu diesem Zeitpunkt etc. etc.

Alle drehten sich zu ihr um. Farrow biss sich auf die Unterlippe.

(Die Frauen wurden ganz allgemein eher tränenreich und gefühlig, während die Männer belustigt mit offenem Mund daneben saßen. Bis auf Veron Veron natürlich, der schon auf dem Weg nach Mailand war.)

»Sind Sie die neue Priesterin?«, fragte Bellows, bemüht, den Dschungel an Informationen zu durchdringen.

»Das bin ich verdammt noch mal nicht«, erwiderte Reverend Blake. »Ich gehöre zur Church of Scotland, und wenn Michael diese Schlampe so geliebt hat, dann kann sie mir vielleicht erklären, warum er mit mir geschlafen hat.«

Ein Raunen machte die Runde. Schon wieder.

(Die Zapper, die sich gerade einschalteten, blieben zu 95 Prozent hängen, und die Quote stieg exponentiell. Die ganze Chose lief komplett aus dem Ruder, weil es ein Kampf ohne Schiedsrichter war. Niemand hatte ein Interesse daran, einzuschreiten und die Sache zu stoppen. Es war prachtvolles, unverschämtes Fernsehen in seiner pubertärsten und irrsten Form, und nur JLM hätte vielleicht die Autorität gehabt, dem Geschehen Einhalt zu gebieten, wäre seine Autorität nicht längst unter der Last von Eaglehawks Beweisen zusammengebrochen.)

»Das hat er nicht!«, rief Farrow.

»Hat er doch«, sagte Blackadder leise und reichlich desinteressiert. Minnie hob den Kopf und sah sie mit einem Blick an, der sie aufforderte, still zu sein und alle anderen zu vergessen.

Farrow schäumte kurz vor dem Siedepunkt.

»Totaler Schwachsinn!«, rief sie ungeachtet ihres Vorsatzes, gelehrter zu wirken.

»Hat er doch«, wiederholte Blackadder immer noch leise, aber nachdrücklicher als zuvor. »Ich habe es auch erst vor zwei Tagen erfahren.«

Farrow würgte einen Schrei ab und ließ sich wie erstarrt auf ihren Stuhl fallen, ohne Blake ansehen zu können, die Farrow ihrerseits giftig anstarrte.

Und auf einmal war es still im Raum, so plötzlich, dass es Larry Bellows um ein Haar kalt erwischt hätte. In den vergangenen

Minuten hatten sich die Enthüllungen überschlagen und eine unglaubliche Dynamik entwickelt, sodass eines zum anderen geführt und sich immer weiter hochgeschraubt hatte. Doch in diesem Moment war plötzlich die Luft raus, weil jeder gesagt hatte, was gesagt werden musste, und zu viele Beteiligte intensiv schmollten.

»Okay, Leute«, sagte Bellows rasch. »Ich denke, es ist vielleicht Zeit für eine kurze Werbepause. Wir sind gleich wieder da.«

Und er lehnte sich zurück, seufzte tief und lächelte breit. Das war absolut fabelhaft. Er war Adam Venitieri, und dies war der 26. Superbowl.

Kapitel 48

Seifenoper III

Bing Velociraptor strich mit der Hand über seine Kehle. Bellows sah ihn perplex an. Jemand von der Crew kritzelte hastig »BBC keine Werbung!!!« auf eine Tafel und hielt sie hoch. Bellows wollte gerade zu einer Tirade anheben, dass die BBC eine genauso kommerzielle Organisation war wie jede andere auch, als ihm klar wurde, dass das ein klassischer Fall von gegen den Wind pissen gewesen wäre, woraufhin er – ganz der erfahrene Profi – wieder den sympathischen Talkmaster gab.

»Willkommen beim zweiten Teil von Larry Bellows Tonight, Leute«, sagte er, mühelos in seine eingespielte Routine verfallend. »Nur für den Fall, dass irgendjemand bisher was verpasst hat«, las er von einer weiteren von Mandy beschrifteten Tafel ab, die dem Geschehen weit mehr Aufmerksamkeit gewidmet hatte als Bellows selbst, »heute haben wir erfahren, dass der First Minister ein Ehebrecher und Mörder ist, seine Ehefrau eine Ehebrecherin und Lesbierin, dass ferner sein Schneider nicht schwul ist, sondern seine Frau vögelt, dafür aber seine Psychiaterin eine Lesbe und Schwester des Priesters ist, der mehrere Morde gestanden hat und seinerseits mit der Ärztin des First Minister verheiratet war, während er gleichzeitig eine Affäre mit der Pfarrerin hatte.«

Er hatte das alles in atemloser Manier vorgelesen und wandte sich, sein seifiges Grinsen im Gesicht, scheinbar erschüttert ans Publikum.

»Wow, Leute, was für eine Fahrt! Das ist toll. Möchte sonst noch irgendjemand etwas beitragen?«

Winona Wanderlip hatte keine überraschenden Wahrheiten zu enthüllen – oder doch zumindest keine, deren Aufdeckung sie für diesen Abend erwartete –, glaubte jedoch, dass dies vielleicht der richtige Zeitpunkt war, vorzutreten und mit der starken Hand das Ruder zu ergreifen, nach der sich die schottische Regierung, das schottische Volk und auch dieses Doku-Drama verzweifelt sehnten. Es war eine demütigende Farce für das ganze Land gewesen. Doch nun würde zumindest etwas Gutes dabei herauskommen: Jesse Longfellow-Moses würde von der Bildfläche verschwinden.

Sie wollte sich gerade erheben und ins Rampenlicht treten, als James Eaglehawk flink in die Bresche sprang. Nun ja, dachte sie und entspannte sich wieder auf ihrem Stuhl, vielleicht war es ja gar nicht so schlecht. Wenn die eine Tür zufällt…

»Ja«, sagte Eaglehawk, »ich denke, es wird Zeit, dass die volle Wahrheit über den Mann enthüllt wird, der Schottland seit fast zwei Jahren regiert.«

Er trat mit diversen Aktenmappen mit den von Conrad Vogts gelieferten Informationen unter dem Arm vor. Mit den Fotos von JLMs sexuellen Ausschweifungen hatte er bereits eine ansehnliche Ouvertüre inszeniert, doch nun war es an der Zeit, die tödliche Breitseite abzufeuern.

»Was haben Sie denn da, mein Freund?«, fragte Larry Bellows, der ahnte, dass es nicht mehr so interessant werden würde wie einiges von dem bereits Gelaufenen.

»Was immer Sie wollen!«, erwiderte Eaglehawk triumphierend. »Steuerhinterziehung, Sex, Schmiergelder, Mafia-Methoden, Manipulation, Erpressung, Verschwörung, Mord! Sie sind erledigt, Jesse! Erledigt!«

»Alles klar, mein Freund«, sagte Bellows abschätzig, »aber Sie haben ihn doch schon vor zehn Minuten fertig gemacht.«

»Nein, das hat er nicht«, platzte JLM dazwischen, obwohl selbst ihm inzwischen klar war, dass an seinem Stuhl allenfalls noch ein Schamhaar von ihm klebte.

»Erzählen Sie uns was Neues«, sagte Bellows. »Noch mehr Material gegen diesen Typ vorzubringen ist so, als würde man jemandem eine Kugel ins Gesicht schießen, nachdem man ihm den Kopf abgeschnitten hat.«

»Gut!«, rief Eaglehawk. »Ich erzähle Ihnen etwas Neues. Ich erzähle Ihnen, dass ich, James T. Eaglehawk, mich als neuer Führer Schottlands anbiete, als Mann, der dieses großartige Land in eine neue Beziehung zu Europa führen kann, bei der wir ein Player sein werden, ein Mittler, wir können Maschinenraum *und* Brücke im Herzen des Raumschiffs Enterprise der Europäischen Union sein. Diese unsere Nation …«

»Ja, ja, Kumpel«, bremste Bellows seinen Redefluss, was nicht wenige Anwesende erfreute, »wir hätten schon gern ein bisschen was Interessanteres. Haben Sie nichts mit Sex?«

»Nein!«, sagte Eaglehawk. »Es wird Zeit, dass wir anfangen, über ernsthafte Politik zu reden.«

»Was haben Sie denn dann letzte Nacht gemacht?«, fragte eine dünne Stimme hinter ihm.

Eaglehawk drehte sich hastig um. Bellows spitzte die Ohren. Winona Wanderlip erhob sich aus der kleinen Menge und trat, einen braunen DIN A4-Umschlag in der Hand, vor. Ruhig, bedächtig und – so stellte sie sich vor – unendlich cool zog sie die Fotos von Eaglehawks luxuriösen Ausschweifungen mit den Mädchen Bereit & Willig heraus und reichte sie herum, wobei sie jedes Bild zunächst in die Kamera hielt.

»Vogts!«, fauchte Eaglehawk.

»Am eigenen Sack aufgehängt!«, stellte Wanderlip fest.

»Ha!«, sagte JLM in einer Art letztem Hurra. »Ich wusste es. Mein Schwanz ist größer als Ihrer, Eaglehawk.«

So sind die Männer. Größe, Größe, Größe.

»Und wer sind Sie jetzt?«, fragte Bellows und wies auf Wanderlip.

»Ich bin Wanderlip«, sagte sie. »Winona Wanderlip. Und nachdem Longfellow-Moses nun als der skandalöse Gauner entlarvt worden ist, als den wir ihn alle kennen, biete ich mich hier und heute als die einzige ernsthafte und ehrliche Kandidatin an, die über den politischen Verstand und die Präsenz verfügt, um Schottland zu führen.«

Bellows nickte.

»Ja, Sie sind auch die mit den tollen Brustwarzen, stimmt's?«, sagte er. »Werden Sie uns die heute Abend noch zeigen?«

»Nein, das werde ich nicht!«, erwiderte sie und erinnerte sich daran, ruhig zu bleiben, zumal sie jetzt praktisch Regierungschefin war. »Und ich sage Ihnen noch etwas. Diese Farce ist vorbei. Ich gehe jetzt, und jeder, der eine ernsthafte Rolle in der zukünftigen schottischen Regierung spielen will, kann mit mir kommen.«

Sie sah sich um, obwohl die Frage im Grunde nur an Grey, MacPherson und Robertson gerichtet war.

»Das Ganze war ein absurdes Theater«, fuhr sie fort. »Eine Schande, eine absolute Schande, und damit ist es jetzt vorbei. Es wird Zeit, dass Anständigkeit und Ehrlichkeit die Attribute der schottischen Exekutive werden.«

Larry Bellows lehnte sich zurück, musterte Wanderlips Brüste auf Zeichen von Aktivität und wusste nicht genau, wie er den Auszug verhindern oder ob er sich darüber freuen sollte. Die Hauptakteure des emotionalen Dramas würden bleiben, während er ein paar von den politischen Langeweilern loswurde.

Doch er hätte sich keine Sorgen zu machen brauchen.

»Was wissen Sie schon über Ehrlichkeit!«, sagte eine Stimme, die sich überraschend an der Seitenlinie erhob. Der einzige Anwesende, der die ganze Zeit gestanden hatte, die Arme vor der Brust verschränkt, das Kinn besonders grimmig gereckt, als wollte er zufällig zuschauende Superstars aus Hollywood beeindrucken. Ein wortkarger Mann, der den Mund nur aufmachte, wenn er wirklich etwas zu sagen hatte.

Alle drehten sich um.

»Was soll das heißen?«, fragte Wanderlip scharf. Sie hatte keine Ahnung, was kam, wirklich keine Ahnung.

»Wer ist der 70er-Jahre-Pornostar?«, wollte Bellows wissen, sah sich um und blickte lächelnd in die Kamera, weil er immer noch verlangte, dass die Show sich um ihn und nicht um all die Übergeschnappten drehte.

»Nicht!«, sagte Parker Strangelove plötzlich, der The Amazing Mr. X gegenübersaß; Wanderlip blickte Strangelove an, doch er konnte ihr nicht in die Augen sehen, sondern starrte stattdessen streitlustig zu X und beschwor ihn stumm, den Mund zu halten.

Jetzt wusste Winonna Wanderlip, was kam, und die Furcht huschte über ihr Gesicht, während sich ihr Herz anfühlte, als würde es jeden Moment ihre Brust sprengen.

»Weiter, 70er-Jahre-Pornostar«, sagte Larry Bellows. »Sag uns, was Sache ist!«

»X!«, rief Strangelove. »Lass es sein!«

The Amazing Mr. X sah Strangelove ein letztes Mal an, bevor er sich Larry Bellows zuwandte. Er hatte genug von all den Lügen und dem Betrug. Und von all den Lügen, die an ihm genagt hatten, von den Falschheiten, Beschönigungen und ökonomischen Halbwahrheiten, die die Regierung plagten, zu der er gehörte, konnte er vor allem die eine Lüge nicht mehr durchhalten, nämlich dass er auf Frauen stand. All die Gedanken, all die Zeit, die er damit zugebracht hatte, über sie zu fantasieren, hatten nur dazu dienen sollen, die nicht zu leugnende Wahrheit zu verschleiern. The Amazing Mr. X hatte sich von Parker Strangelove in den Arsch ficken lassen, und er hasste Strangelove dafür, dass er ihn zwang, es zu leugnen.

»Sie ist nicht besser als die anderen«, sagte er. »Fragen Sie sie nach der Uni.«

Bellows starrte Wanderlip an, die förmlich glühte.

»Also, Nippel-Baby«, sagte Bellows, »was ist mit der Uni?«

Wanderlip sah ihn nicht an, weil sie zu sehr damit beschäftigt war, Strangelove mit Blicken zu durchbohren. Strangelove schluckte, seinerseits nicht übermäßig beglückt über die Enthüllungen, die der Welt bevorstanden. Er hoffte bloß, dass keiner zuguckte.

»Mord!«, rief The Amazing Mr. X. »Mord!«, wiederholte er für den Fall, dass es jemand nicht mitbekommen hatte.

Wenn Strangelove eine Pistole gehabt hätte, hätte er The Amazing Mr. X auf der Stelle erschossen. Andererseits wäre es auch ziemlich zwecklos gewesen, jemanden live im Fernsehen zu erschießen, um einen Mord zu vertuschen, den man vor etlichen Jahren begangen hatte.

»Weiter, 70er-Jahre-Pornostar«, sagte Bellows. »Du bist der Mann, der Bescheid weiß.«

»Sie und Parker waren in den 80er Jahren zusammen auf der Uni. Sie haben einen Mitstudenten ermordet und seine Leiche in den Sümpfen hinter East Kilbride vergraben.«

»Cool!«, sagte Bellows. »Und wie kommt es, dass Sie in das Geheimnis eingeweiht sind?«

»X!«, bellte Strangelove erneut.

»Bettgeflüster!«, rief The Amazing Mr. X und sah zu Parker Strangelove, denn es fühlte sich verdammt großartig an, es endlich auszusprechen. Ihm war, als würde er im Sommer nackt einen Berghang hinunterlaufen, und der Wind pfiff durch seine Arschbacken, endlich frei zu tun und zu sagen, was er fühlte.

Bellows blickte von X zu Strangelove und zurück.

»Na hossa, zwei Schwuchteln!«, bemerkte er. »Das ist fan-tastisch.«

Wanderlip warf Strangelove einen weiteren Blick voller verzweifelter Hoffnungslosigkeit zu und sank auf den Stuhl zurück, von dem sie sich erst vor zwei Minuten erhoben hatte, um ihren verdienten Platz an der Spitze der schottischen Regierung zu beanspruchen.

»Sonst noch jemand?«, fragte Bellows begeistert und sah sich im Raum um.

Nun, es herrschte eine gewisse Erregung, diverse Personen wollten noch etwas loswerden, wenngleich manches davon ziemlich unbedeutend war, so etwa Alisdair MacPhersons Begehren, eine Vorliebe für Barry Manilow zu gestehen.

Als die Show gerade ein bisschen nachzulassen begann und Bellows dachte, dass er sich vielleicht erneut ins Getümmel stürzen müsste, um die Menge zu bearbeiten, ging die Tür auf, und zwei weitere Kleindarsteller betraten die Bühne, um sich der Massenszene anzuschließen.

Bellows fuhr herum, als das Paar die Szenerie betrat. Die Kamera folgte dem Blick der Menge, sodass die zuschauende Öffentlichkeit einen ersten Eindruck von Detective Chief Inspector Solomon und Detective Sergeant Kent bekam.

»Wer zum Teufel sind Sie?«, wollte Bellows wissen, der sich zu fragen begann, ob es sich bei dem Ganzen vielleicht um eine Inszenierung handelte, in die er nicht eingeweiht worden war.

»Detective Chief Inspector Solomon«, sagte Solomon und präsentierte seine Marke. »Und ja, ich bin verdammt weise. Das ist Sergeant Kent, und wir sind hier, um eine Verhaftung vorzunehmen.«

Die Menge hatte das Raunen mittlerweile weitgehend aufgegeben. Sie war gleichsam gründlich ausgeraunt. (Fürs Erste.) Und die meisten von ihnen waren zu sehr in ihrer eigenen Hölle gefangen, um sich noch groß dafür zu interessieren, wer verhaftet werden sollte.

Barney Thomson zog eine weitere Braue hoch. Genau genommen war es dieselbe Braue wie vorher, er zog sie nur erneut hoch. Das meiste von dem Kram rauschte einfach an ihm vorbei. Dachte er.

»Cool«, sagte Bellows. Mandy reichte ihm eine weitere Karteikarte. Bellows überflog sie, warf einen wissenden Blick in die Kamera und wandte sich wieder Tom & Jerry zu.

»Hey, ihr FBI-mäßigen Typen, man hat mich darüber informiert, dass ihr dem Frisör in die Taschen gucken wollt«, sagte Bellows, »Weiß nicht, was zum Teufel das soll, aber es klingt fantastisch.«

Barney starrte ihn an und blickte sich um, um zu sehen, wer ihn beobachtete. Das tat, wie sich herausstellte, jeder, sichtlich erleichtert, einen neuen Unglücksraben gefunden zu haben, auf den sie ihre Aufmerksamkeit richten konnten. Barney wollte selbst in seinen Taschen nachsehen, wurde jedoch von Solomon zurückgehalten.

»Halt, Freundchen!«, bellte er. »Vielleicht lassen Sie uns das lieber machen.«

Barney atmete aus, hob die Hände und dachte, dass sie in seinen Taschen wahrscheinlich sowieso nicht viel Interessantes finden würden. Die eine oder andere Münze, ein paar Kaugummis, seinen Ausweis.

Solomon und Kent traten vor. Kent baute sich vor Barney auf, um sicherzugehen, dass er nicht plötzlich nach Belgrad oder sonst wohin abhaute. Solomon schob die Hände in Barneys Taschen und wühlte darin herum. Er brauchte nicht lange.

Er verzog das Gesicht zu einer grimmigen Miene, als er einen kleinen durchsichtigen Gefrierbeutel herauszog. Er hielt ihn hoch, um seinen Inhalt zu begutachten, ließ Kent, Barney und jeden, der Lust hatte, einen Blick darauf werfen, bevor er sich mit einem theatralischen Sinn fürs Dramatische umdrehte und seinen Fund in die Kamera hielt, auf dass ihn ein Millionenpublikum ebenfalls gründlich bestaunen konnte.

»Un-glaublich!«, schwärmte Bellows.

»Absolut obercool«, sagte Bing Velociraptor hinter der Kamera.

»Das ist nicht meiner«, improvisierte Barney eher verlegen.

»Sag bloß«, erwiderte Solomon. »Es gibt nicht allzu viele Typen, die einen ihrer Zehen in der Jackentasche mit sich rumtragen.«

Barney betrachtete das Corpus Delicti erneut und wurde sich der Tatsache noch bewusster, dass alle Augen ihn anstarrten. Vergessen waren Mord, Untreue und was sonst noch enthüllt worden war, plötzlich hatten all diese Politiker etwas, womit sie von ihren Verfehlungen ablenken konnten, und sie strengten sich alle mächtig an.

»Na, wollen Sie uns das vielleicht erklären, Cowboy?«, sagte Solomon.

Barney zuckte mit den Schultern.

»Kann ich nicht«, antwortete er.

»Ich kann mich auch irren«, sagte Solomon, »aber ich glaube, dass der Zeh von Nelly Stratton sein könnte.«

Das Publikum hatte tatsächlich doch noch nicht ausgeraunt, sondern raunte ein weiteres Mal. Barney zog die erwähnte Braue hoch – wenn er nicht aufpasste, würde er noch ein Opfer des zwanghaften Brauen-Syndroms werden.

»Wollen Sie das erklären?«, fragte Barney.

»Auf die Spur gebracht von Indizien, die wir in Pater Michaels Zimmer gefunden haben, haben wir heute Morgen Mrs. Strattons Leiche entdeckt«, sagte Solomon und blickte melodramatisch in die Kamera. »Einer ihrer Zehen war abgeschnitten.«

Gewaltiges Raunen im Publikum. Wirklich gewaltig.

»Un-glaub-lich!«, krächzte Larry Bellows.

»Was wollen Sie damit sagen?«, fragte Barney.

»Barney Thomson«, sagte Solomon mit ernster Miene in die Kamera, »ich verhafte Sie wegen des Mordes an Nelly Stratton und sieben anderen Ministern der schottischen Regierung. Sie haben das Recht…«

»Boah!«, sagte Barney, ohne recht zu wissen, woher das kam.

»Was?«, fragte Solomon.

»Nun«, sagte Barney langsam, »im Prinzip geht mir das Ganze ziemlich am Arsch vorbei, aber meinen Sie nicht, dass mir das vielleicht jemand mit Absicht zugesteckt hat? Warum um alles in der Welt sollte ich mit einem Zeh in der Tasche zu einer solchen Veranstaltung kommen?«

»Weil Sie erwischt werden wollen«, rief einer aus der Menge, und einige andere nickten und brummten zustimmend.

»Das ist doch vollkommen irre«, erwiderte Barney.

»Hey«, sagte Larry Bellows, und bevor er noch etwas sagte, wusste jeder, dass es nicht besonders hilfreich sein würde, »Sie sind irre!«

»Hören Sie«, sagte Solomon, »wissen Sie überhaupt, was Sie in den letzten paar Tagen gemacht haben? Sie sind dieses seltsame Etwas, Sie wissen nicht mal, woher Sie kommen. Vielleicht hat man Sie programmiert, diese Taten zu begehen, ohne dass es Ihnen selbst bewusst ist.«

Barney starrte Solomon an, riss seinen Blick los und wandte sich an Ashley Blackadder, die immer noch in inniger Umarmung mit MLM dasaß und auch nicht den Eindruck machte, sich in absehbarer Zeit daraus lösen zu wollen. Immerhin raffte sie sich zu einem aufmunternden Blick in Barneys Richtung auf, begleitet jedoch von einem vagen Schulterzucken, das andeuten sollte, dass sie ihm nun wirklich auch nicht weiterhelfen konnte.

»Ich bin mir ziemlich sicher, dass ich Alibis habe«, sagte Barney.

»Das werden wir sehen«, erwiderte Solomon.

Barney senkte den Blick und starrte zu Boden. Wahnsinn. Es war Wahnsinn. Aber war die Anschuldigung wahnsinnig oder er selbst? Natürlich hatte er niemanden ermordet und ihm dann noch den Zeh abgeschnitten. Wenn ihm andererseits allerdings grob geschätzt fünfzig Jahre in seiner Erinnerung fehlten, wie konnte er sich da so sicher sein, dass es nicht noch ein paar Stunden mehr waren?

»Legen Sie ihm Handschellen an, Sergeant«, sagte Solomon, und Kent trat, seine Schokoladenseite zur Kamera gewandt, vor und fragte sich, ob er nicht auch einen Spruch anbringen könnte. Schließlich musste Solomon nicht den ganzen Ruhm allein ernten.

Das Publikum starrte Barney an und versuchte zu entscheiden, ob es cool oder doch eher unheimlich war, dass ihnen am Nachmittag ein Serienmörder die Haare geschnitten hatte.

»Der Kreis ist rund«, sagte Ashley und blickte nickend auf. »Am Ende ist man wieder am Anfang.«

Barney schüttelte den Kopf und schaffte es schließlich, trocken zu lächeln. Sei's drum. Er hatte sich in der vergangenen Woche sowieso gefühlt wie in einem Gefängnis, welchen Unterschied machte es also? Was immer vorher in seinem Leben geschehen war, ihm war, als sollte er von Rechts wegen nicht hier sein. Wenn sie ihm also einen Mord anhängen wollten, sollte er sie vielleicht einfach gewähren lassen.

Vielleicht war es das. Vielleicht war er deswegen in dieses absurde Kollektiv eingeführt worden. Man hatte einen ehemaligen mutmaßlichen Serienmörder in die Runde geholt, damit es, wenn jemand ermordet wurde, einen geeigneten Sündenbock gab, dem man die Schuld mit ein paar primitiv getürkten Indizien in die Schuhe schieben konnte.

Als Theorie hatte das ein gewisses Potenzial, aber nichts in der schottischen Politik wurde je derart vorausschauend geplant, und der Gedanke konnte auch kaum keimen, bevor er schon wieder als falsch entlarvt wurde.

Kent wollte Barney gerade die Handschellen anlegen, als

Bing Velociraptor am Rande des Sets einen aufgeregten Schrei ausstieß.

»Hey, Leute!«, rief er. »Seht euch das an!«

Die Menge wandte sich dem Monitor zu, der auf einem Tisch in der Kulisse stand. Larry Bellows dachte, dass die ganze Veranstaltung geradezu absurd aus dem Ruder lief, wenn sogar Velociraptor mehr zu sagen hatte als er. Deshalb rief auch er mit übereifriger Stimme, ohne zu wissen, was kam: »Yeah, Leute, schaut euch das an!«

»Das haben wir vorhin aufgezeichnet«, sagte Velociraptor beinahe sprudelnd. »Einer der Techniker, der die Höhepunkte der Show zusammenschneidet, hat es gerade entdeckt.«

Die Kamera fuhr auf den Monitor, die Anwesenden beugten sich auf ihren Stühlen vor. Es war eine Aufzeichnung von Darius Greys Erklärung seiner guten Absichten für die Alten, und er verfolgte seine eigene Vorstellung lächelnd. Einige andere sahen sich um und fragten sich, warum man sie zwang, sich das noch einmal anzusehen – aber nicht lange.

»Da, da, da!«, rief Velociraptor, geradezu sinnlich erregt.

Hinter der ernsthaften Gestalt von Darius Grey zog eine Frauenhand einen kleinen durchsichtigen Gefrierbeutel aus ihrer eigenen Tasche und ließ ihn in Barney Thomsons Jackentasche gleiten.

Kapitel 49

Seifenoper IV

Die Menge wandte sich mit einem neuerlichen Raunen um. Ja, schon wieder, aber so war es nun mal. Endlich, nach all den Enthüllungen der vergangenen zwanzig Minuten, war die große Wahrheit, die alle anderen Wahrheiten zwergenhaft erscheinen ließ und Furcht in der Regierung und Desinteresse in den Medien verbreitet hatte, auch noch aufgedeckt worden.

Reverend Blake stand auf und sonderte sich von der Menge ab. Ein Ausdruck von Wahnsinn legte sich auf ihr Gesicht, und sie blähte die Nüstern im Wind.

»Ha!«, fauchte sie. »Ich hab mich schon gefragt, wie lange ihr armen Würstchen braucht, um mir auf die Schliche zu kommen.«

Solomon und Kent sagten nichts. Das Publikum sah verdattert zu, die in ihrer Nähe Stehenden wichen zurück.

»Sie sind die Pfarrerin, richtig?«, fragte Bellows, weil es mindestens sieben Minuten her war, dass er sich mit ihr unterhalten hatte, sodass sein Gedächtnis eine kleine Auffrischung brauchte.

»Wo hat der Schwachkopf denn sein Hirn!«, sagte sie. »Blöder amerikanischer Fettsack.«

»Hey!«, rief Bellows, wusste jedoch nichts Ernsthaftes einzuwenden, weil er nun mal ein blöder amerikanischer Fettsack war.

»Alison?«, fragte JLM milde besorgt.

»Ich musste es tun, Jesse«, sagte sie. »Ich musste all die Idioten aus dem Kabinett umbringen.«

Larry Bellows wandte sich an die Kamera und verlangte ein bisschen Sendezeit für sich. Velociraptor schaltete um.

»Was denn, Kabinettsmitglieder sind auch ermordet worden?«, fragte Bellows.

Velociraptor signalisierte einen sofortigen erneuten Umschnitt auf Reverend Blake, als er den Grad an Einsicht erkannte, den der Moderator einzubringen hatte.

»Hey!«, protestierte Larry Bellows, doch alle waren auf Alison Blake konzentriert.

»Alison«, sagte JLM, »wie konntest du das tun? Warum?«

Er beschwor sie, als wären ihm die Ermordeten wirklich wichtig gewesen.

»Sie mussten aussortiert werden«, erwiderte Blake. Ihre Stimme hatte sich wieder gefangen, und sie starrte ins Publikum wie in eine Grube des Wahnsinns.

»Das lässt sich schwerlich bestreiten«, sagte James T. Eaglehawk leise zu seinem Nebenmann, alles in allem komplett verschnupft, obwohl er sich fragte, ob die jüngsten Entwicklungen ihm irgendwie helfen konnten, auf den Stuhl der Macht zurückzukehren.

»Was hatten sie dir getan?«, fragte Ashley Blackadder verbittert, weil Blakes Verbrechen indirekt zu Michaels Tod geführt hatten.

»Doch nicht mir!«, entgegnete Blake mit aufgerissenen Augen und irrem Blick. »Sie haben Jesse geschadet. Versteht ihr das nicht? Dafür sind wir doch alle hier. Wir sind für Jesse hier. Ohne ihn hätten wir keine Jobs und würden nicht existieren. Es geht nur um Jesse.«

»Und habt ihr zwei es miteinander getrieben oder was?«, fragte Bellows, wobei er seine Frage eher an JLM richtete, weil ihm Blake offen gestanden ein bisschen zu unheimlich war.

JLM wirkte ein wenig schuldbewusst, sagte jedoch nichts. Die ganze Geschichte lief so grandios aus dem Ruder, dass er den bizarren Gedanken zu hegen begann, er könnte vielleicht doch mit intakter Karriere aus der Geschichte herauskommen. Dabei war ihm allerdings nicht bewusst, wie unwiderlegbar die Beweise für seine Verwicklung in die Ermordung von Veronica Walters waren.

»Ja«, antwortete Blake, »aber es geht nicht nur darum. Es geht um Macht. Es geht um Respekt. Es geht um Liebe, Anstand, Ehrlichkeit und Hochachtung vor seinen Vorgesetzten.« Sie klang offen gestanden zunehmend wie eine Peugeot-Reklame. »Wally McLaven wusste von mir und Jesse und wollte ihn erpressen. Er musste weg. Er musste aufgehalten werden.«

JLM nickte, ohne zu überlegen. McLaven war in der Politik ein genauso hinterhältiger kleiner Scheißer gewesen wie auf dem Spielfeld. Der lächelnde Killer. Deswegen hatte er es nicht unbedingt verdient zu sterben, aber diese Erpressungssache wäre auf ihn zugekommen, und er hätte sich in irgendeiner Weise darum kümmern müssen.

»Was ist mit Honeyfoot?«, fragte Eaglehawk in der Hoffnung, dass die Antwort JLM weiter belasten würde.

»Sie hat seine Autorität unterminiert«, höhnte Blake.

»Ich habe dich nicht aufgefordert, es zu tun«, erklärte JLM matt und eher an die anwesenden Kameras und Polizisten gerichtet.

Er und Eaglehawk hatten unvermittelt begonnen, Blake als Bauer zu benutzen, Eaglehawk versuchte, eine möglichst enge Verbindung zum First Minister zu konstruieren, während JLM bemüht war, sich zu distanzieren. Wobei Eaglehawk die Partie wie Kasparow spielte und JLM wie Mr. Magoo.

»Das musstest du auch gar nicht, Jesse«, sagte Blake.

»Was ist mit Filiben?«, drängte Eaglehawk weiter.

»Sie wollte Jesses Führung in Frage stellen. Sie war ein Wendehals und Verräter, ein verdammter Judas, der sich als ernsthafter Politiker verkleidet.«

»Und Stratton?«, fragte Eaglehawk, der vorhatte, die ganze Liste durchzugehen, damit JLM so schlecht wie möglich dastand.

»Sie hat ihn im Parlament sabotiert«, sagte Blake. JLM stöhnte.

»McCarthy?«, fragte Eaglehawk und genoss jede Sekunde sowie die Tatsache, dass, je länger das Ganze dauerte und je mehr enthüllt wurde, die Chance immer größer wurde, dass die Menschen gar nicht mehr im Blick hatten, was über ihn aufgedeckt worden war. JLM steckte bis zum Hals in der Scheiße, Wanderlip war eine Mörderin, und Darius Grey machte sich noch in die Windeln. Vielleicht gab es doch einen Weg zurück.

»Der hat mich mal komisch angeguckt«, erwiderte Blake.

»Oh, und McIntyre?«, fragte Eaglehawk ein wenig zögerlicher.

»Hat mir einen Fünfer geschuldet«, antwortete Blake.

»Ach so«, sagte Eaglehawk. »Benderhook?«

»Hat mir nie die Tür aufgehalten«, sagte Blake rasch.

Farrow, Wanderlip und Blackadder nickten unwillkürlich.

»Und McLatchey?«, fragte Eaglehawk, obwohl ihm klar war, dass sie von dem Ziel, JLM zu belasten, immer weiter abkamen.

»Hat zu Ausschusssitzungen Disney-Westen getragen«, erwiderte Blake und sah sich verächtlich um.

»Du hast dir gerade eine Klage eingehandelt«, sagte JLM resigniert, weil er begriff, dass das Ganze gar nicht gut für ihn lief.

»Und was ist mit mir?«, fragte Wanderlip ein wenig indigniert, nachdem sie sich endlich aus den Trümmern ihrer ruinierten Karriere erhoben hatte. Ihrer Meinung nach war sie von allen Kabinettsmitgliedern die Einzige, die tatsächlich eine ernsthafte Bedrohung für Jesse hätte darstellen können. »Warum bin ich nicht ermordet worden?«

Blake stieß ein verächtliches Lachen aus.

»Winnie«, sagte sie, »Sie waren der Verachtung nicht wert. Bettgeflüster! Ich kannte Ihr kleines Geheimnis von der Uni. Sie zu ermorden wäre zu einfach gewesen. Ich habe bloß darauf gewartet, dass Sie Ihren dummen kleinen Zug machen, und dann hätte ich Sie ans Kreuz genagelt und zugesehen, wie Sie sich winden.«

»Su-per!«, sagte Larry Bellows sehr laut in dem vergeblichen Bemühen, die Aufmerksamkeit auf sich zu lenken.

»Und Michael hat hinter dir aufgeräumt?«, fragte Blackadder. »Gott, er war so ein Idiot, dass er dich geliebt hat.«

»Er hat sie nicht geliebt!«, kreischte Farrow.

»Doch, das hat er«, sagte Blake, »aber er war nicht derjenige, der hinter mir aufgeräumt hat.«

»Wer war es dann?«, fragte Blackadder und kam damit einigen anderen nur knapp zuvor.

Reverend Blake grinste bloß höhnisch. Die anderen sahen sich um und warteten, ob sich jemand dieser seltsamen Tat bezichtigen würde. Und wahrhaftig, so ein Abend war es halt …

»Ich war es«, sagte eine Stimme an der Tür. Alle drehten sich um. In der Tür stand eine vor dem weißen Holz leicht finster wirkende Gestalt, ein Mann mittleren Alters mit angegrautem Haar, soldatisch gerader Haltung und einem Lächeln, das ein bisschen an James Woods erinnerte. Die meisten der Versammelten hatten keine Ahnung, wer er war. Doch Ashley Blackadder wusste es. Sie klappte den Mund auf, und Tränen schossen ihr in die Augen.

»Daddy?«, keuchte sie.

»Ja, Ashley, Liebes«, sagte er, trat in den Raum und sah seine Tochter mit einer Mischung aus Hoffnung, Besorgnis und Demut an, »ich bin es. Ich bin wieder da.«

»Mein Gott!«, sagte sie und stand auf. MLM hielt immer noch ihre Hand. »Aber wir dachten, dass du 1981 kurz nach der königlichen Hochzeit bei einem Zugunglück in den Anden ums Leben gekommen wärst.«

Herman Blackadder versuchte zu lächeln, doch es tat ihm weh, sehr weh. Seit Wochen beobachtete er seine Kinder, doch gesprochen hatte er nur mit Michael. Er hatte die Behauptung seines Sohnes, dass Ashley zutiefst verstört sei und ein Treffen mit ihrem tot geglaubten Vater sie über den Rand des Abgrunds stoßen könnte, für bare Münze genommen. Dabei hatte Michael wie jeder, der sich von der Politik angezogen fühlt, seine persönlichen Motive gehabt. In vollem Wissen um die Details von Ashleys Affäre mit Minnie hatte er versucht, die beiden auseinander zu treiben; das erklärte auch seinen Versuch, sie der Morde zu bezichtigen, damit sie eingesperrt und von ihrer Geliebten getrennt wurde. (Obwohl er die Frage, ob ausgerechnet ein Frauengefängnis der ideale Ort war, um eine Lesbierin zu kurieren, offenbar nicht besonders gründlich durchdacht hatte.)

Irgendwann hatte Hermann Blackadder begriffen, dass eigentlich Michael der Verstörte der beiden war, angefangen von seiner absurden Ehe mit Farrow bis hin zu seiner heillosen Verliebtheit in Blake.

»Es tut mir sehr Leid, mein süßer Engel, wirklich sehr Leid«, sagte Blackadder. »Aber das Ganze war eine Verschwörung des MI6. Ich habe zwölf Jahre in einem bolivianischen Gefängnis gesessen. Seither arbeite ich in einem geheimen Forschungszentrum der Regierung. Aber es ist kein Tag vergangen, an dem ich nicht an dich gedacht habe.«

»Ein geheimes Forschungszentrum der Regierung?«, rief sie.

»Ja«, sagte er. »Wir haben die Reanimation von toten Lebensformen erforscht. In den letzten paar Jahren sind wir bis zu Menschen vorgestoßen. Wir haben es geschafft, für hirntot erklärte Körper zu konservieren und sie manchmal Jahre später zurückzuholen.«

»O mein Gott!«, rief Ashley erschrocken und sah unwillkürlich Barney an.

Der verdrehte die Augen.

»Ja, Mr. Thomson«, sagte Herman Blackadder. »Sie waren eines unserer Experimente, unser bis dato erfolgreichstes, um genau zu sein. Ich habe Sie in den Kreis um den First Minister einschleusen lassen, damit ich einen Vorwand hatte, in der Nähe meiner Familie zu sein.«

»Ja, klar«, sagte Barney.

»Es stimmt! Alles, was man Ihnen vorher erzählt hat, war eine Lüge!«

»Ist mir egal«, erwiderte Barney, und das stimmte tatsächlich.

»Daddy!«, rief Ashley erneut, weil sie immer noch unter Schock stand. Der alte Mann sah sie mitleidig an.

»Es tut mir Leid, Ash, ich hätte früher mit dir reden sollen, ich weiß«, sagte er. »Aber Michael hat mir davon abgeraten. Als ich das volle Ausmaß seiner Vernarrtheit in Reverend Blake erkannte, begann ich, ihre Aktivitäten ein wenig genauer zu beobachten. Schon vor ihren Taten wusste ich, was sie vorhatte. Ich folgte ihr und beseitigte alle Spuren in der Hoffnung, dass nie etwas herauskommen würde, weil mir klar war, dass Michael in die ganze Geschichte hineingezogen werden würde. Aber am Ende hat er es doch erfahren und ist überhaupt nicht damit zurechtgekommen.«

»Er war ein erbärmlicher Idiot!«, rief Blake, ein wenig verärgert, dass irgendein Blödmann von der Straße hereinspaziert war und ihr das Rampenlicht gestohlen hatte. Herrgott noch mal, sie war hier die Massenmörderin, die Aufmerksamkeit sollte IHR gelten!

»Verzeihung«, sagte Detective Chief Inspector Solomon zu Blackadder, »aber ist Ihnen nicht irgendwann der Gedanke gekommen, die Polizei zu informieren?«

Herman Blackadder atmete tief ein und schüttelte den Kopf.

»Es tut mir wirklich sehr Leid, Detective Chief Inspector«, sagte er.

Solomon nickte. Er mochte es, wenn Leute ihn mit seinem vollen Dienstrang anredeten.

»Schon in Ordnung, Sir. Legen Sie ihm Handschellen an, Kent«, sagte er zu seinem Detective Sergeant.

Und dann trat Detective Chief Inspector Solomon live im Fernsehen vor einem Publikum von mittlerweile 17 Millionen Zuschauern vor und verhaftete Reverend Blake. Die Minister-Mörderin war gefasst.

»Und wissen Sie was?«, sagte Solomon an die mittlerweile doch ziemlich erschütterte Menge gewandt. »Eigentlich sind wir nur gekommen, um Winona Wanderlip zu verhaften, weil sie Longfellow-Moses in den Schwanz gebissen hat.«

Also verhafteten sie auch Winona Wanderlip und legten ihr ein Paar Handschellen an, das Kent zur Sicherheit immer zusätzlich mit sich herumtrug.

»Abspann in fünfzehn Sekunden«, sagte Mandy plötzlich, und die Kamera schwenkte zurück auf Bellows, der sein seifiges Grinsen aufgesetzt und die Schultern gestrafft hatte.

»Mein lieber Mann, Leute«, sagte er, »das war eine Wahnsinnsshow. Alles ohne Drehbuch, weil so etwas einfach keiner schreiben könnte. Ge-wal-tig. Wir sehen uns nächste Woche wieder bei *Larry Bellows Live*!, wenn wir ein weiteres Paar treffen, das hierzulande als prominent gilt. Gute Nacht, und Gott segne Sie!«

Die Credits liefen am unteren Bildrand, Velociraptor feuerte die Menge an, in die Kamera zu winken, was nur die Politiker taten, und dann wurde das Bild schwarz, und alles war vorbei.

Einige der Anwesenden hatten vor, sich eilig zu verdrücken, doch sobald die Show beendet war, stürmten weitere Polizisten – die vorgeblich zur Sicherheit anwesend waren – in die Kulisse und verhafteten JLM und Parker Strangelove. Und man kann nicht behaupten, dass die beiden es nicht längst verdient gehabt hätten.

Um Zeit zu sparen, nahm die Polizei am Ende alle an der Show Beteiligten einschließlich Larry Bellows in Gewahrsam, um die hinreichend Unschuldigen später wieder zu entlassen.

Spitze, wie Jesse Longfellow-Moses vielleicht gesagt hätte, wäre er nicht ebenfalls verhaftet worden und hätte am Ende des Abends auf die Trümmer seiner politischen Karriere blicken müssen.

Kapitel 50

Denn die Lippen der Frau eines anderen sind süß wie Honigseim, und ihre Kehle ist glatter als Öl; aber hernach bitter wie Wermut und scharf wie ein zweischneidiges Schwert. Ihre Füße laufen zum Tod hinunter; ihre Wege führen ins Grab

Barney Thomson saß am späten Freitagabend in seinem Zimmer und sah sich die ausgedehnten Höhepunkte der Larry-Bellows-Show vom selben Tag an. Es war durchaus anregend, und er war froh, dass er praktisch nicht vorkam. Die Sache mit dem Zeh wurde natürlich erwähnt, aber mehr als das Indiz, mit dem Blake endgültig überführt worden war, wobei die Frage, in wessen Tasche sie das Körperteil deponiert hatte, uninteressant war.

Ausnahmsweise einmal widmeten sich die Schlagzeilen dem Drama um die schottische Regierung, wenngleich das Geständnis der Minister-Mörderin kaum Erwähnung fand. Jesse Longfellow-Moses und James T. Eaglehawk beherrschten nackt und in Farbe die Nachrichten, dazu Geschichten über homosexuellen Sex sowie die zahlreichen im Rahmen der Show vorgenommenen Verhaftungen.

Larry Bellows Agenten verhandelten bereits mit einem US-Sender, Bing Velociraptor saß schon im Flugzeug nach New York.

Barney schaltete aus, nahm sein Bier und ging zum Fenster seines Apartments, wo er auf den im Dauernieselregen erleuchtet daliegenden Innenhof blickte. Sein Gewissen drängte ihn nicht mehr, gleich morgen zu verschwinden, aber er wollte auf keinen Fall noch lange bleiben. Er vermutete, dass irgendwann ein neuer First Minister gewählt werden würde, der wohl kaum das persönliche Gefolge übernehmen würde, mit dem JLM sich belastet hatte. Barney entschied, noch ein oder zwei Tage nachzudenken und sich dann auf den Weg zu machen.

Er setzte die Flasche an und schüttete sich die kalte Flüssigkeit in den Hals. Irgendwie kam es ihm normal vor. Ein Außenseiter der Gesellschaft. Keine Freunde, kein bestimmtes Ziel, einfach allein umherziehen, auf der Suche und gleichzeitig nicht auf der Suche.

Es klopfte, und Barney senkte den Blick auf die nassen Pflastersteine drei Stockwerke tiefer. Ein letzter Besucher warf seinen Schatten, bevor er das Licht ausmachen konnte.

»Es ist offen«, rief er.

Die Tür wurde geöffnet und wieder geschlossen, leise Schritte huschten über den Teppich, und die Frau trat neben ihn. Sie atmete leise, doch er wusste, auch ohne sich umzudrehen, wer es war. Er hatte sogar gewusst, dass sie irgendwann zu ihm kommen würde.

Sie standen da und sahen dem Regen zu, den die Götter fallen ließen, als wollten sie den Makel wegwaschen, der die schottische Hauptstadt an jenem Abend befleckt hatte. Barney wartete, während sie sich in der begrenzten Aussicht auf im Laternenlicht glänzende Pflastersteine verlor.

»Es tut mir Leid«, sagte sie irgendwann. »Ich hätte dir das mit Minnie erzählen sollen.«

»Das ist schon in Ordnung«, erwiderte Barney.

»Nein«, sagte sie, »das ist es nicht. Aber die Leute haben mich immer verurteilt. Michael hat mich verurteilt. Er hätte alles getan, um Minnie und mich auseinander zu bringen.«

»Ja«, sagte Barney. »Ich glaube sowieso, dass das mit uns

beiden nicht sein sollte. Ich glaube nicht, dass es mit mir und irgendwem sein soll.«

»Sag das nicht«, widersprach sie und sah ihn zum ersten Mal an, obwohl er seinen Blick nicht von dem Innenhof abwandte.

»Na ja«, meinte er, »es ist kein Selbstmitleid oder so. Ich weiß nicht, ich fühle mich einfach nicht richtig. In diesem Körper. In diesem Kopf.«

Sie sagte nichts und blickte wieder hinaus in die reinigende Nacht.

»Glaubst du meinem Vater?«, fragte sie.

Barney lächelte erneut und trank einen Schluck. Es war lediglich eine weitere Erklärung, die ganz am Ende der Show zu der bunten Mischung hinzugekommen war. Wie ein Koch, der sich zehn Sekunden vor dem Servieren plötzlich daran erinnert, Lorbeerblätter in seine Bolognese zu geben. Sie kam ihm nicht mehr oder weniger relevant vor als irgendeine der Schilderungen, die ihr vorausgegangen waren. Hirntransplantationen, Koma, Hypnose, beschleunigtes Zellwachstum, Reanimation, Zombies, die Untoten, ein Virus aus dem All, eine Zeichentrickfigur, die durch einen uralten Fluch zum Leben erweckt worden war, es konnte ewig so weitergehen. Spielte es eine Rolle? Er war jetzt hier, und das war alles, was ihm wichtig erschien. Es war ihm egal, was vorher passiert war, er musste bloß mit der Gegenwart klarkommen und entscheiden, was er mit seiner Zukunft anfangen wollte. Sein Leben war wie ein schneebedecktes Feld; eine weiße, saubere Leinwand, die nur darauf wartete, nun ja, versaut zu werden wahrscheinlich.

»Klingt doch super plausibel, oder?«, sagte er sarkastisch.

»Gott, was weiß ich? Es tut mir Leid, ich würde dir wirklich gern weiterhelfen … Vielleicht bist du Dr. Who«, fügte sie nach kurzem Schweigen hinzu.

Barney lächelte. »Hoffentlich nicht«, erwiderte er. »Sieben Leben, da bin ich ja noch Urzeiten hier.«

»Ich hätte dir das mit Minnie sagen sollen«, wiederholte sie, den kurzen Ausbruch guter Laune unterbrechend.

»Das sagtest du schon«, entgegnete Barney.

»Ja«, sagte sie.

Dann verfielen sie erneut in Schweigen, und irgendwann fanden sich ihre Hände, und sie standen gemeinsam da und starrten in die feuchte Herbstnacht von Edinburgh hinaus.

Der Premierminister schaltete den Fernseher aus, stand auf und blickte aus dem Fenster auf die Downing Street. Er war jetzt seit sechs Jahren an der Macht, und in all der Zeit des andere Niedertrampelns und der endlosen machiavellistischen Verschwörungen war keiner seiner Pläne so elegant aufgegangen wie dieser.

Er war von Anfang an für die schottische Teilautonomie gewesen, hatte sie unterstützt, vorangetrieben und letztlich umgesetzt. Und sie war von Anfang an ein komplettes Desaster gewesen. Die einzige Chance, aus der Sache herauszukommen, ohne selbst wie ein Vollidiot dazustehen, war ein Totalzusammenbruch des Projekts. Darauf war es ohnehin zugesteuert, und eine kleine Hilfestellung hatte gereicht, es über die Klippe sausen zu lassen. Gut, man schuldete der verdammten BBC jetzt den einen oder anderen Gefallen, aber das ließe sich sicher problemlos erledigen. Was er sich soeben zum nunmehr dritten Mal angesehen hatte, war es mehr als wert. Besonders entzückt hatte es ihn, dass auch Wanderlip, die kleine dumme Gans des Schatzkanzlers, ihre verdiente Strafe bekommen hatte.

»Es ist gut gelaufen«, sagte er zu dem Besucher, der mit einer Bierflasche in der Hand auf seinem Sofa herumlümmelte. »Sie haben ausgezeichnete Arbeit geleistet.«

»Vielen Dank, Herr Premierminister«, erwiderte der Mann.

»Ich stehe tief in Ihrer Schuld«, erklärte der Premierminister.

»Ach nein«, sagte der Mann. »Es hat mir Spaß gemacht. Noch ein deutsches Bier und ein hübsches Paar Frauen, mit denen ich es mir zur Nacht gemütlich machen kann, und wir sind quitt.«

Der Premierminister wandte sich lächelnd ab. Wenn der Abschaum, mit dem er es in der Politik zu tun hatte, nur immer so leicht zu befriedigen wäre.

»Gewiss, Conrad«, sagte er. »Hattest du irgendwelche bestimmten Frauen im Sinn?«

Epilog

Wo sie jetzt sind

Obwohl er sich das Haar zu einem wunderschönen Tom Cruise (*Time-Magazine*-Cover) wachsen ließ, wurde **Jesse Longfellow-Moses** wegen Mordes an Veronica Walters zu zwanzig Jahren Haft verurteilt. Zwei Monate später wurden bei ihm Wahnvorstellungen und Unzurechnungsfähigkeit diagnostiziert, und es wurde eine Frontalleukotomie vorgenommen, bei der die Ärzte irrtümlich auch seinen Penis entfernten.

Minnie Longfellow-Moses heiratete **Dr. Ashley Blackadder** in Reno, Nevada. Beide wurden getötet, als die Lesbenkommune in Südkalifornien, in der sie lebten, vom FBI auf der Suche nach Mondlandungsverschwörungstheoretikern gestürmt wurde.

Dr. Herman Blackadder ist Direktor des MI6.

Veron Veron lebt in London und arbeitet für Stella McCartney. Er ist unverheiratet und trägt immer noch eine Tätowierung von Minnie Longfellow-Moses auf seiner Milz.

The Amazing Mr. X wurde wie erhofft von Hollywood entdeckt, wo er jedoch als Leibwächter von Cameron Diaz gefeuert wurde, weil er die Unterwäsche seiner Arbeitgeberin getragen hatte. Zurzeit tritt er in Oklahoma off-Broadway auf.

James T. Eaglehawk erwies sich als ein oberflächlicher, betrügerischer, intriganter, skrupelloser, doppelzüngiger, falscher, verlogener Dreckskerl. Er wurde nach Westminster versetzt und bekleidet heute eine führende Position bei New Labour.

Dr. Louise Farrow zog nach St. Andrews, wo sie später Prince William heiratete.

Parker Strangelove wurde für den zwanzig Jahre zurückliegenden Mord an Alan Davis eingesperrt. Im Gefängnis wurde er mehrfach gruppenweise vergewaltigt und schließlich in Einzelhaft verlegt, weil er zu viel Spaß hatte.

Reverend Alison Blake wurde wegen Mordes an acht Ministern angeklagt, jedoch aus Mangel an Beweisen freigesprochen. Weil sie innerhalb der Church of Scotland keine Anstellung finden konnte, konvertierte sie zum Katholizismus und ist heute Erzbischof von Argyll.

Patsy Morningirl verließ die Politik und ist inzwischen Moderatorin beim GMTV, wo sie regelmäßig ihre Titten zeigen muss.

Winona Wanderlip wurde wegen Beteiligung an dem Mord an Alan Davis zu zehn Jahren Haft verurteilt. Auf dem Weg ins Gefängnis konnte sie entkommen und floh nach Beverly Hills, Kalifornien. Sie wurde getötet, als das FBI auf der Suche nach Neue Weltordnungs-Verschwörungstheoretikern das Haus stürmte, in dem sie wohnte.

Conrad Vogts ist Bundeskanzler von Deutschland.

Das **Schottische Parlament** wurde geschlossen, sämtliche exekutiven Befugnisse fielen an Westminster zurück. Das wunderschöne 300 Millionen Pfund teure Gebäude, das aus dem Boden gewachsen war, wurde in ein Museum für Moderne Kunst umgewandelt und später von Mitarbeitern der Stadtwerke versehentlich niedergebrannt, die es für eine Mülldeponie gehalten hatten.

Barney Thomson streift durch die Welt und gerät in Abenteuer, die man in dem demnächst erscheinenden Thriller *Crouching Tiger, Hidden Barber* nachlesen kann.